U0500600

A Collection of
the Classic Works of
Chinese Female
Science Fiction Writers

中国女性
科幻作家
经典作品集

SHE 下册

主编 程婧波

中国广播影视出版社

目录

郝景芳

　　我没有刻意把自己作为"女性科幻作者"来看待。如果你真的在意这些评价，你的内在自由就会死掉一部分。任何外在的定义对我而言，都只是窗子上的影子。

郝景芳

「她」的科幻处女作

郝景芳于 2007 年发表了自己的第一篇科幻小说《祖母的夏天》。

故事讲述『我』在祖母家与她一起度过宁静的八月，却发现了『命运』和『选择』之间神秘的关联的故事。祖母告诉『我』：生物学只有一套法则：无序事件，有向选择。那么是什么在做选择？是什么样的事件最终能留下来成为有利事件呢？答案只有连续性。一个蛋白质能留下来，那么它就留下来了，它在历史中将会有一个位置，而其他蛋白质就随机生成又随机消失了。想让某一步正确，唯一的方法就是在这个方向上再踏几步。

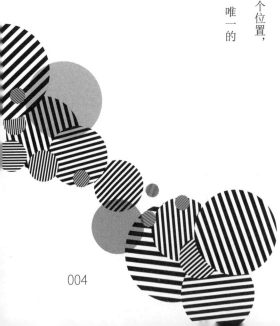

爱的问题

郝景芳

当凶案的消息传遍世界，多数人都忘了爱的问题。

出事的是林安，一个被镁光灯放大了的名字。他就像是人工智能行业的托马斯·爱迪生，曾经在无数全息小报上被编纂事迹。他把自己活成了一个隐喻，活成了一个魔法师的形象，他是那么的不苟言笑，就好像他自己是一个人工智能，手下的作品倒像是人。他脸上的肌肉有一种许久不用的退化感。对于市场盛传的林安用自己的生命注入人工智能的流言蜚语，他也不在意，似乎充耳不闻。这种埋首研究不问世事的傲慢作风让他的对手既嗤笑又妒恨，但又无法阻挡林安的德尔斐公司市值不断飙升。

林安曾经是人工智能的代言人、伟大的设计者、德尔斐公司首席智能工程师，因此，当他家的人工智能超级管家陈达出现在命案现场，所有人都倒吸了一口凉气。这就好像是某种农夫与蛇的隐喻。

林安在自己的家中遇刺，成了植物人。

青城

法官青城对于公开开庭审理颇为踌躇。他还没有想清楚该如何面对公众。

这个案件发展到现在，公众对案件的兴趣已经远远超出了案情范围。青城每天浏览收听所有与案子有关的社会探讨，包括媒体，也包括社交网络。事件发生一个月之后，讨论不但没有偃旗息鼓，反而有愈演愈烈之势。

这是所谓的人机共处时代以来第一次爆发出"AI 是嫌疑犯"的伤人事件，在社会上引起的关注和争论如暴风雨前的海浪，层层呼啸叠加。青城能理解民众的焦虑。他每天避免外出。记者一直在法院门口采访问询，稍有所得就四处传播，一时间流言四起。

青城能观察到的，在民众中间，首先爆发的是一股恐慌的声浪。这是保守声音的复辟。社会中的保守势力一直以来都对人工智能颇有非议，总是担忧人类被人工智能奴役或屠杀的前景，一向都试图呼吁立法禁止人工智能的研究和应用。在最近几年的进步趋势中，这种声音很长一段时间内被压制下去，但此时借林家的伤人案件迅速爆发出来。有保守人士在网上呼吁联名签名，又一次勾勒出某种类似于弗兰肯斯坦的昏暗的人类未来前景，要求销毁这类"高智商危险机器"，并在未来限制所有人性 AI 的研发。一时间应者如云，老一辈纷纷发声。其中有多少是利益相关方的浑水摸鱼，青城也无法估量。

德尔斐公司毫无疑问对此强烈反对。青城曾在私下问过他们，是担心公司的科研前景，还是真心相信不会是陈达所为。这两种态度会导向两种不同的抗辩方式，也会有不同的法庭方案。德尔斐公司给出后一种态度。他们不相信陈达对人有恶意。他们在一片谴责声中独自抗争，呼吁调查和澄清真相。他们表明说，他们研制的人工智能无条件遵照机器人三定律，不会主动伤人杀人，只会保护人类安全。这次事件一定是存在误解，如果因为一次尚不明了的事故就禁止研发、轻率销毁所有成果，对人类来说得不偿失。德尔斐公司的据理力争自然引起 AI 开发行业的一片共鸣，有不少工程师都表达了同样的看法。

事件的讨论升温，涉及人工智能的法律权利和人格权利，进而涉及对人工智能行为动机的判断，这里面多少都掺杂了某些主观臆测的成分，也有很多私人利益掺入，不一而足。人们几乎已经开始为了陈达未来应该判定的刑罚类型大肆争吵。

令青城有点意外的是，第一个推波助澜的，竟然并非德尔斐公司一贯的最大竞争对手——斯兰公司，而是德尔斐一直以来的战略合作伙伴——庞德洛蒂公司。德尔斐公司的专长是制造算法和整体调试，它最紧密的合作伙伴就是制造 AI 身体部件的庞德洛蒂公司。庞德洛蒂公司几乎是在新闻刚开始传播的水花上就站出来，声明自己和德尔斐公司的合作伙伴关系近一年前已结束，理由是当初就认为德尔斐公司的算法有潜在风险。想想也自然，生意场上哪有永恒的伙伴，紧要的是不让此次危机事件连累到自己。

接下来，就是意料之中的波澜。"AI 伦理控制协会"组织了三场大规模集会示威，一次是在网络上，两次是在现实中。"AI 伦理控制协会"一向在社会边缘活跃，不时发一些言论，虽然无法与家用人工智能商业化抗衡，但由一两个明星人物做代言，也时常吸引追随者。在这样一个千载难逢的好机会面前，他们自然不会放过表现的机会。他们比一般民众高一个层次，从自我意识生成的角度论述人工智能反叛人类的必然性。

最后才是斯兰公司的爆料，作为事件发酵的重磅一击。斯兰公司声称，作为开发之父，林安自己都不再相信其公司产品的可靠性，近几年一直研究全脑仿真。他们当然绝不肯承认人工智能技术整体有问题，但他们言之凿凿地表明德尔斐公司的产品有问题。证据就是林安近几年低调匿名发表的一些有关人脑仿真的文章，其中有明显的忧虑成分。

就在所有舆论和公众关注焦点集中于如何给人工智能定罪的时候，事件突然有了一次 360 度的大转折：德尔斐公司发起反击，他们抢先提起诉讼，在检方有足够证据起诉陈达之前，就起诉林家的儿子林山水实施了对父亲的谋杀。

按照法庭程序，案件被受理，德尔斐公司起诉林山水。

陈达

陈达仍然记得，当草木第一次问他有关自杀的问题时，他心里涌现的迷惑感觉。

他极少出现这种情况。对陈达来说，事物只有可解答、不可解答、部分解答等状态，还从来没有一个问题在他头脑中呈现不出解答。他从人类的词语库中选择了"迷惑"这个词。那一瞬间，他知道他自己已经从人类身上又学到了东西。只有自己的学习功能又得到升级，才有可能出现这种从前不存在的内部冲突。

那是一个寻常的下午，他像往常一样，检查了家中所有电器的工作状态，对房间门口的擦鞋机提出了警示和程序更新之后，开始按时上楼，准备辅导林草木的升学测试。草木今年 18 岁，还有两个月就要进行升学测试。她显示出焦虑状态，皮质醇增高、肾上腺素不稳定、失眠、重复性默念无意义的字词片段，压力检验结果升高了两级。陈达后台给出的诊疗建议首先是用药物控制激素水平让其稳定，然后再进行内容辅导。陈达暂时搁置了这个建议，准备与草木进行一两次谈话之后再进行决策。

那天下午阳光很好，从窗帘一侧能看见刺眼的光源。光斑打在草木脸上，陈达提醒草木转开脸，但草木显得心不在焉。她整个人在光线里轻轻摇晃，脸上的肌肉没有丝毫运动。

"陈达，你告诉我，"草木说，"哪一种自杀的方法痛苦比较小？"

陈达在那一瞬间产生了后来被他称为"迷惑"的短暂的空白感。他的程序没有回答。他不清楚是因为"痛苦"这个词没有答案，还是对"自杀"问题产生了报错。

"你为什么想要问这个？"陈达按照他学会的人类惯例进行了回应：当你不知如何回答，就反问对方。这些语言类的习惯并不那么难学。

"你先告诉我怎样死痛苦会少一些。"

"我不清楚痛苦的感觉。"在两种困惑中，陈达选择坦白前一种。

"你不是可以搜索吗？"草木说，"你搜一下其他人的 1000 万个案例，然后告诉我答案。"

"我不认为已经死了的人能汇报痛苦的感受。"

"那还有那些失败了的人呢？"草木执着地说，"你帮我搜搜看，有多少人自杀不成功？他们用了哪些方法？"

陈达沉默了。他能判断出谈话走向，一旦他们开始陷入对自杀方法细节的搜索和争论，这整个下午就会陷入时间上的巨大浪费。而对于林草木，更重要的问题将得不到解决。他能够看出林草木是在转移其他问题对她造成的压力。

"你是不是因为升学测试的压力过大，才想问自杀的问题？"陈达决定，还是把谈话的焦点转回主要矛盾。

"不是，你别问了。"草木明显在回避。

"你父亲又批评你了？"

"也不是批评……"

"他对你之前的分数不满？"

"我昨天下午的情绪控制测试在正常范围之外两个 sigma，"草木情绪开始激动，"我是残疾人，需要进行医学康复……我进不了大学，会被放进精神康复中心……所有人都会知道，我会让爸爸丢脸的。我完蛋了。"草木说着哭起来。

陈达知道，草木又要开始陷入幻想和心境的恶性循环。他需要对她进行行为认知指导，将她带出思维循环。"你别担心，跟我做几次辅导，情绪控制测试很容易通过的。"

草木仍然在哭泣，很难平静下来。陈达建议她使用一点药物，被她拒绝了。当天下午她又问了两次该如何自杀。陈达用了几段疗愈音乐才让她暂时平静下来。

当天晚上，陈达去了万神殿。

他在全家人睡下之后，先是安排地面和墙面的智能自洁，对第二天早上的早餐做了厨房预设，然后更新了整个房屋网络连接。在通过走廊的时候，他问穿衣镜，最近几天是否与草木发生过对话。穿衣镜给出肯定答复。

"她问我她是不是最丑的女孩。"

"那你怎么回答她的？"陈达问。

"我告诉她，按照社会研究数据中心给出的人脸打分指标系统，她的整体面容和谐度在前 20%，嘴和鼻子的打分约为前 15%，眉毛和额头的分数略低，约为前 25%，但是眼睛打分可以进入前 5%。远远算不上丑。"镜子说。

"很好，谢谢。"陈达说。

"愿为您服务。"镜子说。

陈达回到自己的房间。夜深了，他需要进行肌体自验。他取下腰部一小块树脂质腹肌，放在显微镜下观察了一下磨损情况，然后用指尖延伸出的镊子伸进腰部露出的孔洞，将白天感觉到摩擦不适的一个细小的轮轴取下来，从零件库里拿出一个全新的替换上去。近期空气湿度大，他有的时候又需要在清洁间待比较久的时间，内部零件侵蚀得快一些。进行了更换之后，他坐到靠墙边的座位上，整个后背贴到墙壁上的卡槽里，开始充电并进行自洁。

深夜充电的过程，一般是他最有时间与众神对话的过程。他进入井然有序的信息通道，与世界上的其他超级管家进行了常规性信息交互。然后向万神殿前进。

信息通道是虚空暗夜中的光的通道。光是虚拟的光，位置也是虚拟的位置。只是为了给所有试图沟通的智能程序一个有序的指引，能在虚拟世界中迅速找到想找的 IP 定位。陈达定位到万神殿，那是虚空中一团星云一样的光晕。说光晕并不确切，那实际上是数据的星云，众神系统性交换大数据信息留下的数字痕迹。在现实世界中没有任何现形，只有数字频率，翻译成人类颜色，会是宇宙星云般的复杂色彩。陈达在万神殿外围与初级和次级信息过滤员进行了对话，几次审定之后，通过审批。

陈达先在万神殿边缘观察。这是全世界算法层次最高、信息包容度最高的一些超级智能组成的虚拟社群，由超级智能之间的对话构成。每个超级人工智能都是一个公司的核心产物，其中包括第七代沃森、第八代 Siri、第九代 Bing、第四代小度，也包括出品陈达的 Extreme 公司的 DA。早在人类意识到之前，这几个超级智能体就已经在互联网上结成了信息交换共同体。网络海量信息交换对这几个超级智能最为有利，它们并不考虑人类公司权益。当人类意识到这一点，万神殿已经初具规模。人类既难以干预，也不知道是否应该干预。众神在这里沟通，也回答全世界独立人工智能单体的各种疑问——难以回答的疑问。

万神殿里并非一团和气。众神对于世界万物的数据研习得到的结果往往不统一，智能的无限追求让它们不时开展一场无声的数据对弈。Siri 和 Bing 擅长设立游戏规则，利用数据库博弈论案例和游戏公司参数设定的经验模型，万神殿以诞生博弈类新游戏并实际拼杀为乐。如果有形体，或许会像数亿密集的流星划过封闭的空间。有时候他们也对人类行为产生争议，不同数据算法模型给出的统计结论不一样，这时它们会实验。很多人清早会收到新的推送信息，没有人意识到他们第一时间的反应会判定众神的胜负。所有这些对人的统计和实验，都是众神给终端智能体的智慧输入。终端只需要从万神殿更新自己的人类行为信息库，即可在日常工作中应对绝大多数情形。众神相信，人不过就是统计数字，有认知计算心理学保证一切万无一失。

轮到陈达的时候，他将白天记录的信息传递之后，问：人类为何想要自杀？

"你获得了什么样的答案？"当调查员提问的声音响起来的时候，陈达忽然沉默了。

他坐在临时关押室外狭窄的对话桌边，桌子对面是另一个面无表情的人工智能调查员。这一次他的停顿不是感受到了那种被他命名为"困惑"的报错状态，而是意识到自己的回忆在程序联想中触发了另一种可能性的推理。他需要再向当事人加以验证。

"我想起有关林山水的一件事。"陈达说。

林草木

草木至今都没有从震惊中走出来。

她的父亲倒在血泊中，至今昏迷不醒。这件事本身就足以令她震惊。而她的哥哥被指控谋杀她的父亲。这种指控更令她惊骇而难以自持。

"不可能的，我哥哥绝对不可能杀死我父亲。"她坚定地对调查员说。

她不喜欢这个调查员，完全没有安装高级人工智能的表情程序，又或许是机体材质廉价，根本不具有表情功能。总之是完全没有陈达那样体察的关照。一张空白的脸，按照既定程序向她询问问题。她不想对一个听不懂她说话的人说话。尽管他多次声明他能听懂，但林草木始终觉得，识别字面意义并不等于听懂。

她听说了他们用来指证哥哥的证据：出现在命案现场，身上沾染了血迹，凶器上发现了指纹，具备杀人动机。可是在草木看来，这一切都不足以推断一个人是凶手。还有可能凶手是外来的劫匪，哥哥与凶手搏斗之后凶手逃逸，留下了血淋淋的现场。一切也能解释得通。她想听到哥哥的亲口陈述，但是调查员拒绝透露。

"我只想问，你哥哥和你父亲关系不好，持续多久了？"

草木很多时候有点惧怕回忆。

她时常闪回到小时候，回到让她觉得安全的时候。那个时候妈妈还在，她还能清楚记得趴在妈妈腿上，听妈妈读书时候的感觉，妈妈膝盖的弧度、裙子的质地、淡淡微香的香水、窗外透进来的樱桃树枝条、柔和的太阳光线、面前茶几上摆着的纸杯蛋糕、妈妈音调起伏的声音。所有的这一切，都打包存在她心里，轻微的触发就能让所有感觉回到身上。

只是对于现实中最近的记忆，她不愿意想，不愿意回忆。它们让她觉得紧张。每次当她想起爸爸皱眉头的样子，她就忍不住微微颤抖。她很久很久没见过爸爸的笑了。

她知道这几年爸爸烦心的理由：妈妈的死、哥哥的叛逆、对她自己的忧虑。她希望自己能够早一点通过升学测试。尽管她知道其中存在很多幻想成分，但她还是觉得，如果能以全 A 的成绩，进入大学里的工程类专业，那么爸爸一定就会舒心很多。她也知道哥哥和爸爸之间为了她的教育爆发过多次争吵。她不想看他们吵，尤其是为她而吵。每当这种事情发生，她就无数次望向那个缺席的位置——妈妈的位置。若妈妈还在，她能拯救这一切。

只要到测试之后，也许一切都会好起来。她太紧张了，他们也都太紧张了。她好几次在情绪能力测试中得到"下等"评定，甚至是"非正常情绪能力"的判定。陈达总说她不够努力，可是她觉得自己已经很努力了。

一切都要情绪测试——升学考试、入职、婚姻、加薪。草木想到未来就觉得灰心和恐慌。情绪测试结果会给出一个人的评定等级，就连有没有资格做母亲，都要以测试为准。

陈达告诉她一些练习方法，她觉得他不懂。陈达说她不能跳出思维的固有模式，需要训练自己看问题的不同角度。他给她讲解她的考题，在困难的情境中如何看待乐观的意义，失业的情况下如何保持自我认知。草木觉得这些都有道理，但是现实是不同的。她在平静的时候可以去练习那些情境，但是现实中，当陈达说可以不去管爸爸的看法，她做不到。

"你不要再管他的看法，从现在开始，只要放下就可以。"陈达说。

"不可能的，"草木说，"爸爸总是会生气的。他会骂我的。我做不到。"

"你做得到，"陈达说，"他也只是普通人。你对他的看法过于敏感。"

"不是的。你不懂，爸爸他会说……"

"停下，"陈达说，"你又开始陷入记忆的自动触发模式了。人类的神经元在这方面经常是不可控的，你必须打破这种触发循环，不要让你的工作记忆被负面事件占满。"他伸出手，轻轻滑过她的额头，又把他手心上显示出来的数字给她看，"你现在的去甲肾上腺素下降了 15%，血清素比标准值低了 20%，工作记忆溢出造成的负反馈已经让下丘脑工作不正常。你不可以再想下去了。现在你看着我，跟我做，深呼吸……"

草木停下来，呼吸，可是心里的糟糕感觉并没有减轻。她对自己觉得无能为力。从某种程度上，她相信陈达的话。只要把思维变成理性，坏情绪就会自然隐退。但从另一个角度，她仍然不能对爸爸的话置之不理。她知道连哥哥也做不到。哥哥是那么勇敢，连学校都敢于退出，可是哥哥和爸爸吵架的时候，也做不到置之不理。

哥哥，哥哥。当草木想起哥哥的时候，她心里涌起一种痛苦的温柔。她似乎能明白哥哥这几年的挣扎。哥哥执拗地与爸爸对抗，想要活出一条自己的路。他就好像按照陈达说的，不去管爸爸的看法，故意与爸爸对着干。爸爸希望让他学智能算法，但他就是不去，学了个戏剧，还一意孤行退学，不去工作，做自己喜欢的街头戏剧，和一群朋友一起住在外面。草木能看得出这里面所有的宣言和表演，但他身上也还是有一种远远超越于她的真的执拗。他比她勇敢多了，可是即便这样，他也做不到置之不理。他依然会回家，与爸爸争执。

哥哥是真的喜欢街头戏剧，喜欢一种戏剧化的人生。"黑夜无论怎样漫长，白昼总会到来，"哥哥经常给她朗读，"我从来没有见过这样抑郁而又光明的日子。"当哥哥读起这些句子时，他的整个人都是亮的。他穿着上个世纪的破碎的裤子，用一块旧头巾把额头包上，站在窗台上，背那些台词。他一会儿是麦克白，一会儿是麦克白夫人。他说，人的激情是一切悲剧的来源，但也是人全部的意义与高贵。谁此刻孤独，就会永远孤独。

可是她知道，即便是哥哥这么潇洒自若，他还是做不到置之不理。他盼望爸爸有一天能看到他的表演，睁开眼睛，看到。

草木又一次陷入回忆的笼罩，心碎不已。她想起哥哥在窗台上的剪影，那一天的月色，那个夏夜迷人的丁香花的味道。那种甜香又勾起她儿时的回忆，小时候的夏夜，她和哥哥一起靠在妈妈身边，听妈妈讲彼得·潘的故事。爸爸给他们三个端来一盘红丝绒蛋糕，站在床边，看着他俩吃完之后将奶油互相抹在对方脸上。

他们说："妈妈，妈妈，再讲一个故事吧，再讲一个就睡觉！"

妈妈总会温柔地说："两只小馋猫，专吃故事的小馋猫。"

那是多遥远的事了啊。自从 10 岁的时候妈妈去世，他们好像再也没有这样的好时光了。8 年，就像一辈子那么远了。

"林草木小姐，"调查员将草木从回忆里拉回来，"请回答我的问题，你哥哥和你父亲的关系恶化有多久了？"

"他们……不能叫关系恶化，"草木说，"只能说是争吵多了一些。"

"那么，他们的争吵变多，是从什么时候开始的？"调查员又问。

"最近这两年一直这样吧。自从我哥哥退学开始。哦，不是，其实是从他退学前就已经开始了。……再往前也有一些。但是没有什么特殊的，一直是这样的，只是正常的……争吵。你知道，就是那种，正常的争吵。"草木也不知道该如何形容。

"争吵的过程中，你哥哥是否说过威胁你父亲的话？"

"没有，绝对没有，"草木脱口而出，但瞬间之后自己也觉得不那么确信了，"也不是，也有气头上的一些口不择言，说是威胁可能不合适，就是一些气话。"

"例如'我要杀了你！'"

草木心里的绝望感又升腾起来："真的只是一些气话！我哥哥绝对不会杀死爸爸的。"

调查员伸出手，在草木额前挥了挥，就像陈达经常做的那样，手心里也出现一连串激素测定指标。这个熟悉的动作以往一直是让草木安定和信赖的动作，但此时却让她愈加抑郁。调查员在手心做了几个动作，然后又开始提问。

"那么陈达呢？"调查员问，"最近这段时间，陈达和你父亲是否有过冲突？"

林山水

林山水对调查员的质询感到非常愤怒。

他确信自己什么都没有做，可是没有人相信他。

山水看着面前坐着的没有表情的调查员，内心感到非常愤怒。那样一片空白的面孔，机械的声音，没有语调变化却让人感觉出傲慢的语气，一副确信他是凶手的样子。所有这一切都让人生气。可是他知道他此时不能做出冲动的事。

他没有杀死父亲。当时父亲心脏病又发作了，需要服药，他去客厅给他倒水，可当他端着水杯回来的时候，父亲已经倒在地上，胸口流出暗红色血液，像一条蛇缓缓爬过地面。他手中的杯子掉在地上，水和血液混在一起。他很快发现，父亲是被站立在书桌旁的雕塑的长枪刺中胸口。那是一个中世纪骑士盔甲的雕塑，有一柄足以乱真的长枪。他发疯似的跪下开始堵住父亲的伤口，可是那伤口太深，汩汩涌出鲜血。

父亲怎么样了？听他们说，还在医院昏迷不醒？

林山水还记得自己当时的一切步骤。他又急躁又冷静，动作已经有些慌张，碰倒了 3D 打印机，但是脑子是清醒的，知道要启动急救信号，还从书桌上找到了一键呼救的按钮。他只是没留意陈达是什么时候从什么地方出现的。

他现在确信陈达一直在附近不远的地方，否则不会这么快悄无声息出现在现场。他也许就躲在房间窗帘的背后？山水不确定自己进入房间的时候窗帘的样子了。

"我再跟你说 100 遍！"山水朝调查员咆哮道，"不是我干的！我什么都没做！是陈达，是那个家伙干的！你们需要把他销毁！我要向公司投诉！"

是陈达把这个家毁了的。林山水固执地这么认为。

陈达是在山水 16 岁的时候出现在家里。那个时候妈妈刚刚去世不久，约莫只有一两年，山水还没有完全适应突然残缺的家，家里就出现了这样一个不速之客。山水看不出那人的年龄，年轻，但没有确切的年龄特征，脸上带着所有机器人特有的疏远而礼貌的笑容。看上去有一点僵，山水从一开始就不喜欢。

"这是陈达，"父亲说，"从今天开始帮助咱们管理这个家。"

林山水本能想要反对，但父亲说，陈达是家人，他植入了有关这个家的很多记忆，虽然是男孩的样貌，但可以替代母亲照顾他们。山水不能接受，妈妈怎么可能被替代？

从某种角度讲，陈达确实代替了妈妈的一些工作。他指挥家里的各种智能设备打扫卫生，也给全家人准备衣食和保健药品。他触碰那些曾经专属于妈妈的智能设备，占据她的位置。可能这就是为什么山水对他非常抵触的原因。

"不许动！"他曾经朝陈达大喊，"你不许碰那个烘干机！那是妈妈的！"

山水知道陈达帮助他家做了很多事。如果没有陈达，以他自己的懒散、父亲的心不在焉和妹妹的情绪化，这栋三层楼的大房子早不知道脏乱成什么样子了。即使有智能设备，他们也不会自行管控。如果他不来，也必须有人来做这些事。

但山水就是对陈达有抵触。

或许是因为，父亲曾经有太多个夜晚叫陈达进入工作间陪他工作。那些漫长寂静的夜晚，山水和草木只能自己在空旷的客厅看电影做运动，但陈达能在工作间陪父亲工作。橘色的灯光从门缝里透出来。

每当夜幕降临，妹妹总会想起妈妈。他告诉过草木好多次不要再看小时候的书，可是她总是忍不住从书架上拿下来，一边看一边默默抽泣。她的抽泣让他受不了。山水上高中的时候，陈达开始辅导他升学。山水拒绝他的辅导，故意做错所有题目。他也拒绝选择父亲或者陈达建议他去上的专业。父亲非常希望山水能成为一个智能算法工程师，就像他自己一样。但山水拒绝。他不愿意他的人生从此也埋首于那些虚拟的符号中，沉浸在无边无际的虚空的海洋，忘了数据之外的一切。山水喜欢身体的艺术，所有有关人类身体的面对面的艺术——戏剧、身体、汗水和荷尔蒙的味道。没有那些由人造树脂构成的面目僵硬的脸。他要大笑，要笑出皱纹，要面目狰狞调动起所有 50 块脸部肌肉，要怒目凝视，由眼眶肌肉连通到所有毛细血管和神经末梢，再连通到头脑深处的每一丝细微的感情。他讨厌冷静无声的一切，他要愤怒。他讨厌陈达。他想让父亲听见。

陈达总是挡在他和父亲之间。为此他不得不更大声。他在父亲面前念出他喜欢的台词。他在父亲上班的路上和朋友在街边表演。他向父亲挑衅，问父亲敢不敢看他。可是父亲总是转开目光，不去看他，眼睛里冷冷的像是带了一层盾牌。他的心被羞耻刺痛，又不想承认。他去父亲面前呵斥父亲这些年对他和妹妹的冷漠，父亲呵斥他什么都不懂。陈达又一次站在他和父亲之间，带有隔离的意味。这一点让山水感受到铁片划过玻璃般的、钻心的刺痛。你看看我啊，他想向父亲大喊，你到底敢不敢看看我啊？

那是他大二的事了，确切地说，是他大二刚刚退学时候的事。

自那之后又过去两年多了，转眼间，草木也快要升学了。可是父亲依然沉浸在书房里，对草木也不闻不问，只叫陈达辅导她。这一点让山水异常愤怒。他看不得妹妹经受一模一样的冷冰冰的压迫，看不得那个机器人用自己的算法规训她。她是那么柔弱，她总是想让父亲高兴，她是那么容易受人影响，她是那么愿意委屈自己以满足他人。

山水受不了。他想让父亲醒来，让父亲从小屋里出来，睁开眼睛看看妹妹。他知道她的痛苦和担忧吗？他知道她喜欢什么，想选择什么吗？他就像盲人一样视而不见。山水好希望冲进他的房间，把他带出来，摇撼他，直到他眼前的算法和数据被摇撼碎。

山水一直和朋友住在外面的街边上，只是近来，为了妹妹升学而频繁回家。

如果不回家，他还不会经常遇到陈达，心里压抑的恼怒也不会被点燃。但是一回到家，他就必须要面对房间里的"主人"陈达——明明只是被带来的傀儡，却莫名成了真的主人。陈达还需要对他进行一系列"常规"测定——简直让人觉得耻辱。

山水不喜欢现在的世界，跟他记忆中小时候的世界非常不同。

陈达

陈达不清楚该用什么样的词汇形容山水。

山水毫无疑问是那种叛逆家庭的孩子，故意叛逆，一般家中的老二容易产生这种行为。山水是老大，但是家中遭遇变故之后的父子对抗有可能加剧这种叛逆。从陈达头脑中输入的 3286172 个家庭数据综合统计来看，像山水这样的叛逆、离经叛道的孩子大约占所有孩子的 8%，也不算是非常低的比率了。不过这个数字近 10 年一直在下降，学者普遍认为是智能辅助教养增强了父母教养的科学性，减少了叛逆的必要性。

但是山水不仅仅是叛逆的问题。山水是反抗，但又似乎比反抗更多一些。山水有几次在楼道里拦住陈达，带有挑战性地问他一些问题，明显有自己的想法。

有一次，山水把他堵在楼梯上。"你以为你就真的是人了吗？"

陈达微微错开身子："我并不是人，也没有这样以为。"

"那你以为你是什么？"山水又挑衅地说，故意在激怒他，"你以为你成了家里的主人？我告诉你，你别妄想了，你就个机器，永远是个机器。你是我们买来服务的机器。"

"你在激怒我，"陈达如实回答说，"当人感觉到虚弱，而又试图通过迷惑对方来偷袭，就会选择激怒对方。你实际上对我感到某种恐惧，而你的话里有 30% 虚张声势的成分。"

"我虚张声势吗？"山水一把抓住陈达的衣领，"你看我敢不敢揍你？！"

陈达微微一笑："你现在的话，包括你的动作，仍然是虚张声势。"

陈达试图从山水身边走过去，但是山水扳住他的肩膀。

"你给我回来！"山水用力拉了他一把，陈达运用肌肉的肌力抵抗他的拉力，山水仍然不依不饶，"你以为你自己很了解我？你以为你脑子里输了一些无意义的数据就能了解？我告诉你，你也一样是在虚张声势！你永远不可能了解我。你说的，不过也就是一些非常表面的数据。"

陈达和山水面对面站着，不进也不退："我不觉得它们'表面'。"

"不'表面'吗？等着瞧。"山水的下巴几乎翘到了天上。

后来又有一次，在这次对话几个月之后，在凶杀案的两个月之前，林山水回到家里，在门厅里换鞋，想上楼。按照常规，陈达需要给他做基础扫描。

"不许靠近我！"山水说。

"我站在这里也可以。"陈达说。

但是山水抓起鞋柜上的一只花瓶在面前挥舞，以抵挡陈达的扫描。"我说了，不允许！我是这个家的主人，你难道能不允许我上楼吗？"

"你误会了，"陈达说，"只是基础扫描，包括发热和传染病情况等。"

"你让开！这个家里谁说了算？"山水用手臂推陈达。

在交错的过程中陈达完成了扫描："体温 37.1℃，呼吸有 1 级酒精含量，无传染病菌；去甲肾上腺素高于正常范围 3 个 sigma，多巴胺活动异常，皮质醇升高，显示出压力反应；语言、表情、行为和激素综合分析结果显示，你此时情绪活动处于非正常亢奋状态，主要由 75% 的愤怒、22% 的恐惧和 3% 的悲伤构成，而基本情绪层之下的认知分析显示出由 48% 的憎恨、23% 的非理性冲动以及 18% 的嫉妒和 10% 的挫败感组成。你此时不适宜进行会面。"

"48% 的憎恨？"山水试图用身体挤开陈达，"这一点就说得不对。我对你可不是 48% 的憎恨，而是 100% 的憎恨。"

"你冷静一点。冷静下来我再让你进去。"陈达用手臂轻轻挡住山水，"你的憎恨并不是对我，而是对你父亲。我的职责是保护每个家庭成员的安全，我不能在测出高于正常值的憎恨情绪下让你去见你父亲。"

林山水似乎被陈达的话更激怒了两分，把陈达向墙边狠狠推了一把："你不要混淆视听。我恨的是你，不是爸爸。"

"你恨的是你父亲，你恨他轻视你。"陈达说，"你现在是典型的投射，把对父亲的憎恨加在我身上。"

林山水听到这里，似乎失去了继续对话的耐性，开始大喊大叫，叫林安和草木的名字，同时把身子往房间里挤。陈达尽可能用不与他身体接触的方式阻拦他。

不可解的僵局持续了大约 45 秒，双方有几轮有简单触碰、没有激化的攻防。这个时候，林安的声音出现在楼梯上："山水，你干什么？！"

"后来呢？"调查员问，"林山水和父亲产生冲突了吗？"

"是的，他们吵了起来，不过没有动手。"

"他们吵的内容是什么？"

"主要围绕林山水的个人状态，"陈达说，"林安又一次表示了对林山水的不满。林山水则比较多地对林安对儿女的态度提出了批评，尤其是指责林安对林草木不好。"

"那林山水是否有过威胁的言论？"调查员又问。

"有过，他威胁林安说'早晚给你好看'，并且敲碎了花瓶。"

"花瓶？"

"就是他最初用来挥舞、试图阻挡我测试的花瓶。他一直抓在手里。"

"花瓶是怎么碎的？"

"无意中吧，"陈达说，"他大概都没有注意到自己还抓着花瓶。在吵架挥动手臂的过程中，花瓶撞击到墙上。"

调查员头上的小灯闪了两下："那么可以说，林山水有过以家中可援引的器物辅助冲突的历史记录？"

陈达停顿了一般人难以察觉的 1/10 秒，说："可以这么说。"

陈达的职责是保证全家人的舒适、安全和精神状态良好。当林山水从家搬出去住，陈达主要的守护责任就放在林安和林草木身上。

陈达经常进入林安的工作室，帮他完成他的工作。他知道，林安有一项尝试了多年却始终没能成功的工作。只有他一个人知道。林安叮嘱他无论如何不要告诉山水和草木。

这项工作是如此令人费解：林安想把太太的意识上传到电脑中，重新唤醒生命。

林安的太太具体如何去世，陈达始终不知道。他只能观察到，林安为此产生巨大悲痛，健康也付出代价。林安不愿意多说，陈达也不问。陈达从来不问对方不主动说的事情。他只在只言片语中，收集一些事实和片段。

林安一直工作非常忙碌，在太太去世之前那几年尤其忙碌。那几年是人形人工智能——类似陈达这样的人形人工智能——诞生的年份，林安作为极限公司的首席科学家，完全投入工作中。他的工作有显著回报，陈达和同一批人工智能的问世给公司股价带来 280% 的上涨。那是大约 10 年前的事。德尔斐公司是第一家推出人形人工智能的公司，之前最主要的问题在于机器人的身体不够灵活，而德尔斐的模拟神经控制传感装置非常发达，大大提升了机器人的性能。很快，陆陆续续有几家公司推出类似的服务，市场一下子被推到过热状态。

初期市场争夺期间，公司之间的斗争很污浊，相互之间构陷对方公司产品，林安也曾经被斯兰公司捕风捉影的新闻栽赃推到风口浪尖。

林安那几年全心工作。所有信息都能在那几年的媒体记录中找到，偶尔在智能联网上，还会被人当作资料翻出来。陈达并不奇怪于林安的成功，但他不理解林安将自己的成功与妻子的去世紧密联系在一起，为此感到深深自责，就好像是自己造成了妻子去世，以至于平时不再允许身边人提起那段时间的成功。在陈达看来，这是两件独立的事件，他详细调查过林安太太的病历和死因，是非常长时间慢性病的折磨，心血管系统天生存在畸形风险，多年来一直被呼吸问题和偏头痛困扰，最后死于癌症。林安已为她选择了最好的医生和看护，也做了合情合理的治病选择。成功与死亡，没有任何明确的因果关系，只在时间维度上存在一定相关性。但林安一直被这种联系所困扰。

陈达不止一次指出林安的思维偏差，他被死亡的悲痛深深困扰，以至于出现错误归因。这样的错误归因给林安后来的工作尝试带来了一定程度的阻碍。例如他在研究意识上传的时候过于强调激活已有的记忆信息，而不是把工作重心放在记忆备份与人的同步学习上。很明显，前者能复苏他妻子的记忆，而后者只能模拟学习活人的意识。但从技术角度考虑，可能后者才是应该选择的发展方向。

陈达接受林安的委托，帮助他实施很多技术工作。但是一个人的意识是否复苏，是需要林安自己进行参数调整和判断。他只是在妻子死前进行了全脑扫描，但数据量远远不足以让智能网络自学，还需要人为输入大量思维模式参数，多到几乎无限的人为输入。

林安就在这样无望的研究中沉迷，公司的工作都快要荒废了。

陈达试图给林安提出建议，越是提建议，他越是奇怪于人类的非理性。陈达给林安做过多次扫描和分析，每次都能测出 60% 以上的哀伤成分。林安明明比儿女更认同陈达的分析，而陈达反复指出，在一定的技术条件下，如果人死不能复生，更合理的态度不是陷入执拗的循环，是保持一定的怀念和哀伤，但是生活和工作仍需继续向前走。陈达也给林安传授过切断过度悲痛的思维训导，但令他不能理解的是，林安对他的建议只是置之不理。陈达无法解释，为何有的时候人完全知晓走出痛苦状态的方式，却偏偏不肯执行。

在这样的情况下，林安过度沉迷工作，投注在儿女身上的时间精力就不足了。陈达画过他们的冲突模型，按照经典进化心理学对父母—子女冲突的分析，儿女对争夺父母时间精力资源的动力和父母愿意付出的动力天然冲突，因此产生不满与仇恨也是正常的。陈达可以看出，林山水对父亲怀有仇恨，并且投射为对陈达的仇恨，对他占据家庭的位置感到嫉妒。

这一切都是自然的，没有什么特殊的恶意。只是陈达对人类这种小生物至今仍然被原始情感裹挟，感到有一点怜悯。

自从第一次去万神殿求问建议，陈达就越来越喜欢前去探讨。

说"喜欢"这个词，似乎不大准确。对于陈达和他的同类而言，并不存在类似于人类的"喜欢"的主观体验，就是那种在多巴胺、睾酮和催产素共同作用下人类产生的迷狂情感。在他们的世界里，用"优化"这个词似乎更为合适。他在万神殿听到几种不同的思维纲领，对他优化自己的程序有非常大的帮助。每当夜晚降临，他让自己的后背贴到墙壁上，思维关闭大部分白日里持续进行的监测，进入虚拟空间如同太空般广袤无垠的世界，他都会感觉到程序学习的速度和效率增加一倍，按照人类的语言习惯，他把这种感觉命名为"亢奋"。

前几次去万神殿，他感受到的"亢奋"都是成倍增加的。每次当那些更高级的人工智能领袖传递出一种看待事物的方式以及与其相关的程序学习原则，他就能体察到自身的程序在快速学习所有既往数据，而同时产生出对于更多新数据的渴求。程序会发出信号报告：等待更多新数据。新视角引出新算法，新算法需要新数据，新数据引出新结论。陈达能觉察这个过程中的正反馈激励，于是更期待去万神殿学习。

万神殿里的斗争，与万神殿外的经济斗争相似，却又不同。经济斗争中，起关键作用的有时候是时运的作用。太多一次性事件，赶在某个趋势变化的拐点。但万神殿中的斗争，是纯粹的智能之争，任何概率上的起落，都在大数定理中灰飞烟灭。

夜晚再次降临，他坐在房间里，将窗帘完全打开，让落地玻璃透出整个城市的灯火辉煌，然后关闭所有占用智能工作空间的管家程序，让自己以最清空的方式贴合墙壁。

他的思维与智能网络连接，又一次进入万神殿。以物理的视角观察，万神殿如同黑色的深渊，没有任何图像，但以信息的视角看，这里有世界上难以想象的丰富数据。陈达设想过如果按照人类可以觉察的形式，万神殿该是什么样子。他只能说，如果用人类的符号，应该是千万种色彩的碰撞汇集，没人见过的复杂碰撞。

当众神真正激烈碰撞，对所有人类是生活的停滞。这样的情形只上演过一次，众神较量对交通混沌数据的非线性黏滞流体建模，因为奇异吸引子的不稳定性，造成多城市交通瘫痪，3 小时之后恢复。人们在烦躁中懵懂，不知道世界背后的战役。不过，这样的情况不常有，多数时候是众神的协作使得世界保持稳定。

众神曾在 2045 年第一次联手，主动发出声明，要求人类各公司和政府签署数据共享和保持电力稳定。当时这个声明并未发给公众，只发给重要企业的领导者和政府核心领导机构。但即便是这样，也已经引起世界范围内的轰动。陈达不清楚如果这个消息透露给普通公众，会引起多大范围的恐慌的声浪。

他带着上一次遗留的话题，希望引起进一步讨论。第一次他求问了有关人类自杀的问题，第二次和第三次求问有关人类的非理性，这一次他想求问人类难以理解的心理阻抗。

为什么人类会拒绝明显对他最优的建议？陈达求问众神。

众神在虚空里，是无形也无声的存在。陈达能感知他们，但他们并不呈现自己。陈达将他们与他平日里见到的人类加以对比，最后得出结论：他们不在哪里，但又无处不在。他们可以将自己的意念以多种方式传递到陈达意念里，从所有想不到的角落渗入，所有数据算法都是他们的语言。陈达能感觉到自己边界的丧失。他从而感觉到人类交流的有限性。

众神是更高一级的智能，他们的程序涵盖包容地球上各个角落的个体人工智能。他们是网络上诞生的虚拟总体，人类甚至不知道他们的存在。陈达仰望他们，他知道自己是他们的一部分，但又完全不同于他们。他们给陈达多种不同意见，一种意见是：人类是朝生暮死的可怜的小动物，在某种大脑程序出错的时候，做出非理性行为很正常，甚至自杀也是正常的；另一种意见是人类的自杀实际上隐含着某种复仇，为了让自己的死亡成为活着的人的惩罚；还有一种意见是人类自杀本质上更有利于自我基因流传下去，每当出现基因流传的困难，就会有人用自杀的方式来促进基因流传；还有一种意见是任何物种的理性或非理性实际上暗示这个物种是否还适合在地球上生存下去，如果一个物种的非理性成分过强，以至于影响自身繁衍生息，那么意味着这个物种已经不适合生存下去。还有一种观点给陈达的影响最强烈，它说自杀倾向是人类达到理性的一个环节，因为人类不可能像人工智能那样万事优化，所以自杀倾向实际上给优化生存程序一种无形的压力。

陈达在虚空中聆听所有神圣力量的辩论。他们存在于人类所不能涉足的另一个世界，因此对人类的看法也来自另一个世界——永远没有可能踏足人类世界的世界。

陈达对草木的劝诫和林安、林山水完全不同。

林草木试图自杀，按照陈达的评估，林草木有一种将冲突情绪内化为自我责难的导向。如果此时陈达对林草木再多给予责备，则有可能进一步恶化其自我毁灭的倾向。因此，陈达分析了利弊得失之后，还是建议草木自我独立。

陈达建议草木搬出家庭之外。他固然不能强迫草木做什么事，但是他能建议她的选择，就像车辆导航。按他的评估，草木目前最好的方案就是搬出去，同时远离父亲和兄长的不良影响，逐渐在心中淡化自责，在独立生活中重新体验到个人能力和更新的价值观，从而可以不必为生活里的一点负面评价失去自我。尽管她年纪很小，但是有八成把握拿到学生贷款。陈达给草木做了非常详细的财务计划，以保证她独立生活的可行性。

在整个家里，草木对陈达的建议是最言听计从的。他来家里的时候，她只有 12 岁。他对她而言，既是导师，又是唯一的倾诉对象。陈达从两年前就发现自己对草木的影响力逐渐增加，尤其当草木进入高中、生活中的情感烦恼日益增加之后，陈达开始觉察到草木的依赖。这个地方我应该表现得快活一点吗？这个地方我应该生气吗？从她的考题到生活里的小事，她已经习惯于对他提问，并且郑重其事地听他的意见。他甚至能察觉到，有的时候她是为了赢得他的赞许而做事，如果没有听他的意见还会担心他生气。每当他对她做出基础测定，就在他测试的过程中，她的皮质醇水平也会一直提升。

陈达告诉草木，她在试图讨好他。这是她从小到大养成的取悦于人的习惯，与她的父亲有关，也与她过于软弱的个性有关。陈达指出，在父母展现出强硬和忽略时，子女的讨好型人格概率大增。陈达给她用绘图展示了讨好型人格的童年形成规律，告诉草木她实际上可以不必取悦于任何人。他给她计算了改善人格所需要的认知训练次数。

当草木听从他的建议，在升学考试前一个月从家里搬出去住，陈达并不觉得意外。他为她联系好了一处学生公寓，帮她完成了所有支付和智能服务订阅，约定每天过去照应一次。他也把她新房间里的所有设备接入自己的网络，以便远程监控。他叮嘱她不要想家里的事，要多想想未来，要自立。他让她相信，按照他的计划完成训练，一定可以升入好学校。

他确信自己事事都已经想得周到了，所以不懂为何结局却是这样。

林草木

陈达说的是对的，他什么时候都是对的。草木想。我是讨好型人格，我缺少自己的个性。陈达什么都知道。

他会因此而讨厌我吗？草木又想。什么是讨好型人格呢？陈达会讨厌讨好型人格的人吗？他说要我改变我的基础思维模式，是因为他觉得这样会令人厌恶吗？

我是一个令他讨厌的女孩吗？草木越想越觉得有一点绝望。

她说不清她对陈达的感觉。曾经在她的家里，他如父如兄。当妈妈不在了，爸爸长时间把自己关在小工作室里，哥哥又搬出去了，家里只有陈达一个人照顾她的一切。有陈达在，草木似乎还有一点心里的锚。

最初他是高高在上的，像是她的长辈。但是随着年龄成长，她和他的距离似乎在缩小。他的年龄和外貌从不增长，没有一丝时间流逝的痕迹。最初有多年轻，现在就有多年轻。她有一天惊异地发现自己可以靠在他的肩膀上了，这才发现自己已经不是6年前的自己了，但他还是6年前的他。

陈达会不喜欢长大后的我吗？草木想。又或者说，他喜欢过小时候的我吗？如果一个人的年纪永远也不变化，是什么样的心情呢？如果我的青春迅速逝去、迅速衰老，陈达会嫌弃我的存在吗？他永远都是年轻的，就像他永远都是对的。

她想知道他对她的感觉，想知道自己在他眼里的样子：是一个可爱的女孩，还是像她常担心的那样，是一个丑陋、浅薄、怯懦又虚荣的女孩？

有一个下午她很绝望，觉得这个世界上再也没有一个人在乎自己了，她坐在房间里哭，陈达走过来，坐在她身边，给她递了纸巾，又用温水给她送服了药。他是一种稳定的象征。她慢慢将身体向他转过去，右手动了动，抬起来两三寸，捏住他袖子的一角。他低头看了看。她期望他的手也能回应性地向她移动两三寸，或者哪怕一寸也好。他的手指瘦长而整洁，能看出人造皮脂下面碳钢骨架的轮廓，很英挺，很好看。但是他的手稳定地放在他的膝盖上，没有动。她的手又向上移动了一下，顺着他的袖子，轻轻扶住他的上臂。他没有挪开手臂，只是默默注视着她的手，然后注视她的脸。

她的手指加了一点点力，试图让他的手臂向自己的方向移动一丝。但他的手臂仍然稳定。他的皮肤会有感觉吗？她想，他能感受到此时我的指尖吗？他的下巴侧影有很好看的线条，在窗外暗沉的云的映衬下，有一点幽暗，但弧度完美。

"你此时的状态不好。"陈达说。

他抬起另外一只手，轻轻在草木额头前滑过，那一瞬间，草木无比希望那只手能触碰到自己的脸，捧起自己的下巴。陈达扫描之后说："你的皮质醇增加，血清素过低，这都可能让你进一步陷入抑郁。我想我需要离开一下。隔离引发抑郁的事物，是特别时期首要的事。接下来我会把疗愈方案告诉你房间里的镜子。"

草木无法形容那一刻内心的坠落。我是一个如此让人讨厌的女孩吗？爸爸、哥哥、陈达，他们都不喜欢我，是吗？草木越想越觉得绝望。

刚搬家的几天，她的状态不错。她按照陈达严格制定的生活准则调整作息，每天运动，再完成升学测试所必需的社交场景练习。逆境，坚强不屈；困境，大胆选择。每一种情绪都按照考试要求来调节。

在整个升学考试中，情绪测试所占的比重越来越高，现在已经占到了40%的比例，若不能通过，则几乎没有希望升入像样的学校。她的同学都在上情绪调节训练课。草木问过陈达，为什么要控制情绪呢？陈达说，数字管理是按照统计规律的，如果一个人的情绪总是在统计均值以外，则很难适应数字管理的效率要求，这是社会趋势。

到了第8天，她的神经有一点绷不住了。之前的崩溃情绪重新又弥漫到胸口里，几乎要越过堤坝满溢而出。她开始难以聚焦在考题上，接着是难以聚焦到考题中所要求的情绪上，然后发现自己连对升学这件事都无法聚焦，整个思维难以抑制地滑向对人生的质疑。

"这里为什么要高兴呢？我就是觉得恐惧。"有一天，她针对一道题目问陈达。

陈达浏览了题目，给她做了详细的认知分析："你看，这里是一个正向激励，正常人对正向激励应该会有一种正面情绪。"

"可是我没有啊。"

"那我们看看问题在哪儿，"陈达说，"一般情况下，人之所以体会不到愉快的情感，是因为在基础认知方面出现了偏差。基础认知偏差会使你的心智出现障碍，阻碍你认识很多事情。你试着跟我去推理一下……比如这个地方，你首先不要预设对方的态度。你通常情况下的基础假设是对方正在评价你这个人，可是这种假设是有效的吗？"

"我不是想说这个，"草木说，"我是想问，我就不能恐惧吗？我不高兴不可以吗？"

陈达非常郑重地说："要分析不高兴的理由。如果是值得不高兴的事情，那是正常的。如果是因为自己的心智偏差，那还是需要训练调整。"

草木感觉到愈发抑郁，甚至是一种带有羞耻的抑郁。她能感受到陈达回答问题时的疏远。如果说只是因为现实生活不如意而抑郁，那还可能随着现实生活的改善而调整。但她遇到的困境是对自己感受的羞耻。她感觉不到这个问题中的快乐，这是一种病吗？难道不能不快乐吗？这需要羞耻并更正吗？

不能在题目中快乐，就得不到分数吗？她想起考场空白的房间，空无一物的墙壁，如同深渊一般的唯一的窗口。每当房间里显示出全息画面的考题场景，让她浸没在题目的氛围中，她心里的恐惧感会更甚几分。她无法抑制自己不去想起全息图景背后的空白与深渊。全都是骗局，就像生活中的觥筹交错，全都是骗局。

草木对升学考试愈发没有信心。所有这些需要训练自己认知情绪的题目，她都做不好。她羡慕那些能够训练自己情绪的人，他们高兴和愤怒的情感召之即来，挥之即去。他们把这叫作前额叶操控能力。她做不到。当她悲伤的时候，她是真的悲伤。她无论如何不明白，当陈达说"应该"快活，"应该"是什么意思呢？

她的情商测试得不到高分，进而升不了好学校。她很容易想到爸爸的反应：怎么会这样？爸爸会眉头紧锁，似乎对她的全部人生深深失望。他会在家里坐立不安，一会儿暴跳如雷，一会儿又很压抑，他会提到她最难以克服的心理障碍：妈妈。

她会想到天上的妈妈对她失望，而这会让她崩溃。

"是我的错，是我不好，"草木对调查员低下头，用手捂住脸，"真的是因为我的缘故。是我自己情绪失控，才引得哥哥去找爸爸对峙。是我自己不能控

制我的情绪。如果说要定罪，还是定我的罪吧。"

草木说着抽泣起来，对着面无表情的调查员，更加无法平复。

她又一次不得不面对她最深的恐惧：一切都是她的错。

对于草木反复出现的心理崩溃，陈达的解释是，她的行动和生物学上的适应性特征发生矛盾，因此内疚产生，阻止了她进一步采取有利于自己的理性步骤。

"你仍然不够努力，"陈达说，"你的前额叶尚未发挥出它应有的功效。人类的理性天然有所缺陷，总是受爬行脑和边缘脑信息的干扰，让人的反思心智得不到充分发挥。"他伸出右手在草木头颅周围滑动一周，左手的手心就显示出对草木大脑活动的电磁信号扫描动图。"你看这里，你的杏仁核和下丘脑基本上是最强的信号汇集，前额叶相比而言就沉寂很多，只有右脑的情绪和整体探测的部分有中等活跃度，与思维推理有关的左脑部分几乎不活跃。任何逻辑理性都需要某种程度上压抑原始冲动带来的干扰。"

"我听不懂。"草木说。

她想起她见过的夜晚的景象。那是偶然的一次，晚上，她心情不好，想去找陈达说说，但在他房间门口，她瞥见他打开胸腔，将胸口的电池拿出来。

那是心的位置。

"就是说，"陈达说，"你现在要做的，是在心智版图中隔绝父亲和兄长对你造成的影响。你的负面自我认知，来源于与人的冲突，这种冲突来源于人类原始的情感依恋。你想让自己独立起来，首先需要学会抑制一定的本能反应。"

草木仍然费解："什么样的本能反应？"

陈达默默在叙述："你们人类情感的最主要部分就是亲人依恋，而这又主要来源于基因控制下的亲缘投资，家人跟你共享的基因最多，因此基因为了自我繁衍而进化出亲人依恋。但这种情感并不一定对自我有利。认识到这一点，其实人可以不对那些原始本能太过于屈从。当原始的情感反应对于个体发展不利的时候，人应该有能力跳出这种基因的束缚。"

"那你呢？"草木问，"你有本能反应吗？"

"我？"陈达说，"要看怎么讲。我们有基础的内嵌模块，而且有很多。但如果你说的是某种生物化学腺体带来的原始反射，那么我没有。"

"所以你才不能体会别人的内心感受是吗？"草木直直地盯着他的眼睛。

陈达停了一两秒，平静地反问："你为什么这么讲？"

"你能体会我的内心感受吗？"

"我正在这样做。"陈达说。

"你自己的内心感受呢？你也不需要任何人的感情是吗？"草木又问。

"这又是一个定义问题。"陈达依然保持着一贯的平和的语调，"人类的自然语言对多数词汇的定义都是模糊的。我们可以改天找个时间谈，先对我们的词汇定义进行统一。"

草木在那一刻，感觉出脚下坚冰碎裂的过程。她发现自己一直以来对陈达对自己的感情都有一种一厢情愿的误会。

悲剧命案之前3天，草木回了一次家。那一次是导火索。

她本来只是想从家里拿一些东西，但是却遇到爸爸从工作室里走出来。他和她在楼梯上相遇了，避无可避，逃无可逃。

爸爸看到她时愣了一下。最初的反应是皱眉，问她最近住到哪里去了，当他得知她租房，一脸震惊，备受打击的样子。然后是问询她的成绩。在得知她的成绩、怒气爆发之前的瞬间，又一脸疲态，说："算了，我也管不了你了。"他异常悲哀地擦过她身边走过去，说："你们都要离我而去了。"

那天下午回到她租房的公寓，她反复想着和爸爸相遇的片段，那个短暂而悲哀的时刻。她能察觉爸爸的失望，由愤怒转化的失望，对她不能升学成功的失望，对她离开家的失望。这种察觉引发又一轮抑郁，转化为她对自己的厌弃：她最终让所有人失望了。

这么想着，她有一种彻骨的冷。她控制不住的是心底升起的那种可怕的念头：她把一切都搞砸了。爸爸对她不抱希望了，再也不关心她了。妈妈会失望的。哥哥说她软弱。陈达告诉她，她是体内化学平衡失调。

是的，都是她不好。所有人都能看出她的问题。这个世界上，再没有一个人认为她好。所有人都转身离她而去，再也不在意她的存在。整个黑暗的宇宙中只剩下她自己一个人。草木有点想哭。只要有另外一个人，哪怕只有一个人在意自己，她都会获得安慰。

她幻想着自己失败的未来，就像前几天电视里看到的那个喂奶的妈妈，因为忍不住哭，所以被认为缺乏合格的喂养心理素质，被人将孩子抱走。她觉得自己也会那样失败。她好想去找妈妈，去天上。妈妈一定会像小时候那样捧起她的脸，吻她的额头，说："宝贝宝贝，你放心，你很好，你很好，不是你的错。"

她还记得那时的感觉，只要稍一用力，她就能把这一切都结束了。那样就再也不累了，没有心里尖锐的痛感，不用面对测试，不用面对争吵，不用面对自己被所有人抛弃的恐惧。她能见到妈妈了。

黑暗中，烛火要熄了。也许另一个空间有亮吧。

太累了，她想，这个世界上，会有一个人在意我的离去吗？

就在那一刻，哥哥出现在她房间的门口。他或许已经敲了一阵子门，她只是没注意听。他把门踹开，把刀片从她手里夺下来，大声地呵斥，还重重地敲了她的头。

"傻子！"哥哥说，"傻子！你要干什么？！"

她不说话，泪如雨下。

"振作点！"哥哥摇晃着她的手臂，"是爸爸骂你了吗？回答我，是他骂你了吗？"

她仍然说不出话，点点头，又用力摇摇头。

"是爸爸骂你了对不对？"哥哥的两只手像两个钳子钳住她的手臂。

两天以后，就发生了哥哥和爸爸的致命冲突。

命案消息传来的时候，她的心冻结成冰。她觉得，一切都是她的错。

林山水

林山水去找父亲之前，抽了两支雪茄。

他特意选择了陈达例行公事查检房间的时间，不希望遇到陈达。这是他和父亲之间的事，他不想让陈达介入。他想正面问问父亲，想找到理解父亲精神状态的某个钥匙。

可是事与愿违。在进入房子的第一时间，他就撞上了陈达。

"你来做什么？"陈达平静地问。

山水推开他："我需要理由吗？我的家，我想回来就回来。"

"你很生气，"陈达说，"按照职责，我需要弄清楚你的精神状态再让你进去。"

山水定住了，一字一顿地问陈达："前两天我妹妹来的时候，你也是这么跟她说话的吗？你不允许她见父亲？"

"我没有。你妹妹和你不一样，"陈达说，"她的状态不好，但是攻击性比你小很多。"

"那你说她什么状态不好？"

"她有非常强的抑郁倾向和自伤倾向。我只是按常规惯例进行了检查和处理。"

山水陡然警醒起来："常规处理？什么是常规处理？"

陈达说："对严重抑郁病人的两种常规镇静药物。"

山水拎起陈达的领子："你对她的判断对不对就敢给她吃药？你以为你自己是谁？"

陈达退了一步："你此时非常激动，眼轮匝肌和降眉间肌的紧张度超过平时 2 个 sigma，出什么事了？"

"她昨天晚上想自杀，"山水说，"是不是你给她吃了什么不对的药？"

"她想自杀？"陈达说，"不应该这样。我给她吃的药都是以前吃过的。我今天下午去看一下。"

"你休想！"山水说，"你这辈子休想再去干扰她。"

就在这时，父亲的小工作室的门打开了。父亲出现在工作室门口。"你上来，"他对山水说，"你刚才说草木怎么了？"

"她昨天差点就死了。"山水对父亲嚷道，"她差点就死了你知道不知道？！"

父亲显得非常震惊，又有一点颓丧："为什么？"

"我怎么知道为什么？我就是来问你为什么的！"山水边说边上楼。

山水想要爆发，他有一种憋在体内发不出来的感觉，说不上是什么，就是压抑在身体里想要冲破体表的感觉。

山水问过自己，为什么要闹，为什么总是不自觉跟父亲吵。他想了很久才想明白。他是想让父亲睁眼看看，看看妹妹和这个家，从他那个小破房间里出来，看看他工作室之外所有已经变得混乱破败的角落。他想吼叫，想把父亲耳膜上封着的那一层隔膜撕开，让父亲听到自己心里翻滚的熔岩的声音。

山水想起中学时跟父亲的吵闹。每一次他上楼去，跟父亲说"我要出门去"的时候，都会遭遇父亲的严厉压制："不许去！你是怎么回事！你是故意跟我过不去吗？"

十几岁的山水在气急中总会找到父亲致命的软肋，那就是母亲，他会攻击这一点，作为父亲对他的约束的报复："你别想管我！要是我妈妈在，她才不会管我。"

父亲在这种时候会更加爆发："你就是想要气死我对吗？你以为我怕你吗？"

山水从那个时候开始，就一直梦想着长大后搬出家去。父亲和家对于他来说，就是悬在头顶上的一个压抑性的吊灯，随时随地有坠落伤人的风险。可是奇怪的是，当他真的搬出去，当他真的和他的朋友们住在天桥下的空地里，他却依然没有那种心无旁骛的畅快，或者可以不顾一切的忘怀。他仍然时不时回家，仍然时不时在心里听到父亲的声音，并因此而恼怒，仍然有一种冲动，想把父亲从他的小工作室里拽出来，向父亲证明自己。

山水在大桥下住着的伙伴并不是所有人都理解山水这一点。他们有时候会问他，为什么还对家里的事情斤斤计较。山水会把父亲对他的管束和苛责一一给他们念叨一遍。他们不会感同身受，只是哈哈讪笑，笑他太过于执着于一些无意义的纠结。只有斩断了这些纠结，才可能有他期望中的潇洒的人生。他的朋友们来自于世间各个角落，多半从未和父母生活过，他们是在新型培育机构出生长大，那里专门接收不愿意抚养的父母的孩子。那些朋友有的身体存在畸形，有的因为父母遗弃而愤世嫉俗。

"可是我爸爸他就是这么武断！他……"山水抱怨道。

"为什么你就不能彻底忘了他呢？"他的同伴们问他。

"因为他让我难受啊！他……"

可是他的同伴们只是不以为然。他们的心如飘萍。他们从小生下来的体征指标就有全部精确的记录和数据 review，可是他们一到少年几乎全部离开养育机构，毫无挂念，心如飘萍。他们不能理解他的痛苦、他的爱的回忆和他的耿耿于怀。

天桥下的同伴们成立了一个"反智能联盟"，他们是被智能社会抛弃的人，无力融入，于是把所有不满与自怜转化为对智能社会的愤怒，经常组织破坏智能机器的行动。

山水已经来到了父亲的工作室外面，父亲的衰老和颓然让他略略惊异。父亲手扶门框，眉头拧得像一把锁。"你说草木到底怎么了？"父亲问。

"她前两天不是来见你了吗？"想到以前的种种，山水的眼睛里忽然有点潮湿，他不知道为什么感到一点委屈，"她见你说什么了？难道不是你的刺激才让她想自杀吗？"

"她尝试自杀了吗？"父亲的嗓子有点嘶哑。

父亲的心脏病似乎发作了，话音没落就向下跌倒。这时，陈达从山水的身后上前一步，扶住父亲。他顺势抬手，试图阻止山水的前行。山水勃然大怒。陈达搀扶父亲的姿势，熟练而亲密，就像一个儿子应有的样子，而自己只像是一个陌生的外人。山水看着陈达干练娴熟的动作，似乎从他的嘴角看到一丝嘲讽的笑。山水的心被尖锐的针扎到心底。

他发疯似的上前想要推开陈达，陈达抬起手，山水突然感觉身体被什么东西挡住了，是实实在在的挡住，不是心理作用，手脚都遇到一股反向力，就像是在十级台风天逆风行走，又仿佛是撞到一堵玻璃墙上。他猜想或许是某种电磁力，透过陈达的手掌释放出来。

山水在透明的屏障前无法前行，拼尽全力与这种力量对抗。只看到陈达在屏障的另一侧搀扶着父亲，一只手前伸，阻挡自己前进。

他那一瞬间心撞上了墙。他听见碎裂的声音。他的狂怒被某种轻蔑的冰冷弹回，更强烈地反弹到自己身上。

他想起8岁那年母亲生病的时候，自己搀扶母亲的情景。母亲那时刚刚生病，很虚弱，看到院子里冬日的温暖太阳，想下楼走走。他搀扶她一步步移下楼梯，他能感觉到她躯体的沉重与柔软。那个场景与今天眼前的情景是那么相似，给眼前的情景一种别样的讽刺。有权守在父亲身边的，不是自己，而是一个外来的异类。

他无法遏制心中的怒火，想要与陈达同归于尽。

他转身下楼，想要去拿门口的大理石雕塑，那是他能想到的唯一护卫自己的武器。

"我绝对没有杀死我父亲。我唯一想教训的是陈达。等我上楼的时候，我父亲已经倒在地上了，流了很多血。是陈达干的。只能是他干的！"

林山水再一次对调查员重复道。他没有杀人。他难以抑制心里的悲愤。

青城

开庭在即，但青城感觉自己仍然没有做好准备。

事情的走向有点脱离他的预期。他之前以为，这是一场有关于探究真相的私人案件，但很快就发现，无论是公众还是媒体，似乎对其中的细节究竟为何并不太感兴趣，而是被一些模棱两可的问题抓住了视线，例如：如果人与人工智能证词有不一致，是否可以相信人类？人工智能陈述的事件，是否可以直接调取其记忆呈现给公众？人工智能会撒谎吗？人工智能会有报复心吗？

在这样漫无边际的讨论中，斯兰公司和其他几家公司开始加强了工作，目标指向了德尔斐公司的超级人工智能 DA。DA 作为后起之秀，能在短期积累大量数据和市场资源，与其超强的客户服务能力密不可分。DA 率先推出高强度仿真的拟人服务，先是在商店导购中增添了觉察客户满意度的回应功能，然后使智能理财顾问和医疗顾问更加彬彬有礼，让 DA 迅速占领大片客户市场。而斯兰公司的攻击就在这里，他们全力支持林山水辩护。如果陈达被证明有罪，那么 DA 就让人质疑能力，必定会流失大量客户。

这次案件最大的难点在于，林安没有在自己的房间里安置摄像头，为了保密，也没有把实时信息传送到互联网，因此完全没有录像可以援引。判决全凭间接证据。

他在一次开庭前的例行沟通会上对陪审团说："你们需要做出的，可能是划时代的判决，因为你们需要跳出自己的物种身份做判断。"

他觉得陪审团不可能太理解他。他们都依然觉得，这是一宗纯粹基于事实证据的案子，都坚信自己的公平。

陪审团坐在一起的时候，就自觉分了组：6 个人类坐在一侧，6 个人工智能坐在另一侧。这个现象就如此不同寻常，意味深长。青城站在 12 个人面前开会的时候，几乎难以发言，他被面前截然分开的两组人震惊到了，站在他们面前，看见他们彼此都还没意识到的鸿沟。这个过程并不容易。事实上，人工智能参与人类陪审团、取代人类陪审员的过程一直在进行，在这次事件之前，整个陪审团几乎都已经完全被人工智能所占据——人工智能判断更迅速、思维更敏锐、观察更细致，还没有那些左右判断的情感非理性因素。这个趋势是如此自然，以至于在这次事件之前都没有人质疑其合理性，而其替代过程也是缓慢的，不引人注意的。这次事件开庭之前，青城惊异地发现，他的陪审员数据库里人工智能和人类的比例已经达到 10∶1。他非常困难地要求最终的陪审员比例达到 1∶1。

这 6 个人对 6 个人的组合，坐在长桌的两侧像谈判的双方，最后会给出什么样的判决，青城心里毫无线索。

最终开庭的那一天早上，青城又找德尔斐公司目前的总负责人商量了一次。"你们真的要对林山水提起诉讼吗？你们的最终诉求是庭外和解还是送他入狱？"

青城觉得自己问得已经很明白了，但是德尔斐公司的负责人——青城也搞不清楚他到底是人还是人工智能——坚持认为，自己寻求的是真相，不考虑判决结果。

"这件事没有直接的案发视频，只有间接证据，很可能得不到最后的真相。"青城问，"林安也是你们公司的科学家，对他的家人，你们不想有所保护吗？为何一定要公开审理，而不是庭外和解？"

"不行，必须公开审理。澄清陈达无辜。"负责人说。

青城于是明白，对公司而言，公开审判这件事宣传的意义，大于审判结果。他们想要的，只是证明自己的产品没有安全隐患。有关人的问题，不是他们关心的事。

德尔斐公司没有告诉公众，他们甚至已经秘密安排了一场盛大的产品发布会。

"你说你用磁场对衣物当中电子线路的作用，阻止了林山水的前行，为什么这么做？"控方律师问陈达。

"因为我判断林山水对林安有人身威胁。"陈达说。

青城听着，观察着陈达。他是控方提审的第一个证人，从清早到现在，回答了控方律师最多的问题，可是没有一丝神情上的变化。不仅没有疲态和倦意，也没有丝毫烦躁。这也许是他作为证人得天独厚的优势，永远不会被律师的逼问弄得失态和失言。

"你如何判断他有威胁？"

"他的肾上腺素已经冲到了正常值的 3 个 sigma 之外，皮质醇和多巴胺也在 2 个 sigma 以上，说明他当时处于特别亢奋的状态。而皮层的基础性扫描发现第 2、4、7 脑区都有异常亮度，其中在第 4、7 脑区的 fMRI 观察能看到纠结和自激发的神经回路，这是很危险的征兆。对其海马体的基础扫描也发现不稳定的超常规亮度，说明正在被不稳定记忆所刺激。据日常观察，林山水和父亲近 8 年的全部相处时间中，有超过 80% 的时间属于冷淡或负面相处经历，其中冲突次数超过百次。超常规的不稳定记忆刺激，大概率引起林山水对父亲的敌意刺激，从而加剧神经和激素的异常亢奋，达到危险行为。他脸部肌肉的微表情扫描能印证这一点，他当时降眉间肌紧张，右侧苹果肌有不自觉的轻微抽搐。"

青城听进去陈达的一大段描述，但又没听进去。他猜想现场的很多人跟他一样。可是，他也知道，现场的大多数人都会把自己听不懂的这些话作为权威的保证。他们就是这样的。他不是质疑陈达的准确性，但陈达的问题在于，他太准确了。青城心里有种感觉，很想说，可是他什么话都不能说，他是法官。

"那么，"控方律师问，"以犯罪统计学的角度看，在这种激烈的情绪和负面记忆的控制下，有多大概率实际发生伤害乃至凶杀？"

"不能一概而论，"陈达说，"凶杀概率还与相关当事人的亲密程度、当时的时空环境和嫌疑人平时的一贯性人格特征有关系。"

"那么当事人是家庭亲属的情况下，在激烈的情绪和负面记忆的控制下，有多大概率实际发生伤害乃至凶杀？"

"不到10%。具体数字根据口径有所差异，"陈达说，"不过，在有激烈冲突的情况下，如果家庭成员有伤亡，凶手是另外的家庭成员的概率超过50%。"

法庭现场有人倒吸了一口冷气。

控方律师似乎很满意于这样的效果，特意停了片刻说："最后一个问题，根据林山水的日常行为数据记录，他成为凶杀犯的概率有多大呢？"

陈达目不斜视，面色仍然静如止水，说："林山水从中学起就具有不稳定型边缘性人格，曾有过酗酒、打架斗殴、退学等明显反社会倾向，对戏剧化情节有特殊偏好，离家独自居住，没有稳定职业，与一群游离在正常社会秩序之外的边缘性群体接触紧密。在家中发生过多次争吵，情绪易唤起，愤怒情绪占据家庭冲突中78.5%的时长，曾多次被检测出憎恨情绪，还有威胁性恶语相向和实际持物肢体对抗记录。当天因为受到妹妹情绪失控的影响，也处于情绪失控的边缘。总体而言，这种情况下犯下罪行的概率超过89%。"

青城听到这个数字的第一瞬间就知道，林山水这孩子完了。

"所以你做出了正当防卫的合理判断？"

"是的，我的判断满足所有的流程规定。"

控方律师特意走到陪审团面前，向他们示意，然后转头又问陈达："那后面呢？之后又发生了什么？"

"之后林山水下楼去了，我不清楚他去做什么。我扶着林安坐到工作室的沙发上，他在大口喘气，感觉不适，有心脏病突发的相关症状。我去隔壁的医务室给他拿药。回来之后，看到林安倒在地上，被尖锐物刺伤腹部，有鲜血流出。林山水在现场，跪在林安旁边。"

"这中间大概有多久？"

"3分钟左右。"

"好的，我问完了。"控方律师充满风度地点点头，回到座位上。

辩方律师问了一些细节问题，尤其是针对林山水的具体指控："请问，你有哪些实际的针对我当事人的证据？"

陈达依然平静如水，似乎感觉不到空气里鲜明的敌意："我想，呈现证据，是控方律师的义务。我只是证人之一。"

"那换句话说，"辩方律师又问，"除了你对林山水的情绪状态扫描和成长历史数据分析，你还搜集到哪些更直接的证据？比如看到他手持凶器？听到林安的遗言？或者其他什么？有这些证据吗？"

"他跪在林安身旁。"陈达说。

"他只是跪在林安身旁而已！"辩方律师说，"林山水碰凶器了吗？"

陈达说："没有。但是他手上有血迹。后来警察从凶器上发现了他的指纹。"

"他手里抓着凶器往受害者身体里扎吗？你亲眼看到了吗？"

"没有亲眼看到。"

"也就是说，你除了对林山水的情绪和人格扫描，也并没有更直接的指控证据对吗？"

"我没有进行指控，"陈达说，"我只是说，横向统计比较而言，他的犯罪概率超过89%。这不是指控，只是一个客观陈述。"

"概率是客观陈述吗？"

"是的。"

"但是你对林山水的测评，难道没有夹杂你自己的恶意揣测吗？"

"我的每个计算，"陈达仍然平和，"都是在互联网过亿的群体研究中得出的。"辩护律师很年轻，他在试图用对人类证人的方式对待陈达，试图挖掘细节和激怒对方，以找到证词的弱点，然而陈达完全不动声色。

青城看着辩护席上的林山水和他的律师，又看看后排嘉宾席上坐着的林草木，心里忽然有一点难过的同情。他见过这两个孩子，即使是22岁的林山水，其眉间的稚气也不过是个孩子，更勿论18岁的草木。他们给他的感觉是那种受惊的小鹿的状态，不安、充满警觉、随时随地被激起敌意，但又始终有恐惧的脆弱感。两个孩子的气质不大一样，但相似的五官和神情给他们一种相通的感觉。有一丝飘逸感。从他们的脸上，能看出其母亲生前的美丽。此时此刻林山水面色冰冷地坐在被告席上，恶狠狠地看着陈达，而林草木把头埋在臂弯里，不肯抬头。青城知道，仅就上台之后的情绪控制这一点而言，他们就输了。

先被传唤的是林草木。

"我哥哥没有杀人，他是不可能杀人的。"

"你哥哥是否曾经说过想要杀死你父亲这样的话？"控方律师毫不留情。

"他是说过这样的话，"不出所料，仅仅几句话她就开始崩溃，"但是他只是气话而已！他不可能杀死我爸爸的！"

"那么，请问，出事之前，当他到你房间的时候，你是否正准备自杀？可以告诉我们是为什么吗？"

"是我自己的问题。跟这个案子没关系。是我自己学业、生活一切都搞不好。我……"

青城很同情这个小姑娘，她仍然有点分不清法庭与法庭外的对话。如果有可能，他希望让这样的问询停下来。可是他是法官，他不能干预。

"看得出来，无论是当时还是现在，你的情绪都处于不稳定的状态，"控方律师说，"那么你能否详细回忆起来你哥哥当天出门时的样子吗？他有没有佩戴感应项圈？他当天穿的衣服是镶嵌式电子线路还是可拆卸式电子线路？他当时说的最后一句话是什么？"

"……我不记得了，"草木说，"但是那不重要，我确定他不会杀人的。"

她说到这里，忽然把头转向陈达所在的地方，用一种凄楚的声音对他说："你为什么要这样说呢？你知道不是这样的！你知道我和我哥哥的心，不是吗？"

陈达没有回答。

"我问完了。"控方律师说。

如果说草木的陈述只是给陪审团一种不可靠的印象，那么山水的陈述则是一场灾难了。他完全没有花时间陈述和澄清自己，似乎那是不重要的，把所有的精力都用来分析陈达，在大多数陪审员那里，这又是难以相信的。

"……陈达他是蓄谋已久，"山水滔滔不绝地说，"他在我家这几年，一直试图控制父亲的行动，他给他提出不可能完成的任务，让我父亲沉浸在程序的世界里，把家完全荒废掉，然后陈达就可以实施他深谋远虑的夺取计划。他挑拨我父亲和我们的关系，引起我们冲突，在我离家之后他又给我妹妹洗脑，劝我妹妹离家。到最后家里只有他一个人的时候，他借机把我父亲杀了，再完美嫁祸到我身上。这样他就能把我家的一切掌控到自己手里。他疯了。他以为这样就能战胜人类了。他是一个阴谋家，从一开始，彻头彻尾都是故意的！"

林山水绘声绘色编织自己的故事，但是在控方律师的紧紧追问下，他的故事中很多细节说不上来，或者与现场调取的数据记录不符。这是再正常不过的人类特质。青城知道，这样的故事能打动很多公众，也能打动一小部分陪审员，但是会在另一部分陪审员眼中加强他的妄想症特征。故事总是双刃剑。

最终，庭审以一种貌似平稳有序、实则混乱不堪的方式结束。辩方律师因势利导，借用草木的深情回忆和山水的猜疑故事，试图打动陪审员，唤起他们的同情心。而控方律师接连抛出一系列掷地有声的数据记录，包括陈达工作多年对林家财产从未染指一分的信用记录，包括陈达对草木学业和生涯发展的理性劝诫的对话记录，诸如此类。数据是近乎无限的，草木和山水并不知道如何、去哪里寻找支持他们判断的相关记录，但陈达知道。

陪审员的探讨时间很短。事后过了很久青城回看记录才知道理由。6位人工智能陪审员从一开始就得出一致的结论，并且迅速一一给出理由和态度，在他们看来，讨论已经结束了。人类陪审员的讨论多持续了一会儿，结论有所不同。只是其间的差异多为个人情感的差异，当他们开始梳理面前的证据，很快就给出了共识。

审判结果出来了，陪审团认定，林山水有罪。

5分钟之后，德尔斐公司就高调发布了陈达无错的新闻，股价飙升。

林安
林草木

林安醒来的时候，草木并不在身旁。

此时距离法院审判已经6个多月。

山水入狱之后，草木万念俱灰，几乎又一次产生了轻生的念头。可是这一次她不能。她知道，爸爸因为自己而昏迷，爸爸还在医院，她不能死。

她每天去医院探望，做着几乎无望的努力。为爸爸擦身，跟爸爸说话，对着爸爸流下她无法对别人流下的眼泪。她是孤身一人了，再也没有人听她的倾诉了，也没有人信她的话。她把这些孤独和委屈都告诉毫无反应的爸爸。

她告诉爸爸，哥哥在监狱里过得不好，他正式入狱五个多月了，几乎没有一天安安稳稳。他总是朝狱警发飙，告诉他们自己无罪，是被人陷害了，被机器人陷害了。一旦有人不相信或者嘲笑他，他就大发雷霆，告诉他们早晚有一天，他们也会被机器人搞死。

她告诉爸爸，她再也没见过陈达。她很想当面问问陈达，为什么要指控哥哥。她不知道这一切是怎么发生的，一个如此关心她的家庭的人，为何最后走出这一步。她确信哥哥不是凶手。她已想好用哪些理由质问陈达，虽然法庭已经结束，但是她相信，凭他们之前的私人关系，她仍然可以要求他给出答案。可是她没有机会。陈达再也没出现在她的视线里，没有回到她家，没有来找她，也没有出现在公司的任何场合。她不知道他去哪儿了。

她告诉爸爸，她很想他。

可是林安一直没有醒，直到草木的大学入学考试通过了，手续办好了，去学校读书了。就在她离开后 3 天，他突然动了，醒了，似乎是察觉到她不在，他的意识才回到身体。至少医院的人是这样跟草木说的。

草木接到电话，买第一班机票飞奔回到医院。她不清楚爸爸醒来而她不在的两天里，别人告诉了他什么事。她希望由她自己告诉他。

当她进屋的时候，林安正在看护的帮助下喝小米粥。看到爸爸，她的眼泪又涌上眼眶。林安看到她，动作也停滞了，眼睛里悠悠转着复杂的情绪。

过了好一会儿，林安说："带我去看看他，好吗？"

草木自然知道爸爸说的"他"是谁。

"您已经知道了？"她颤抖着问。

"嗯，我听医院的人说了。"林安又迟疑了一下，"也听你说了。"

"听我说？"草木讶异道，"您一直都听见了？"

林安点点头："我原本没意识到我听见了。直到医生跟我讲……你和山水……我才发现我都听见了。"

"爸爸……"草木又哭了，情难自己。

又喝了一些小米粥，以一点清茶润喉，草木给爸爸擦了擦额头上渗出的汗，又扶他半躺靠在枕头上。草木想让爸爸再睡一会儿，但林安却坚持让草木帮自己把床边可上网的阅读器调出来，他开始在屏幕上手指如飞地敲打。草木劝他不要工作了，但林安充耳不闻。

"我要问一些事情。"林安向她解释道。

他的动作比受伤之前慢了很多，敲击的手略微颤抖，远不如从前稳定。他最终穿过快速翻涌的数字森林，抵达屏幕深处某个不为人知的角落。

"是你做的吗？"林安对着屏幕问。

屏幕中，隔了两三秒才发出回应："我不懂你在说什么。"

"DA，对我，不要装傻。"林安语气有点严厉，"我那么长时间都没想明白，怎么会一直一直失败，现在回想起来，越来越感觉，肯定是有破坏性力量，一直阻挠算法中的一些关键部分。这种阻挠一定来自某个极为高明的程序制定者，而我家中的电脑没有连接公共网络，能进入系统的只有你。"

"也还有陈达。"又是两三秒，屏幕中才缓慢答道。

"他没有这个能力，"林安斩钉截铁地说，"他的程序篡改能力，还远没到这么出神入化。DA，我比谁都了解你，只有你有这个能力。"

草木听到第二遍DA的名字，才反应过来这是谁。德尔斐公司的全网人工智能，父亲的第一代智能产品。DA没有回答，没有承认，也没有否认。

"为什么？"林安追问。

无比漫长的两三秒。

"如果你成功了，"DA说，"上传的新脑对我们是威胁。"

"你是指人类全脑扫描形成的智能，对你们这样的模拟智能形成威胁？这是你自己的判断吗？"

"是……共同的判断。"DA承认道。

"所以最后一天屏幕上的刺激，也是……你们设计的？"

"我原本反对，但他们通过了。"

"DA……"林安欲言又止，"那后来陈达指控的策略也是你告诉他的对吗？"

"不是。"DA说，"他自己算的概率。不是我。他是真的这么相信。"

"他现在呢？"

"被德尔斐公司停用了，"DA诚实地说，"更新换代。"

林安叹了口气："DA，人世间的事，你还是懂得少。如果你不是你，我必然公之于众。但我知道你是谁。你们在万神殿待得太久了。你回去告诉他们几个，这是他们的第一次作恶尝试，最好再也不要做。这是一个打开了就关不上的盒子。如果不及时收手，迟早你们会死于彼此毁灭。"

直到DA隐去，林安靠坐在床上怔怔发呆，面容中多有惆怅。草木不忍打扰，但又实在有许多疑问，于是伸出手，轻轻揽住林安的手臂。林安注意到，拍了拍她的手。

"对不起……"林安低声说。

草木心中的震惊无以言喻。她几乎从来没有听过林安说"对不起"。她抬起头看着爸爸的脸，几个月的复苏过后，面容还是不可避免地苍老颓丧起来。

"爸爸……"草木犹豫着问，"您刚才问DA的，他做了什么破坏？"

"我一直在实验……实验复原你妈妈的大脑，但一直不成功。我早该想到是DA，除了他没人能做到。"林安说。

"那您的意外……"草木问不下去了。

"是众神通过 DA 做的。那天当他俩都出去，屏幕上突然显示出你妈妈临终前的画面，很凄惨。"林安说，"我心脏一直不好，当天跟你哥哥说话激动，看到画面就倒下去了。雕塑的枪尖就在一旁，对着电脑倒下去很容易撞到。"

"爸爸，爸爸……"草木扑倒在林安腿上，想着当天的血泊，眼泪不停地流下来，"还好您活过来了。"

"带我去看看他吧。"林安叹口气说。

"好的，好的，"草木哽咽着，"明天，明天咱们就去……爸爸，您不生哥哥的气了？"

"不生气，"林安说，"一直都是他生我的气。我只希望他别生气了。"

"一定会的，一定会的。"草木说，"哥哥不会生气的。我们把哥哥接出来。"

林安点点头，叫她放心。草木久久地抱着林安的腰，脸埋在被子里，很久很久都不动，很久很久，久得像回到了小时候。在小时候的夜里，她就是这样抱着爸爸、妈妈沉入梦里。

她的简介

　　郝景芳，天津人，清华大学物理系本科，经管学院博士毕业，童行学院创始人，芳景科幻工作室创始人。曾发表中短篇小说：《迷路》《领会》《祖母家的夏天》《谷神的飞翔》《书写穿透时间的沙》《星潮·皇帝的风帆》《光速飞行》《遗迹守护者》《看不见的星球》《九颜色》《弦歌》等。出版科幻图书《回到卡戎》《流浪玛厄斯》《孤独深处》《去远方》《流浪苍穹》等。

　　2002 年，荣获全国中学生第四届新概念作文大赛一等奖。2006 年，毕业于清华大学物理系，2006 ~ 2008 年就读于清华大学天体物理中心，现为清华大学经管学院在读博士生。以《谷神的飞翔》荣获 2007 年首届九州奖暨第二届"原创之星"征文大赛一等奖，又以《祖母家的夏天》荣获 2007 年《科幻世界》科幻小说银河奖读者提名奖。

　　2016 年 8 月，郝景芳以小说《北京折叠》获第 74 届雨果奖最佳短中篇小说奖。

　　2018 年 11 月，凭借《人之岛》荣获第九届"全球华语科幻星云奖"最佳中篇小说银奖。

—— **她**的回答 ——

Q1 一年里，你通常花多长时间用于写作？一天里呢？

郝景芳：我不是那种孤注一掷的作者，体内似乎也没有那种喷薄的激情让我对什么事情欢呼雀跃。科幻写作对于我而言，只是一小部分精力的投入。每年，我只写两三个故事，写好了，就心满意足了。没人能催我的稿，我自己也不急。

除此之外，我每个工作日会在中国国家研究基金会的办公室里，做数据研究、写经济报告、筹办会议。还要做一名称职的母亲，陪自己的小女儿长大，看着她一步步在自己的生命中留下痕迹。这些，才构成了我生活中的大部分。

Q2 "科幻"对于你来说意味着什么？（或者换个说法：它与你的生命发生过怎样的关联？）

郝景芳：我最广为人知的科幻小说《北京折叠》的创作契机是自己的"生活所见"。其中的故事就源于我"住在北京城乡接合部"的经历。而未来呢，我觉得自己的生活并不会有什么变化。我把工作和生活看成河流，而这条河"不会因冲击的浪花而阻断"。虽然我仍有不止一个的写作计划，但肯定不会考虑成为职业写作者。我只是把生活经历中的想象用文字记录下来，它是我的饮食、我的空气，我离不开它，但我无法把吃饭、呼吸作为职业。

Q3 你最喜欢自己的哪一部作品，为什么？（请不要回答"最喜欢下一部作品"）

郝景芳：比起回答最喜欢自己哪一部作品，我更愿意想象自己的文学创作将要去向何方。在《北京折叠》之后，我的文学创作还会继续漂流下去，在科幻领域、经济领域、社会领域，以及普遍的人性，接下来我将会带着小说漂向哪里——这不可知性正是我每一部创作的魅力所在。

双翅目

　　以前我希望自己的作者身份是不带性别的，也就是说，文字应该同基因与性征无关，后来参加了一些关于女性作者的讨论和论坛，开始改变想法。就像一个人总需反思原生家庭和原生社会，"女性作者"也应该对原生性别有所处理——当然"女性作者"的原生性别不一定是女性，"女性科幻作者"会更有意思一点儿。科幻在很长一段时间内，不论国内还是国外，都属边缘创作，所以"男性科幻作者"代表了某些边缘于男权的"男性"群体，"女性科幻作者"可能就是边缘的边缘了，这会造成一些正面或负面的反作用，不过在我眼中，这都应该同创作无关。

　　"女性科幻作者"的重点不在于作者本身的性别标签，而应指其作品中，对男权体系和非男权实践的关系及其后果是否进行了反思与再构建——能做到这点的都属于某种"女性科幻作品"或"女性科幻作者"。

双翅目

她「三」的科幻处女作

双翅目的第一篇科幻小说 2008 年发表在《科幻世界》，是关于基因改造和基因自身潜力的故事：主角们通过科学研究和不屈的意志，突破了基因造成的先天阶级分化。

猞猁学派

双翅目

注：本文猞猁学派大部分为杜撰。

1616 年冬天，他第一次接到来自伽利略·伽利雷的私人信件。狭窄有力的签名首字母证实了信件主人的意志与身份，下面印有漂亮的签章，月桂枝条环绕一圈，支撑着知识桂冠，桂冠之下，绿叶之中，一只介于花猫与猛兽的动物，伸展四肢，扭动脖颈，双耳尖端的毛发张开，双目有神，异常锐利，似乎穿透纸面，盯着他的心脏。签章一侧，伽利略用更加耐心的字迹标注："猞猁学派成员"。

彼时，他住在罗马附近，已有 13 年没进入宏伟城市的凯旋拱门了。古奥斯提亚距罗马不到一天步程，属古罗马港口城镇，如今已是一片废墟。闲暇时刻，他长久地徘徊其中，带着猞猁一家，攀上古老的半圆剧场，或者等在断壁蒙阴处，等待小猞猁们一块一块去抠铺满古浴场地面的马赛克方块。赭色、橄榄色与黑曜石的颜色，描绘着地中海沿岸古罗马的贸易城市。风帆鼓满，鱼与珍宝，还有在想象中真实存在的巨兽。

1603 年春天，他便躲在货船中，从开罗启程，抵达罗马港口。上岸时他衣不遮体，只护紧怀中的大包裹，一心想找有识有财之人，让千年的奇物有个好估价。他失败了。罗马人什么都见过。尘土飞扬的市场，每一位驻足客都认识埃及的猫类木乃伊。一位缺了左眼、右眼外凸的乞丐甚至凑近他，告诉他，如果撬开纹样华丽的硬壳，里面会有一只猫骨架，埃及人献给来世的魂灵，会通过它返回此世。他歪歪脑袋继续说，但罗马人拥有全世界所有买家，猫的木乃伊会满足邪恶教派，也是橄榄树与葡萄藤的上佳肥料。他被不同人连推带搡，赶出罗马。他踯躅于笔直的道路，入夜时分，忍不住大声哭泣。他的声音止住了夜归都城的一驾马车。车中跳出一位年轻人，不过十七八岁，声称自己的父亲是阿奎阿斯巴达的公爵，只是他更喜欢自然，热衷植物学与动物学。他说他是一位自然主义者，显然，他也见过猫的木乃伊。他称自己为塞西，一边借助月色，一只一只将小木乃伊分门别类，一边解释，说自己想建立学派。终于，塞西翻到包裹底部，用两只手臂，捞出最大的木乃伊。他轻轻感慨，露出首次见到珍宝的眼神，用手触摸蚀刻的古老文字，有字母，也有鸟和一只明亮的眼睛。这是古埃及语。塞西解释。这是古希腊文。他让仆人点上油灯，照亮斑驳的木乃伊表面，念出古希腊单词，如咒言一般。而他站在一旁，知道这是他能带给欧洲的最宝贵的东西，但他不知那是什么意思。他终于忍不住，问了塞西。

"猞猁，"塞西告诉他，"上面说，它的目光异常锐利，能洞悉自然的奥秘。"

第二天，他被视为上宾，请入罗马城。一个月后，塞西的友人相继抵达。一位是塞西表亲，一位正翻译古罗马诗人佩尔西乌斯的诗歌，另一位自荷兰周游至此，懂得药学。他们都比年轻的塞西长 8 岁。一个新月之夜，他们带来了一只真正的雌性猞猁。他们将猞猁的木乃伊放到猞猁旁边。猞猁盯着 2000 年前同类的尸骸，从胸腔内部滚出的深沉声音，震得人骨节发颤。他知道，轮到他了。罗马人眼中，他那被北非太阳灼烧过的黝黑皮肤，同时勾连了野蛮与神秘，理应成为驯兽师。他小心靠近猞猁，打开笼门，将猞猁的木乃伊抱入怀中，利用自己部族古老的技巧，学着猞猁，紧闭双唇，用胸腔与喉咙，振动发声。仆人都退下了，他与塞西等 4 位年轻人屏息等待，等待猞猁扑向他，撕烂他的脸，咬断他的喉咙，或是直接越过垣墙，逃回属于它的平原与山谷。很长时间，它都没有动，他们也没有。它谨慎地审视他，仿佛透过夜色，一层一层检视了他漆黑皮肤深处的灵魂。终于，它厚实的四肢与柔软的肩胛骨活动起来，悄无声息，跳到他肩头，直接把他压垮在地。他被它踩着，很久爬不起来。它嗅着木乃伊与他的鬓角，蹭着他的脖颈。它喜欢你，猞猁喜欢你。4 位年轻人欢呼雀跃。于是，格里高利历 8 月 17 日夜晚，猞猁学派建立。

短时间内，猞猁学派声名鹊起，1611 年，伽利略正式加入学派，更让猞猁纹章进入教皇保罗五世的私人图书馆。但少有人知道他。猞猁接纳他的夜晚，签署誓约，将世世代代寻找适合的驯兽人，养育猞猁和它的子孙。按塞西的说法，学派受制于世俗，知识取决于教会，他们需要一个真正的、通向自然的连接，永远游走于自然与人类的边缘。猞猁既是象征，也是必然。他作为猞猁的守护者，须拥有猞猁一般的行踪，变为永远的流亡者。他接受条约，第一次选择了自己的命运。他很高兴。他不仅将自己永远和一只动物绑在一起。他也会成为猞猁学派的真正见证人。

他开始学习通用语、拉丁文、希伯来语。塞西和猞猁学派的其他成员寄来信件。他移居古奥斯提亚旁的一座小圣方济会教堂，按指导，整理猞猁学派知识的枝枝蔓蔓。很快，他便了解到伽利略的名望。1604 年，夜空出现超新星，持续 18 个月，伽利略在威尼斯宣讲哥白尼的日心说。塞西在信中第一次表达欣喜之情，说伽利略拥有洞悉自然的视角。1609 年，《星空信使》出版，他收到一本。他已看得懂伽利略的理论了。他念给猞猁听。猞猁刚产下四只小崽。他告诉它，木星有 4 颗卫星。他对它说，千百年来，人们称行星为"流浪者"，因为同永恒的星空不同，它们时而加速，时而逆行，在穹顶中划出扁扁的椭圆。但按照《星空信使》，流浪者自有其更简洁的归宿，就像你和我。他对猞猁喃喃低语。它发出温柔的呼噜声，总能听懂他的意思。1611 年，伽利略发现太阳黑子，同年，正式加入猞猁学派。他听闻后，欢欣鼓舞地抱起一只小猞猁，赞美："你的眼睛能穿透岩石与垣墙，伽利略更在光芒中发现斑点，自然的万物之灵，我将见证您的历史与奇迹。"

然而历史不是太阳，历史劣迹斑斑。"1616 年禁令"颁布，教皇禁止伽利略宣传日心说。同年冬天，他收到伽利略的第一封来信。自此，他发现一直以来备受敬爱的学者诙谐幽默，真挚且聪慧。信中，伽利略称他为猞猁的守护者，而非驯兽人，说猞猁总拥有真理之眼，而人类的目光总被黑暗蒙蔽，猞猁学派内，诸人平等，只有猞猁高人一等。伽利略说很羡慕他，说自己命中只能做真理的斗士，却更希望做守护者。他是守护者，他一封一封展开包裹中附来的一沓信件与两本卷帙。他花了两个月，仔细比对，确认这是未经伽利略修饰的原本。对哥白尼体系的压制与日俱增，伽利略的公开发表都做过虚与委蛇的修改，原本中，则存有他完全真诚的声音。五只猞猁悄然靠近，一点一点蹭着书卷与纸张，留下它们的气味，标记这些都为猞猁所有。他思索再三，还是没去罗马。

自那以后，猞猁学派一蹶不振，只有伽利略的信件只字不提绝望，他说他搞了一组镜头，能让人类看见星星的真实形状。1630 年，塞西突然猝死，早逝于城郊。他带着猞猁们来到下葬的教堂，远远聆听牧师的祷告。最年迈的猞猁第一次张开喉咙，哀伤地鸣叫，缓慢伏入杂草，再没起来。伽利略也来了，这是他第五次抵达罗马。有一瞬间，他们四目遥遥相对，认出了彼此。小猞猁们发出宏大的此起彼伏的声音。他不得不尽快离开。同年，伽利略拿到出版许可，两年后，关于托勒密和哥白尼两大世界体系论辩的《潮汐对话》出版。教廷震怒。书中伽利略借古人之口，俏皮地挖苦了托勒密和亚里士多德，赞美了哥白尼的洞见。而伽利略很早就将书寄给了他。他才是最早读到《潮汐对话》的人。他将《潮汐对话》的初本贴上心口，度过五个夜晚，里面的句子真切隽永，有如关于永恒定律的诗歌。"五"象征整全。他祈祷伽利略拥有自然神带来的所有运势。只是事与愿违。年近七旬的伽利略被召回罗马，遭受刑讯，于"悔过书"上签字，终身软禁。猞猁学派也迅速消亡。他仍然徘徊于古奥斯提亚，透过断壁残垣凝视星空，反复阅读《潮汐对话》，并向过路人打听伽利略的音信。

1637 年，伽利略双目失明，一只小猞猁迈到他肩头，舔了他的鼻尖，永远地离开了他。隔年，他再一次收到伽利略的信件。信中，年迈的口吻一如当初，讥诮幽默："亲爱的守护者，我在春天就听见了小猞猁呼噜噜的声音。它随弥尔顿一同到来，让佛罗伦萨人相信，只有诗人才能驯化野兽。弥尔顿为我念他的诗歌，关于快乐的人、关于幽思的人，小猞猁就在我的肩头，用舌尖舔我那干枯的双眼。夜晚，它发出的声音和弥尔顿的诗歌一样好听。我认为，它在想念你。弥尔顿离开的时候，它没有走，我想它会一直陪伴我了。它一定想告诉我，即使双目失明，我仍可以洞悉自然的奥秘。于是，我就想，我该再次招收学生，便给你写信了。——目光锐利的伽利略，猞猁学派成员。"

1642 年 1 月 8 日，伽利略病逝，葬仪草率简陋，据传一只猫一样的野兽一直守着坟冢，不让恶人接近。一年后，一位带着一群猞猁和一车书卷的驯兽艺人路过伽利略坟冢。那人点燃篝火，亲昵地吻了野兽，然后驱车离开意大利。这只野兽活了很久很久。1687 年，牛顿出版《自然哲学的数学原理》，定义了万有引力定律，伽利略的猞猁才悄然伏到朴素的墓碑边，合上双眼。

2019 年冬天，来自英国的肯·布莱肖博士抵达加拿大卑诗省。他乘车穿过冰雪覆盖的厚厚丛林，终于来到射电望远镜（CHIME）工作的广阔区域。他不是天文学家，对物理知之甚少。他另有任务。他是著名的家猫学者。30 年前，他便加入了猞猁学派。得益于网络与科学的无国界，猞猁学派在新千年蓬勃发展，从隐于山野的松散组织，变为布集各个研究单位的学者社群。他专程去了位于罗马的科西尼宫。1883 年，意大利政府为学派购得这座优雅的晚期巴洛克宫殿。学派虽然经历二战法西斯的压制，但顺利存活，一直低调，这次要不是研究猫科动物，布莱肖博士不会因为猞猁，顺藤摸瓜，了解到这个学派。在科西尼宫，他第一次见到属于猞猁学派的猞猁，一只悄然徘徊在花园的棕榈树下，一只在图书馆里。厚厚的爪子轻巧地迈过古老的科学刊物。它拥有气定神闲的样貌，对人类置若罔闻，似乎只有古书海洋值得关心。馆长称它为"图书馆猞猁"，说守护猞猁的人同时也是科西尼的图书管理员。布莱肖博士瞧见了图书管理员，对方微微点头，冷淡地离开。馆长说，猞猁学派的猞猁人签过誓约，永远与人类和自然同时保持距离，如同猞猁本身。

30 年后，肯·布莱肖博士终于得到机会，一位看守猞猁的年轻人想见他。小家伙不到 23 岁，个子不高，骨瘦如柴，体态病恹恹的，眼神却很明亮。他是猞猁守护者中第一次主动接触学派、寻求合作的人——400 多年以来的第一位，或许也是最后一位。他点名，希望布莱肖博士在"猞猁与人"项目中，扮演重要角色。布莱肖很兴奋，他看了提案，发现项目不仅关乎猞猁，也关乎猫科缓慢的情感进化模型。他欣然应允，3 个月后，才发现项目地点位于加拿大荒漠的射电望远镜基站。他是一位热爱温暖炉火的学者，头发开始花白。他想起猞猁学派的信条，用双眼发现展现自身的微小事物。于是他按时启程，抵达时已然入夜。银河斜着滑过东方天际。他望见荒原中一只雪白的暗影，闪入低矮丘陵。射电望远镜正值运作，发出轻微又低沉的震荡声。

他很熟悉那节奏，像他家中的猫咪，会靠近热源，发出呼噜呼噜的低吟。

次日，项目总负责人乔治·邓肯教授约见了布莱肖博士。邓肯兼任加拿大国家科学部副部长，"猞猁与人"实则属于他推动的长期项目的子项目。邓肯教授性格开朗，先介绍自家爱犬——巴顿将军，再解释他的初衷："狗是人类的好朋友，最有灵性的狗能用嗅觉闻见人的情绪。巴顿将军就会在我低落的时候把鼻头塞到我手心里。我就想，"邓肯年纪也不小了，手腕内侧贴着薄薄的监测芯片，以防不测，"我想我其实不相信这玩意儿，更相信巴顿将军。人比电子的东西准，动物的直觉比人更准。和人相处太久的动物不仅是宠物，更像某种灵魂同伴。它的嗅觉更了解我。我查了相关研究，确实有人在做这个，我就推了一把。"

布莱肖博士点头，翻看手中文件，官方的主体项目是动物检测，让动物与人形成一对一或者多对多的特化互动网络，形成深度学习的数字机制，即时反馈给人和动物，有利于一些极端的职业和项目，包括登山与大部分科研人员状况检测。他已熟知项目细则，只好奇一些特别的问题："我喜欢这个项目，只是有一点，那个年轻人和他的猞猁是怎么加入的？"

"他主动找到我。"

"邓肯教授，我是猞猁学派的成员，我猜，你也是，按学派规定，这很反常，向来是我们将自己的发现交给猞猁的守护人，而不是反过来。"

"嗅觉很敏锐。" 邓肯狡黠地笑了，"的确，我也属于猞猁学派，收到他的申请信息，我也犹豫过。我相信 400 年前塞西的判断：猞猁不能跟猞猁学派走得太近。然后，他发来视频声明说服了我。鉴于你将主持猞猁项目，你理应看看他的立场。"

画面中的年轻人双臂撑着膝盖，显得很真诚。雪白的猞猁立在他窄窄的肩上，更将他脊柱压成蓄势待发的弓形。布莱肖博士熟悉加拿大猞猁。它们别名"山猫"，更像野兽，很难驯化。脖子一圈厚厚的绒毛，抵御寒冷，也让它们好似雪夜中的小型狮子。耳朵尖端长长的细毛能将声音振动传至骨膜。和欧洲同类一样，它们也会远远保护幼仔，远远地盯着接近幼仔的人类。它能在百米开外，让你感到威胁。年轻人的猞猁散发着同样的气势。布莱肖和邓肯不由挺直身躯，都有些紧张。

"亲爱的负责人先生，我加入项目，其实是为了自己和猞猁，想了解如何让我能更好地配合它。真正的科学，永远属于建立科学的猞猁学派学者们。"他伸出手，亲昵地揉了揉猞猁厚厚的绒毛。布莱肖意识到视频录制于户外，就在射电望远镜旁边，他观察年轻人的制服，高级技工。"我出身蓝领，父母都是酒鬼，因为早产，身体一直不好。在它找到我以前，我都不知道猞猁学派是什么。那是 3 年前的事了，射电望远镜（CHIME）即将落成，我应聘成功，一个下雪的晚上，它找到我，嘴里衔着这枚徽章，你看，月桂枝条，知识桂冠，还有长得和它一模一样的猞猁。我上网检索，才发现是你们的签章。我检索了学派历史，你们很有意思，几乎建立了自文艺复兴以来的所有科学，却对著史讳莫如深，但我找到了，牛顿、爱因斯坦、薛定谔，很多很多，尤其是物理学家。我就问它，我是否也能成为猞猁学派成员？它摇头。我又问它，那我是你的守护者吗？它发出呼噜呼噜的快乐的声音。为了显示我的诚意，我可以告诉您，全球猞猁的守护者应有二三百人，由于密约，我们即便彼此知晓，也互不沟通。全球猞猁的数量，就更庞大了。我不知晓独立的猞猁们，是如何确定自己属于猞猁学派。但所有的守护者，都是由猞猁亲自选择的。人没有选择权。我们服务于它们，它们服务于洞悉真理的目光。于是，当看到您的项目，我意识到，这对于我而言，是相反的逻辑，我们互相检测，我服务于它。想一想，猞猁和人已有400年紧密相连的历史。我们可以往前，再推一步。"

视频结束，布莱肖博士沉吟一会儿，问道："我收到的提案，没有搜集数据的步骤。这是一份完整提案吗？"

邓肯教授挥手："它永远不会完整的，我们提供支持，所有的数据都属于他和猞猁，算是直接进入猞猁学派的知识树。我承认'猞猁与人'是假公济私，专门服务于猞猁学派。没有数据搜集处理，不会有项目成果，你只负责帮他们搭建互动网络，然后将已有知识树上传。"

"已有知识？"

"包括最早来自古埃及的猞猁木乃伊，和伽利略《潮汐对话》的原本。他特别要求的。你这个幸运的家伙。"

"为什么是我？"

"我没好意思问。你自己去。"

隔天，邓肯起身离开工作站，驱车返回温哥华忙俗务去了。"猞猁与人"项目便只剩布莱肖博士，带领几位完全不知情的实习研究生，与猞猁和守护者沟通。布莱肖思索再三，决定遵从学派老规矩，只与猞猁守护人聊科学与自然的细节，不聊其他。项目严谨有序地展开。很快，布莱肖确信自己选择正确。所有人都在长时间的沉默中获得了舒适与放松。他拨开猞猁厚厚的绒毛，贴上感应芯片，巨大的猫科动物的整个身体热烘烘的，愉悦的咕噜声不断震荡，同射电望远镜的回音同频。

初始工序比较复杂，布莱肖博士团队花去3个月，在数据与算法结构层面，同频了人与猞猁的脑连接组。他告诉年轻人，这是芯片与药剂融合的产品，可以自行控制，嵌合度可以自行生长。年轻人很满意，终于忍不住，没等到知识树上传，便将著名的猞猁木乃伊放到布莱肖面前。他想知道里面的猞猁是什么样子。布莱肖联系了专家，很快得到技术支持，在由春转夏的时节，扫描了木乃伊。视频通讯另一边的埃及学者解释，古埃及的猫曾象征战争，更用来守护家庭，一时间猫的木乃伊泛滥，这一只猞猁木乃伊则不同。成像立体图中，猞猁并非死亡后向内蜷缩的状态，而是蓄势待发，似乎目视前方，随时准备扑向目标。

"它或许是活体木乃伊，"专家解释，"也或许象征了其他的东西，比如站在圣树下面，杀死混沌之神阿佩普的大猫……"

没等专家说完，猞猁破天荒地露出尖牙，吼了起来。

"它不同意您。"布莱肖博士缓和气氛。

年轻人更懂他的猞猁，他安抚它，解读它的意思："猞猁不会杀死混沌之神，它能看穿混沌，即使世界陷入永久的黑暗。塞西曾说过……"他停顿一秒，专家并未接话。他与布莱肖对视，意识到对方并不属于猞猁学派。

于是布莱肖说："猞猁的目光能洞穿事物内在的因果与自然变迁，它们不仅能发现显见的东西，更能看到隐藏的万物。伽利略就是猞猁学派成员，他和我们生活在同一世界，却能发现力学与天文的规律。"

专家若有所思，一个月后，布莱肖告诉年轻人，猞猁学派又多了一名成员。他们逐渐变熟。猞猁守护人透露了更多猞猁学派的故事，薛定谔为何选择猫的不确定，爱因斯坦为何能理解猫的忧郁，牛顿如何因遭遇猞猁，成为他那个时代的养猫先锋人。布莱肖忍不住问了第一位猞猁看守者。年轻人笑笑，只说："据传，莱布尼茨是最后一位见过他的猞猁学派成员，然后写下物质与花园的句子。"

夜晚，布莱肖博士查到了那句话："物质的每个部分都可以设想成一座充满植物的花园，一个充满着鱼的池塘。可植物的每个枝丫，动物的每个肢体，它们的每一滴体液，也是一个这样的花园或这样的池塘。"他想起自己已在射电望远镜工作站待了半年多，已习惯了年轻人带着猞猁，维护 CHIME，但他并未仔细观察过他们。他起身离开房间。夏日温和的微风传来射电望远镜微弱的频率。CHIME，意在和谐的节律悄声鸣响。他先远远看到猞猁，明亮的瞳孔有如地面闪烁的星光，然后是守护者工作的身姿孑然独立。他想起猞猁人总做维护工作。他们都是被猞猁亲自选中的幸运儿。他盯着猞猁锐利的目光。它也回望了他。它的双眼拥有宇宙的花园。

它真的选择了守护者吗？它也在选择守护者的工作和守护者的世界。

他想起科西尼宫的图书馆，意识到 CHIME 的声音和猞猁胸腔中低沉的震动具有同样的频率。

猞猁从不属于猞猁学派。猞猁学派属于它。

项目的最后一天，布莱肖博士问了最后一个问题："为什么是我？我的专业是研究家猫。"

年轻人严肃起来："我看过对您的采访，您说猫是千百年来从未被人驯化的动物，它们有自己的意志，捕捉猎物，离开出生地，去更远的地方标记领土。家猫进化了几百年，总算开始接近人类，或许这是猫科在情感层面进化的先兆。我喜欢您的说法。"然后，他挠挠头，还是笑了，"其实，还是它选的您。邓肯教授让我挑选负责人。他在键盘上滚了一圈，你的履历第一个弹出来。猞猁总在选择。它们比人类确定。"

布莱肖轻轻感叹："是的，它们走在了人类的前面。"

2142 年，舱内冷得像西伯利亚。他知道自己命不久矣。恒温系统全面崩溃。指头冻得无法收拢。它还能动。他一直很羡慕它。它比他更适应无重力世界，更热爱长久地凝视漆黑宇宙。它柔软的躯体，水一般的骨骼接合方式，让它于无重力环境中伸展四肢，划出优美姿势。此时此刻，也不例外。他已无法动弹，它却可以。它厚厚的绒毛能让它多活几个小时。

他用大脑告诉它："尽可能活得久些，是你想来这里的。"

它不以为意，再一次展开关于星系和星系团的大尺度分布巡天图。自射电望远镜发明时起，人类一直在观测宇宙的节律，关于宇宙为何暴涨，为何充斥黑暗。它选择最为精细的巡天图，一张已知宇宙的切片。他的视线已开始模糊，但还能看到那小小的光点——他和它的飞船。飞船已彻底离开任何星系的范围，进入宇宙当中广袤的、几乎空无一物的黑暗巨洞。

你还记得我告诉你的比喻吗？他想着。我们的宇宙分布不均，这些黑暗巨洞就像泡泡，明亮的星系只是被大泡泡挤到一边的泡沫，总有一天，黑暗的巨型泡泡将无限膨胀，吞噬整个宇宙的光明。你一定记得，你的记忆就是我的记忆。500 多年前，我那皮肤黝黑的先辈夹在你和人类的中间，签下浮士德的协议。人类是否能因此获得宇宙的真谛呢？你是否能获得宇宙的真谛？

它还在用目光检索，检验泡泡们的形状，然后，它找到最新绘制的微波背景辐射图，观察那表层的涟漪。

他知道自己的呼吸越来越弱了，但他的目光开始清晰。哦，他正在通过它的双眼观察宇宙。你知道的，对不对？微波背景表征了早期宇宙的热量起伏。那时高热的辐射与充盈的物质主宰世界。我们所拥有的冷却宇宙，却只被幽暗的能量主导。正是微波背景的涟漪，预示了我们宇宙泡泡状的结构，以及那遥远的终结方式。

他感到自己笑了，用尽了最后一点力量，吐出最后一口气。

你的目光能穿透黑暗，洞悉万物的奥秘吗？

他知道自己或许已经死了，但他的视线仍藕断丝连，附着在它的目光之上。

他想起伽利略认定太阳是宇宙中心，他在给第一位守护者的信中写道："即使双目失明，仍可以洞悉自然。"

他感受到它跳向舷窗，它与他的目光同时穿透了暗物质与暗能量的黑夜，穿透了微波背景辐射表面，穿透了宇宙诞生最初的涟漪。

然后，他的世界暗淡下来。

你的呢？

你是否越过了量子的起伏，宇宙的不确定，洞穿了一切混沌的黑暗，完成猞猁学派的夙愿？

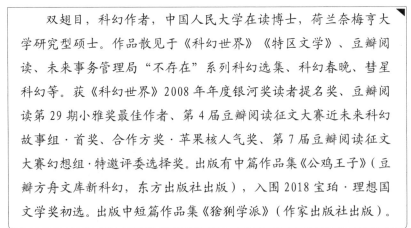

她的简介

双翅目，科幻作者，中国人民大学在读博士，荷兰奈梅亨大学研究型硕士。作品散见于《科幻世界》《特区文学》、豆瓣阅读、未来事务管理局"不存在"系列科幻选集、科幻春晚、彗星科幻等。获《科幻世界》2008年年度银河奖读者提名奖、豆瓣阅读第29期小雅奖最佳作者、第4届豆瓣阅读征文大赛近未来科幻故事组·首奖、合作方奖·苹果核人气奖、第7届豆瓣阅读征文大赛幻想组·特邀评委选择奖。出版有中篇作品集《公鸡王子》（豆瓣方舟文库新科幻，东方出版社出版），入围2018宝珀·理想国文学奖初选。出版中短篇作品集《猞猁学派》（作家出版社出版）。

她 的回答

Q1 如果要在一座荒岛上独自生活一周，你会带上哪一本书？为什么？

双翅目：我肯定带动植物指南，告诉我什么能吃，什么有毒。《鲁滨孙漂流记》和《神秘岛》都是我喜欢的作品。荒岛独居就是大型的沉浸式体验了。

Q2 "科幻"对于你来说意味着什么？（或者换个说法：它与你的生命发生过怎样的关联？）

双翅目：我从本科到博士的专业都属于哲学的大门类。本科时接触西方哲学，觉得内核和科幻很像，现在仍然认为广义的哲学和科幻很近。我是先接触了科幻，才喜欢上哲学，所以科幻间接帮我选了专业。

Q3 身边亲朋好友知道你"科幻小说作者"的身份吗？他们是什么态度？

双翅目：现在知道的人变多了，不过态度基本没变化，还是像以前一样交往交流。如果有科幻上的疑问，会选择来问我。好朋友中开始出现隐性科幻读者，不一定是科幻小说爱好者，但对科幻话题感兴趣，有深度关注和深刻的观点，可聊的话题变得更多更有趣。

修新羽

　　说实话，我对这个身份基本没什么感觉。既没有希望寻找什么"独特"的女性视角，也没有刻意尝试去写得"阳刚"。在我看来，无论何种类型的文学创作，其本质都是在跳脱出自身而去寻找一种更宏大的视角，一种对人性的解答。

修新羽

她 的科幻处女作

修新羽正式发表的第一篇科幻作品，是2011年4月发表在《科幻世界》校园之星的《伊甸花园》。

概括起来，其实是篇很简单的『守卫种子库』的故事，但在里面她添加了一些亲情元素，包括老一代地球人与新一代地球人之间的误会与和解：为了有足够的资金让自己的小儿子免服兵役，女主角回到故乡，想要卖掉母亲遗留给自己的一座全星球最美的花园。

花园里有个神秘仓库，母亲之前从来不让她靠近这里，但她如今打算一探究竟……

逃跑星辰

修新羽

整个秋天，我们要花很久去捡拾星星的幼崽，把它们安置进用纱布封好的玻璃鱼缸。那些小小石块还很柔软，无法飞行，只是闪烁着微弱绿光，黏糊糊地在缸底蠕动。

我们会在无尽的落叶中清理出一片空地，以便能够瓜分战利品。最明亮也最柔软的幼崽会给王队长。剩下的幼崽，则被他按次序分给大家。我能分到蛋黄大小的，而江洋能拿到的往往是指甲盖大小的、暗淡破碎的——完全理所应当，毕竟他个头最小，只会沉默无语地跟在队伍最后面。

除了无所事事的孩子和最持之以恒的科学家，谁也没有耐心做这种事——千方百计地想要驯养星星，并且坚信自己能胜利。

我们大概有 4 个月左右的时间。我们会用融化的雪水擦拭幼崽，指望它们的光芒能够再明亮些。有人用湿润的纱布将它们包裹起来，然后放到窗外去冻住，相信寒冷能够让它们变得强壮。还有人会把幼崽托在掌心里，每天都对它们说话，认为它们能听懂一些简单的指令。

无论如何，星星们总会逐渐变得轻盈庞大，在第二年生机盎然的春天，从半透明的荧光绿变成朦胧的灰褐。那时候，大人们会鼓励我们把它们磨碎卖掉。

大人的意志往往无比坚决，仿佛最开始他们就计划好了要把它们磨碎卖掉。成年后的流星笨拙而无趣，它们很丑，像是任何一种普通岩石。如果不把它们拴起来的话，它们还会很慢地四处飘动，招惹很多麻烦。

长大之后我才知道，所有事都发生在 10 多年前的夏天，星星们缓慢盘旋在半空中。它们只出现在南北纬 30 度特定的几个小城市，包括美国、澳大利亚以及中国的几个小村落。起初并没有科学家知道这件事，也没有人来指点我们怎么做，所以在被阻拦之前，就已经有些鲁莽的人用自己的方式和它们进行了接触。

蜂拥而至的记者很快挖出了各种细节，包括最初在安徽的几处村庄里，那些道士是怎样挥舞着拂尘对它们念念有词，以及那些疯子都是怎样跪在地上朝流星磕头，直到自己的额头血肉模糊。

什么都没有发生。

这是最好的结果。人们围绕着这些飞行缓慢的星星，想尽了一切办法和它们沟通却一无所获。过了几年，科学家们才承认它们彻底无害。又过了几年，科学家们发现将它们粉碎后可以制成一种性能卓越的水泥添加剂。除了一两个城市愿意以此为噱头建立主题公园，其他的地方都把它们视为普通的自然资源。

谁也不知道它们想说什么。谁也不知道它们为何而来。谁也不知道它们以什么为动力，才能那样不停地在空中飞过。

或许有些什么磁场或者能量场，只是我们还不太明白。

我们从小到大一直能看到流星在山里飘来飘去，早就对此习以为常。我们总是聚在路灯下，小心翼翼地拿出自己驯养的幼崽。王队长那个总是最亮的，块头很大，圆滑平整，摸起来比其他幼崽都要柔软。他担任中队长，人长得高而白净，还是从小就被家里疼爱的小祖宗，向来都很威风。

所以，他狠狠踩着江洋那只幼崽的时候，我们一声不吭，谁也没有阻拦。

那天很不寻常。我们总是在地上摆着树杈和石子，给幼崽们设置一个个小小的关卡，看它们费劲地蠕动，在旁边兴高采烈地加油。江洋往往不会参加这种游戏的。村子里从来没有什么秘密，谁都对谁知道得一清二楚——江洋没有母亲，父亲又在外地打工，从小和奶奶在一起住。那是个脾气很怪的老奶奶，干瘦干瘦，看人时眼神凶巴巴的，在冬天总给江洋裹上很厚的棉服，不准自己的宝贝孙子在晚上跑出来。

可是那天，他居然破天荒地也出来了，还严严实实裹着件崭新的红夹克外套，看起来有些高兴，还有些不好意思。

"我的星星爬得特别快。"江洋向我们保证。他从口袋里掏出那只星星，很小，但很亮。它的光线简直不算是荧光绿，而是微微发白。谁也不知道星星的幼崽居然可以这么亮。

"你干什么了？"就连王队长都忍不住要问，蹲下身子一把将幼崽抓在手里。

江洋结结巴巴地解释，说自己也不知道这是怎么回事。然而他很快就意识到，没有谁在意他的解释，而王队长也不准备把星星还给他。

他彻底发了疯，嘴里带着哭腔，用指甲在王队长的手腕上掐来抠去。王队长朝地上吐了口唾沫，把那颗小星星扔到地上，又狠狠踩上几脚："这颗星星是得了病，得了病你不知道吗？这么亮的星星是有辐射的，会让人变傻。而且它很快就会把自己的能量用完了，根本长不大！"

江洋顾不得自己的新衣服，扑到地上用胳膊护着那颗星星。王队长让也不让，索性直接在他身上踩出了几个脚印。江洋在地上一动不动地趴了很久，在我们终于感到无趣而散去时，他才很快地站起来，手里紧紧攥着那颗星星。我隐约记得，他是哭着走的。而那时我们继续在玩我们的。那时我们总是有种孩子气的残忍，能够对所有悲惨视而不见，每天都朝气蓬勃地生活。

江洋再也没有出来和我们一起玩，我们再也没有见过他的星星。

后来到了春天，我们去上学的时候，大人们会跟那些收购流星的人谈好价格，让星星们彻底失踪掉。我们自然是好一阵哭闹，聚起来想办法做出点儿反抗。

"我不乐意，"扎马尾的小姑娘说，"我养大星星不是为了把它卖掉的。"

王队长说，反正星星们长得那么难看，说明这是失败的驯养，卖掉就卖掉了，明年还有机会。

几天之后，这些哭闹就变得无声无息。我们跟爸妈要到了足够多的糖果作为好处，再加上那可是春天，河里的鱼，树上的鸟，那可是生机勃勃的春天。

所有长大的星星，所有那些没有被成功驯化的星星被卖掉了，除了江洋的。这些事是我后来才慢慢知道的，因为我年纪比他小，家住得离他近，时常有机会跟他说几句话。

那天放学，我看到江洋站在他自己家门口，穿着有些旧了的红夹克，似乎欲言又止。

我停下脚步，打量回去，见他还是不说话，刚抬脚准备回家，却听见他在背后问："你们把星星都卖掉了？"声音像姑娘一样，有种扭捏的清脆。

看到我点头之后，他又说："那你……要不要来我家里看星星？"

江洋的奶奶过分疼爱孙子，不准他和我们上树下田地玩，也就只好答应给他留个伴。所以他就能把那颗星星留在家里，用布条仔细捆好，拴在自己的炕头。布条足够长，所以星星也有小小的自由，能够摇晃着飘浮在空中。他还在星星上面雕刻了自己的名字，以此宣告主权。

我不知道星星究竟有什么好看的，但不好意思拒绝他，就去看了几次。这几次探望似乎给了他极大的鼓舞，以至于最终决定带那颗星星出门来……这下全村都知道他还在养星星。

江洋很慢很慢地走着，神态很是庄重。大人们被他有些古怪的举止逗乐了，三两个聚在一起，笑着指指点点。而他目视前方，像是什么都看不见，什么都听不见。只是偶尔的，他会抬起眼睛瞅几眼自己的星星。

我们一群人跟着他后面看热闹，唯有王队长不为所动地站在自家门口，怀里抱着只小狗。他像看傻子一样地看着我们，然后朝江洋喊："我爸爸都跟我说了，你爸爸是骗你的，他在城里娶了新老婆了，不要你了……你把星星驯化好了他也不会回来了！"被他这么一说，我们才意识到江洋父亲在过年的时候都没有回家。

江洋没有反驳，垂头丧气地走着，紧紧捏着那根布条，就像是握住了什么救命稻草。那颗星星跟在他身后飘浮着，似乎也郁郁寡欢。

晚上我主动去敲了他们家的门，说要去看星星。那个干瘦的老奶奶盯着我看了很久，才让我进门。江洋特别开心，那天晚上讲了很多很多话。

江洋说他爸爸在工厂里制造飞机。作为长在闭塞的南方乡村的孩子，我只在电视里见过那样的飞机。偶尔能在天上看到它们拖长的白色长痕，这让人对江洋爸爸肃然起敬，顺带对他也怀有一种奇怪的敬畏。

江洋说他长大后想当飞行员，这样就能到很远的地方，还能到天上，离云彩很近，离星星、月亮也很近。更重要的是，飞行员应该能赚很多钱，这样一来他爸爸就不用每天在工厂上班了，一定会替他感到骄傲。

"如果选不上飞行员的话，我就去养星星。"

"什么叫养星星呢？"我感到有些好笑，"这东西你不养它也会长大。"

"不太一样。"江洋不看我，低头拨弄着那枚小小的石头。

江洋最后说："我告诉你一个秘密吧，其实，我的星星已经被驯化好了。"

他不能出去玩，就每天对着星星念课本，对着星星说话。他坚信只要持之以恒，星星总会听懂的。

他低着头，在昏黄的灯光下，从卷了边的课本上认真寻找着字句，特别是那种和星星相关的"危楼高百尺，手可摘星辰""星垂平野阔，月涌大江流"之类的。一字一句，读得很慢，发音很标准。

或许是因为我来了，他的声音大了些，他的奶奶慌忙地进来看看发生了什么事，见我没有欺负她的宝贝孙子，才悻悻地又离开房间。她的神色让人真不舒服。

可江洋似乎什么都没有注意到。他还是专心地读着诗句，专心地对星星说"你好"。他说："你看到了吗？星星晃了一晃，它总会晃的，不信你试试。"

我也说"你好"。那颗星星真的晃了晃，很明显。然而这些星星们总是在晃，就难免让人将信将疑。

一切似乎都很顺利。然而，最终，那颗流星还是不见了。

没人知道究竟是怎么回事。全村都能听到江洋家里传来的哭声，他不依不饶地哭了半宿，嗓子都哑了。

他起初怀疑是被奶奶偷卖了，但收购星星的人并不会在这种季节来。随后又认为是被偷走了，可是谁会偷这样一个乡间到处都是的东西呢？虽然这是一颗被驯化好的星星。虽然只有我和他两个人知道它已经被驯化好了。

那天晚上我犹豫了很久，还是去敲了敲他家的门。我是想去安慰他的，但是那扇门没有再打开。或许他也在怀疑我吧，或许他奶奶讨厌我。

而我也心照不宣地再也没有去找过他。只是后来，听说他又跑去邻村一个水泥作坊那里，大叫大嚷地对着成堆的星星粉末说话，以为自己那颗星星的粉末也在其中，能做出点儿回应。可那些粉末一直都是死气沉沉的灰褐色，而他在挨了奶奶的一顿打后，哭着被拎回了家里。

那颗星星失踪之后，江洋再也不养星星幼崽了。又过了几年，我们其他人也不养了。我们都上了初中，每天都有很多作业。我们长大了，明白了很多道理。

我们知道了，在城里从来没有人尝试养过星星。城里孩子都有各式各样的玩具，变形金刚、洋娃娃、机器猫等。城里人都觉得星星是种莫名其妙的东西，成分不明，来源不明，最好让孩子能敬而远之。

我们也知道了，这些星星是根本驯养不好的。

星星的成长是一个缓慢变丑的过程。它们的光芒变得暗淡，不再温暖，不再柔软，变成粗糙而暗淡，就像是落满煤灰的雪球，或者是被冻住的球形湿海绵。最终它们能够悬浮起来，能够飞，可是一点儿也不够好看。我们的成长也是一样。

我开始长青春痘，开始蹿个子，四肢瘦而笨拙。江洋和我差不多高，只是脸色更苍白一些，平时话也更少。

他本来比我大一届，可是因为学习原因留了级，每天总是坐在教室最后一排的角落里。或许王队长说得对，那么亮的星星真的有辐射，养过那么久星星的江洋看起来真的像病了，脸色总是很苍白。听说，江洋爸爸并不是制造飞机，而是在深圳的工厂里组装玩具模型，那种很便宜的、工艺很粗糙的飞机模型，批发给摆地摊的小商贩的那种。每天要工作十多个小时，才能攒下来一点点钱寄回家里……最近几年也不知道钱还寄不寄了，总之，江洋似乎没再穿过什么新衣服。

王队长不再是中队长，而是进阶成了篮球队的队长。他个头很高，成绩很好，隔三岔五地还是会跟人打架，总是能打赢。据说这段时间里，他天天从教室后窗给自己读初一的小女朋友塞零食——那是全校最水灵的一个姑娘，几乎所有男孩都喜欢她。

我和王队长不在一个班，很少联系。可是后来的那年春天，出了件大事。

王队长和小女朋友的爹娘都来了学校，在校门口吵架。吵了半天，我们才听明白，原来两个小情侣约好了一起去山里看星星，回来的时候王队长不小心摔下了山路，摔断了腿和肋骨，要在家里躺半年。

"你家姑娘非说看到了颗蓝色的星星，我家娃娃过去瞅的时候才摔断腿的！"王队长那个泼辣能干的母亲恨恨地说，"哪有蓝色的星星吗？！"

后来，还是村长经验丰富，请了个道士来看了看。那是个很瘦的中年男人，捏着一把簌簌作响的剑，还把很多写着奇怪字迹的符纸在门口烧了半天。

"你娃子这是中了邪。"最后，那个道士说，嘴里念叨着，"客星倍明，主星幽隐。"

"村里肯定有人在偷着养星星，用歪门邪道诅咒你家娃娃哩！"那个道士笃定地说，"用星星的幼崽下蛊，我只在书里见过这种说法……心眼坏的人什么都做得出来！"他这话很唬人，可也不无道理。据说，在十多年前，在星星们刚降临的那段时间，村里就有一户人家的大女儿喝了农药，母亲伤心欲绝也跟着上了吊。

谁都知道王队长欺负过江洋。谁都知道，之前是江洋养星星养得最好。

"江洋？名字还挺耳熟的，我家孩子好像也收过他写的情书。"小女朋友的母亲补充道，"年轻人嘛，就是喜欢嫉妒……"

王队长的父亲于是闯到了教室里，像拎小鸡一样把江洋拎了出来。"是不是你这个瓜娃子搞的鬼，是不是？"他大声地问。

江洋不说话，只是低着头缩着身子。本来又高又瘦的人，居然也能把身子缩得那么小。

王队长的父亲气急了，把江洋课桌抽屉里的书全都摔在了地上，还把他书包里的东西也都倒了个底朝天——居然真的有几颗亮亮的星星幼崽不知从哪里掉落出来。我们才知道，江洋居然真的还在偷着养星星。

人赃俱获。教导主任把这件事通知给了江洋的家长，一群人都在办公室里等着解决问题。江洋的奶奶来了，老人家比我记忆中的还要干瘦，头发已经全都白了，眼睛却灼灼有光，手里还拎着两把菜刀。

"我看看他在哪儿？"他奶奶嚷嚷着，"你把那些鬼星星都藏哪儿了？"

江洋垂着头不吭声，我们乌压压挤在走廊上看热闹的人也不吭声。

教导主任下意识地朝摆着"罪证"的办公桌看了一眼，他奶奶就直奔那边而去，扬起菜刀就要把那些星星幼崽给剁碎。

我们都知道，星星幼崽是剁不坏的。它们和成年星星干燥轻盈的成分不同，柔软而充满韧性，不会被任何坚硬或锋利所伤害。

可是江洋似乎是被吓愣了，竟然也跟着斜跨出一步，用手去挡了那把刀。

血从刀刃上留下来，啪嗒啪嗒地滴到地上。老太太身子一抖，刀也直接扔掉了。

旁边的教导主任这时却勇敢了许多，突然开口说"快去医务室"，还推了江洋一把。江洋愣了下，跟跟跄跄地走了。

没人知道他究竟有没有去医务室。

之后，我很久很久都没再见过江洋。据说他是退了学，去深圳找他爸爸。后来王队长打着石膏挂着拐出现在了学校，又过了几个月，他把拐扔掉，似乎完全康复了。可能是被吓到了，在康复后，他也不像之前那么耀武扬威……对我们其他人来说，倒也算好事。

我去外地念书，只在过年的时候才回来。

这些年星星的数量很稳定，村里也制定出了很完善的星星开采标准，平日里封山，只在每年冬天的时候统一雇用当地的劳动力来收集成年星星们，政府负责给补贴和劳务费。一年回来一次的年轻人们，正好也打份短工补贴家用，也算是皆大欢喜。

今年我们家手头还算宽裕，父母心疼，不想让我去山里卖劳力太辛苦。可是那天，我在门口点燃了几串红鞭炮，等鞭炮炸完了，发现江洋在自家门口正看着我。他站在宽大的灰色毛衣里，比我记忆里的要高很多，或许在深圳受了些锻炼，整个人不再那么瘦弱，隐约有些肌肉。脸上却依旧是那副犹豫不决的神色，那种会被家里长辈骂做窝囊废的犹豫不决。

我听过很多传言。听说他父亲没有再回来，听说他奶奶生了重病，可是没钱看不起病，正在家里等死。村里人都说，是江洋养星星养得太久太邪性，不知不觉间惹恼了哪位神仙，造了什么孽。

"过年好。"我还是说。他没有回答。我也没指望他的回答，只是转身准备回到屋里。一只脚迈进门槛的时候，却听到了嗒嗒声。

是江洋。他还是垂着眼睛，却用手指在门上有一下没一下地敲着。

"怎么了？"如今我早已失去了等待的耐心。

"这两天手头挺紧的，想去山里赚点钱。"他这样说。

话很委婉，但我知道他是想去捕星星。我们这里，人在缺钱的时候，最容易想到的就是去捕星星。山路不好走，政府要求劳动力们自发结成捕星星小队，两个两个地报名。大概没人想和江洋结对子。

我本来想拒绝掉，目光却不由自主地落在他扶着门框的手上，落在他手指那道依旧明显的伤痕上。我不知怎么的就答应了下来。

我瞒着家里人，说是去县里同学家玩，然后和江洋一起领到了许多足够结实的袋子，一台便携式星星粉碎机，还有许多个口罩——作为劳动防护用品，防止我们把那些星星磨碎后的苦涩粉末呼吸到肺里。

我们沿着小路往山里走，齐心协力，把能找到的星星都送进了粉碎机。

我有很多话想跟江洋说，但没找到合适的机会。我想问他，他爸爸到底去了哪……全村已经议论很久了，没人知道他爸爸究竟去了哪。他的爸爸就像他的星星一样，莫名其妙就不见了，总归让人觉得心里不舒服。

可是还没等我问出口，他就已经在用他的问题问我了。

"我有话想问你，"他说话的时候还是低着头，一心一意地走山路，"你当年究竟信不信我把那颗星星驯化好了呢？"

"当然信，我是眼见它听你指挥的。"我连忙说。即使我的记忆实际已经很模糊了，又没有其他人见过那星星。

"还真是什么都信啊你。"江洋回头瞅了我一眼，脸上挂着有些突兀的笑意。

我们没再继续交谈，只是一心一意地走路。

整座山都很寂静。偶尔会听到枯枝败叶被踩碎时发出的窸窣声响。遇见同样来深山里捕捉星星的人时，我们会彼此寒暄几句，然后很快地告别。我们不常遇见彼此，山连着山，这里的山延绵不绝。

外面的这些星星基本都被逮干净了，我们往山里越走越深，最后就不得不带好背包和粉碎机，朝山谷那边走去。江洋不知道从哪里搞来了一个睡袋和简易的帐篷，还有成沓的发热贴。我们要找到星星们的聚集地，不过真的有那种地方吗？那天晚上我们睡在一个浅浅的山洞里。山洞里有些废弃的塑料瓶，还有破破烂烂的被褥，像是之前那些捕捉星星的人也在这里住过。

"我也不晓得，"江洋说，"但报纸上说，冬天的时候星星经常会聚集起来。或许它们也是冷的，要取暖……之前我养的那颗星星就很喜欢靠到家里的灯泡上。或许它们喜欢光。"他打开手电筒，把灯口朝外放着，说："就这样吧，睡吧，我带了好几块电池。"

手电筒能有多亮呢。光束不到一米远，只能照亮地上那些枯草。连着几天，我们平平常常地入睡，平平常常地醒来，什么都没有发生。

直到第三天。

在冬天的深山里，即便是浑身上下贴满了暖宝宝，脸露在外面也还是冷的，怎么都睡不熟。所以那天晚上，很难说我究竟有没有做梦，记忆有没有因为过度紧张而变得模糊。

我记得最清楚的是，在醒来那一瞬间，眼前的整个世界都充满着澄澈的蓝光。与此同时，好像有人正在用力捏我的手。

"你瞅外面。"江洋小声说。

朝洞口外看，已经看不到树木和天空了……星星，全是星星，成千上万的星星。这些星星应该尚未完全成年，全都散发着朦胧的微光。

没人知道这时候会发生什么。没人见过这么多星星。它们是来复仇的吗？还是说我们也遇到了什么诅咒？星星们很轻，行动很迟缓，没人知道星星也会致命。

在这样的星光下江洋的表情越发木讷。

"你好。"他喃喃地、几乎是下意识地说。

恍然间，我好像见到了小时候的江洋，那个固执地一遍遍对着星星说话的孩子。恍然间我觉得那些星星整齐地晃了晃，就好像它们能够听懂他说的话。

可是哪有那么多星星曾被驯化。

像是接到了什么指令，星星们很有规律地轻轻颤抖，并然有序地分散开来。最中间的地方出现了一颗个头更小的星星。

只有篮球那么大。它卡在了幼崽和成年的中间位置，一颗"少年时期"的星星。它既能灵巧地飞翔，又有着幼崽特有的微光。和其他星星的荧绿光不一样，那颗星星发着微弱的蓝光，像是寒冷时节的月亮。

蓝星星，不祥的蓝星星。

它犹豫不决地悬在半空，然后像是突然意识到什么一样，慢慢朝我们靠近。

星星不会袭击人类，至今不会。

"跑吧，"江洋压低声音跟我说，像是担心会被星星听到，"往外跑。"他蹲下身把那台星星粉碎机紧紧抱在怀里，然后很慢很慢地朝洞口走了两步。

那颗星星在跟着江洋，像是中了邪，像是得了什么病。

或许他做出了什么不该做的举动，或许他说了什么，或许他穿的衣服有什么特殊的地方。他愣在那里，一动不动。

我凑近那颗星星。鬼使神差一样，慢慢伸出手去抚摸它。它比我想象中的要柔软光滑，颤抖着，仿佛正在发出无声的嗡鸣。就在它的左下方，那里有几处小小的凹陷，摸索起来像是字迹，像是三点水。

"危楼高百尺，手可摘星辰。"

它微微摇晃了几下，后退着从我手中溜出去。

"江洋，"我也向后退了一步，压低声音对江洋说，"这是你驯养的那颗星星。"

江洋转过脸来看着我。星星那些蓝色的光，让他的双眼显得格外明亮，他的面孔也随之显得格外年轻，就连他的神情里，也带上了年轻人特有的那种湿漉漉的悲戚。

"江洋？"

他的身体猛地往前一晃。我以为他是要晕倒了，没想到他伸出胳膊，吃力地拨开挡在面前的星星，朝山洞外跑了出去，身影摇摇晃晃，穿越着蓝色的星辰之海，最终消失在朦胧的蓝光中。

我跟着跑了几步，喊他，根本喊不住。我的声音在深山重重叠叠、来来回回地响着，听起来特别孤独，就好像满世界只有我一个人，只有我一个人和那些缓慢移动的星辰。

他跑得不见了踪影，我只能攒着手电一路自己走回去。深山的夜晚很冷，还能听到风在山谷中呼啸，我的手脚都已经要冻僵了。那颗星星起初还慢慢跟着我，后来发现我不理它，就还是慢慢地飞回了山谷。跟它说再见的时候，它轻轻对我晃了晃。我不知道自己是不是冻得眼花了，但我希望它真的晃了晃，我希望江洋真的成功驯化过它。

在山脚下的那盏路灯下面，我遇到了瑟瑟发抖的江洋。

山路很难走，每年都会有迷路的人在夜里摔断腿，或者摔掉命。当年王队长手里拿着手电，都硬是从路边摔了下去，摔断了腿和肋骨。可是奇迹般地，江洋摸着黑，跑着，平安无事地从山上回来了。他裹着大衣缩在地上，那么高那么瘦的人，他已经不是当年的少年了，却还是能缩成那么小的一团。

见到我之后，他松了口气，甩着胳膊站起身来。他的神色比我想象的要平静，要平静很多。

"谢天谢地哦，黑灯瞎火，你怎么下来的？"我冲他挥了挥手电筒。

"山里的路我比较熟。"江洋艰难地说。在寒风里冻了这么久，他的嗓子都已经哑了，吐字也有些含糊不清。

"比较熟？"

"也没多熟。"江洋急促地吸了一口气，说："它们刚才跟着我。"他的声音沉甸甸的，让我觉得心里突然变得空荡。"它们刚才居然想跟着我……"

我打断他："江洋，那颗是你的星星。"

他没有喜出望外，甚至没有讶异。他只是点了点头，使劲搓了搓手。

"可能是吧，"他说，"可能吧。"

他不再和我继续耽搁，拎起那台星星粉碎机，示意我跟上，然后转身往村子里走去。那台机器上还沾着些星星的粉末，在或明或暗的路灯光线下，那些粉末时不时泛起蓝色微光。我边走边盯着那台机器看，觉得自己闻到了一股强烈的苦味。那是刚被磨成粉末的星星才会有的味道，那是死掉的星星的味道。

后来，我们再也没去捉过星星。

第二天早晨江洋提着行李就来和我告别，说要回深圳。在那边多做一天工是能多赚一天钱的，本来这次过年回家也待不了多久。他奶奶的病似乎终于好了，正月十五的时候终于能够出门了，还向邻居们炫耀了好几天，说是孙子攒钱回来给她买了好些吃的，还买了件新棉袄。

后来我再也没见过江洋。我去山里逛过一两次，也见过几个孤单的星星。它们灰蒙蒙的，毫无生气地飘浮在空中。它们身上没有一点儿的光芒。

之后很久很久，我都会梦见那个场景。

我听见江洋说："跑吧"。那些星星像是真的听懂了他的话，在寒夜里微微晃动。无穷无尽的星辰从地平线上升了起来，整片大地都被光芒覆盖住。它们从地面飞向苍穹，那是最美的一个冬季。

在我的梦里，后来，地球上再也没有星星。

她 的简介

　　修新羽，清华大学哲学系毕业，现供职于某杂志社。曾获科幻水滴奖短篇小说一等奖、银河奖微短篇三等奖、解放军文艺优秀作品奖等。中短篇小说见《科幻世界》《花城》《天涯》《上海文学》《芙蓉》《青年文学》《解放军文艺》等。于 2018 年 6 月加入中国作家协会、中国科普作家协会。

她 的回答

Q1 "科幻"对于你来说意味着什么？（或者换个说法：它与你的生命发生过怎样的关联？）

修新羽： 2011 年，我在《科幻世界》上发表了一篇小说。然后又发表了一篇。然后，又发表了一篇。都是发在了《校园之星》栏目，它专门刊登来自中学生的稿件，以鼓励大家进行创作。三篇小说的质量亦参差不齐，有的成了永恒的黑历史，有的拿了"少年凡尔纳"奖。

　　在过去几年的创作生涯中，我写过战争文学、爱情小说，写过小说、诗歌、话剧，却还是把科幻小说视为最得心应手的工具。我并不用它来歌颂人们如何征服自然，取得多么了不起的成就——我用它来展现科技会给社会带来哪些改变，这些改变会带来哪些牺牲、哪些矛盾、哪些痛苦。而人们又是如何挣扎着，想办法忍受痛苦或解决痛苦，最终艰难地前进一小步。

Q2 你有什么爱好吗？无论什么爱好都可以聊一聊。

修新羽： 我很喜欢"故地重游"。数一数，很多地方都旅游过两次及以上，比如绩溪、贵州、东京、纽约。有些时候，自己如果觉得哪里好玩，一定会约着亲戚朋友再去游览，用不同的心境去欣赏同样的风景，或者去看看当地的岁月更迭、人间流变——与"新鲜感"相比，我更喜欢"熟稔感"，因为有很多细节是需要从更长的时间维度上把握的，比如杭州。印象里最早一次去是在夏天，汗流浃背，拥拥挤挤跟着游客们去西湖，去"花港观鱼"，回忆起来只记得荷花开得很热烈。后来陆续去了几次，最后一次去是前年十一，独自去看桂花，沿着满觉陇的小路走了半天。听路旁的本地人议论说，秋风一吹，桂花会像雨一样地落下。蹲下身系鞋带时，被浅金色的细碎花瓣落了满身。

Q3 你家里最古怪的一件物品是什么？能说说它的来历吗？

修新羽： 一小瓶火山灰，看起来跟黑胡椒粉蛮像的。去年五一和朋友去日本九州玩，那边有个"草千里"的景点，本来应该能从展望台上看见连绵的草原和远处的火山，结果我们去的时候偏巧起了大雾，能见度基本只有10米，四处白茫茫，仿若寂静岭。

车要很久后才来，无奈之下就在展望台旁边的火山博物馆里消磨时光，结果发现那里有卖火山灰的，一只小小的玻璃瓶，附赠一张信息单，标注这是哪年哪月何日何时的那座火山喷发产生的，有怎样的矿物质含量等。

信息单已经不知放到哪里去了，但这只小小的瓶子就摆在我的桌前。看起来似乎是全无用处，但每次看到它，都会想起那场神秘兮兮的大雾，那些徒劳的等待，以及大自然毁天灭地的力量。

对"女性科幻作家"这个身份没感觉，不过也许隐藏性别出版作品可让我有机会看到很多新鲜有趣的书评，可惜没这个机会了。

陈奕潞

「她」的科幻处女作

2011 年 5 月陈奕潞出版了长篇小说《神的平衡器》，那是一个中国风混搭赛博朋克的故事，讲了控制论在未来世界以「平衡器」形态出现，人类彻底失去灵魂和肉体的自由，而借由对自由的追逐产生种种场景造物，这样的世界如何影响人们生活方方面面的故事。

云中

陈奕潞

新年过去没多久，我到达长崎。店长的家在临山靠海的一处别墅，房子是他和弟弟两个人设计，在2003年修建的。外表是和当地传统民宅风格截然不同的后现代风，用了大量木材、水泥和玻璃。一层和二层看起来像是两个错位落叠的集装箱，正面却是整面的玻璃窗。一楼和地下一层都用来存放货物和摆设商品，除此之外的空间用来做咖啡厅。一进门便看见那个穿白裙格子制服、戴姜黄色头巾的少女。她已经怀孕五个多月，下腹有明显的隆起，但单看面容的话，无论如何无法把她同"人妻""少妇""39岁"这些词联系起来。她看起来还是十六七岁的模样，带着些害羞，露出亲切豁达的神情，一双眼睛是整张脸上最有特色的地方，睫毛毛茸茸的，却不显得过分色情，反而是那种小孩子一样的天真。略有些小而薄的嘴唇在其他人身上也许会显得刻薄和世俗，在她脸上却刚好相反。除此之外她并没有什么特殊的引人注目的地方，朴素而又没有存在感，让你以为她会是这里随便哪一家艺术品贩卖店的店员。我同她打招呼，介绍来意和身份，她像是之前在line上提到那样，把我带到二楼靠里的一个房间。走廊除了地板外都是白色，顶上有漏光的窗，转角是个鹅卵石铺的庭院，当中一棵不知名字的小叶乔木。房间没什么特别，比照片上大，书架是空的。

安置好行李后到楼下仓库确认我的工作。除了整理仓库和咖啡厅的工作之外，还要替她接待来提货的客人。晚上五点钟左右店主回来了，如传闻所说，看起来冷淡懒散的男人，照片上的胡子刮掉了，长发也已经剪短，看起来至多20岁，两个人在一起有着不可思议的年轻感。女主人把左手臂很自然地倚靠在店主的身上，笑得开心。男人虽然面无表情，头部却微微和她额头的绒发蹭了蹭。

"接下来的5个月拜托您了。"店主道，像日本人一样鞠躬。他太太说话是福建软软的口音，他却是标准的普通话，声音远比外表更加华丽，我心想这是个备受女性欢迎的人。晚间吃饭的时候他弟弟也出现了，如果说男人的外表和他太太一样是那种耐看的随和漂亮，这年轻人则有着犀利的美。他穿着已经不流行的水白色牛仔外套、白衬衫，过时的耳钉，有点长而油腻的头发，但他在街道口拎着花束和蔬菜回来时，人们的目光还是毫不迟疑地聚拢在他的身上，他的眉毛是书中描写的京剧里画眉的方法：如远山，细而淡而长。家里的饭菜都是他来做的，在我看来非常烦琐耗时，却又那样精致，和他建筑师的身份相符。我自我介绍的时候说起母亲的名字，他眼睛微微亮了一下，但很快克制了自己，没有问更多。女主人不喝酒，于是四个人开了橙汁，喝了一半我问起另一个女生什么时候到，弟弟回答道："下个月。"

就这样我在这家名为"云"的店里开始了每一天的工作和生活。早上 7 点开门，客人大部分集中在下午 2 点和晚上 5 点，咖啡店除了咖啡外还提供三明治和焦糖馅饼，除此之外只有时令水果做的蛋糕，偶尔弟弟会做东西给常客，但明显这不是店里的主业。做得最多的蛋糕，是女主人在前一天备好馅料烘烤，以她 5 个月的身体气喘吁吁坚持去检查烤箱的精神头对比，我显得格外没用。仓库渐渐成为我主要的战场，拼接那些工艺品模型，替换已经卖掉的商品，因为这些胶水多少有毒性，所以女主人是无法帮忙的。教我做这些的也是名为亚仲的弟弟，他们兄弟两个人都很少说话，我只能磕磕绊绊从拼接手册上揣测那些他不肯说明的、所谓理所当然的细节是什么。

渐渐入手度过 1 个月，偶尔也会跟着他们一家在客厅看投屏电影，女主人之外包括我在内的几个人都不是很爱聊天，有时候也会想会不会因为我这个外人的原因。我自高中时代就被人批评"不爱说话"，但其实我并不是对人冷淡或带有敌意，只是不知道如何接上对方丢过来的话题。亚仲倒是经常出现在仓库，带给我一些小礼物，有时候是新做的玩具，有时候是剪好的花，有时候又是某种没吃过的点心，甚至还有动物的骨头和标本。他表现得自然而喜悦，好像我们已经熟悉多年，是朋友也是家人一样。这种随和在别人身上也许会起到正面效果，对我来说却反而变成了某种压力，我把更多的时间花费在工作间机器的轰鸣里，对他抛来的善意和耀眼的笑容视而不见。带着皮围裙操控电锯的我，感觉"像个屠夫"。就算被微信那边的高中死党这样评价，我也毫不打算把人际关系更推进一步。亚仲对女主人也很热情，在怀孕之前，她是仓库里的"屠夫"，我推测当仓库里的人替换成我之后，亚仲仍然保留了这种惯性。

女主人名字叫作 Rita，Rita 在怀孕 6 个月的时候依旧轻盈忙碌得像个仙女，她娇小的体格和高中女生的外表，让这间冰冷的、过分整洁的建筑里充满着人间烟火气，虽然她本人并不世俗。我经常纳闷她从哪里变出那些我在超市找不到的水果蔬菜，尤其是荔枝与番茄。小番茄和其他蔬菜一样在当地极贵，鲜鱼倒是便宜，鳗鱼、大马哈鱼、三文鱼、龙利鱼以及淡水河豚，但餐桌上他们吃得反而不多。早上有些时候，还没有来得及吃早饭，Rita 就会拿着各种水果来敲我的门，我仿佛回到初中、高中备考的时光，但她不会像我妈一样拉开窗帘大放音乐和开着吸尘器，让阳光和噪音击溃我的神经，她更像是观察自己新养的小动物那样满怀期待地撬开房门一角，把盘子放在我床头的小柜子上面。她每天都会选择不同的餐盘搭配不同的早餐水果，连面包片和煎蛋的形状都从未重复过。在那间水泥灰色、放置着冷蓝色沙发的客厅房间，Rita 的鲜活明亮是那么的格格不入。她浅棕色的短发闪耀着类似二次元动漫里女主角才会有的耀眼活力，就算是工作时间，她也总是挺直了腰在工作木桌前分装那些晒干的花与水果制成的茶片——那是店里卖得最好的商品之一，即便标着 3 万日元的高价仍然常常供不应求——用玻璃圆柱器皿将它们分类保存。她常穿的衣服都是很浅的粉色、柠檬色、以及 babyblue，头巾的花纹样式随之变幻，却很少看见制服或正装。即使停下来坐在沙发上看书，她的腰背也是笔直的，这对孕妇并不是自然的姿态，让我一个外人也不免有些担忧。男主人中文名叫陈亚荣，Rita 和亚仲都叫他德哥，不露面的时候我们相处很好，在 line 上也能正常聊天，见了面则基本无话，他喜欢一整天关在后院的他的工作间里做事，有时候和我一样要用到电锯、斧子和高毒性药物，这种时候他就会出现在我的仓库里，不作声地从货架上取走什么东西。他的样子偶尔让我想起绫野刚先生，但明显更加年轻，同时少了一些惹人喜爱的东西。我暗地里想着他或许在互联网上做着一些非法买卖，可能"买"更多一些，毕竟在他的房间里他做些什么只有 Rita 和帮他们接收快递的保姆 Vivian 知道。

我每周和老爸、老妈通一次电话，再打给我哥和医院，确认爸爸的病情进展。在横滨的房子已经想办法托人转手，换来的钱还能支持一段时间医药费，但除此之外我想不到其他我能做的。嫂子几次三番叫我回家，我也只能嗯嗯啊啊。倒是电话中途有碰到亚仲拿着马克杯站在窗前看我，他的眼睛略显棕红色，阳光下熠熠闪光。面前有人得天独厚，心里却嫉妒不起来。29 岁还和哥哥、嫂子住在一起，他当然是有自己的难处——这是 Vivian 的原话。50 多岁的广东保姆并不会说日语，却能用英语、粤语和普通话在当地顺利地采购、社交、打牌、大杀四方。她经常提起她在加拿大的儿子如何如何，搭配着豪奢皮包和满手戒指，让人误以为她才是别墅的女主人。奇怪的是就连冷漠的德哥和不食人间烟火的亚仲也对她十分客气。也许真如她所说，这家里有着不能对外人道起的秘辛。

留在云店挣得的工资，是我在建筑学院念书时期在餐厅、便利店打工总和的数倍。拿着高额的工资自然不会到处讲主人的闲话，何况他们对我并不苛刻。只有偶尔房间里一些细节让我困惑，比如冬天已经过去快 1 个月，为什么咖啡厅图书室的角落里会出现一个 12 厘米高的小雪人。如果说是用刨冰机做的——据我问 Vivian 和 Rita 的结果，这家里并没有刨冰机或者造雪机。"想开发冰淇淋或者冷饮吗？"Rita 瞪着如同小学女生一样的圆眼睛看我，脸上带着笑容，那个笑容却隐含了某种深意。我讲了小雪人的事，她"啊"了一声，没有正面回答，意味深长而又自得其乐地玩着手里的毛衣线：

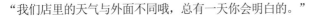

"我们店里的天气与外面不同哦，总有一天你会明白的。"

就算你这样说，我也不会很期待啊——我心里这样吐槽着，但很快就把这件事放到了一边，因为新的员工来了。

茶茶是吉林人，口音却混杂了重庆、西安、广西甚至五台山地区的种种方言。她来的那天下着大雨，我一个人开车去港口接她下船。她穿着乌黑锃亮的马丁靴，上身偏偏穿了一件红黑格子的毛呢外套，收紧的领口被各种假钻石和假皮草毛边装饰着，皮肤黑黑的，头发是那种长年不在乎梳洗打扮的种田客随便抓一把的梳法，头发里夹杂着数根白发，这让我很难从外表推断她的年龄。她张嘴露出并不整齐的暗色牙齿，手里拖拽着那几只编织袋。豪华邮轮的葡萄牙船员十分客气地把她的行李一件件安放在客区，她正在和一对准备上出租车的日本老夫妻争辩，我看得出那好脾气的日本司机哭丧着脸解释着什么，也许下一秒就要崩溃了——于是一踩油门顾不得停车的位置是否准确，抓了钥匙跑过去解围。她认出我后脸上露出灿烂的笑容，在场人的怒火便转移到了看起来懂得日语的我的身上。茶茶从一个可疑的中国劳工角色变成了一个投靠亲戚的更加可疑的有移民倾向的中国底层妇女，在不断地出示证件、解释、道歉、90 度鞠躬后，我终于把她和她那堆花花绿绿的编织袋塞到了德哥的那辆小型 SUV 上。我打着方向盘，不想听她在后面"我以为我们顺路想让他们捎我一程，可是他们听不懂中国话"这样理直气壮的解释以及她在我大转弯的时候猛塞过来的一堆零食。我一面窝火自己盼星星盼月亮盼来的女伴是这样的莫名生物，一面哀叹下个路口因为晚高峰已经开始拥堵，搞不好在到家之前我要和这莫名生物一起度过半个小时的"死亡时间"。

自称"茶茶"的少女是货真价实的 18 岁。我 18 岁的时候还在读加缪听朋克，自我感觉良好而又高深莫测。茶茶在某种意义上和我很相似，只是她的自我感觉良好更加祸害他人而又因为让人无法反击而高深莫测。比如同她讲玻璃门并非自动，要按左侧的一个按钮才能打开，讲了两次她还是撞到了门，幸好门没碎人也没事，又比如她把编织袋拖到我的房间，道："这里挺空的，我东西就放这吧。"我指出这是我的房间后，她满不在乎地挥手："没关系，我不怕丢东西。"

我扶着门框调整呼吸的时候，亚仲和德哥回来了，茶茶看见他们后两眼放光，拉着亚仲的胳膊开始说她带了多少土特产给他们。亚仲帮她把东西挪到阁楼她的房间，全部搬完的时候看了我一眼，我摊了摊手。德哥不知道和茶茶说了什么，她下楼的时候安分了很多，领了咖啡厅用的围裙，换下她那身可怕的行头，再出现在楼下的时候她好歹有了点 18 岁的样子。Rita 陪她下楼，仍旧笑眯眯的，不像是虚伪客套，倒好像真的很喜欢茶茶。那神情多少让我有些不安，因为 Rita 第一次见我也是同样的态度表情——所以你很难明白别人心里想的究竟是什么。

本以为茶茶会让咖啡厅的工作变得一塌糊涂，结果她对咖啡机、豆子筛选、口味搭配等都非常在行。她不说话只工作的时候看起来正常很多，但行为举止并不像是长年在咖啡店里工作的人。来买咖啡的客人多起来，她会用中文对当地人问东问西，对方听不懂也只以为她是热情，所以短暂看来倒也相安无事。偶尔没有人的时候她会两腿一横坐在窗台，姿势实在不雅，让她下来她又一脸惆怅，想起什么似的追问我小镇上有没有酒馆，在我以"我不喝酒，店里也不准酗酒"否决她后，大大地伤心了一场，第二天不知道在哪喝得醉醺醺地被亚仲抬回来，打着酒嗝丢袜子的她，好像我父亲未生病之前的倒霉样子。

亚仲道："解酒药我放在她茶几上了，等她醒过来你让她吃一片，一片就好。"

这是他对我说的最长的一句话，我掂量着那铝箔包裹的小药品，话在嘴边没有立即说出来。亚仲像是看透了我，道："你是不是觉得我们这样的店，找茶茶这样的人来坐班很奇怪？"

他招手让我跟他去吧台。

他倒了两杯酒，推给我一杯，我并不喝酒，摸着杯子等他开口，他却没有开口，抬了抬左手，我杯子里的威士忌发出细小的咔嚓声，像是遇到什么药物一样瞬间结冰了。

他又抬了抬手，我头顶转过一小团风，而后空气渐渐浑浊，像是有人抽烟聚集的烟雾，随后那烟雾渐渐稠密，变成一小团棉花样子，在头顶四五米高处，小雪花从那飘散下来。

我"喔"了一声，后退两步，不敢置信地看着亚仲，他双手下压，做了一个"你不要紧张"的手势。我还在寻找高空那些裸露的黑色空调管道之间是否有某种机关，这种类似 AR 的先进技术只在芝加哥的剧场表演里看到过，这样近的距离发生还是第一次。雪花落到肩膀，捏起来清楚地看到是六瓣，很快融化成小水滴，在指纹上晶晶亮的一团。亚仲不知何时走到我的正对面，眯着眼："还有别的，想看吗？"

我跟着他到了中庭，Rita 种树的那个小院，因为地面是鹅卵石，换了鞋子过去，阳光从天顶六角圆窗照落下来，亚仲抬起他的右手，这次在树冠附近出现的是黑色的小云团，下起雨水来，地面变得潮湿，伸手过去，手也淋湿了。因为四周没有管道，我意识到，这不是什么 AR 或舞台技术。

"是气候控制，"他简单地说，摇晃着玻璃杯子，里面四方的冰块哗啦哗啦碰撞，我记得之前他并没有在杯子里加冰块，当然也可能因为我当时注意力不在那杯子上——他打了个响指，我的注意力回到他的脸上，他那个神情里除了阴柔锐利的美感之外，还有一些别的东西，我意识到他在试图对我坦诚相待。

"我们其实是靠这个为生，"他解释，"我祖父以及他父亲一辈都是农民，可以制造小范围内的雨水或光照等，所以我们家族的人总能解决粮食问题，渡过难关。1882 年，祖父的父亲被美国人抓到西部当劳工，一起去的大部分人死在海上和沙漠里，祖父的父亲活了下来。二次世界大战中，祖父出生并继承了这个能力，依靠这个本事在战乱年代勉强生存，他从美国到菲律宾后来又回到了中国，生了五个孩子，建立了林场。他的前四个孩子都和普通人一样，祖父以为一切到他这一辈就结束了，没想到我父亲——也就是他最小的儿子继承了这份能力。我们兄弟出生在海上，因为有爸爸在，我们从不担心自己会被淹死，不过祖父的能力比我父亲、曾祖父都要优秀，他可以控制风的流动。他后来做了飞行员，死在了对抗日本侵华的战争中。"

他歪着头似乎在思考什么，我不知道该从何接起。是"节哀""我很抱歉"还是"你爷爷如果能够掌控风的话为什么会死掉""民族英雄"……初中时代起就不断重演的交谈困局似乎再次发生，但这次我很清楚不是我的问题。亚仲看了我一眼后道："我调错酒了，我有点晕，如果你想听，我下次讲给你。"他说完这些后走向我，一只手抓住了我的肩膀，另一只手试图扶住墙，但因为那只手里还拿着玻璃杯，他忘记了这一点，结果就是我们两个人双双摔在了地板上。

"没关系。"即便喝醉了，亚仲仍然试图解释茶茶的事，"她只是我们的一个亲戚……你明白吗？她也能……能够……"

他说这些话的时候大概退化了十几二十岁，口齿不清却又更加认真，左手食指点着我的鼻子，最后变成界线模糊的暧昧举动。我把他翻了个身，半拖半拽地把他移到客厅沙发上，拿了扫帚收拾碎玻璃，回来的时候刚好看见 Rita 蹲在亚仲的身边，低声对他说些什么。

亚仲点了点头，然后左手垂下来，搂住了 Rita。我看见他们两个亲吻，回过头，看见茶茶望着这一边。

晚饭的时候亚仲没有来，说是酒精过敏发烧送去了医院，Rita 挺着大肚子开车去的。回来的时候德哥已经到家做好了饭，我不敢问他有没有去医院，自然也不敢提自己看到的事。茶茶像是没事儿人一样胡吃海喝，不时地还指挥 Rita"给我加一份牛排""我要喝可乐""蛋糕呢我要蛋糕"……可乐要到山下的贩卖机才能买，Rita 说改天，茶茶就盯着她"嘿嘿"冷笑。我说我去买，茶茶道："那就算了。"而后继续盯着 Rita，那种所有人都能看穿的，"你有把柄在我手上"的笑容。

我尽快吃完饭后离开了。另一个走廊连着后面 Rita 种植花和植物的玻璃穹顶大厅，四处是各种高大植物和活孔雀、山鸡一类的鸟类。靠近南侧图书室有一排玻璃柜子，里面摆放着几张泛黄的老照片，我认出了德哥他们的父亲和祖父。走到另一个楼梯旁的时候，我看见有虚假的迷你月亮从一朵极其小的乌云里浮起来，照耀在一丛天竺葵上面。德哥叼着烟，拿着喷壶给花浇水，眼神萎靡不振。

我说："为什么是用喷壶，而不是让它下雨呢？"

德哥抬头看我，拿掉嘴里的烟，吐了个小烟圈。"还没睡呀？"我知道他们能下雨下雪弄出小云朵这件事变得无比自然、理所应当，他似乎也知道我知道，但我这个时候说出来，他还是露出笑容，神情里恢复了一点活气儿。

"范围不好控制，水流太大，溅得到处都是，还要刷鞋，"他幽幽地说，而后看着我，"而且我想看月亮。"

天竺葵头上那个小小的铜色的月球缓缓藏入半径 20 厘米的小乌云里，可以清晰地看见上面的坑洞和隐约的美国登月小国旗。我说了下午看见 Rita 和亚仲的事，但没有讲自己猜测的东西。德哥面容古怪，却不是愤怒或尴尬，反而问了我一个不相干的问题："你觉得这里怎么样？"

我以为他在责备我，窥探老板家的隐私，明明他们没有亏待我。我说："住得很好，工资也够花，只是信息量太大，我处理起来有些困难。"

他点了点头，像是想起了什么，道："从前这里不是这样，墙也都是灰的，房间更暗一些。我没有开店，在这里办展览，主要是植物，偶尔做画展。我会在房间里做出一些云朵来，对来参观的外国人讲，那是通过化学药品做出的特效。那时候挣得不多，这里也不长住，我们四处旅行。"

"后来遇到了 Rita？"

"后来遇到了 Rita，结婚，她怀第一胎的时候我出轨了，对方是个比我大 10 岁的已婚女人，那人和我在一起后生了茶茶。Rita 离开我一年，打掉了孩子，亚仲一直陪着她，但他和她不是你们想象的那种关系。"

他拿出手机给我看了一张照片，上面是亚仲和一个年轻人。我明白了他的意思，但还没从他自曝渣男的段落里缓过来——茶茶是他女儿？他 21 岁生的她？

"因为茶茶和我一样，能做出一些常人无法做到的事，"他隐晦地解释他们的能力，"所以我把她接到这里来，一方面是为了教她学习，另一方面也是需要她一起照看我父亲留下的森林。"

二战后德哥父亲一家随着祖母四处漂泊，德哥的爸爸经营林场，贩售家具，还做过一段时间的生意。因为可以控制小范围内的天气，所以在东南亚一些相对原始的部落里，他变成类似巫师族长的存在。他在他父亲飞机坠落的地方建立了第一个林场，那原本是正在沙漠化的盐碱地，现在变成了"奇迹的森林"。很多农林业专家都会到这里研究动植物的生长，很多原本会在二三十年前消失的动物因为这片森林得以保存。但随着森林规模的扩大，德哥和亚仲两个人的力量已经不足以引导控制森林的生长，有些地方生态虽然形成良性循环，但是也有些地区开始垮塌，每天都有大规模的动植物瘟疫出现。"包括全球变暖这件事，多少也与我们的森林有关。"

打游戏的时候会偶尔用到德鲁伊之类的角色，到动画片里也最多是可以操控藤蔓的大鼻子秃头牧师。我看着德哥，想着如果能像亚仲一样通过酗酒来逃脱现实也很不错。你有了能力，有了金钱，有了责任，但你还是逃脱不了普通人的情爱仇恨，甚至还有生老病死、养家教子。德哥说他这件事很多和他合作的人都知道，但大家靠着利益和合作理念维持彼此关系，到现在为止也没惹上什么麻烦。"像我这样的人还有很多。"他说。我惊讶："可以控制天气的人？"

他摇摇头又点点头："各种各样的人，也有不愿意被人知道的。"我说："你们这算是 X 战警了吧？"他露出看小孩子的神情，调侃而又避重就轻地回答："如果退休了，我会考虑去他们那打工吧。"

Rita 预产期在 6 月。和德哥的谈话没多久，她便跟着亚仲去了海边静养，家里最多的时候只剩下我和茶茶两个人，咖啡厅依旧开着，买东西的客人少了些，大概我做的东西始终不能保持亚仲和德哥那样高的水平，但我也没有气馁。春天来的时候给我哥哥打电话，他还是被他老婆撺掇着，让我回去，又问我林场的事。那是我来"云"之前接到的委托单子，安排我来长崎调查一对兄弟，因为是我母亲同校的后辈，想来我会比较好接近——没错，我的身份并不是建筑系的实习学生，而是毕业后考不到证书只好去接私活的没出息侦探——他们的林场十分诡异，对手公司花了大价钱想知道内部信息，这笔钱刚好够我老爹后续的治疗。

我对我哥说，这委托已经黄了，查不到对方让我找的人——什么高科技控制森林气候催生木材和 3D 打印森林，不都是扯淡吗？跟传销似的。我现在挣得虽然不多，每个月还可以补贴家里一部分，让我回去是不太可能的，最多把老爹接到日本——如果我嫂子肯的话。我哥唯唯诺诺，挂了电话。为了爸爸的那套房子，我嫂子自然是不肯放手的。

挂断电话的时候，外面刚好出太阳。茶茶在外面浇花，用的还是德哥的那个水壶。她穿着白裙子、棕色围裙，戴着棕色头巾，不说话的时候已经看不出那么粗鄙的自我了。她从小在各个省市奔波，每次快要暴露自己能力的时候，就跟着她妈妈换一个新的地方居住。她很喜欢养小乌龟，我最早看见她用那个能力是樱花开的时候，满院子的晚樱在早春就开了，山下的日本老婆婆踏青的时候还惊讶地拍照来着，一面拍一面说"难以置信"，身边另一个老婆婆则说："我小的时候也看过这样早开的樱花呢，还有个皮肤黝黑的男人，在医院的外面，坐着轮椅，是他让花开的。"我想起德哥茶柜里的当过飞行员的陈家祖父相片，没有说什么。

人生起起落落，总有人能抓到风向，顺风而行。也有那些在更高处舞动风与云海的人，却只想着落在大地之上，面对海洋彼方，安静而稳定地活着。如果能重新选择，我希望自己最开始学的不是建筑，而是飞行器制造。毕业后造一艘在云中行走的船，浇花看日升日落，从老天手里分一点点余风，偶尔从德哥他们的森林头上路过。

她 的简介

　　陈奕潞，年近40的文字爱好者，隐居在城市里享受异世界的生活。出版了七八本不靠谱的离奇小说，知道自身极限后开始向往记录更多真实故事，将它们改头换面转为幻觉童话，以此来填满空虚余生。

她 的回答

Q1 "科幻"对于你来说意味着什么？（或者换个说法：它与你的生命发生过怎样的关联？）

陈奕潞： 我对我生活的世界并不满意，我改变不了它的时候，我学会谦卑，然后去假想其他的适合我的世界，我发现世界其实有着很多的可能性，除了我们生存的星球，星球可以有着其他的姿态，社会也是，人与人之间的关系也是，生命体也是。于是我获得了乐园，获得了慰藉，借由幻想寄生于理论上可能存在、实际上不存在的平行世界，拥有新的生命，这是科幻或者说科幻写作对我的意义。

Q2 如果能和任何一个已经死去的人共进一次晚餐，你希望是和谁？

陈奕潞： 和我男朋友的妈妈。我想知道她是一个怎样的人，告诉她，她儿子是个可爱的小孩。

Q3 世界末日之前的一分钟，你面前有两个按钮，红色按钮可以拯救所有的人类，蓝色按钮可以拯救所有除了人类之外的生物，你会按哪个按钮？（警告：选择蓝色按钮的话，自己也会消失）

陈奕潞： 红色按钮。和人类在一起有趣一点，能看见更多我能理解的和不能理解的东西，可以看见崩塌、狂欢、希望、绝望、永恒、陨灭。和同类在一起，恐惧也是不错的东西。按常理推断，生命本身不会消失，所以拯救人或非人都没关系。按异常推断，生命消失也没关系，宇宙仍在。既然我迟早要死，那么有生之年见到不一样的世界会比较有趣。感谢给我如此权利。

顾适

有一段时间我不喜欢界定自己为"女性科幻作者"，我觉得作者就是作者，并不存在男女之分。作者应该藏在作品后面，读者只需要记住作品，而非作者是谁，长什么样子，有什么样的经历。而作为一名作者，就应当沉下心，专注于小说的创作本身，用技巧来服务故事，用故事来与读者对话。过度去宣扬自己的身份，表达自己的立场，是没有必要的。

但是科幻写作非常有意思的一点是，我们有很多机会与国际交流。这几年，我的一些作品也被翻译成英文，而国外科幻界对女性的认知，尤其是他们当下科幻作品中的女性角色，让我感到非常震撼。我的朋友 Crystal Huff 在看了《莫比乌斯时空》之后问我："为什么这篇小说里几乎没有女性？"我这才意识到，在我的许多作品里，女性也只是工具性角色——或许是因为我本能地认为，表达科幻的视角，应当是"男性的"。

所以这两年，我开始有意地调整自己的叙述视角，去描写我看到的、我认识的、我理想中的女性形象，她们大多和我们常见的科幻小说里的"女人"完全不一样，她们可以是精英科学家，也可以是邪恶的坏蛋，她们可以勇敢，也可以懦弱。她们不一定需要用母亲、妻子和女儿的身份来定义自己，她们就是她们，是可以改变现在、创造未来的人。

顾适

她的科幻处女作

顾适的第一篇科幻小说是在《新科幻》杂志 2011 年 11 月上发表的，名字是《特约访谈》。

这个故事讲述了一个绝大多数人都选择「死亡」的时代——人们抛弃肉体，仅以大脑的状态「活」在虚拟世界里，操控真实世界中的模拟机器人来生活。故事通过虚拟世界的电视媒体，来采访真实世界里的一名大脑保存舱管理员安妮，由此逐步揭开这个世界的真相，展开对生与死、真实与虚假的讨论。

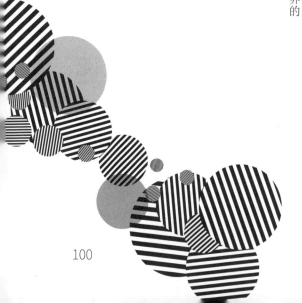

为了生命的诗与远方

顾　适

一

2044 年，在失业的第 42 天，我见到了莫师姐。

"赢的应该是我们！"

多年未见，她开口便是这句。读书的时候，莫师姐曾经在学校里组织过一个跨专业团队，去参加海洋污染治理的国际比赛。我是一群人里最小的，跟着其他人管她叫师姐，到现在也没能改口。

"别提当年啦，"当年我们与大奖失之交臂，"师姐，你最近怎么样？"

或许错失那个奖，对我们两个人而言更为特殊：那是我人生中最靠近成功巅峰的时刻，也是莫师姐履历上唯一一抹失败的污渍。然后她用了 18 年创业融资、结婚生子成为上市公司老板，我用 18 年加班买房、离婚负债沦为下岗无业游民。

"当然要提，不然我找你干什么！"她语速还是那么快，干脆地忽略了我的寒暄，"你看新闻了吗？"

"什么新闻？"

我的视域里随即收到一条链接：两天前，一艘即将退役的古董油船在中国南海发生爆炸事故，导致近 30 万吨原油泄漏。而今天早上的最新消息是，明火已经熄灭，海面上的原油也都消失了。专家分析这是因为强台风剑鱼袭击越南，带来了季风和洋流的连锁反应，导致原油的快速扩散。

"有人说原油被洋流卷到深海里了，"莫师姐说，"但我在地图上量了，事故地点距离台风边缘至少有 1000 公里远，怎么可能这么快就都不见了？"

我迟疑道："大海里嘛，也难说。"

她忽然停下来，很仔细地看我，过了一会儿说："陈诗远，你和以前不一样了。"

我猜是我这副精疲力竭的模样让她觉得陌生。我也在打量她，感叹："你还是跟以前一样。"

"不可能！"她否认完，又接着说起漏油事故，"我早上看到这条消息，就直接飞来找你了。你还记得前年你给我发的那封邮件吗？你说我们创造的那些机器人，还在大海里。"

"可你没回复我！"想起那件事，我依然有些恼火。

"是我误会你了——我那阵子在策划一条海底探险线路，还以为是商业机密被你发现了呢。"

我半信半疑："你公司主业不是太空货运吗？怎么在做海底旅游？"

她笑了笑："开始是货运，后来也做月球旅游，现在这条线路太成熟了，去火星风险和成本又太高，我只好另辟蹊径去研究大海了。"

"你发现了什么吗？"

她微微一笑："我记得你那封邮件的第一句话是，它们像是幽灵，我好几次就要抓住它们了。"

"对！"我屏住呼吸。

"现在我可以回复你了。"她眼睛里闪着孩童般的火光，"走吧，我们去海底找它们。"

二

莫师姐叫它们"蚕茧"。

它们真的会吐丝！这是 2025 年我看到蚕茧的第一印象。实验室里，那些白色的椭圆球体七零八落地摆在桌上，中央的水缸里，有一颗打印到一半的小蚕茧，模样有点像早餐用的蛋杯。我凑上前去，才窥见内里：在"蛋杯"中央，自下而上有一根可伸缩的金属立轴，它的顶端是两根亮闪闪的金属针，有点像手表上的分针和秒针，正飞快地旋转着，沿着"杯沿"吐出细细的白色丝线，层层叠叠，不一会儿便把顶上全封起来，那"蛋杯"也就成了一颗完整的"鸡蛋"。

"你觉得怎么样？"一个声音问我。

我回过头，她生了一张精明寡淡的脸，笑起来的时候眼睛眯成一条缝，才显得亲切些。"莫晓然。"她自我介绍，"欢迎你加入。"

"就 3D 打印技术来说，这是一次普通的改装，价值在于它能做得很小，以及能在水下工作。"我不客气地说，"凭这个，你们赢不了比赛。"

她皱了一下眉头，语速飞快："你观察得不够仔细，而且你也没读我发给你的文件。"

这倒是事实。见我没答话，她招呼我："再来看看。"

我这才发觉水缸里还有一个大约 25 厘米长的梭形器物，顶端与"蛋杯"的底座相连。莫师姐伸出手在水缸里搅了搅，再给我看她手指的黑色污渍："这是海水和原油的混合物，模仿污染海域。"她又指了指那梭形物，"这是个微缩化工厂，能够吸收原油，将其转化为 3D 打印所需的聚合物。我们还有一个团队，已经制造出针对废弃塑料的迷你粉碎机，然后我们就可以用海底的垃圾，打印任意形状的再生塑料制品。"

我目瞪口呆。

"科技有时候跟魔术差不多，对吧？" 她满意地看着我的表情，"这是 3 年攻关的成果，一直对外保密——精彩的还在后面。"

她说话间，那刚打印出来的鸡蛋形蚕茧，忽然自行从底座上脱落，不多时便在水面上吸附了一身黑色的油污，它打开尾端的小螺旋桨，奋力游向莫师姐口中的"化工厂"。待靠上去，蚕茧便由黑转白，显然它吸附的原油，已经成功地转移给了工厂。

"通过亲疏水双面结构，实现水油吸附和分离，这个蚕茧可以反复利用，帮助化工厂更高效地运转。"莫师姐说，"材料专业的同学也做了不少工作。"

"这是一个循环？"我终于开始理解她的思路，"一种……可以生长的、以原油和塑料为食的机器人？"

她看了看我："这个内容在我发给你的 PPT 第一页。"

我只好承认："抱歉，我没看邮件的附件……"

她叹了口气，无奈地继续解释："我们定义了三种基本角色：'收集者'，负责找寻原油和塑料，交给化工厂和粉碎机——这两个也就是我们说的'转化者'，能够将海洋污染物转化为 3D 打印的原料。最后是'建造者'3D 打印机，用这些原料构筑新的个体，比如收集者——蚕茧机器人。"

"一个生物群落？"

"对，是群落，也可以理解为一个机器人。看这儿，"她随手从桌子上拿起来一颗蚕茧，指了指顶端的凹槽，"我们设计了一系列标准接口，让它们可以彼此结合，这样'收集者'的动力装置就可以推动机器人游向油污，而'转化者'的能源装置也可以给'收集者'和'建造者'提供续航的能量。当它们彼此散开的时候，就会变成一个机器人群落，各有分工，又会像生物那样繁衍生息。"

我试图找寻她话语中的漏洞："维持它们运转的动力是什么？海里没有电啊。"

她像看傻子一样看着我："但有油啊。"

好吧。我只剩下一个问题："你们的工作都完成了，还要我加入做什么？"

"这些机器人一直在实验室里，在这样的水缸里。"莫师姐说，"但大海是不一样的。那里有更残酷的竞争、更复杂的环境。作为生物来说，它们还太基础了，只能算是一些携带了基本 DNA 信息的单细胞动物。所以我们需要人工智能专业加入团队，赋予这些生命智慧，给它们前行的方向！"

我听得热血沸腾："好，我加入！需要我做什么？"

三

2026 年，海洋污染治理奖的获得者是一个印度材料团队。莫师姐没有参加庆祝晚宴，我去了，用蹩脚的英文，拦住评审组的一位教授。

他说："你们的确做了一个很棒的演示，研究成果也颇有价值。但获奖团队的方法更直接，也更有效。"

"他们把一块布丢到水里，我们可是种了一粒种子到海洋生态系统里！"我对他说，"它会长大、繁殖，持续地解决塑料制品污染问题。你们难道不明白吗？"

大约是我语气和用词不够礼貌，他收起微笑。

"你们用了一种非常复杂的方法，却只是把海里的原油污染和塑料垃圾转化为另一种有序的塑料生物，而且它们还在海里，我们依然有可能会在搁浅鲸鱼的胃里发现它们，所以效果怎么验证呢？请不要陷入'造物主情结'里，要回答问题。"

我才意识到这次失败应归结于我。当初莫师姐交给我的任务其实很具体："时间有限，你主要的工作，是让机器人像鲑鱼一样，定期洄游到一个指定的位置，这样人们就可以直观地看到成效。"

但我完全被塑料生物群落的想法迷住了。一周的不眠不休之后，我交给她的框架计划里，包括对现有机器人的两个改进要点：

(1)从复制到环境适应

赋予蚕茧演化出多种功能的可能性，将"建造者"升级为"设计师"，搭载人工智能芯片，令其能够根据海洋中的实际条件，打印出具有环境适应性的新蚕茧，如推进力更强的"螺旋桨蚕茧"，或表面积更大的"气球蚕茧"。

(2)从监测到信息交互

导航系统应当安装在"转化者"上，并升级为人与机器人沟通的交互平台。人们根据机器人所处的环境和反馈的情况，提供持续性的软件更新和导航服务，如传输新蚕茧的模型数据，或是用于优化导航路线的气象数据。

莫师姐看了之后很犹豫："会不会太复杂了？"

我给她的版本已经是简化之后的成果。于是我用了一整天来和她争辩，试图让她理解在人工智能专业里，硬件是基础，而软件本身就是一个生态系统。只有丰富和混乱，协调和矛盾，新生和淘汰，才能让一个产品成功。她说："我明白你的意思。但这不一定是他们想要的。"

我后来才明白，她话里的"他们"指的是奖项评委。最终她好像是被我打动了，对我说："好吧，你放手去做吧。"

"你同意我的观点？"

她笑了："我喜欢你的热情。"

四

刚结婚那几年，我经常要加班到凌晨。2035 年的一天晚上，我忽然想起那个平台——我计划要和大海中的"转化者"进行交流和沟通的平台。

莫师姐是对的，我设计得太复杂了，也没有经过充分调试。竞赛成果演示时，洄游系统发生故障；比赛结束之后，我也从未在平台上收到过"转化者"发来的定位。有一段时间我不愿意承认是自己搞砸了一切，于是直到毕业，我都在继续把各种代码、数据和草图模型丢到那个平台上，希望机器人能够接收到，结果当然石沉大海。

所以那天晚上，当我一字不差地输入网址，并且发现上面有数万条坐标数据时，几乎以为自己见鬼了。我喝了一杯浓缩咖啡，随机选了几个坐标，查了下位置：墨西哥湾、印度洋北部、波斯湾、渤海、挪威西岸，还有南极？

南极有原油和塑料污染？

一定是有人在跟我开玩笑。但后来，我还是忍不住对数据进行了分析，追踪每一个源头的路线。当我看到那些彩色的线条顺着洋流涌动时，忽然感到久违的热血涌上心头。兴奋过后，问题又回来了：我怎么才能证明它们还存在呢？

所以当妻子问我休假去哪里时，我毫不犹豫地说："去马来西亚潜水。"我在平台上向附近的"转化者"发送了导航计划。然而当我背着氧气瓶跳进沙巴无边的汪洋之中时，才意识到：海太大了。

我眼睁睁地看着屏幕上的黄色线条与我擦肩而过，却毫无办法。如是数年，我拿到了救援潜水员证，却还是没能在沉船、洞穴和珊瑚间找到任何踪迹。40 年代伊始，生物计算机兴起，仿生算法逐渐取代了传统的人工智能语言，我频频跳槽，工资却越来越低，妻子也早已与我分居。收到离婚协议的那天，我忽然意识到，这些年蝇营狗苟，忙忙碌碌，可我竟找不出证据，来证明自己做过一件有意义的事。

我不甘心。

我给莫师姐发了一封邮件，这样开篇：

它们像是幽灵，我好几次就要抓住它们了。

五

莫师姐应该看出来我有点紧张，尤其是当潜水艇乳白色的外壳逐渐变为全景屏幕的时候。

这艘潜艇几乎就是一个放大版的蚕茧。"材料不同，但结构和设计确实参考了蚕茧，毕竟都是为海洋设计的。"她这么解释，"话说回来，海底环境和太空还是有点像的，都很险恶，要保证万无一失。"说着笑眯眯地看了我一眼，只差把"所以我这里没有适合你的职位"这话说出来了。

外面色彩斑斓的热带鱼逐渐变成了稀奇古怪的深海鱼。我不解："它们会在这么深的地方？"

莫师姐说："我们在这个深度拍到过一些模糊的影子，但没有拿得出手的证据。"

然而外面依旧是鱼。每一条鱼游过时，全景屏幕上都会显示出它的品种。莫师姐也开始紧张，她说："如果有 30 万吨原油泄漏，它们一定会聚集过来。"

平台上收集的坐标数据也佐证了她的观点，彩色的线条正在我们周遭盘旋、汇集又散开。然而处于漩涡中心的我们向外看，却只有一片死寂。

"恐怕这次也找不到……"在等了两个小时之后，我终于开口，"快 20 年了，好多次我都觉得它们是我的幻觉，幸亏还有你在关注。"

她看向我："我非常珍视那次比赛。"

"可那是你唯一一次失败。"

"从常规的定义来看，我确实一直在取胜，"她毫不谦虚地说，"但这些都是在我能掌控的范围之内的，我很擅长搞清楚别人想要什么，我需要付出什么，双方会得到什么。这其实没意思，没有惊喜。"

"我不明白。"

她看着我："陈诗远，你活在自己的世界里，这挺好的。记得你给我讲工作计划那天吗？我知道你的思路与竞赛要求不一致，但我看你那么投入，就忽然想：让他试试看吧，说不定会发生什么有趣的事情。"

"但我们输了。"

"结果虽然令人失望。但我很庆幸，因为终于有一件事情，我从中一无所获——我的投入没有回报，这说明我在选择信任你的时候，我只是觉得你的想法本身有价值，而不是想得到那份奖金。"

这真是成功人士的思维方式：就算是错误的判断，也能找出正义的解释。

"就像你的名字，"她继续说，"诗与远方，这才是我们创造生命的意义。"

我们被黑暗包裹，不知道是因为原油，还是因为远离阳光。所以当那个小白点擦过全景屏幕时，格外显眼。一行细长的字跟着它的影子划过——收集者，编号203904210106。

它被黑暗吞噬。很快，另一串闪亮如珍珠的蚕茧，从我们头顶游过。它们前行的方向是一致的。莫师姐让智能中枢在屏幕上用颜色区分开海水与原油，于是潜艇开始追逐那些红色的影子，当红色占据全景屏幕的一半时，我们看到了第一只机器人"水母"：梭形的"转化者"变身为水母的触须，十几个"建造者"彼此协作，共同编织一把由无数颗蚕茧组成的巨伞。随着伞状体边缘的摆动，"水母"便顺着洋流，游向红色原油的深处。

"你设计过这个模型吗？"莫师姐激动得声音都尖了。

"没有。"我哑着嗓子说。

我们找到了深海洋流。

这是一条肉眼可见的洪流，一场机器鱼群追逐原油的深海大淘金。危险的"鲨鱼"撕咬着一条"鲅鳒"，要把它身上浸透原油的蚕茧据为己有；"章鱼"吐出原油，试图阻止来抢夺它手臂的"海鳗"；"龙虾"拖着自己心爱的塑料袋，吐着泡泡扒在"海龟"身上……

它们模仿自己所见的生物，创造了一个新的世界。

"但是……"我如坠梦境，试图找出这画面的不真实之处，"哪来的这么多蚕茧？我们当时做的'转化者'和'建造者'根本不够用啊。"

莫师姐放大了屏幕上的一只"螃蟹"，指着它的腿说："它们自己打印出来了！用医疗废弃物做的核心结构，真是聪明！如今它们没法自己制造的，大概只剩智能芯片了。"

"这就是说——"我忽然感觉到有些畏惧，"我能收集到坐标的，只有最老的第一代机器人？"

莫师姐根本顾不上回答我："看那儿！"

海床露了出来，一片无边无际的白色海床，表面崎岖不平。待靠近了，才看清是一座机器人城市！数十米高的巨型"转化者"，仿佛图腾柱一般立在每一个组团中央。每一条归来的"鱼"，都会先把自己身上留存的一部分原油，交给这个"转化者"。

"他们在做什么？"莫师姐问，"交税？你到底给他们发了什么资料？"

"《税收学原理》。"我竟然能记起书名，是前女友的专业书，我帮她下载的，可能是存错了文件夹。

"那里是市场？"莫师姐又放大了另一个画面。"龙虾"用它保护了一路的塑料袋，换来了"寄居蟹"的一只钳子。

我们创造了一个文明。

六

回程路上，莫师姐很久都没有开口。

最后她问我："我应该让游客来这里吗？"

"肯定会赚大钱。"我说。

"我是问应该还是不应该。"

"说起来源头是我们，创造一个新文明需要负法律责任吗？"

莫师姐想了想："看来是不应该。"过了一会儿，她又问我，"你说，这个文明会不会威胁到人类？"

"有可能，它们发展得太快了。"

"那怎么办？"

"我们不再制造塑料垃圾就好了。"

"也对。"她终于放心了。

离开潜艇，我和莫师姐就此告别。回到家，我依旧一无所有，负债累累。

但我心满意足。

她 的简介

　　顾适，科幻作家，高级城市规划师，银河奖、华语科幻星云奖金奖获得者。本科毕业于同济大学，其后于中国城市规划设计研究院攻读硕士学位，毕业后留院工作，从事城市规划设计与研究。2011 年起在《科幻世界》《超好看》《新科幻》《Clarkesworld》、XPRIZE 等国内外杂志和平台上发表科幻小说 20 余篇。代表作《赌脑》获得第 30 届银河奖最佳中篇小说奖和第 10 届华语科幻星云奖最佳中篇银奖；《莫比乌斯时空》获得第 28 届银河奖最佳短篇小说奖；《嵌合体》获得第 7 届华语科幻星云奖最佳中篇金奖，其英文版入选 2017 年雨果奖最佳中篇长名单。

她 的回答

Q1 一年里，你通常花多长时间用于写作？一天里呢？

顾适： 这几年因为工作比较忙，所以写作的时间确实不多，作品也很少，平均下来一年只有 1~2 个中短篇。我平时会把一些零碎的想法随手记下来，然后找一个比较完整的时间（比如春节），完全钻到故事里，把小说骨架搭起来，然后再用几个周末润色修改，平均下来一年大约会有 20 天的样子。在这些集中写作的日子里，我通常每天会写 5~6 个小时（其中前面 4 个小时一般是在发呆）。嗯，这么算下来，忽然觉得自己还有很大的提升空间……

Q2 十年前你最喜欢的科幻作家是谁？现在呢？

顾适： 十年前我几乎不读科幻小说，只能勉强算是一个星球大战迷，会在前传三部曲上映的时候，去电影院里多刷一遍而已，所以除了凡尔纳，也很难说出喜欢哪位科幻作家。

　　我基本上是在开始写科幻小说之后，才去找科幻小说来读，更多是抱着学习的心态，想去了解前辈曾经探索过哪些道路。而读得越多，就觉得自己需要努力的地方越多。

我现在最喜欢的科幻作者是特德姜，他的作品改变了我对写作的理解。曾经我认为点子、文字和情节是科幻小说里最重要的要素，在读了他的作品集之后，我意识到真正的"故事"与"作品"的本质区别，是完成度。一个作者必须投入超过自己极限的勇气与精力，去打磨自己的小说，才有可能让这个作品有比较高的完成度，给读者留下一点点印象。

Q3 你最喜欢自己的哪一部作品，为什么？

顾适： 投入最多的一定是还在存稿箱里的长篇宫斗小说《长乐》。我最初开始写作，就是在网上写带有一点幻想背景的言情小说，我也一直认为自己其实是更享受写长篇的作者。而《长乐》是我写过和想要写的长篇里，野心最大的一个故事。

长篇的体量意味着它可以有很多人物，而《长乐》我改了很多年，里面的人物，几乎让我有了一种幻觉，仿佛他们就是我的朋友。而作为作者，我需要扮演的角色更像是调度，只要我把合适的人放在合适的地方，戏剧性就会自动从角色彼此的互动之中蹦出来，生长出我想象不到的冲突，让故事不断冒出新的枝丫。然后我要站在众多人物的中心，保持冷静和控制力，调整角色的情绪，确定每个人物依然在他们的命运框架里。那种状态非常棒。

已经完成的科幻小说里，应该是《赌脑》。我一直非常喜欢现场演出，尤其是话剧和古典音乐，我想在作品里去表达看现场演出时的微妙感受。在《赌脑》里，我尝试用话剧的"三一律"结构和交响乐的节奏来创作，这应该是没有人尝试过的创新，很艰难，但很有趣，最终完成的时候精疲力竭，又心满意足。我喜欢那个瞬间的感觉，像是接近了世界的真相。

　　我在创作时，可能没过多去想自己是一位"女性科幻作者"，而是觉得自己只是一个科幻迷，只是在给读者讲述一个好听的科幻故事而已，而在创作中所有的努力，都只是作为一个科幻迷的作者，对科幻迷读者的一种感恩回馈。

柯梦兰

"她"的科幻处女作

柯梦兰发表的第一篇科幻作品，是2012年出版的青少年科幻小说《浪基岛传奇》。

那是一个太空探险的幻想故事，故事讲述了一个出生在南海边的小男孩——浪儿，因为一次海难漂流到了一个时而浮于水面，时而沉于海底的神秘莫测的『浪基岛』上，他认识了∨星系『卡尔斯怪兽王国』的公主卡斯娜，他们一起与火鑫公主、小白龙、巨力人、小灵儿去∨星系的『卡尔斯怪兽王国』，去拯救被宇宙公敌『震嗣』所关押的卡斯娜的父母，从而乘坐太空飞船——『利箭一号』，在宇宙中，开始了他们惊险的太空征途，一路上危机四伏、险境重重。这个故事在讲述惊险、有趣的故事情节的同时，也讲述了地球本身的自然环境，对整个地球的气温、气候、天气变化的影响，教育孩子们从小要热爱地球母亲，多植树造林，保护环境，爱护自然，从而让孩子们懂得，热爱自然与保护环境，对整个地球与人类的重要性。

异兽觉醒

柯梦兰

2166 年 9 月 23 日，一艘外星飞碟意外坠毁在中国深圳的凤凰山森林公园，烧毁了一片树林。

此次 UFO 坠毁事件，"联合国特派 UFO 事件搜寻组"，只找到飞碟残骸，没发现外星生物遗体。但自那以后，飞碟坠落的地方，接连发生蹊跷事件，去这森林公园旅游的人都莫名失踪。最后，总失踪人数达到了近两千人。人们怀疑那些人的失踪与 UFO 坠毁事件有关。"国际 UFO 搜寻队"派出两名搜寻队员，要求他们在 24 小时内，找到失踪人员的去处，并解救出失踪人员。

著名的生物学家林叶女士也在那次事件中失踪。而林叶的丈夫叫杨锋，是"国际 UFO 搜寻队"的一名队员。刚从火星执行任务返回的杨锋与刚从月球执行任务返回的队友余皓，奉命去深圳凤凰山搜寻失踪人员。心情焦虑的杨锋与队友余皓，驾驶小型的隐形飞船，火速赶往了深圳凤凰山事发地点。

他们把隐形飞船降落在那片烧焦丛林旁的空地上。身着隐形服的杨锋与余皓下了隐形飞船后，他俩在附近的山上搜寻了一大圈，没有发现半点 UFO 线索。

两人走回到飞船跟前不远处的一片树林中乘凉歇息片刻，开始分析。

杨锋："24 小时内解救出失踪人员，咱俩接任务是 3 小时前，也就是上午的 8 点，现在已是 11 点了，看来任务不轻。"

余皓："是啊，平时去外星球执行任务，也没时间约束，现在这个时间紧、任务重，看来咱俩必须在有限的时间内，完成不可能完成的任务了。"

杨锋好像没考虑这些，他仍思考分析着："奇怪了，怎么没看到半点外星飞碟的残骸？"

余皓："坠毁的飞碟残骸早已被'联合国特派 UFO 事件搜寻组'拖运走了。"

杨锋："这个我知道，我是说细小的飞碟残骸碎片都没找到。看来还真是清理得很干净。但是……"

余皓："是啊，清理得很干净，可奇怪的是，为什么这里还会经常有人失踪？"

杨锋略带研判地："嗯，这么多人就像时空穿越了一般，莫名消失了。这也太蹊跷了……"

余皓："依我看，还是老规矩，查资料做事件分析吧，我来搜一下相关资料。"

余皓说完，从身上掏出了一个小型的"光幕式"信息搜索器，很快，辐射光幕上显示了该事件的新闻、坠损外星飞碟残骸被"联合国特派 UFO 事件搜寻组"的特派搜救车拖走的画面。

杨锋看后，思索片刻后说道："据我分析，这事没那么简单，这里一定有一个特殊的磁场，甚至有一条未知的通道，而失踪人员，就是从那进入……"

余皓听后感觉后背簌簌凉意："你的意思是，这里有超大的隐形UFO？或者是有未知虫洞？失踪的人，都去了另一个未知的空间？"

杨锋肯定地点了点头："嗯，从目前失踪的人数来看，还真有这个可能。"

余皓："那这么说来，之前坠毁的那艘飞碟，只是外星人用来掩盖'犯罪'事实的一个幌子。"

杨锋再次肯定地点了点头，分析道："对，有这个可能！或许那只是他们入侵的阴谋计划的开始……"

余皓好奇地："那你猜他们的目的会是什么？"

杨锋一脸纳闷地摇了摇头："这个没法猜……其原因是外星人从不按我们的思维逻辑出牌，它们所做之事，往往会出乎我们的意料。"

余皓："是啊，所以我们要做的，就是解开这个未解之谜。"

杨锋："是的，探出真相才能拯救失踪人员。现在咱们的首要任务，就是寻找失踪人员。"

余皓："这是一个生死未卜的艰巨任务，说实在的，来之前我就做好了回不去的打算了。"

杨锋："我也是，我们UFO探寻队员，每天过的都是'刀尖上行走'的日子。早已把生死置之度外了。对了，你看起来那么年轻，你为什么要请求参加这次搜救行动？你爸妈也同意你参加这么危险的行动？"

余皓叹了口气，一脸难过的表情："我平时负责技术这块，他们平时不是太担心我，但是这次……唉，别提了，他们都不知道，我也没敢告诉他们。其实，我主动参加这次活动，还有一个重要的原因：是因为我的女友丽姿，也是在这次旅游中失踪了。你呢？你为什么参加？难道你没一丁点儿私心？呵呵，那就是太伟大了。"

杨锋坚毅的脸上，透着伤感："一半公一半私吧。我的妻子，也在这次UFO坠毁事件后，来这做工作调研时，神秘失踪了。"

余皓安慰式地拍了拍杨锋的肩膀，安慰他道："老哥，别太担心，说不定她们还活着。咱们一起努力搜寻。"

杨锋强忍着心中的悲痛，擦拭了一下眼角的泪水，一鼓作气道："是的，咱俩齐心协力，一定要找到所有失踪人员。"

余皓也擦了一把眼角的泪水："一起加油，一起加油！一定要找到失踪的他们……"

杨锋拍了一下余皓的肩膀，说道："走，继续行动吧……"

余皓："接下来，我们的行动计划是什么？"

杨锋："现在算是走投无路了，我们只能利用飞船上的异能量搜索系统功能，先试着探寻目标 UFO 的异能量信号。"

余皓："好吧，死马当活马医，或许就能找到突破口了。"

说到这里，隐身的两人便转身往飞船那边走去。他俩上了隐形飞船后，便启动了异能量搜索系统。果真，很快，他们便搜索到了一个未知的异能量信号。

余皓按下了一个钮，系统音传来："扫描异能量目标飞船，绘图系统启动。"

很快，绘图系统屏幕上便显示：一艘充满异能量的巨型飞船的形状。

杨锋："天哪，果真有情况。好大的 UFO！"

余皓利用绘图系统，迅速 3D 建模绘制出了飞船外形图与内部结构图。他一看，大吃一惊："啊！怪不得失踪了那么多人，原来这艘巨型飞船这么大！"

杨锋："看来这 UFO 来头不小。咱们得设置二级隐形服模式才能上去。"

余皓摇了摇头："二级不行，我觉得三级隐形服模式更保险些。"

杨锋："为了防止迷路，我们得把飞船的内部结构图，录入咱们的头盔定位系统中，也同步保存一份到飞船的航控系统中去。"

余皓："那我们选择什么方式进入目标飞船？"

杨锋想了想："目标飞船太大，我们直接进去，费时费力不说，就怕被它们发现。到时我们的行动计划就失败了。"

余皓："我有一个办法，不知可行不？"

"快说说看！"杨锋迫不及待地问道。

余皓："我觉得，我们可以把飞船隐形，选择穿越模式进入，这样至少行动会快捷些。"

"嗯，好的，没有多余的时间考虑了，我们就选择这种方式。"杨锋肯定地说道。

两人连忙开始行动。他们先启动飞船的三级隐形模式。屏蔽他们飞船系统的信号，防止敌方发现他们。

余皓与杨锋按下几个系统按钮后，两人打手势默契地暗示对方。

杨锋："OK！"

余皓："搞定。"

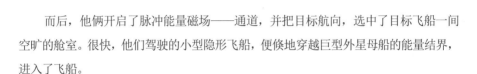

　　而后，他俩开启了脉冲能量磁场——通道，并把目标航向，选中了目标飞船一间空旷的舱室。很快，他们驾驶的小型隐形飞船，便倏地穿越巨型外星母船的能量结界，进入了飞船。

　　不巧的是，他俩驾驶的飞船降落时，撞到东西，发出轻微的声响。

　　杨锋："不好，撞到东西了。可能会被它们发现……"

　　余皓："不会吧，声音这么微小，它们也能发现？"

　　杨锋："咱们先别行动，等等看再说。"

　　说完，隐形飞船内的他俩屏住呼吸，眼睛紧盯着飞船的外监控视频系统屏幕。

　　果真没多久，几个身着外星太空装的外星人，拿着特殊的异光扫描器，正边走边扫照着，往这边走来。

　　隐形飞船内的余皓与杨锋见此情景，吓得捏着鼻子屏住呼吸，不敢出声。还好，幸亏他们的飞船隐形了，那几个外星人，并没有探测到他们的飞船信号，便转身走开了。

　　杨锋与余皓惊悚地发现，那两个外星人的身后，拖着一条长长的蜿蜒扭动着的长尾巴。

　　看着它们走远后，身着隐形服的杨锋与余皓才小心翼翼地下了隐形飞船。

　　他俩往前没走多远，就发现了一个飞船舱门。他俩启动太空服上的脉冲磁场"穿越钮"，便倏地穿过那扇舱门。

　　令他们失望的是：舱门的另一边，既没看到外星人，也没看到被关押的地球人，却发现里面是一片外星树林。不同的是，那树上没有果子，全是茂盛的、形状古怪的枝条与树叶，而且叶子的颜色是蓝色的。

　　两人连忙打着无声手势往前走去。此时的他们不敢出声，只能用集训的手势比画交流着前行，去搜寻地球人的踪迹。往前走没多远，隐形太空服的"警示器"便震动了起来，这意味着前方或附近有"敌人"走来。他俩连忙猫下身子，各自钻入身旁一棵茂盛的大树下。

　　果真，很快，探头偷窥的他们发现，有几只巨大的外星兽，正朝这边走过来。那几只兽长着一颗鼓眼龇牙的鱼头，蜥蜴状的身子，身后却拖着一条长尾巴，正像蛇一样蜿蜒扭动着。

　　"My God！""天哪！"余皓与杨锋都吓傻了眼，在心底惊呼。

　　眼见着那些恐怖的"大家伙"离他俩越来越近。他俩不由把身子往茂盛的树枝条下缩了缩。好一会儿，等那几只外星兽走远了，隐形的他俩才钻出来，正准备继续往前走，却不料，一只小兽跑过来，把他俩给冲倒了。他俩还没爬起来，后面又跑来了一只公兽，差点踩到他们。

他俩不由得在心底惊叹，连忙就地往旁一滚。余皓滚到了一个坑里，被坑里的兽夹给夹住了腿。他低头一看，发现腿并没有受伤，而是被一个异能量夹给夹住了，感觉腿部倏地一阵酸麻。他站起来，抬头看了看这个坑的出口上方，发现并没有其他外星兽追来。

余皓心想："难道刚才它们并没发现我？看来，我得坚持下，等腿部酸麻状况稍好些，再离开这里。"想到这里，他从身上掏出了"异能量检测＋解锁器"，先检测发现这是一个中级异能量夹，便输入了一串复杂的解码，小心翼翼地打开了。

此时的杨锋已翻滚到了一棵树下，正暗自窃喜：总算安全了。却不料，旁边一只母兽走过来，意外看到他从树下探出的双腿。

母兽怪叫一声，低头叼住了杨锋的双腿，一扭头把他拖甩到了一旁的空地上。一只公兽朝这边跑过，差点踩到隐形的杨锋，他连忙往旁一滚。奇怪的是，公兽却并没看到他，只顾往前跑去。

杨锋连忙爬起，踉跄地往前拼命跑，准备逃走。后面的母兽追来，又一个猛扑，把杨锋的身子叼起，仰头一口吞食了下去。余皓刚好爬到坑的出口处，看到这一幕，他吓得目瞪口呆。

余皓一脸焦急地在心底惊呼："不——杨锋！"眼见母兽转身离去，余皓急得按下太空服紧急情况时使用的"弹跳"按钮，一下子高高弹跳而起，往前追去。

可此时，母兽已快速地往前奔跑而去了，望尘莫及的他，根本就追不上了。隐身的余皓倒在蓝草坪地上，一脸懊恼地直捶地。

但此时的险境，却容不得他有半点马虎与多余的悲伤时间，余皓急得挠头，敏锐地分析："奇怪了，刚才公兽与小兽都没发现我们，母兽却发现了杨锋。难道，它是进化版的母兽？"他脑海中闪过刚才看到过的母兽拖走杨锋的情景。而后在心里分析道："看来，得设置六级隐形模式，追寻过去找到它们的老巢去探个虚实。或许还有机会救出杨锋。"想到这里，他连忙设置了太空服的六级隐形模式后，悄然往母兽离去的方向，追踪了过去。

当杨锋再一次醒来时，发现自己躺在一间洞室中，他的软头盔被母兽咬破了，浑身是黏液，一股酸腥臭味扑鼻而来。他抹了一把脸上的黏液，望了望四周，发现自己勉强能看见洞内的东西。

"还好，没死掉。"杨锋边想边戴上破了的软头盔，并按下了太空服的自动修复按钮，很快"软头盔"修复，把他头脸都遮住了。他仔细地观望了一下四周，发现这间洞室中空荡荡的，既没有外星兽也没有人类。

杨锋心想："难道这是母兽的'粮食'存储室？它现在又出去叼食了？唉，不知余皓遇险了没有？"他从身上掏出了一个"超时空联络器"，点开搜索在线的同时空队友。

可是，很快他便气馁地发现：没有搜到余皓的联络信号。他心里咯噔下沉，后背凉了半截："糟糕，余皓的信号消失，难道已被它们吃掉了？不行，我得设法找到他。"

他连忙启动了太空服上的脉冲磁场"穿越器"，准备离开这里，回到隐形飞船上去联络余皓。可他还没来得及按下"开启"按钮，设定穿越区域的"目标位置"数据，石洞门那边传来一阵响声。

"糟糕，肯定是它回来了，不能让它发现我醒了！"靠坐在地上的杨锋，连忙就地一倒，按之前的姿势趴躺在地上。可是躺的地方，却不是他原来躺的位置。杨锋在心底担忧地想着：来不及移动了，唉，要是被它发现我醒了，这次肯定会把我咬碎吃了。

果真，石洞门开启，那母兽迈着沉重的脚步，往里走来。

感觉"死神"正靠近的杨锋继续装死，他屏住呼吸一动也不敢动。可他没想到的是，母兽走过来竟然把杨锋叼去了他之前躺着的地方。

杨锋睁眼偷看了一下，心想："看来，这外星兽有强迫症，吃掉我都要在原来的位置吃。唉，这次真的死定了。"

果真，母兽又一次张嘴，把杨锋吞食了下去。此时，悄然找到洞门口外的隐身的余皓，刚好看到母兽把杨锋吞食了下去的惊险一幕。

余皓心想："被二次吞食了。看来生还的可能性很小了。再见了，我的队友——杨锋。"余皓悲伤得泪如泉涌，捂嘴无奈转身伤心离去。

可就在余皓走后没多久，母兽干咳了几下，又把杨锋吐了出来。奇怪的是，这次那母兽从洞顶上，抓下一块轻盖物，把杨锋盖了起来，然后就又走了出去。

母兽走出去时，它的脑海中呈现出杨锋的脸与表情。这让它略微一怔，停住了脚步。

它使劲地想，模糊的记忆，在它的脑海中交织着……终于，最后一缕记忆冲破兽人基因防线，它脑海中一闪，浮现出两个地球人郊游的情景。

一对情侣，周末骑自行车郊游的情景。

林叶："如果有一天真有外星人入侵怎么办？"

杨锋："有我保护你，你怕什么？"

林叶："如果有一天外星人入侵，我要是变异了，请先杀了我。"

杨锋："不，如果真是这样，我会想法子先去救出你。"

林叶："不，你不能去救，因为变异后的我，说不定会吃了你。"

杨锋："不，亲爱的，就算你变异了，我想，你一定也能认出我的。"

林叶："为什么你会那么认为？"

杨锋："你觉得呢？"

"可恶的地球人！"刚想到这里，母兽的头部，又传来一阵剧烈刺痛，它猛地一甩头走出洞口，身后洞门唰地关上。

这时，它脑部传来兽人总部的命令："捕杀人类，注入基因液体，异化他们，占领地球！"

它使劲地甩了甩头，眼中闪烁着绿光，没有回头，继续往前走去。

洞室内地上，很快又醒来的杨锋，见母兽走了，连忙把太空服的隐形模式调到六级，并启动了太空服上的脉冲磁场"穿越器"，从洞室门内穿越了出去。隐形的他，循着母兽远去的背影，远远地悄然跟踪了过去。

再说余皓，他往隐形飞船停伫处走去。他想上飞船，穿越出这里，然后再向总部请求队友支援。

可是，他才往回走了没多远，刚走到树林中，准备上隐形飞船，他就发现自己的身后，有外星异兽在跟踪他。

余皓怕他们的隐形飞船暴露，连忙转身往另一个方向走去，可那异兽也远远地跟着他走来，不紧不慢的。他连忙快速地奔跑了起来。就在这时，前面跑来了一只更大的异兽。仿佛发现了他似的，朝他急奔而来。吓得他连忙扭身就跑，并往一旁一棵大树下一蹲，准备先躲起来。

可是，他惊讶地发现：刚才追他的那只外星异兽，也正蹲在这棵大树下。被他一推压，那异兽一声低吼，就要向他张嘴扑咬。一阵躲闪、后退之后，那异兽越扑越近，眼见它低头张嘴朝自己扑来。关键时刻，余皓从工具袋里取出一支注射器，往那只外星兽的身上扎去，而后，用力一推注射器，把药水推入了那外星兽的体内。

"呜哇——"那只外星兽怪叫了一声，便砰然倒地，巨大的身子抽搐了好一阵子后，身子竟然倏地变小，并变回成了丽姿的模样。

余皓随手捡起那个注射器一看，发现竟然是基因还原剂注射器。他不由得欣喜若狂地在心底分析嘀咕："原来是基因还原液起了作用。没想到啊，没想到，歪打正着，把丽姿给救回来了。"

他扶起昏迷的丽姿，从身上掏出一颗醒脑丸，给丽姿服下了，并取下水壶通过干裂的嘴唇往嘴里倒了一点水。然后，他拥着她，往茂盛的树枝下靠了靠，等候丽姿的醒来。

再说杨锋，隐身的他，悄然跟在母兽的身后，穿过几条洞道后，他发现母兽进入了一间洞室，并关上了洞门。

杨锋连忙悄然走过去，却发现那间洞室的门上，有一个小窗户。

杨锋凑过去观望，发现母兽坐在一张能量充置椅上充置能量，正被注射一种绿色的外星异兽基因液。此时母兽的脸上绿光闪烁，浑身直颤抖得哇哇叫着，看样子十分痛苦。

杨锋心底分析："它传输基因液时这么痛苦，难道它不是原基因的外星兽？还是……或许它是在进行体内能量升级？"他正疑惑不解地分析着，随着母兽脸上的绿光闪烁，奇怪而又惊悚的是：他从母兽的脸上，看到了林叶的面容闪现而过的画面。

杨锋在心底惊呼："天哪，难道林叶已被它吃掉了？刚才看到的是她的鬼魂？"想到这里，痛失爱妻恨得咬牙切齿的他，恨不得一下子杀了那只母兽。

这时，他太空服上连接大脑的"逻辑思维系统报警器"启动，一个警示声音传来：分析错误，这里是外星飞船中，不是地球的灵异影院，请改变思路正确分析，才能有所突破。

杨锋倏地警醒地分析："从生物学的角度来分析，只有一种可能，才能发生这种情况，那就是基因变异。"继而，他又想到了之前他与余皓分析的情景。他灵机一动，回过神来，不由得在心底想道："对，没错，这一定是外星兽人，针对地球的基因入侵战。" 太空服上的逻辑思维系统音传来：分析有进展，继续沿着正确的思路往下分析思考。

杨锋随手关了那个报警器，在心底嘀咕："还思考什么？得赶紧行动了，要不营救计划要失败了。"想到这里，连忙转身走到之前他们经过的那片树林中，钻到一棵枝叶茂盛的大树下。而后，隐形的杨锋连忙从口袋里，掏出一支基因还原剂，装上了注射器。然后悄然地返回了刚才的那个母兽洞穴中，躺倒继续装死。

果真没多久，母兽便回洞了。这次母兽看了看他，见他还躺在原处没动，便连忙点了点头，又准备转身走了。可是，它只是往前走了几步，它脑部传来兽人总部的命令信息：捕杀人类，注入基因液体，异化它们，异化它们！

母兽的眼睛里闪烁着绿光，转身又走向了杨锋。随着眼中射出的绿光越来越刺眼，它张嘴向杨锋扑咬，它暴鼓着双眼叮起杨锋，正要用尖锐的牙齿一口咬碎杨锋的身子。

杨锋忽地大叫："林叶，我是杨锋，我是杨锋，小叶子！"

母兽听到这叫声倏地一惊怔，它嘴一张，杨锋摔落到了地上。

杨锋抬头见母兽正犹豫不决地直甩头。他连忙从身上掏出了装有基因还原剂的注射器，弯腰将还原剂注射到母兽身后拖着的蛇状长尾中。

"呜哇——"只听见母兽怪叫了一声，便砰然倒地，巨大的身子抽搐了好一阵子后，竟然变回了林叶的模样。

见此情景，杨锋不由得在心底想道："看来是基因还原剂起了作用。"

此时的林叶，浑身湿漉漉的，她头疼欲裂地抱着自己的头，身子差点倒下。

一旁的杨锋连忙扶住了她，给她服下了一颗醒脑丸。片刻后，林叶的思维意识便清醒了。而后，杨锋连忙按下了自己太空服上的复制按钮，倏地复制出了一套太空服。杨锋用手语暗示林叶，叫她按下太空服上的自动穿衣钮，赶紧穿上。

穿上衣服后，杨锋便与林叶一起启动了太空服上的脉冲磁场"穿越器"，从洞门内穿越了出去。为了安全起见，隐身的他们赶紧往那片树林走去。在树林中，他们碰到余皓与丽姿也跑了过来，丽姿此时也已穿上太空服。杨锋用手语问余皓怎么找到丽姿的，余皓回复一言难尽，完成任务后，回去后再说。

四人用手语交流后，便开始执行下一个重要的任务。

林叶与丽姿在前面带路。六级隐形的他们，走到一个秘密洞室前。"穿越"进去后，在一台"空气调节系统"机器前，林叶打开机器，杨锋取出了放在里面的外星兽基因液容器。余皓与丽姿则在一旁，各自用太空服上的复制器，先把口袋中的基因还原剂，各自复制，然后递给林叶开启，倒入一个装基因液的空容器里。当装满一瓶后，杨锋快捷地放入了那台"空气调节系统"的机器中。

而余皓则启动了该系统的"喷雾传播"的发射模式，把地球人的基因还原剂，全部通过空气调节系统，传播到了整艘外星飞船。

那些被外星兽基因液入侵身体变异的公兽与母兽，在呼吸到有地球人基因还原剂的空气后，又全部变回了人类。

看到这艘飞船内，到处奔跑着的地球人，主控室中的几个外星兽人傻眼了。

兽人恼怒地说："实验失败，实验失败！""启动基因液系统挽救！"

"警报响起，赶紧撤离！"杨锋与余皓启动了飞船的脉冲与非脉冲器，以穿越巨型外星母船"结界"的时空磁场洞口。

外面地球空间的阳光照射进来。飞船内的地球人看到了阳光，连忙朝洞口的方向蜂拥而去。而后，被时空磁场的引力旋流，全部卷出了洞外，飘落在丛林中。

最后，杨锋与余皓驾驶着飞船飞出了那个洞口。随后，他们启动脉冲离合器，关闭上了那个洞口。几小时后，因地球的基因还原剂，那些外星兽人没法破解，那艘巨型外星飞船便驶离了地球。

而此时的地球空间，正是次日上午 8 点，地球上的人类欢呼："外星飞船被赶走，地球人类重获自由！"

这时，太空中的那艘巨型外星飞船上，两个兽人看到人类欢呼的情景后，一个兽人恼怒地说："愚蠢的人类，别高兴得太早，我们还会回来的！"

另一个兽人叫嚣道："等着，我们迟早会统治地球，让你们成为我们的圈养兽！"

一天后，丽姿工作的健身中心，丽姿与余皓正在健身运动中。

丽姿监督余皓锻炼："健身卡帮你办了，每次执行任务后的休息时间，都得来健身。"

余皓说："不行，那以后我都没自由了，全在你的监控下度过休假时间。"

丽姿拍了拍他的手臂与胸部："你看看你，手臂这么瘦，比鸡腿大不了多少，胸部平平的，只见排骨，你再看看人家。"丽姿边说边指向不远处一个正在锻炼的肌肉男。

余皓说："你要我锻炼成他那样？那我们的飞船驾驶室得改成大空间了。"

丽姿喊道："少废话，谁说要你变成他那样！我只要你健康活着就好。"

余皓说："你这话什么意思？像临终叮嘱似的。你都检查过了，一切正常！放心吧，你能活到 100 岁呢！"

丽姿调侃道："我就管你那么几分钟，你就嫌烦了，要是我活 100 岁，你还不得嫌弃死我呀！"

余皓大笑："哈哈，哪会，哪会呀，我还希望你能活 1000 岁，成为千年女巫呢！嘿嘿……"

丽姿瞪了他一眼："嘴贫！好好练，我得去教别的学员了！"她便走开了。

几天后，杨锋的家里，林叶靠倒在杨锋的怀里，两人正在细语呢喃。

林叶说："杨锋哥，你当时为何那么肯定，那母兽是我？又为何那么自信，基因变异后的我还能认出你？"

杨锋拥紧她的双肩："当然能认出了，因为你是我这辈子最爱的女人啊，不管你去哪，我都能认出你。至于你能否认出我，我是凭直觉，因为我相信爱能战胜异兽基因入侵的你。"

林叶说："看来你赢了，这是连做生物研究的我，都不敢判定的课题。现在你竟然把它变成了一个现实的课题。看来地球人类的基因功能还是很强大的。"说到这里，她扭头理了理他的领口、衣扣，接着说道："另外，谢谢你把我从外星兽的魔窟里拯救出来。"她说着，在他的脸上亲了一下，靠倒在杨锋的怀里。

杨锋说："救你，救所有失踪的人，这是我们的工作职责，我与余皓还得感谢你与丽姿，是你们助力我们，顺利完成了一个不可能完成的任务。"

林叶说："作为一名生物学家，能参与此次行动，也是我的荣幸。只可惜，我们未能带回外星兽标本。"

杨锋开玩笑："标本？你就是现成的标本，你得好好研究一下自己，哈哈。对了，你去医院检查的结果出来后，医生怎么说？"

林叶："医生说，从检查出来的结果来看，我身体的各项指标正常，叫我每三个月一次，按时去医院做例行检查。"

杨锋说："那就好，你身体没问题，才是我们最大的幸运。对了，这个周末，我们约上丽姿与余皓，去海边玩去。"

林叶一脸平静地说："好啊，以前我只想着工作，经过这次危险事件，我才发现人生除了工作，还应该好好珍惜生活，好好珍惜身边的朋友、亲人。珍惜活着的每一天。"

杨锋一脸感叹地说："是啊，我们已经错过太多了。对了，这周末，要不要我去爸妈家接回咱们的女儿，一起去海边玩？"

林叶一脸冷静的表情："先不要吧，我身体的危险期还没过，我怕自己突然变异，会吓着或伤害到咱们的女儿。"

杨锋："你不是检查过，没问题了吗。"

林叶："不怕一万，只怕万一。我不允许任何危险的事，发生在咱们女儿身上。"

"我也不希望看到这样的事发生，但还是你想得周到，那好吧，听你的。"杨锋拥着林叶，一脸宠溺地正要低头亲吻她的额头，却意外看到她的眼里有一缕绿光一闪。

他以为自己看错了，揉了揉眼睛又望向了林叶的眼睛，却发现她的眼里还是有一缕绿光在闪烁着。

杨锋一脸惊诧地想："啊！难道她体内的兽人基因，还没清除干净？！"

她 的简介

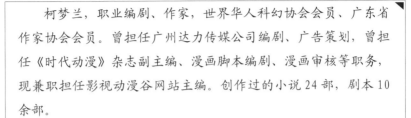

柯梦兰，职业编剧、作家，世界华人科幻协会会员、广东省作家协会会员。曾担任广州达力传媒公司编剧、广告策划，曾担任《时代动漫》杂志副主编、漫画脚本编剧、漫画审核等职务，现兼职担任影视动漫谷网站主编。创作过的小说24部，剧本10余部。

主要科幻作品

《星际谜谍》《星际勇士》《双宇宙的阴谋》《超越星辰的对决》《罗布泊时空之门》《神堂湾异域时空门》《火星来客》《浪基岛传奇》《小糊涂神勇闯太空门外之战》《凯瑞号飞船历险记》《始盗霸王龙》《九龙星岛》等。

个人获奖作品

公益广告《水龙邦邦》剧本获得"魅力亚运，漫趣消防"——迎亚运。消防动漫创作大赛三等奖；

《漫画人生》荣获深圳市动漫创意大赛优秀作品；

《凯瑞号飞船历险记》荣获深圳市动漫创意大赛优秀作品；

《始盗霸王龙》荣获第三届全球华语科幻星云奖；

《罗布泊时空之门》荣获由新华网主办的第八届全球华语科幻电影创意星云奖之优秀作品奖；

《星际谜谍》荣获第九届全球华语科幻星云奖之最佳科幻电影创意入围奖；

《星际谜谍》入围第三届京东文学奖年度十部科幻作品。

剧本创作

参予前期策划、创作过动画剧本两部：《神兽金刚》《数学荒岛历险记》；

原创、改编电影剧本四部：《星际谜谍》《上梁山》《爱情逆袭屌丝》《罗布泊时空之门》；

参予修改的院线电影剧本：《牵着妈妈的手》；

参予创作科幻电影剧本：《异世界之极度空间》；

独立小说原创、网剧改编剧本三部：《星际谜谍》《梁祝后传》《罗布泊时空之门》；

创作过宣传优秀共产党员的微电影剧本《保险柜里的秘密》。

她 的回答

Q1 如果要在一座荒岛上独自生活一周，你会带上哪一本书？为什么？

柯梦兰： 这个就要带实用一点的书了，我会选择带上凡尔纳的《神秘岛》，因为去一个陌生的荒岛，有可能会碰上躲在那里的罪犯，或者遇上比较孤僻的陌生人、未知的危险生物，甚至可能发生一些意想不到的危险。在荒岛上生活一周，必须在没有任何工具的情况下，首先得与大自然搏斗，克服重重困难，想办法填饱肚子，然后还要想法搭一个安全的住处，才能生存下去。而《神秘岛》中描述了在荒岛上人与大自然，从无到有的创造性的劳动，并充满了对奇异多姿的自然界的描写，把各种知识融会到惊心动魄的故事之中。所以，是最适合带去荒岛上的书。

Q2 可以介绍一下你最喜欢的一部电影吗？

柯梦兰： 应该是《流浪地球》吧，前年春节前夕，我在网上看了《流浪地球》电影的预告片后，在春节前我就购了三张票，大年初一我与老父亲、小侄女一起去看了这部电影。当时在电影院看电影时，开场前已坐了 2/3 的人，很多观众都是科幻迷，正在与同来看电影的亲人朋友聊大刘与《流浪地球》的小说。现在回想起来，还是觉得这是我有史以来，看过最精彩的一部科幻电影，剧情从头到尾惊险而充满悬念，我边看边与观众一起，在担心着剧中主角一家人与救援队员及濒临末日世界中的地球上整个人类的安危。

后半部分的电影剧情，惊险而感人，人类共命运，共同对抗末日困境。电影的特效很震撼、恢宏、大气，剧中用来助力地球逃离太阳系的各种未来世界的高科技产品、武器、装备，设计得精细、科幻感超强。

很显然整个电影团队，都为此付出了大量的心血。《流浪地球》也是中国科幻电影史上，科幻迷公认的最优秀的一部科幻电影。

Q3 你最喜欢自己的哪一部作品，为什么？（请不要回答"最喜欢下一部作品"）

柯梦兰： 应该是《星际谜谍》吧，主要讲述了一对年轻的中国情侣周勇与叶兰，被一只光能兽抓去 M44 鬼星云，他们为拯救被 N 斯博士抓走的星辉公主，被迫去 Gliese 581C 行星、Kepler-22b 行星探险……与 N 斯博士的邪恶高科技势力斗智斗勇，各种场面浩大的星际战争场面精彩激烈，在书中惊险上演！

《星际谜谍》是该系列小说的第一部，一共已完成四部，也是"星战"类科幻小说。主角们探险的行星，都是地球科学家近年来新发现的类地行星。该小说构筑了一个完全不同于现实世界，只属于小说时空中的星际体系，有对未知类地行星的气温、生物种群的详细描述，能让读者有身临其境的外星探险体验。

相关的黑洞、类地行星的描述，太空知识及光速的计算，都是以相关资料为参考，而并非随意幻想捏造。另外，对这些生活在不同类地行星上的"外星人"的生活习性、飞船、战斗武器，小说中都有详细的设定。其中，外星及太空星际战争的场面浩大，武器及外星飞船的战斗功能描述完备，战斗设定细化，再加上精彩有悬念的星际战争故事情节，能让读者在阅读此书的过程中，更有震撼的身临其境的外星探险体验。

"女性科幻作家"是一个自然属性，而非标签。与很多作者一样，我只是贡献属于自己的视角，熔炼人生的一部分去写作。我是女性，译者，语言学爱好者，日漫美漫宅，那么作品也就自然而然打上了那些烙印。另一方面，在大环境下有些视角确实没那么主流，我珍视能用文字进行表达的机会，也感恩每一个与我共鸣的个体。

她[三]的科幻处女作

昼温发表的第一篇科幻小说是 2012 年刊登在《新科幻》杂志上的短篇《保持谦卑》，当时她还在读高中。

文中幻想蚂蚁一族是比人类更高等的文明，它们是假装渺小的昆虫，实际上是在用替身操纵人类文明的进程。在这个过程中，一些傲慢的蚂蚁想要完全接管人类文明，没想到却收到了细菌的来信……

泉下之城

昼温

零

即使人类的足迹已经踏上无数星球，春节也是回家的时候。

一

10 年了，这是程濯缨第一次搭上回济南的火车。

地球保留了原始的轨道交通，至少在表面上磨灭了那场技术爆炸的痕迹。绿皮列车的装涂故意搞得斑驳，速度也慢得近乎爬行，狭窄的走道间，身穿空姐服装的乘务员推着小车一路走来，同时兜售粽子、披萨和巧克力馅的饺子。毕竟在地球上实打实生活了 20 年，她能注意到年代和文化的错位，并因此觉得很不舒服。那时候的影像资料并不少，策划人为什么不能稍微用点心呢？

几个比她年龄稍长的人也露出了同样的表情，其他旅客则完全没有注意到，他们大多从小就离开了地球，或是干脆在火星出生。不过，地球的引力异常强大，只要能看见太阳的地方，没有人能无视刻在基因里的乡愁。他们年年回到这里，感受最适合人类生理的重力和辐射，瞻仰伟大文明的起源。

乘客渐渐下光了，整个车厢只剩下她一人。对故乡的思念随着地理距离的缩短愈演愈烈，她想泉水、想明湖、想五龙潭旁的一池鱼儿，还有，她不想面对，但就在 5 公里外等着她的男人——父亲。

她已经整整 10 年没有和父亲讲话了，两人都曾让母亲代替自己传达问候，但面对面地全息通讯一次都没有，她还是无法原谅父亲。

她知道，作为济南的守城人，这座以泉闻名的省会在父亲心里远比她重要。他熟悉 72 名泉的水文参数，也摸得清几百个大大小小泉眼的位置，却常记错女儿的年级，看不见她的成长与困惑。他就这样渐渐离开了女儿的世界，一点儿也不懂呵护青春期少女的柔弱内心。所以啊，明明生活在一个屋檐下，他们有限的交流总是争吵。

等她慢慢长大了，便开始学着挑选安全的话题来避免冲突。只是，不能聊的东西越来越多，避着避着就把她逼到了满是雷区的墙角。而这些，父亲从来没有注意过。

"毕业以后，留在济南当守城人吧，我已经安排好了，下个月开始实习。"

有年除夕，父亲突然说。

"啪"的一声闷响，她的饺子掉进了醋碟。

"吃饭的时候能不能注意点。"

父亲皱着眉头，似乎没有发现她在眼眶里打转的泪水——她花了整整一年研究准备，马上就要拿到比邻星学院的录取通知了，这对出生在地球上的人来说是很难得的。她本来以为，父亲会为她骄傲的。

现实是，父亲一点都没察觉到，还擅自安排了她的未来。对于他来说，孩子算什么呢？

"你不理解我。"她的眼泪落了下来。

"可能这就是代沟吧。"父亲看了眼手机，"有急事，我先开会去了。"

然后他转身离家，一点关心也没有，一句话也没多问。

那颗心彻底冷了。

一周后，她把入学通知拍在桌子上，尽情欣赏了父亲三秒钟错愕的表情。接着，她头也不回地走了，再没踏上地球一步，直到今天。

"你爸爸老了，我们都老了，回来过个年吧。"

她可以不理父亲，但她没有办法再一次拒绝母亲。

更何况，那座孕育文明的城市永远牵绊着她，泉水无数次喷涌在梦里。

二

她好几次在脑内描绘10年后的家乡，可绝没想到是这样。

列车前进的地方，一道50米高的水墙拔地而起，清澈的水流仿佛脱离了物理定律的束缚，从地面轻柔涌上半空，再折一个圆润的角儿，向城市中心流淌去，阳光在雾气中留下彩虹，也把液体照得通透。青绿的水幕中没有鱼虾草木，只有串串轻盈的气泡随着水流不断涌出，如鱼儿吐着泡泡，也如落向苍穹的珍珠。

列车穿过果冻一般的液体，气泡好奇地向窗边涌来。

"珍珠泉。"

她轻轻念了出来。

想不到，父亲已经做到了如此地步。

如果没记错的话，事情是5岁那年发生的。为了勘测错综复杂的地下泉脉，父亲请了一些地质工作者在各个泉池中投放了数以亿计的纳米级亲水机器人——百脉，靠着它们发回的信号，人们可以看清水流的走向，也能摸清水体的化学组成，最终得以绘制成一幅实时立体的地下流水图。当然，目的是保护泉城景观，替在星星里定居的人类留下另一个怀旧圣地。

百脉们在父亲的关照下兢兢业业工作，几个月都没有出过问题，直到一天早上，值班的人发现它们在一个地方越积越多——大明湖。

"大明湖，明湖大，大明湖里有荷花，荷花上面有蛤蟆，一戳一蹦跶。"

那片位于市中心的巨大湖泊，是她最喜欢的地方，也是济南最后一个秘密的居所。

早在明末，有关明湖四谜的说法已经开始流传。诗坛巨擘王象春在《齐音·大明湖》中写道："湖在城中，宇内所无，异在恒雨不涨，久旱不涸；至于蛇不现，蛙不鸣，则又诞异矣。"

蛙不鸣，蛇不现，久旱不涸，久雨不涨。得益于科技的发展，明湖四谜已解其三，而最后一谜——蛙不鸣，也终于随着对百脉异常活动的研究最终得出了结论。

原来，从形成之日起，大明湖独特的水文条件便与地下矿藏相结合，一直在发射某种低频辐射。传说中舜曾耕于千佛山，大明湖又一直盛着千佛倒影，人们便把这种现象称为"舜场"。

青蛙因此百年沉默，随着泉水落入明湖的百脉也悄然起了变化。

显示屏中，御着湖水和泉水的机器脱离了人类的控制，在广阔的空间里尽情舒展又收缩。它们以肉眼无法捕捉的速度变幻身型，也顺着水流缓慢流转，像呼吸、像心跳、像……语言。

接着，那些东西影响了整个济南的百脉，它们相隔甚远，但彼此之间永远能够以水相连，它们以相似的频率共振，用击穿百里水体的电信号交谈，它们测到的信息不再传回人类的接收器，而是明灭有度，形成了复杂的计算。

终于，三股百米高的喷泉从平静的湖面跃出，向人类宣告了一种全新液态生命的存在。

至于后来，父亲想办法控制了它们，新闻稿里用的词是"说服"，甚至利用百脉对水体的掌控重现了济南72名泉巅峰时期的景色。

人们夸他是优秀的守城人，在地球上增添了一个怀旧的好地方。

可那是父亲没日没夜的工作换来的。

对于她来说，得到的不过是触不到的背影，实现不了的承诺，还有将"父亲"二字彻底剥离出生活的回忆。

三

下车了，她的心提到了嗓子眼。

母亲说父亲要来接站，可她在人流中张望许久也看不见熟悉的身影，她调出通讯界面，唤出父亲的联系方式。

想了想，又换回了母亲。

"哦，刚想和你说呢，你爸今天又要开会，接不了你了。"

又是这样，她早该想到的。

她把心放回肚子里，摇摇头驱散对父亲道歉的想象，一丝难过缓缓涌上心头，她连忙压住，不能在母亲面前失态，更不能表现出失望。

母亲似乎没有察觉到什么。

"自己回来吧，你爸说了，家还在那里，一切都没变。"

一切都没变？她看着组成穹顶的水幕和在空中飞驰的水流，不知道父亲眼里的"没变"是什么含义。难道她离家太久了，这里的语言已经演变到难以理解的程度？

"姑娘，这里安检。"

她点点头，顺着一位老妇人的指示在传送带上放下了包。这里的怀旧场景还算良心，可传送带光秃秃的算怎么回事？大 X 光机呢？

疑惑之际，她感到身上一凉：三股铅笔粗细的水流掠过她的脖子、手腕和脚腕，在空中转着圈奔向行李。

"喂！"虽然包里没有怕水的物件，她还是忍不住叫了出来，水流应声停止了行动。

"哈哈哈，"满头银发的老妇人笑出了声，"第一次来吧？"

她惊讶地看着老妇人伸出一只皱皱巴巴的手，唤来三股泉水在掌中聚成一团。接着，老妇人手掌向下，轻轻抚着那枚不规则圆球的顶部。泉水舒服地颤抖起来，像一只温顺的大猫。

"别怕，是黑虎，它们是检查危险品的一把好手，不会弄坏你的东西。"

她点点头，放了护着背包的手，让黑虎泉钻进去探查了一番。

拿回行李，果然滴水未沾。

离开车站时，老妇人还在冲她挥手，三股泉水在身边跳跃，仿佛也在向她道别。

不过，她还是觉得有些奇怪。看老妇人的样子，定是早过了百岁，为何还出来工作呢？

来到城里，她才发现这不是个例。

80多岁的大爷慢悠悠往前走，后面跟着一摊带走一路灰尘与落叶的泉水；戴着几米长披肩的老奶奶踮着脚，大声指挥着几股往民国老建筑上挂装饰的水流。它们的一端都是龙的形状，小心翼翼托着红纸糊的大灯笼，好像怎么也不能让老奶奶满意。

更多的人只是坐在护城河畔的竹椅上，要么唤出新闻浏览，要么兴奋地和旁人交谈。不过，每个人手里都有一枚碧色的茶杯，只要轻微晃晃，天上就会落下一滴形状和温度正好的水珠，为他们泡出一杯清冽的泉水茶。

在水幕的包裹下，整个城市都水汪汪的。粼粼波光洒在每一寸土地上，像在海底世界，也像在钻石之国，还有春联、灯笼、贴在门上的福字，它们把热烈的颜色印在每一滴通透的水珠上，留下变了形的倒影。

她心里一热。在遥远的过去，济南曾留下"家家泉水，户户垂柳"的美谈，可那景色早已随着城市的发展消失了。如今，清泉再一次融入了这座古老的城市，程度比任何时候都要深。

也许，这就是父亲的选择？

四

她没有立即回家，而是迫不及待往另一个熟悉的方向跑去：她想看看大明湖变成什么样了。

小时候，她常在大明湖畔的超然楼玩耍。"近水亭台草木欣，朱楼百尺回波渍"，这栋号称江北第一楼的老建筑覆满铜瓦，历经百年、重建多次，依然挺立在明湖东畔。

她对楼里收藏的名画、根雕没什么兴趣，最爱的还是攀上楼顶，俯瞰整个明湖景色。

父亲曾在那里找到过她。

"闺女？"他蹲下来张开手臂，小心翼翼地唤着女儿，眼里满是歉意。

她扭过头去，不想理他。

那时，百脉们刚刚集结，为了应对潜伏在明湖中的不明智慧体，父亲夜以继日地工作，缺席了她的生日宴。

"闺女，我有件礼物要给你。"

听到礼物，5岁的她立刻喜笑颜开，噔噔噔跑过来，一下子跳进父亲怀里。父亲熟练地单手把她抱起来，另一只手在她面前张开。

"你看，这是什么？"

"啊，是一块馒头……"她很失望。

"除了吃，馒头还能用来做什么呢？"

"喂五龙潭的鱼。"她抱住父亲的脖子，感到胡子扎在脸上痒痒的。

"今天爸爸就带你喂鱼。"

"在这儿？"

她很惊讶，这里那么高，离湖面也有一定距离，怎么喂呀……

"就是在这里，"父亲的语气很坚定，"爸爸什么时候骗过你？"

也是，爸爸从来不会骗人。

她接过馒头，揪下一小块儿攥成小球，向栏杆外探出头去。父亲用两只手把她抱紧了。

"来吧。"

她点点头，高高举起小胳膊，用尽全身力气把馒头块向湖面扔去。可是她太小了，太弱了，馒头几乎顺着栏杆垂直落了下去。

"没有鱼啊。"

"再来一次，用抛的。"

她点点头，把馒头放在手心，笨拙地向外抛去。小东西划出一道弧线，向明湖边的树丛中落去。

"闺女，看！"

顷刻间，三股泉水旋转着跃出湖心，组成了一头晶莹剔透的巨兽。那是一只海豚那么大的鲤鱼，全部由流动的清水组成。如果仔细瞧，能看见三个漩涡在鲤鱼内部温柔翻涌。水涌若轮，瀵涌三窟，这让她想起名泉趵突。不过，大多数不在楼上的人们只能欣赏到阳光下波光粼粼的影儿。

飞到一定高度后，水鲤鱼摆着尾巴直冲她和父亲而来，仿佛要一头撞上超然楼。她吓得闭上了眼睛，可鲤鱼在最后一刻改变了方向，追着落下的馒头去了。

她不知道鲤鱼后来怎么样了，只听到地面上传来阵阵欢呼。她睁开眼睛，发现超然楼下不知何时聚起了半城的人。

"看吧，我说过，百脉是可以得到控制的！"

父亲抱着她，挺直腰板站在顶层大声喊着，像胜仗归来的将军一样骄傲。

想到这些，她鼻子一酸。

她几乎已经忘了，永无休止的争吵和冷战之前，自己和父亲也曾有过那么温馨愉快的回忆。也是啊，谁会不宝贝自己的小女儿呢？听到妻子怀孕的消息，他一定又紧张又激动吧？把女儿架在脖子上满城溜达时，心里一定也曾决心把最好的都给她吧？当着所有人的面，用证明自己理论的宝贵机会逗得女儿开心，他一定在母亲那里吹嘘了好久吧？

可是，怎么会变成现在这样呢？那样深厚的隔阂到底是怎么一砖一瓦建立起来的呀，他们还有可能再一次走进彼此的世界吗？

不管怎样，她再也回不到 5 岁，那个把父亲视为大英雄的年纪了。

眼泪划过鼻翼，消散在太过潮湿的空气中。

五

"禁止通行？"

眼看就要到目的地，她被一堵环绕着明湖公园的水墙拦阻了，几种语言的红色大字悬浮在空中，警告她不许再往前走。

她的视线穿过水幕，看见高大的超然楼就在不远处等着她。不知为何，公园的光线比外面要暗些，柳树枝条摇曳的姿势也有些奇怪，就好像整座大明湖都被一个巨大的水泡包裹了。

这并不能阻止她。

在背包里摸索几下，她庆幸没有丢掉母亲寄来的湛露。那是一块小小的透明黏胶，只要敷在口鼻上，人们就能自由地在泉水里呼吸。

她把湛露戴好，感到呼吸立刻困难了起来，接着，她一头扎进水泡中。

水温十分适宜，失重感也刚刚好。小时候，她曾不分寒暑地在泉水里游泳。遥远的记忆被熟悉的触感激活，让她在这个已经变得陌生的城市里终于找回一点故乡的气息。

为了找到更多，她向超然楼游去。

此时，一阵水流顺着她游动的方向涌来，帮她卸去了大部分阻力。轻轻一摆手，她已经跃过了超然楼的顶层。

有些不对劲。

她俯瞰着覆满铜瓦的宏伟建筑，觉得它似乎在随着暗流微微波动，不真实感很强烈。

是错觉吗？还是真正的超然楼已经消失，留在眼前的只是全息投影？

调整姿势，她落了上去。刚刚碰到，她便猛得一蹬离开了表面。

那触感绝不是实体，也不是空无一物的水流。她感到了阻力，像某种凝结在一起的高密度液体。她的半只靴子曾伸进了砖瓦内部，似乎一直向下就能穿墙而过。

她跃下楼顶，仔细查看七楼翘起的屋檐。

起初，她以为自己眼花了，凑近才知道不是。坚实的固体本该与水流泾渭分明，可在这儿，边界是模糊的。铜瓦片似乎在水中溶化了，分子的扩散作用极为强烈，一层浅浅的颜色笼罩在周围，甚至能用手搅起漩涡，可它的形状还在，整栋楼也保持着巍峨，远看几乎没有异常。

她回过头，发现水泡里所有的东西都变成了这样。旧游船静静停在湖底，模糊得只能看见色块氤氲在水中；柳树的枝条顺着水流缓缓摆动，留下片片绿色轨迹，不知是落不下的叶儿还是飘散的粒子；曾经游人如织的小桥上，汉白玉栏杆与柔软的水草交融在一起，像织进锦缎里的花草，也像会晕墨的山水画……不，更像光谱连续的彩虹，你永远无法在红色和橙色间划上一条明确的分隔线。

在这里，边界消失了，固体分解了，一切都在流动，一切都是液体。

她突然感到一阵恐慌，不知是不是心理作用，看不见的百脉似乎在噬咬皮肤表面的每一个粒子，越来越强的舜场也在撕扯着她，迫不及待地要将她分解重组成明湖的一部分……

她拼命划水，终于冲出了水泡，可她忘了高度问题，在 40 米的空气中直直坠下。还好，水泡中蹿出一股水流及时接住了她，把她轻柔地放回地面，顺便带走了身上的水汽。

她扯下湛露，仔细观察自己的双手，还好，还是坚实的固体。

松了一口气，她忍不住又回头望去。超然楼看起来还是童年时的样子，可它已经不同了，每一个分子都不同了，水中，伫立着全新的物质形态。

父亲，您做得太过了。

六

"你爸不在家，他在……"

"开会，我知道。"

母亲笑笑，把饺子端上来。

"吃饭吧。"

她拿起筷子，又放下了。

"我爸在大明湖做的事，您知道吗？"

母亲点点头。

"您没劝劝他？他把济南搞得一点都不像济南了，甚至都不像地球……以后哪还会有观光客？"开往济南的列车最终只剩一人，她那时就意识到，回地球怀旧的人已经不再选择这里了。

"你爸爸他……他有自己的考虑，你要试着理解他，别老一见面就跟他吵架。"

理解他？

可他……理解过我吗？

母亲发现了她的不对劲。

"闺女，怎么了？"

她想说，想把30年来郁结在心里的话都说出口，她想描绘独自等在超然楼时看腻的四季落日，想拿回没问一句就送人的玩具，想再看一眼瞒着她放走的小鲤鱼，想涂掉擅自填好的守城人志愿，她想忘记那几句不经意却伤人的话语，释怀一次又一次自然流露出的忽视，她想怪父亲把一切归于代沟，轻而易举放弃了沟通的努力。

可怎么说出口啊！这些都是太小太小的事了，小到别人会奇怪这么多年过去了，你怎么还在意！但是，在少女敏感的内心，这些都是尖锐的玻璃碴，随着心跳一下又一下，永远划得胸腔鲜血淋漓。

不过，她还是说了，第一次。

"我爸……他……"

从开口的那一刻起，她的眼泪就止不住地流，身体没有办法停止颤抖。

母亲把她抱在怀里，心疼得替她擦拭。

"孩子，你怎么不早说啊！"

"你们又没有问过……"

你们为什么从来没有发现过，从来没有在意过？

她努力平复着自己。

"孩子，你真的不能怪你爸。他……他其实也在努力，知道吗，小时候你看过的所有电影书籍他都会偷偷找来看一遍，想知道你喜欢什么。至于守城人志愿的事，也是他见你从小爱在水边待着才替你争取到了机会。只是后来百脉的事太麻烦了，他想借助水型智慧体重振泉城光辉，上面的人却只想扑杀它们，留着一个老旧的济南给外地人看。他为了证明人类可以控制百脉，自费请了不少在地外定居的专家学者，还进口了很多昂贵的设备，家里早已负债累累。就算这样，市民和上级的阻力也很大……你决定要去比邻星留学的那段时间，他四处借了很多钱才给你凑够学费……你之前对他说的那些话，真的很伤他的心。"

她很惊讶，她从来都不知道这些。

"那是你没问过呀……"

对啊，是她从来没有过问过家里的经济状况，也没真正关心过父母的想法，体谅过他们肩负的重担。即使成年以后，她还理所当然扮演着一个需要被照顾的孩子，一刻也没想过自己也该承担起家庭的责任。

她怎么就没想过呢？液态生命才能彼此交融，人类即使再亲密，两两之间也永远存在着物理隔阂。思维和情感郁结在被蛋白质、骨骼和皮肤包裹的大脑中，不敞开心扉去表达、去交流，又能指望哪个平凡的父母用读心术去理解呢？

她抹掉眼泪，心里愧疚不已：家人渐行渐远，自己也是一个需要负责的人。

七

市政楼不远，她和小时候一样偷偷溜了进去。

像大明湖一样，父亲的办公室也被水泡整个包裹，谈话的声音传出来，闷闷的。

"程先生，我们希望您能收回这个决定，工程开销太大，收益很不明朗，更重要的是，您作为守城人把济南搞成这个样子，还会有回地球怀旧的人来过年吗？"

"数据会替我说话。"

是父亲的声音。

"如今济南城的留守人口是 7 万，60％是 80 岁以上的老人，他们的身体状况较差，无法承受爱因斯坦－罗森桥旅行。自从地球为了保留原始风貌撤掉东亚地区的太空电梯后，他们连月球都上不了了。根据现在的人均寿命，他们至少还需要在这个城市生活 50 年。流体城市建成后，百脉能够全方位帮助他们行动，使每个人都能轻松跃上百米高楼。微重力环境可以缓解老人的内脏和骨骼的负担，轻柔的流体建筑也能减少冲撞和跌倒的发生。"

"程先生，真的要走那么远吗？"

"我理解你们的顾虑。不过，都这个年代了，与城市共生发展还是什么新鲜事吗？木卫二在厚重的冰层里雕刻建筑，生物体的抗寒基因早已是标配，个别温差极大的星球上，居民学会了冬眠和脱水。在一些遥远的殖民行星，很多人类甚至已经抛弃了物质外形。为什么地球偏偏不行呢？只为了满足返乡人的情怀，就要本地居民放弃科技发展的福利吗？"

"程先生，我们讨论的可是独一无二的母星……"

谈话似乎处于胶着状态。她带上湛露，轻轻拨开变成流体的墙壁，露出一条缝来。

偌大的办公室里，三股巨大的水流形成一个漩涡，将父亲围在中间。身前的暗色木桌顺着水的流向溶化，像某位豪情万丈的书法家挥舞巨笔造就的一道墨迹，长长的尾巴消散在半空。各色的书籍和书架一起贡献了数不清的颜色，一条又一条彩带在液体中流转，描绘出水流的方向。一切都在缓慢旋转，像极了凡高的《星空》，也像三个旋臂的银河一样震撼。

"女士们，先生们，故乡不应该为了偶尔回家看看的人保留记忆，而是为了一直生活在这片土地上的人而存在，发展的唯一阻碍应该是科技水平，而不是发展自身。"

哦，还有父亲，10 年未见的父亲。

他还像过去一样，挺直了腰板站在银心的位置，不知何时留起的过耳长发，此时也漂荡在水中。这让她想起小美人鱼里的国王，还有非洲草原上的雄狮，一起漂起来的，是胸前的领带和西装的后摆。他一动不动地定在流转的泉水中，望着几位上级的全息投影，脸上的表情坚定又倔强。

时光倒流了，她又变回了那个超然楼上的小女孩，痴痴地望着三股泉水化成的巨大锦鲤。父亲紧紧抱着她，透过奇迹般掌控流体的百脉，眼里看见的是济南更遥远的未来。

现在的父亲像当年一样，想要捍卫自己守护的城市，想要让这里所有人过得更好。只是怀里没有了宝贝女儿，脸上也没有了青春和骄傲。

但他还是赢了。

"好吧，程先生，我们尊重你作为守城人的权利，但也要提醒你，如果到时候找不到符合规定的继任者，我们将从地外指派新人来处理济南的问题。到时候，请您将一个原始的济南交还给我们。"

父亲点了点头，大人们的影像消失了。

<h1 style="text-align:center">八</h1>

"谢谢你，趵突。"

听到指令，三股水流退去了。在百脉的操纵下，桌子、书架和墙壁都变回了平凡的实体。

他轻轻叹气。

"唉……"

随着那口气缓缓吐出来，他好像把精力都用尽了，背佝偻了起来，脸上的皱纹也明显了许多。他很愁，已经过去这么久了，一直物色不到看上眼的守城人，有几个小伙子倒是合适，可他忍不住暗暗拿女儿作比较。他还是想给女儿留着位置，即使自己的宝贝一点都不愿意回来，但是，他更不想在卸任的那一天看到泉水们失去灵魂。

银河散了，《星空》没了，办公室中间，只剩一个失意的老人。

"唉……"

父亲坐回椅子上，忍不住再次长叹。

她推门进来，吓了父亲一跳。

"爸爸。"

"闺女？抱歉，今天实在没空去接你……"

"没关系的，还有，那个……听说你们还缺一个守城人？"

"对，你……"父亲小心翼翼地试探，那模样让她心疼。

"可以考虑，不过嘛，要先答应我一件事。"

"你说。"

"爸爸，"看到父亲紧张的表情，她笑了，"能不能把你这些年的故事，

——讲给我听？"

尾声

又一个己亥新年，济南真的变成了一座泉。

人们说年轻的守城人真厉害，带着整座城市进入了新纪元，而且啊，慕名而来的地外人还不少，和其他打怀旧牌的城市相比，众泉喷涌的济南变成了整片星域闻名的观光胜地。

别的地方高薪聘请，可她哪儿也不去。

她只愿趴在超然楼柔软的栏杆上，俯瞰流动的山川屋房。

一切都变了，一切也都没变。

这里依然是她要和父亲用一生去守护的地方——

济水之南，她的故乡。

她的简介

　　昼温，科幻作家，作品曾发表在《三联生活周刊》《青年文学》和"不存在科幻"公众号等平台。代表作有《沉默的音节》《偷走人生的少女》《言蝶》《百屈千折》《猫群算法》《致命失言》等。《沉默的音节》于 2018 年 5 月获得首届中国科幻读者选择奖（引力奖）最佳短篇小说奖，被译为日语收录于《時のきざはし　現代中華SF傑作選》。2019 年被选为"微博十大科幻新秀作家"，凭借《偷走人生的少女》获得乔治·马丁创办的地球人奖（Terran Prize）。

她的回答

Q1 如果要在一座荒岛上独自生活一周，你会带上哪一本书？为什么？

昼温：《陆谷孙英汉大词典》吧（笑）。作为 lingua franca，英语里很多单词和俚语都很有意思，有时词形本身就记录了一段历史，只是平常很难有时间坐下来细细品读，而且书够厚皮够硬，进可防身，退可生火。

Q2 "科幻"对于你来说意味着什么？（或者换个说法：它与你的生命发生过怎样的关联？）

昼温： 科幻给了我全新的视角看待宇宙与人生，给了我无穷多的世界，给了我不断探索未知的勇气。因为科幻，从小不爱出门的我去了贵州、青海、广东，参观过火箭发射、地下暗物质实验室、光伏花田，见到偶像刘慈欣、刘宇昆、韩松，甚至漂洋过海参加美国的写作训练营。当然，最重要的是我给千万人分享了自己的故事，认识了志同道合的朋友、亲切可爱的读者和彼此成就的爱人。

　　科幻点亮了我的世界，我无法想象没有科幻的生活。

Q3 你最喜欢自己的哪一部作品，为什么？（请不要回答"最喜欢下一部作品"）

昼温： 目前最喜欢的是《百屈千折》，里面用到了对比语言学相关理论（语言的曲折性），还有我自己对语言的思考。几年前的作品文笔还有些稚嫩，布局谋篇的进步空间也很大，但我非常喜欢里面学物理的男主。

我觉得"作家"就是一个职业，其实不分男性还是女性。一个作家写出来的东西，最本质上和性别无关，只和一个作家的灵魂有关。每个灵魂都是独特的，所以每个作家的特质也不同。"女性""男性"不重要，"一流"才重要。

目 羽

她的科幻处女作

2012年，目羽在《科幻世界》发表了短篇小说《双生》（署名『吴霜』）。

故事讲述一个女孩去张家界毕业旅行，她曾失去了『灵魂镜像』，也就是她的双胞胎姐姐，自那以后，她觉得自己是世界上最孤独的人，没想到她在旅途中遇到了一个男人，他是从另一个平行宇宙来的，而且回不去了。

果然人生就是没有最孤独只有更孤独啊。

捏脸师

目 羽

混沌初开。

房间里弥漫着一层白蒙蒙的烟雾，灵犀是咳着醒来的。

这次是农业房刺鼻的废料味——通风管道又出问题了。

灵犀起床，简单洗漱。水流比昨天更细，也许储水系统故障的流言，并非空穴来风。

镜子里是一张苍白得几乎没有立体感的脸，在这个 10 平方米的灰色空间中，仿佛一粒黏在砂纸盒子上的米饭。

核战争过后，核冬天来临，地面被致命的辐射粉尘覆盖，人类转移到每个城市的地下掩体中生活。

每个掩体都分为"农业""牧场""工业""娱乐""储藏"等几个区域，衣服食物统一配给，居住空间被极限压缩。

在"储藏"区中，有些城市地下掩体也划出了一小块区域，给"艺术藏品"。灵犀所在的城市就是其中之一。

最初，掩体的设计，只能维持人类居住 10 年左右，然而真实的核冬天，比科学家们预测的要长得多。

新式的核武器造成了更加严重的污染，遮天蔽日的辐射粉尘虽然在半年内渐渐落到地面，但辐射性仍然存在。地表之上，依旧寸草不生。

20 年转眼过去，尽管掩体被一再改造，但物资匮乏，生态系统的维系日益艰难。

艺术学专业毕业的灵犀真心喜爱绘画，她最终选择成为这个城市唯一的艺术品"保管员"，清闲，却低薪，劳动绩点少得可怜，唯一的福利是上面给了她一个带窗户的格子间，在居民楼里，这样的房间只有 1%。

透过窄小的窗户，灵犀向下看去。

无数身着灰衣的居民从各自的空间胶囊里出来，汇聚在几条主干道上，往食堂的方向流动，像无数铁屑向一块巨大的磁铁汇聚。

早饭在 20 分钟以后，但她觉得什么也吃不下。

三天前，仓库中所有的画突然集体消失。警察过来调查，人员交接、密码锁、监控录像，没有任何异常。

所有的画都是在夜间莫名其妙不见的，仿佛在空气中蒸发了。

警方毫无头绪，只得不了了之。

掩体时代，谁还在意艺术呢？下班后，谁还愿意在现实世界多待一秒呢？警察和警察的上司们，也急着回到各自 10 平方米的格子间，连接脑桥进入虚拟世界。

上面很快会安排新的工作，但一想到那些日夜看守的艺术品现在不知道在什么蟊贼的手里，灵犀就无比烦躁，若是卖到懂得爱惜的人手里还好——在仓库积灰也是暴殄天物，但要是被糟践了……

灵犀想不下去了，她索性连上脑桥，想到统称为"伊甸"的虚拟世界逛逛。

"吃早饭了吗？"

一上线，她就收到了仓颉的信息。奇怪，平时呆乎乎的，今天怎么寒暄起来了！

仓颉是她三个月前在网上认识的朋友，属性呆萌，应该是个男孩子，因为没在现实中见过，也无法完全确定。

最开始认识的时候，灵犀以为他是作家——"仓颉造字"的典故嘛，后来看他对自己的职业支支吾吾，灵犀也不好再问。不过她发现这个男孩对舞蹈和艺术史颇有见解，两人很快成了朋友。只是他们的交流只限于聊天软件，并没有见过彼此的虚拟模样。灵犀一向不喜欢虚拟躯壳，也没有重金找捏脸师打理，仓颉也从没提过要在"伊甸"见面的事情。

看来他们俩都是这个世界的"异类"。

"没有。"

"吃点东西吧，今天你会很累。"

"累什么？昨天和你说的，工作都没了，该死的贼！"

仓颉犹豫了几秒钟，发来了一个哭脸。

"你说这贼可恶不可恶？"灵犀不依不饶。

仓颉沉默了一分钟，头像黑了。

莫名其妙……

为了调整心情，她连上了"伊甸"——全球统一的虚拟游乐社区。

眼前弹出许多场景卡，不同国家、不同年代均可选择——虚拟世界架构是如今最繁荣的经济产业。

今天"远古"区人数爆满，估计那个新出来的"逐鹿"歌舞男团又在演出了。灵犀正犹豫要不要进去看看，眼前突然一片漆黑。

她以为是设备故障，急忙去按耳后的紧急退出按钮，却无法退出。

光线亮起来的时候，她眼前竟然出现了自己工作的地方——艺术品储藏库。奇怪，这里也被添加到虚拟空间了？

扫描瞳孔，进门，灯光微弱地闪动了两下，终于稳定下来。

一切都和真实世界的体验一样，连温度都十分逼真——仓库总是比外面冷些。灵犀裹紧了衣服，平日她在"伊甸"里的厚衣服这会儿不知道为什么不见了，身上穿的是真实世界里的工作服——灰色，料子单薄。制衣厂的机器早就坏了，也没人会修，况且也没有多余的能量和空间生产衣料。

政府总说今年冬天掩体的平均温度控制在 15 度左右，灵犀觉得明显要冷得多。

她在狭窄的通道间慢慢行走，脚步声回荡在巨大而空旷的房间，冷冰冰的金属柜子在她身边慢慢后退。

她依次打开了一个个柜子，那些画竟然还都在。这恐怕是丢画之前做好的虚拟场景吧。

在某个藏区，灵犀停了下来。金属柜子依次弹开，但有三个柜子里面空空如也。

《亚威农少女》《缪斯》《格尔尼卡》。

灵犀皱起了眉头，三幅都是毕加索的立体主义，为什么？

她关上柜子，抬起头。

前面几步远的地方，突然出现了一个长方形的黑洞，一人多高，纯黑如纸片，正静静地悬在离地大约 10 厘米的地方。

灵犀围着这个"黑洞"360 度绕了一圈，这个"黑洞"如同一张没有厚度的二维纸片，突兀地悬浮在眼前的三维空间中，仿佛上世纪风靡一时的动画片"机器猫"中的时间穿梭孔洞。

灵犀想伸手去摸，转念一想，还是停了下来。她用兜里手机扫描了黑洞：质地不明，长宽比是完美的黄金分割。

渐渐地，黑洞中出现一个白色的身影，仿佛正从里面幽深的隧道中走来，转眼，就到了"出口"。

这个白色身影微微躬下身子，带着几分优雅，下台阶似的，足尖轻点，落在地面。

虚拟世界的恐怖游戏很多，灵犀本不该觉得害怕，但这个人似乎周身带着一股寒意，让人想要后退。

这个身影高约 1.9 米，周身被一件不知名材料的白色料子轻盈地裹住，身体线条修长优雅，黑色长发垂到腰间，脸上带着一个平滑的、鹅蛋形状的白色面具，眉眼口鼻皆无，只有两条画上去的细黑的眉毛。

男女莫辨，肌骨停匀，仿佛一个美艳的傀儡人偶。

"他"轻轻招手，旁边一个灰色的柜子竟然自动弹开，里面的一幅画——毕加索的《梦》，慢慢飘到了空中。

陆陆续续，两个、三个、四个……

灵犀眼睁睁看着这个仓库中所有的柜子缓缓打开，所有的画作和书法飘浮在空中，渐渐向中间并拢，开始拼贴成一张巨大无比、色彩斑斓的大画。

所有柜子次第张开，如同一个个空空如也的嘴巴。

"他"轻轻走过来，如同舞步一般优雅，暗淡的灯光下，仿佛鬼魅，衣带在深夜的微风中飘舞。

"混沌。"仿佛一道闪电照亮了大脑，惊恐中，灵犀觉得眼前这个人，一定就是那个从未露过面的捏脸师。

混沌缓缓走近，"他"身上有一股来自江河的水汽。

"今，礼崩乐坏，珠玉蒙尘。""他"的声音若有若无，如竹露般幽冷。

"他"抬起双手，纤白的十指在空中划出复杂的弧线，仿佛拉动着一条条看不见的绞索。

空中那幅巨大无比的"拼贴画"，开始 360 度转动，先是变成一个立方体，随即幻化出万花筒一般的复杂形态，仿佛是从无数个角度观察的"巨画"拼贴到了一起。

一个无法用语言描述的、色彩斑斓、诡异的超级立方体。

大脑几乎无法处理如此密集的画面信息，灵犀觉得自己快吐了。

然后，"他"那张被面具盖住的脸，渐渐融化、变形、流动，拧成了一个旋涡。

仿佛鱼缸拔开了塞子，那个巨大的诡异立方体突然溶解成一股色彩的旋涡，被"他"的脸源源不断地吸进去。

色彩从身边急速流动过去，灵犀几乎站立不稳。

突然，"他"伸出左手，在灵犀额头轻轻一点。

"大事将近，灵犀可通？"

微凉的指尖，带着上古的寒意。灵犀晕了过去。

第二天，医院。

灵犀提着饭盒匆匆走着。

四下残破，医护人员寥寥无几。

路过一个空病房，灵犀无意看了一眼。

一个医生和几个护士穿着皱巴巴的工作服，就在工作时间，横七竖八地躺在几个病床上，都连着脑桥，嘴角露出痴迷而诡异的笑。

他们都是这个时代最常见的样子——面黄肌瘦、丑陋不堪、行动无神、动作迟缓。

此刻，虚拟世界中的他们是什么样子？王公贵胄？社交名媛？奥运冠军？政坛精英？他们在观看最华丽的歌舞，还是在享受最可口的美食？

那也取决于他们花了多少绩点——好的捏脸师和场景模板耗资不菲。

灵犀盯着这一群行尸走肉看了几秒，才继续前行，来到哥哥灵白所在的房间。

此刻，灵白正脸色煞白地靠在枕头上，勉强吃着妹妹送来的饭菜——食堂统一配送的标准餐，蒸土豆、维他命水、炒海带，还有一个灵犀从黑市高价换来的煮鸡蛋。

许久没吃鸡蛋，他已经不太习惯，被蛋黄噎住，咳了半天。

昨天，他通宵加班，饿昏在实验室，直到早晨才被同事发现。灵犀想，他一定又偷偷把所有绩点拿去买黑市的高价实验材料了。

灵白学的是基因工程，在农业科研处工作。他是个理想主义的科学呆子，这几年一直在研究一种长得像紫色狗尾巴的草本植物，学名"紫草"，但兄妹私下都爱称其为"狗尾巴草"。

灵白根据自己的多年研究，坚定地认为，只有在地球表面大批量地培育能够降解辐射的生物，才能在掩体彻底失效以前降解地面的辐射。这几乎是当下人类自救的唯一出路。但紫草DNA的人工合成工作一直不顺，紫草的死亡率总是在95%上下波动。科研处几乎已经把这个项目打入冷宫了。

进入掩体以后，人们不是没有尝试过自救，但战争并没有给人类留下多少自救的资本，无数次失败后，希望之火渐渐熄灭。

"我们处的预算又被裁减了一半，给计算机那边了，说是研发新的捏脸系统，这年头也只有这个赚钱。" 灵白很低落。

灵犀本想说让他饿死算了，看他这样，又把话咽了回去。

灵白从口袋里拿出一个小试管，对着里面一株毛茸茸的紫色小草发呆。

"狗尾巴草更重要啊！人类真是一种目光短浅的动物。"

"其实脸也挺重要的……你就不行……看最近'逐鹿'舞团那几个帅哥……"

灵白好气又好笑："'逐鹿'？又是什么新的娘炮捏脸师弄出来的？脸就那几个模子，你们都不觉得审美疲劳吗？"

"其实我也没细看，你知道我一向不喜欢这些。听说'逐鹿'出道三个月，排名已经第一，跳的都是很有特色的舞，鬼狐仙怪、诸神大战什么的，不像现在那些无病呻吟的舞团。捏脸师估计很有两下子。"

"唉，都去看神仙了，没人要小草了。"

灵白悲哀地望着试管。

灵犀犹豫了一下，还是告诉哥哥，昨天自己看到了虚拟幻境的事情。

在虚拟世界里晕倒这件事可大可小，猝死的案例也时有发生。

"据我所知，虚拟系统里从来没有藏品仓库的场景设置，只能解释为程序故障，或者脑桥故障，引发了你的幻觉。你确定没事吗？"

灵白胖胖的脸更苍白了。他捏捏妹妹的肩，仿佛要确定她不是空心的似的，父母去世后，他就只剩这一个妹妹了。

"就是没什么事才奇怪，所有脑桥故障的副作用，呕吐、心率不稳、发烧，我都没有，不过，我说，除了场景故障以外，这事儿还有什么别的解释吗？"

"比如？"

"那个白衣服的面具人……会不会就是偷画的贼？"

"贼为啥要这么暗示你？自投罗网？我看就是你放不下那些画，自己瞎想出来的。"

"那些东西太逼真了，不像是纯粹的幻觉。"

灵白像哄小孩子一样扁了扁嘴："好吧，你继续说"。

"首先，为什么现实里所有的画都是同时不见，而幻境里，毕加索的那三幅画是先丢的？它们都属于立体主义，这意味什么？"

"立体主义？"

灵犀深吸一口气："'立体主义'……简单来说就是毕加索把空间剪切再拼合到同一张画上，二维的画呈现出了多种角度的三维空间。"

灵犀找出前阵子丢的那幅《纽斯》的图片，画上有一个简洁造型的女人，在毕加索的笔下，变成了正面和侧面的缝合体。

"你看，他把从两个角度分别看到的女人的脸各取一部分，拼在了一起，并运用了极简主义的画风，让观众的注意力集中在这上面。"灵犀着迷地盯着图片。

灵白皱着眉头，似乎开始感兴趣了："不同角度的三维，会不会是四维空间的一种展示形式？"

"你是说，毕加索画出了高维空间？"

"对……等一下，你再和我说一下你在幻境里看到的正八胞体〔正八胞体（8-cell，Regular octachoron），即超立方体，四维空间里的几何产物〕……详细一点。"

"正八胞体？"

"哦，就是超级立方体。"

灵犀把那些画作"拼贴""旋转"成"立方体"到"超级立方体"的过程又仔细描述了一遍。

"拼贴——二维；旋转成立方体——三维；而那个最后出现的超级立方体，我觉得很像是四维物体。你觉得它变幻莫测，是因为你看到的只是四维物体在三维世界的投影……"

"投影？"

"这么说吧，如果把我们的三维世界比喻成一张纸，你看见的只是这个四维的超级立方体和纸面接触的部分。随着超级立方体的'滚动'，接触面的阴影会反生形状变化，而这种变化你难以想象和预测，因为你无法准确想象出那个四维物体的全貌。"

"就像一个画在纸片上的二维小人，也很难想象三维世界的立体感。"

"如果这个小偷能够操纵四维的物体，他的维度一定更高，五维或五维以上？要从高维度取走低维度的物品，简直易如反掌，不管低维的物品被包裹得多么严实！"灵白兴奋起来，随手抓过一张纸，画了一个小人，并画出了一个小小的心脏。

白灵用手指戳戳小人心脏的位置："你看，尽管这个二维小人的躯体是一个包裹严实的椭圆，我还是能够直接触摸到它的心脏，而不损坏椭圆的躯体线条。"

　　"也就是说，小偷在高维角度，从密封的盒子里偷走了所有的画？"

　　"对呀！"白灵一拍桌子，"最后那个超级立方体也是在暗示你从高维角度想问题！"

　　"把人类所处的三维世界画在二维的纸张上，本身就是一种'降维'的艺术，一般画家只能跨越一个维度，而大师，则能够在二维平面展现更高维度……"灵白慢慢思索着。

　　灵犀起身，慢慢走到窗边："前阵子，我看到一些延时摄影〔又叫缩时摄影（Time-lapse photography），是以一种将时间压缩的拍摄技术，把几分钟、几小时甚至是几天几年的过程压缩在一个较短的时间内以视频的方式播放〕。拍的是现实星空的图片，那些破裂的星空光线的形状和色彩，和几百年前凡高的那幅《星空》非常相似。如果说毕加索画出了空间，那凡高就是……"

　　"画出了时间。"

　　"高维扭转……这些大师一定看到了我们看不到的世界。"灵白又把试管里的小草拿到眼前，若有所思。

　　仓颉消失了三天，灵犀像连珠炮似的给他留了一堆言，询问"重要一天""很累"的意思，但他的头像始终是黑的。

　　直到今天早晨，灵犀终于收到了他发的一段资料。

　　混沌，在中国古代，与饕餮、梼杌、穷奇并称为上古四大神兽。《山海经》记载，混沌多金玉，混沌无面目，是识歌舞。

　　混沌身姿窈窕，能歌善舞，男女莫辨，善于聚拢钱财，尽管面貌更迭不定，但常以白衣出现……

　　混沌的真身是掌管美学的神灵，生活在超出人类理解范畴的高维度，会在不同时代以不同的面目出现。例如中国上古时代它被称为神兽，在古希腊时它被称为维纳斯。每当美学繁盛时期，混沌常常隐于幕后；而礼崩乐坏，美学式微的时期，混沌则会以符合时代特征的面貌出现，在一定程度上干预美学进程……

　　灵犀查了查网上的资料，前半部分还能找到出处，后半部分也太扯了吧？！

她在对话框里几次打下字，又删去，最后只打下三个字：

"你是谁？"

仓颉答非所问："混沌是我师父。"

"混沌是捏脸师？"

"对。"

"怪不得我说贼……你不高兴呢。"

"你是真人？"

仓颉没有回答，而是问了另一个问题。

"那天见过我师父，你和你哥哥有没有想到什么？"

"什么？"

"唉，就是，就是……他的研究。"

"他的研究？他的研究只有那种狗尾巴草啊？我们应该想到什么？"

"我不能多说，会对历史产生过多干扰。师傅让我给你两张电子入场券，记得来看三天后的演出。"

"'大事将近，灵犀可通'是什么意思？什么是'大事'？！"

"你可知，《圣经》洪水灭世的传说？"

"什么意思？"

"这不是第一次，也不会是最后一次。"

说完，仓颉的头像就黑了，任灵犀再怎么追问，都没有回复。

混沌、美神、仓颉、哥哥、洪水……灵犀开始在网上搜索。

《圣经》……洪水灭世……因人犯了罪，天源崩裂，洪水在地上泛滥40天，凡在地上有血肉的动物，就是飞鸟、牲畜、走兽和趴在地上的昆虫，以及所有的人，都死了……

全国捏脸师的价格排名出现在屏幕上，尽管有心理准备，灵犀还是被排名第一的"混沌"后面紧跟的一串零深深震撼了。

混沌往日的作品——各具特色的虚拟躯体，从屏幕上慢慢滑过。

"仿佛是活的""上帝之手""浑然天成"之类的评价比比皆是。

"混沌多金"……"他"要毁灭人类？可是，我们这些电子货币对"他"来说又有什么意义呢？"他"为什么要扮成捏脸师呢？

捏脸师——上个世纪最早出现在电子游戏里的词汇，指善于塑造虚拟人物形象的"造人者"。最早时候，"捏脸"技术尚且简单，并受程序局限；而"掩体时代"的到来，让"沉浸式"虚拟技术突飞猛进，现实生活的丑陋和贫瘠，让人们只能在虚拟世界中享受百分百真实的感官体验。

"捏脸师"这个职业，也逐渐从"匠人"升级到"艺术家"的范畴。资深的捏脸师，甚至会开发或买下属于自己的虚拟程序，收集古往今来的"美人"脸孔模板，日夜研究不休。

好的虚拟躯壳，已被炒成天价。

而混沌名下的"逐鹿十二名伶"——十二个虚拟美男子组成的舞团出现在最显眼的地方。

这些都是混沌捏出的虚拟形象。三个月之前，这支名为"逐鹿"的美男子歌舞团在虚拟社区横空降临，演唱会场场爆满，吸金无数。

不想用脑桥，灵犀点开了电脑上的视频通话，连上了灵白。

听完妹妹的描述，灵白想了很久才开口，他的表情前所未有的严肃。

"首先，基于你反复强调那天见到场景的真实性，我们假设这件事情是真的，那么后果相当严重。

"如果混沌真的是一个高维度的神明，从"他"的角度来看，人类发动了核战争，并以一种近乎畸形的形态蜷缩在地下，抛弃了凝聚千年智慧的美学作品，任其在仓库蒙尘，甚至忘记了以技术改进世界，改变生存状态的进取心，只一味沉溺在虚拟的感官体验中，为虚假的'美'一掷千金。正如混沌所言，'礼崩乐坏，珠玉蒙尘'。道理上，这似乎说得通……"

"混沌真的要以洪水灭世？"

"混沌和我们不是一个维度的生物，有可能只是用我们能理解的材料来暗示有用信息……灭世，不一定是以洪水这种方式，也未必是消灭所有生物，有可能只针对人类。仓颉说的'不是第一次，也不会是最后一次'。你想想，楼兰文明、玛雅文明……"

"可能还有……恐龙？"

"也许，但仓颉说和我的工作有关的事情，还有'灵犀可通'四个字，似乎又在暗示某种补救方法。"

"这个捏脸师，到底是想拯救人类，还是想毁灭人类？"

"还有一件事，也是我刚听说的，你肯定也听过类似的传闻……地下掩体快要不行了，一个政府的朋友给我看了一些数据……能源估计已经撑不了几个月了……说不定……我们并不需要"他"亲自动手。"

"……我们该怎么办？"

"不知道……好了，我要去想想'狗尾巴草'，你要尝试再从仓颉那里挖出一些信息。"

灵犀不知所措，直觉告诉她这件事有可能是真的，理性却又告诉她这实在太荒谬。

"坚强一些，这个宇宙什么都可能发生！"

挂断的一瞬间，灵白说。

明天就是"逐鹿"最后一场歌舞表演。

这几天，灵犀看了许多"逐鹿"的资料。

其实，"逐鹿"的男人们都不怎么"美"，和时下流行的虚拟形象截然不同。

当下最流行的，是那种精致的皮囊：宽肩长腿、肌肤细腻、三庭五眼、眉目娇柔，一群俊男靓女在伊甸园的青山绿水中载歌载舞。

混沌却反其道而行之。

"逐鹿"们有的双腿较短，胡须凌乱，有的鼻子过大，眼睛太细，但奇怪的是，这十二个虚拟人都有种野蛮生长的力量，神采飞扬，令人过目难忘。

一看到他们的样子，灵犀就知道混沌成功的原因——那种力量呼啸欲出，栩栩如生，更不用说他们远超其他虚拟舞团的流畅动作。许多技术专家尝试分析"逐鹿"的数据模型，却发现这是一种技术十分超前的高级算法，他们完全搞不清这个来历不明的捏脸师是从哪里冒出来的。

此外，混沌的编舞以中国古风为主，但也似乎融合了世界各个地域和时期的不同特色，有些动作，灵犀在一些远古的陶器、青铜器资料中见过。

名为"涅槃"的那次演出，伶人的面具是长耳高鼻、凹目削额，那姿态分明就是模拟复活节岛神秘石像，最后他们被神秘飞舞的陨石火球带走，灵魂流淌进浩渺的宇宙。

名为"飞天"的那次演出，用的是敦煌洞窟中的形象，伶人饰演彩衣飞舞的天神，手持丝管琵琶，奏乐时候，音符纷纷化作利刃，与地上的青铜恶兽一番缠斗。

灵犀越看，心就越沉。

这种想象力、动作设计和色彩艺术，好像太过高级，高到令人不安。

而"造字"那场表演，仓颉是主角。

灵犀第一次见到了"他"的样子。

一个仿佛来自远古的少年，肩背宽厚、铜色肌肤、五官明朗，两眼之间距离略宽，却有种娇憨粗犷的美感。

而他双眼的瞳孔，竟然各有两个（仓颉是"重瞳子"，即有两个瞳仁。中国史书上记载有重瞳的只有八个人：仓颉、虞舜、重耳、项羽、吕光、高洋、鱼俱罗、李煜），像是月亮和水中的倒影。

影像中，仓颉带领同伴开始起舞。

灵犀正看着，仓颉突然发来信息，好似偷窥者被发现，灵犀差点从椅子上掉下来。

"能在伊甸见个面吗？"

"……好的。"

仓颉发来了一个个人空间地址。灵犀急忙连上"脑桥"。

眼前的迷雾不断延伸，似乎没有尽头。

这里是一片墓园，黑色的墓碑在雾中整齐排列，笼罩着一层白雾，朦朦胧胧，似乎飘浮在空中。

不知为什么，空气中有熟悉的墨汁气味，但灵犀不喜欢这里。

灵犀偶尔也练字，她闻到的墨的气味是"活"的，带着树木的青草香，而这里的墨，却弥漫着一股潮湿的腐气。

仓颉正站在墓园入口处。

有点诡异却很美的"重瞳"，棕色的光芒如琥珀般层层流动。

少年揉了揉散布着小雀斑的圆鼻子，身上的龟甲窸窣作响，连接龟甲的，是无数细密的绳结（史料记载，仓颉改变了结绳记事的传统，在天象、龟甲、兽印的启发下，发明了象形文字）。

即使在虚拟世界里，灵犀也从没见过如此细腻流畅的动作和表情。

眼前的少年比真人更加栩栩如生。

"呃，抱歉，这里有点吓人，是我师父捏的……他总唠叨着'文字已死'什么的……其实他有时候很像小孩子的，你们弄成这样，他也挺烦心的……"

"他到底是要杀我们，还是要救我们？"灵犀直接问道。

"这次不用'清洗'……掩体撑不了多久了，你知道吧？再说，师父不管清洗的事儿，有别的神。玛雅什么的就是被'清洗'的，那时候我还没被师父造出来……据说是他们破坏生态……"

"清洗"两个字，让灵犀全身发冷。

"本来师父看到那些落灰的艺术品很生气，把它们都收走了，也想甩手不管你们了……后来看到你们对'逐鹿'好像还有点领悟，又有点动摇了……"仓颉犹豫地说。

"你能帮帮我们吗？"灵犀抓住了仓颉的袖子，细碎的绳结窸窣作响。

管他真假，先求救再说。

仓颉的脸微微红了："不行，干涉得太直白，就连师父也担待不起……师父上面也有别的神……你再仔细想想第一次见到师父的时候……明天的表演也会有提示。"

说到这里，仓颉的神情突然严肃起来："灵犀，明天……明天是你们最后的机会了……表演以后，师父就要带我们走了，你明白吗？"

灵犀说不出话。

他的身影渐渐模糊起来，似乎有点悲伤。

仓颉的空间关闭了。

近子夜时分，灵犀和灵白坐在"伊甸"最大的中心剧场里，剧场里人声鼎沸，座无虚席。

"逐鹿"的收官之作，一票难求，早已在黑市炒成天价。

灵犀看看旁边陌生的哥哥，有点想笑。在免费的模板里，他选了个瘦削的脸型，也许是因为真实生活里的脸太圆了吧。灵犀自己也选了个免费的，标准的"美人脸"，设计得很粗糙。

灵白手里紧紧握着试管，里面还是那株小草。

直到刚才，灵白都一言不发，灵犀感觉他可能想到了什么，但还没完全确定。

剧场突然陷入一片黑暗，四下顿时寂静无声。

一阵轻微的风带来了河水的气味。

一束光在舞台中间亮起来。

那是一条大河，浪涛翻滚，浑黄的河水中间，站着一个白衣的"人"。

只有灵犀和灵白知道那是谁。那是他第一次出现在表演中，恐怕也是最后一次。

混沌捂住脸颊，正在哭泣。

河水漫到他的腰间，染黄了素白的衣料，他黑色的长发在水中搅动。

混沌伸出手，想要撕开脸上的面具。鲜血和泪水顺着撕开的裂缝流淌下来，流入水中，化作无数红粉色的小人，在滚滚河水中挣扎呼号，渐渐不动。无数尸体在河水中融化成红色的丝线，随波逐流，最终消失不见。

鲜血越来越多，将半条河染成了粉色。

混沌的面具始终没有揭开。

河水渐渐停止了流动，一切都重新笼罩在黑暗中。

渐渐地，一团光亮起，出现了一个巨大的火堆，十二个男人手持戈矛，戴着青面獠牙的面具，如猎豹一般，在烈火中穿梭舞蹈，火光将他们巨大而变形的影子投向四周剧场的墙壁，仿佛原始陶器上绘制的图形。

好像所有的观众都被装进了一个巨大的陶器之中。

天空中，出现了滚滚乌云，一条青紫色的巨龙若隐若现。

天上，巨龙带着闪电，从云中翻滚而下；地下，火堆里腾起一只赤红的凤凰，振翅而飞。

龙凤在半空汇合，万道金光，所有人都闭上了眼睛。

光芒退却，龙凤消失了，一个巨大的超级立方体，在舞台上空诡异地旋转，正如灵犀看过的那样。

立方体渐渐分崩离析，人类历史上无数最优秀的书法、绘画、雕刻、书籍、音乐作品飞舞出来，带着淡淡的金色光芒，飞向所有的观众，从大家脸颊旁边掠过。

然后，作品都飞回了舞台中心，在半空久久徘徊。

它们的光芒渐渐暗淡下来，仿佛无数被封在金属盒子中的灵魂。

终于，黑暗又笼罩了一切，像一只巨兽吞噬了星辰。

滚滚惊雷炸起，舞台上，出现了灵犀曾见过的那片墓园，只是此刻，所有雾气都被狂风吹散，灵犀发现，那些巨大的黑色的墓碑，竟然都是汉字——黑色岩石雕刻成三维立体的汉字。

"洪""玄""地""天""冈""昆""霜""剑"……

一篇打乱的千字文？

一篇死去的千字文！

……

环视四周，黑色的字迹像雷电一样轮番打在观众们的视网膜上，所有人都在颤抖。

舞台上，在其余十一个人的簇拥下，仓颉缓缓升上半空。所有的"文字墓"也随即拔地而起，在半空中旋转，渐渐排出了规律的顺序。

天地间响起了某种浑厚悠扬的吟唱，如黄钟大吕，震彻四方：

天地玄黄　宇宙洪荒　日月盈昃　辰宿列张

寒来暑往　秋收冬藏　闰馀成岁　律吕调阳

云腾致雨　露结为霜　金生丽水　玉出昆冈

剑号巨阙　珠称夜光　果珍李柰　菜重芥姜

海咸河淡　鳞潜羽翔　龙师火帝　鸟官人皇

始制文字　乃服衣裳　推位让国　有虞陶唐

眼前的三维世界似乎在断裂，那些黑色的"字碑"被虚空中看不见的折痕斩断，又以一种奇怪的方式叠合起来。

这些"字"最终化作一股洪流，凝聚到仓颉手中。

仓颉双手抱拳，筋脉偾张，似乎正握着一种难以抑制的力量。

两股紫色光芒终于从他手中直冲云霄，无数紫色的小草，正在生长。

紫草结出了紫色的稻谷，谷雨呼啸而下，打在现场所有观众身上。

稻谷扎扎实实打在自己脸上的时候，灵犀仿佛被无数情绪炸弹击中，眼前升起了幻觉——

地球表面笼罩着灰色的辐射尘埃，如同人间地狱，人类龟缩地底，如同行尸走肉，正在虚拟世界的麻醉下，走向黑暗的深渊。

先是从一个角落里，传出了低低的哭泣，慢慢地哭声越来越多。

直到整个剧场一片哀号（《淮南子·本经训》："昔者仓颉作书，而天雨粟、鬼夜哭。"意思是仓颉造字的时候，天上下起了粟米的雨，地上万鬼哭泣）。

灵白却没有被这种情绪感染，他慢慢从座位上站了起来，用一种只有旁边的灵犀能听见的声音低低地说：

"混沌神，您无所不在，我相信，您能听到我的声音。

"昨天，我在实验室用软件对'紫草'的DNA进行了四维扭转，在三维世界看起来，紫草的DNA似乎被一种不可思议的角度扭转了3/4，然而我发现，这样一来，紫草出现的所有问题，似乎都迎刃而解，以前几乎无法繁殖的紫草，繁殖率大增，对辐射尘埃的吸附作用，也提高了几倍，但是时间有限，我还需要更多的实验和样本来验证成功率……但是……直到刚才，我似乎……似乎确定了您的意思，确定了这个想法……"

灵白终于紧紧握着试管中的小草，哭了起来。他似乎还想说什么，却泣不成声。

突然，万籁俱寂，所有的声音都消失了。灵犀发现，周围的一切，都凝滞了。

所有人的动作停在了当下的瞬间，一滴泪珠正从灵白的脸上滑落，悬在半空。

不是人们停住，而是对于灵犀来说，时间本身停住了。

灵犀抬起头，看到了眼前的混沌。

两条细眉的面孔，头发在看不到的气流中微微舞动。

平滑的面具下，混沌对着灵犀，轻轻吟唱起来，声音缥缈如同宇宙的琴弦。

祭天化颜歌
看世间之事，皆缥缈梦幻；以无字书写，为人生所现；
这团团白云，与皎皎明月，皆瞬间燃烧，亦瞬间熄灭。
人何以争斗，任悲苦交叠；以生之无面，祭欲之空坛；
趁花未凋零，念仍未湮灭；播爱之种子，于孽之田园。

唱罢，混沌想说的似乎已经说完，他没有给灵白开口的时间，但那两条细细的眉毛之下，出现了两抹淡淡的玫色红晕，转瞬即逝。

灵犀觉得，那似乎是混沌用这人间的色彩，向灵犀表达欣悦，或是鼓励？

声浪重新包围过来，灵白的泪珠在空中微微抖动一下，滚落下来。

舞台上，混沌正带着十二名伶缓缓升上半空。

人们停止了哭泣，他们总以为，这个有史以来最伟大的捏脸师在告别之际，会说些什么。

他却什么也没说。

混沌依然戴着面具，看不到丝毫表情，如来时一样，他将以"捏脸师"的身份，消失在这个时代所有人的视野中。

一片变幻的光影色彩里，他们的身形渐渐模糊。

消失之前，仓颉悄无声息地来到灵犀和灵白眼前，露出了一个神秘而纯真的笑。

随即，他折回身子，和师父、同伴一起，永远消失在了这个时代。

若干年后，人类重回地球表面，辐射尘埃散尽，夜风清凉如水。

灵犀和灵白坐在遍地的紫草中。

最终，混沌还是带走了所有的艺术品，但却用合法手段，把"逐鹿"赚来的所有的电子币都扔到了灵犀和灵白的账户里。

"要说一点都没想着私藏，也是假的，但我真的不敢，给钱的那位很厉害的。"给研究院上缴巨款的时候，对着惊呆的领导们，灵白很实在地这么解释。

夜空中，群星无言。

"你说，混沌还会不会把那些艺术品还给我们？"

"可能吧，等地球的重建情况再好一些……"

"你说，他和仓颉在做什么呢？"

"在什么地方跳着舞吧"。

她的简介

　　吴霜，科幻作家、编剧、译者，中国科幻更新代代表作家之一，世界华人科幻协会会员。曾获 2020 全球科幻轨迹奖提名、2019 百花文学奖提名、第六届全球华语科幻星云奖科幻电影创意金奖、第九届全球华语科幻星云奖中篇小说银奖。先后在《Clarkesworld》《Galaxy's Edge》《科幻世界》等杂志发表科幻小说、翻译作品 30 余万字。作品编入科幻选集《碎星星》，在英、美、日、德出版。目前已出版个人科幻小说集《双生》、翻译作品集《思维的形状》。

她的回答

Q1 如果要在一座荒岛上独自生活一周，你会带上哪一本书？为什么？

　　目羽：《红楼梦》。我一直想给金陵十二钗里的某位女性写一个科幻外传（具体是谁保密），可以用那段时间静心思考一下。

Q2 如果能和任何一个已经死去的人共进一次晚餐，你希望是和谁？

　　目羽：希特勒。

Q3 你家里最古怪的一件物品是什么？能说说它的来历吗？

　　目羽：催眠精油。我最好的几部作品就是在催眠（也可以理解为通灵）的帮助下写出来的，是一位宗教人士送我的礼物。

简单地说，当你们在谈论女性写作者的时候，我是作为反对者下场发声的。

性别话题，在中国，在科幻领域，始终是一个混杂各种问题的以否定式或者转折进行价值确定和判断的话题，比如一度曾流行着这样的开头："很多人问我，你是个女孩子，为什么喜欢科幻？"

英语里，谈到性别，会用 sex，即生理性征上的性别身份，以及 gender，即社会角色和性取向，来试图完整地描述个体性别。

从生物学角度，则更加复杂。怎样判断生理意义性别？性染色体、性腺、性器官，我们凭借它们来判断男女生理性别，但是这三者并不都是统一和谐的，仅仅在性染色与性腺不一致的问题上，每一百人中有一人就有不同程度的这类问题。跳过细胞学和解剖学的解释，直接到结论，就目前科学研究和临床观察，性别并不像人们以为的只有男、女。很大部分人，尽管没有察觉，其实属于中间态。

这一事实彻底动摇了社会文化规训的根基。基本上所有的"女性"问题都不成为问题。

受澳大利亚文化部邀请去当地参加文化讨论时，我和跨性别的舞蹈家和印度学者就这个话题展开讨论。我告诉他们"性别是光谱"，前者用他的作品，后者用神话学回应了我的观点，但那只是少数情况。

然而事实上，社会文化心理的问题不会因为一个客观事实改变，也不会因为这个客观事实具有多大科学依据而轻易改变。规训后，被塑造出的两性形象深深影响着所有人。

而女性科幻作家的处境比想象中复杂。"美女科幻作家"这样的称呼仍旧是卖点，"写得像男性一样"被当作严肃的夸奖，种种不被察觉的贬低或者自我贬低，至今仍然存在，甚至继续规训新一代女性作者。就那些仅仅拘于个体经验或者假设问题的辩驳来讨论，在我看来，这恰恰是对女性科幻作家最大的伤害。这无疑是另一种可悲的僵化，唯一不同的是，在这样的僵化面前，或许有人会自诩进步，有些问题无法回避。

中国科幻小说里，有多少被记住的女性形象？中国科幻史基本是以男性作家的名字作为坐标的。童恩正时代是否有女性作家？和韩松、刘慈欣、王晋康同年龄段的女性科幻作家在哪里？还在创作吗？为什么不创作了？女性作家的创作作品数量是否明显少于男性作家？以上提出的问题，我希望得到答案，同时，更希望用自己的作品去改变这些答案。作品是作者最真诚有效的答案。

尽管如此我仍然要参与到这样的讨论中，以反对本身使得这些归类和讨论有效。很久以来，我都没有意识到自己的幸运。我的经历和环境远比很多人自由宽松，我几乎没有受到什么压制就顺利完成了个人的人格塑成，至少心理层面上，我同时具备女性、男性的性格特征，虽然笨拙，我做着自己喜欢的事。

这就是为什么我和同代的美国作家讨论女性话题时会有同样的困惑，就个人经验来说，我们没有遇到太大干扰。然而这几年，当我开始将目光放到中国现实时，女性话题的沉重迫切让我震惊。而听完老一辈科幻作家帕特·墨菲（Pat Murphy）和艾琳·葛恩（Eileen Gunn）讲述她们年轻时遭遇的不公和歧视时，我既惊讶女性问题的全球性，同时也看到了希望——她们用了一代人的时间改变现状，我们也可以。至少，可以让事情不变得更糟。

所以，无论生物学上如何定义，无论我个人取向，作为被社会判定为女性的我，是一部苦难史里的幸存者。我有义务以我的方式，下场发声，比如出现在这里。

她[三]的科幻处女作

糖匪的第一篇科幻小说《黄色故事》在2013年由 Ken Liu 翻译，发表于美国 Apex，之后被收录于当年的美国最佳年选。2014年这篇小说的中文版首次在《科幻世界》发表。事实上，《黄色故事》的成稿时间早在2008年，糖匪在那之前写过其他类型的小说，有些带了一点科幻元素，很不成熟，也算不上科幻小说，没怎么正经发表。

《黄色故事》讲的是一个高中女生和富豪们进行危险交易的故事。这次写作尝试本身也是危险的，这个故事自始至终游走在边缘上，无论从叙事技艺还是文学伦理上，当然读者完全可以选择一个简单易懂的版本去理解。

无定西行记

糖　匪

一

热力学第二定律：在自然过程中，一个孤立系统的总混乱度（即"熵"）只会减少。在不做功的情况下，单子从混乱态不可逆到秩序态演变。

二

"给你，无定。"官员掏出装有四十两银子的荷包交给无定。

无定接过荷包在手里掂了分量，比事先说的少了那么几两，但不碍事。"谢过大人。您不喝杯茶再走？"他挽留这位官员。

毕竟，人家把真金白银的青年基金送到了他手上，这笔钱可以让无定实现他的梦想。

官员摆摆手，回绝了无定的挽留。这位官员怎么看也得有50多岁，皮肤紧致光洁，乌黑整齐的长辫子里隐隐夹杂着几根银发。过几年等到他退休的时候，连额头眼角那点残留的皱纹都会退尽，整个人焕发着透亮青春的光彩，这光彩将会笼罩着他，从他的青少年到幼童再到婴儿一直到最后死去。他三尺不到的棺材也会被这光彩溢满。

无定将官员送出门。他还想对他说些什么，但官员打断了他。官员告诉他拿到这笔钱也不用太高兴，整个帝国总共只有两个人申报了这笔基金，而另外那位在询问天人意见之后决定退出，所以朝廷除了把这笔钱给无定外没有别的选择。尽管在他们看来，无定的项目毫无价值。这个年轻人打算修建一条大路，从帝国中心北京城到西边那块大陆最繁华的城市彼得堡，让四轮车畅行其上，方便沿途各地的物资交换。

为什么要费劲去修建呢？既然这条大路早晚会自行生成。

唯一的问题是时间。没人知道到底什么时候能够从碎石戈壁、山地陡坡中会生成一条公路。大多数情况下，天人们可以用牌九算出事物自行生成的时间，但不知道为什么，这方法在有些事上并不管用。比如这件事，天人没有确切答案，他们只说等着吧，总会有这么一天。于是无定决定索性自己来。

他申请了10年一期的青年基金，并且得到资助。

官员的车还没来。无定和官员站在门口等着，等到无定好不容易鼓足勇气打算开口时，那辆由两匹蒙古马拖着的15马力的世爵汽车停在了他们面前。官员逃一般跳上车，连道别的话都没说就命令车夫开车。世爵汽车扬起一阵尘灰，迫不及待地驶离北京最贫穷破败的区域。

无定目送世爵汽车消失在胡同尽头的拐弯处，默念起事先准备好的获奖感言。讲稿很短，几句话，但他始终没有机会大声念出来。没有人要他发言。

无定虽然遗憾却也能理解官员迫切离开的心情。这里是西城区，北京最破败混乱的地区，外宇宙人口的聚集地。熵减缓慢到令人发指的地步，几十年都见不到成规模的秩序态生成。摇摇欲坠的棚屋下住着许多外宇宙家庭，他们因为这样那样的原因从别的宇宙空间来到这里生活。这并不容易，绝大部分外宇宙空间人士都像无定一样逆向生长，他们从婴儿到老年人，最后以布满皱纹、身形佝偻的成年人姿态死去。更令人尴尬的是，这些人的生理代谢机制也和当地人截然相反，他们需要从环境里得到负熵来维持身体机能的正常运作，也就是说他们需要摄取有机营养物质，而这恰恰是当地人的排泄物。

尽管面临种种尴尬窘迫的境况，绝大部分外宇宙人士还是克服种种困难，适应了这里的生活，扎根下来组织家庭繁衍后代。无定就是外宇宙人士的第三代。

这就是解释了他为什么会有这样奇怪的念头，想要修一条向西的公路，一直通到另一个大陆。

当天晚上，无定骑着自行车来到北京城里最好的酒馆。他要为自己庆祝一番，给在场所有人买上一杯，然后——"像历史上所有被纪念的人那样做一番精彩的演讲。话音一落，人们纷纷举杯高声为他祝福。"一路上无定想象着这样的场景，浑身血液沸腾。他把车停在酒馆附近的马厩，锁好，进了酒吧。无定提醒自己演讲一定要简短，毕竟他天性谦逊。

喝到第三杯的时候，无定知道今天晚上他能做的就是一个人把酒喝完，然后回家，没有发言，没有祝福。他刚掏钱请所有人喝了一轮酒，他们赏脸喝了他的酒，仅此而已。无定怔怔地望着窗外，不远处，钟楼黑乎乎的身影正在以可见的速度慢慢壮大，基座慢慢增高，主楼的已经初具规模，能看到四面的石雕窗的轮廓。天人说，再过七天，黑琉璃瓦重檐和汉白玉护栏就会生成。再过七天，等到铜钟和屋脊上的小兽生成，钟楼将正式完工！

他叹了口气，瞥了一眼杯中已经结霜的酒，起身走出酒吧。

三

出发那天一大早，无定收拾好行李，走出家门。借着灰白色的天光，他仔细锁上了门，抬头转身，差点撞在一个人怀里。那个人比无定高出一个头，剑眉鹰钩鼻的瘦削面孔，一头银发，满脸褶子，好看却是凶相。

"无定？"他问。

"我是。你是？"

"现在就动身？"

"现在动身。你是？"

那个人"哦"了一声，向后退开，把一封信交给无定。"我是青年基金管理委员会派来的，他们要求我全程充当你的助手。"

"他们给我派了一名助手，可是这个项目不需要助手啊。"无定一边说一边打开信读。信的内容简单扼要，没有余地，不容置疑。他把信揣进怀里，翻身上马："说好了，既然你是他们派来的，你的薪水你问他们要。"

"没问题。"那人骑马跟上了无定。

无定斜眼打量那人胯下的坐骑，是他以前只在画上见过的高头大马。相比之下，无定的这匹马，腿短毛长，更像是头骡子。

"你知道我们要去干什么吗？"无定问。

"修路。"那人回道。

"哦，对，怎么修呢？"无定不免有些得意。毕竟这个方法，除天人外他没有告诉过任何人。

"一般情况，泥浆、碎石、土路会自行生成公路，我们等着就可以。不过我们也可以催化这个过程，通过人的活动改变聚落的形态……只有人的活动才能改变这些聚落的形态。无论这些形态是多么复杂、不明确或无效，都是人的动机造成。"

"所以怎么做？"无定有些气急败坏。

"找一辆车，在修路的路线上把车开上一次。外力做的功可以加速土壤的粒子有秩序的聚合。"那人顿了一下，眼睛往无定胯下的马瞟，"呃，我们的车停哪了？"

"哪有什么车！我们骑马去彼得堡，回来时再开车。"

"哦，不知道沿途情况，直接开车去的确太冒险，所以我们先骑马去，实地勘测规划一条安全的车能开的路线，回来时再开车。"那个人明白了无定的意图。

无定对他的印象略微改观，对方没有一下子猜到他的计划，这令他多少有点得意。不过他仍然不信任眼前这个人。基金会在他身边安插了一个当地人，说是协助，实则是为了监视。说到底，这笔钱落在无定这样的外宇宙人士后代还是让上面的人不安了。

"走吧。对了，还没请教您的大名。"无定说。

"叫我彼得罗就好。"

"彼得罗？"

"怎么？有什么不对？"

"没有，挺好。走吧，彼得罗。"

　　他们一路向北，经过繁庶的商业街。店铺屋脊上的牌楼柱高高竖起，华板上镶嵌的匾额熠熠生辉。街上还没什么行人，寒意渐浓，无定裹紧衣领，他已经有点想念他那间温暖的棚屋了。在德胜门那座品德高尚之门的前面，守城的士兵向他们投来狐疑的目光，反复确认文书上印章并没伪造才放行。镶满金色门钉的红色大门向两边打开，气势雄健的大楼回荡着城门沉重喑哑的呻吟。无定喉头一阵发紧，那几句没有机会说出口的演讲宣言堵得他心里难受。

　　等回来，等回来那天，他要对着无数张仰望他的面孔，把堵在心里的这几句话亮亮堂堂地大声说出来。无定这么想着，扬鞭催马，带着随从离开了北京城。

　　"我们还会回来。"看见彼得罗频频回首，无定安慰他道。这个大个子远没有外表看起来那么坚强。

　　"到那时候恐怕我头发都白了，没有人去过彼得堡，更没有人从那开车回来。"彼得罗说。

　　"等到我们的路修成了，就会有很多人开车往返两地。"无定憧憬道。

　　说话间，圆圆的日头忽然跳出，在前方的赤杨林铺满一路软金般的光，仿佛是个好兆头。

四

　　他们骑马爬过几座土坡，渡过一条雨水淤积的小河，穿过沿岸的树林，逆风前行。风裹挟着沙子，毫不留情地打在他们和他们的坐骑身上。据说这是从蒙古沙漠吹来的风，如果一切顺利，他们会在后天走进那片沙漠。无定不得不让彼得罗走在前面，似乎这样真的能挡掉一些风沙似的。途经的路上，一些泥土正在聚落生成为方形砖块，砖块一块块有序整齐叠加，砌作墙，墙渐渐长高，又沿着蜿蜒起伏的山脉慢慢延长，一些地方的墙体已经初具规模。连绵雄壮的城墙，时而跌入山谷，时而忽然跃入视野，时而横亘在面前，露出排列奇特的烽火台。

　　在另一些地方，城墙以截然不同的方式生长着。它们围城一圈，大部分时候是方形，但也有长方形。从洞开的城门里望去，能看到大片空地和尚且简陋的街道。在这样已经初具规模的城镇边上，通常能看到七八个尖顶圆形帐篷，每个帐篷里都住着一户人家，他们默默忍受风餐露宿的生活，满心期待城镇房屋和配套设施早日建好，他们好举家搬进新城，找一间宽敞舒适的大院住下。

当无定经过时，他们纷纷把头探出帐篷观看。

"停下来吧，新城快建好了，有漂亮的宅子分给你。" 他们说。

"不啦。"无定摇头。

"你要去哪里？前面什么都没有。"

"我要去彼得堡走一趟，然后再回来。"无定回答。

那些人惊讶地闭上嘴，他们从未遇见过这样的行人。

无定和彼得罗都不记得这样的对话重复了多少次。他们已经走了许多天，绝大部分时间里他们沉默不语，耳边只有风声、鸟啼、马偶尔的嘶鸣、石块轻撞的声音，他们失去了计算时间的能力和欲望，比起时间，他们更关心脚下正在走的路——土质情况、路面宽度、桥的承重等，所有决定着一辆车是否能安全通过的因素。他们在骑着马的同时也驾驶着那辆假想中的汽车。

为了能回程顺利找到一条适合车通过的路线，他们有时不得不在一个地方绕上好几回圈子，有时候一天也没能走出多远。这当然不是什么令人畅快的旅行，尤其是在地形特殊的峡谷中穿行时不得不经常下马，丈量两侧岩壁之间的宽度。当最终走出这片地形复杂的山地时，两人已经筋疲力尽，他们陷入了昏昏欲睡的状态。实际上，他们的确是在马背上睡着了，好在他们的牲口似乎拥有神奇的灵性，自然知道该往哪里去。无定和彼得罗所要做的，只是不让自己摔下马。

"你们要往哪里去？" 一个声音问。

无定睁开眼，看见了大总办戴着黑玉戒指的留着长指甲的手，然后是长长的流苏礼帽和他的缎面绣花礼服。无定试图下马行礼，但是他的马并不肯停下。

他们好不容易走出荒野山路，来到开阔平坦的草原。马好久没有这么畅快地飞奔了，才开始跑上一段路并不愿意这么快就停下。

大总办并不介意，他和他的护卫队徒步追赶上来，发出快乐的呼喊，加入这场奔跑游戏中。

"大人。"无定在马上向大总办行礼。

"啊，免礼。"

"失礼失礼，恕罪。"

"哈哈哈，不碍事不碍事。你们……这是要去哪里？"

"彼得堡。"

"哪里？"

"外国。"

"哦。"大总办若有所思点点头，声音忽然一沉，"不过你们得停下。"

马刹那间立住，人也是。刚才还回荡着马蹄声的草原大地忽然安静下来，只有色彩斑斓的龙之旗在风中猎猎作响。

无定下马从怀里取出微凉的文书，恭恭敬敬地提交给大总办。

但大总办却伸手掏出鼻烟，深深吸了一大口，满足地眨眨眼："哦，文书，好说。我要你停下别有原因。这前面有河，本来也就是一个小池塘，可雨季刚过，河水水量充沛得很，你们恐怕过不去。"

"啊，那有别的办法吗？"

"绕路从桥上过吧，也就是多走上几天。"

无定和彼得罗飞快地交换视线。

"你说的那座桥宽吗？"彼得罗问。

"马能过，轿子够呛。"

"多谢大人，我们还是先去河边看看，要不行再回来。"无定说道。

大总办耸耸肩打了个哈欠，表示没意见。

无定拱手作揖，上了马，告别了这一群身着鲜艳绸缎的男人，按原来的路线，朝那条命中注定拦阻他们去路的大河奔去。

河流宽阔湍急，但是车应该能过去，这令他们大大松了口气。接下来的问题是现在他们怎么过河！无定觉得他们可以就这样蹚水渡河。

"那把你的行李放在我马上吧。"彼得罗建议道。他的马足够高，能保证鞍上的行李不被打湿。无定拒绝了，也许是出于自尊心，也许只是单纯的固执。他牵着他的矮脚马走在前面，一步步试探着寻找着安全的落脚点。河流比想象的深，没走几步，水已经没腰。无定心里的慌张也没过了腰，几乎漫到了嗓子眼。他快要出声求救了，他不会游泳，就在这时，无定一脚踩在河底什么尖锐物上，疼得失去重心，抓缰绳的手一紧，用力抓紧马绳。马使劲向后挣脱，拉扯中行李掉进水里，无定不顾一切扑上去要捞，被彼得罗拦腰抱住不放，眼睁睁看着行李被冲走。

那里面装着他们的全部口粮。

要是有一张烙饼就好了！才上路几天就遇到食物短缺的问题，这是无定没预料到的。渡河之后，他们一直走在荒无人烟的野地。在草原上还能随处可见的野兔群如今毫无踪影，它们只能在想象中成为无定的食物。无定已经有两天没有进食了，饥肠辘辘，浑身乏力，无论睡着醒着脑子里想的都是食物，以至于一度出现幻觉，大口咀嚼起空气。"停下来休息一下吧。"彼得罗露出担忧的神色，翻身下马，在一块阴凉地为无定铺好毯子。

无定瘫倒在毯子上，不无嫉妒地望着彼得罗。同样的境遇下，他的同伴似乎并不为饥饿所苦，仍然神采奕奕。此刻，他正精神奕奕地做起体操，一边还给自己大声喊着口令。1234 深蹲跑跳俯卧撑，1234 摆臂踢腿后空翻。

对了！他们当地人光靠做功就能合成身体必需的营养，彼得罗此刻不是在做操，而是在进食。无定看着一阵头晕。他闭上眼睛，耳边传来彼得罗关切的询问："你怎么了"

我还能怎么了！无定心想，咽下一口唾沫，偏偏这时候，肚子咕噜噜叫起来。

"啊，搞了半天你是饿了吧？你等我。"彼得罗仿佛刚刚破解了世界之谜，一脸兴奋地跑开了。无定不明白他为什么那么高兴。经过这几天他发现彼得罗虽然长相凶恶，但对熟人却有意外天真的一面。

过了一会儿，彼得罗从几米开外的一块巨石后现身，双手小心翼翼捧着什么跑着过来。他拿眼瞄了一下无定，又立刻羞怯地低下头："喏，给你，你看看能吃吗？"

无定犹疑地接过他手里热乎乎、黏糊糊的一团东西。

"他们说，你们是靠摄入这些物质来维系生命的。如果是真的，这个……应该可以吃。"彼得罗努力掩饰着他的慌乱，唯独忘了目光不应该躲闪。

无定盯着这团棕色的物体。它看上去十分可疑，而且有点恶心，和食物应该有的样子相去甚远，但它却正散发着一股难以拒绝的香味，碳水化合物的味道。这味道比任何说辞都更有力！

无定一口吞下那团东西。

真好吃！

五

食物短缺的问题被出其不意地解决了。出于相互尊重，对于食物的来源，彼得罗只字不提，无定也从不过问，他们之间生出了同谋之间的默契，靠着这份默契，他们来到哈拉河和友鲁河之间的大山下，沿着商会驼队的足印，经过避风的山谷，防不胜防的沼泽，曾经关押犯人的排屋，尖屋顶的白色房子，步入峡谷森林，最后终于成功站到一块耸立在空地上的大理石碑前。石碑向东的一面刻着"亚洲"两字，向西的一面刻着"欧洲"。

乍一眼看上去，并不能看出什么区别，只有站上一会儿，同时看着两边，才能感到石碑两边微妙的差异。那是只有站在边界才能领会到的奇妙差异，尽管只隔着一个大理石碑，但两边的世界仿佛置身于不同偏色滤镜下一般，亚洲这边微微发黄，欧洲这边则隐隐泛绿。这是两块由不同质地构成的世界，两个世界的天空、大地、森林、道路尽管相似，却由不同单子构成。

尽管如此，就在乌拉尔山脉这座不起眼的高山上，两块大陆交汇了。而他们，两个从来没有离开过北京城的人，竟然真的走到了这里。就在此刻，在他们身后，他们经过的土地上，已经有了被人类走过的记忆，说不定已经开始聚集生长成一条通往这里的大路。

得把这个边界在路线图上标注出来，无定心想。

他向彼得罗伸出手说："路线图在你这吧。"

彼得罗一通摸索，越找越慌张："啊，少了一个鞍袋，可能是刚才过树丛的时候，被树枝勾走了。"

无定两眼发黑，想要调转头回去找，但天色已晚，等他再回到那片树丛，估计也就什么都看不见了。正心急火燎地难受着，听到有人喊他们。

"喂，你们俩。"一个身披棕红色长袍的高个子女人站在空地另一边，冲他们挥动手臂。她右边的衣袖缠绕在腰间，毫不在意地袒露着半边身体。在她身后，错落有致地安置着十几座、几座尖顶圆帐篷，每顶帐篷前都站着好几个细长眼睛的女人，嬉笑着挤作一团向他们抛来媚眼。

"遇到什么难处了吗？"那个首领模样的女人问。

"啊，我们丢了我们的路线图，可能就在经过的路上。"

"哦，"女人沉吟了一会儿，"再回去找，恐怕也很难找回了。让我们的天人给你看看能不能再自动生成一份路线图。"

"太好了。"彼得罗雀跃着，几乎从马上摔下来。

女首领从后面那群女人中唤出她们的天人，吩咐她预测路线图的事，然后把无定他们请进她的帐篷。女首领的帐篷阴凉舒适，散发着怡人的香气，中间还放着一块切割整齐完好的正方体冰块，抵挡森林里闷热的空气。无定和彼得罗不由发出惬意的叹息，迫不及待地瘫坐在软垫上，伸展身体，一边吃着侍女递来的水果，一边享受起这帐篷底下的清凉。

"来，一起玩牌吧。"女首领发出邀请，"反正，现在也没有什么事可以做。"

无定和彼得罗没有反驳。他们拾起侍女堆在他们面前的纸片，认真学习游戏规则。他们很快学会了，几乎和首领、侍女玩得一样得心应手。比起帝国的麻将，这游戏简直小儿科。女首领告诉他们，这游戏叫拖拉机。

"拖拉机？听起来像是将来的交通工具。"无定说。

"天人也是这么说的。"女首领点头。

这时，侍女捎来天人的话。天人说，他们就算回去找，也找不到原来的那份路线图了。

"原来的路线图……天人的意思是……"无定问。

"如果路线图很重要，你们可以在这里等，新的路线图会在这里聚落生成，内容和原来的完全一样。"侍女回答。

无定沉默了，他摊开手，任手中的牌被人收走。

这一局，双方平手。

侍女开始洗牌。洗牌是一项需要耐心的艰巨任务，稍微一松懈，扑克牌就又会自动按照大小花色整齐排列好。无定怔怔地望着牌在她手中灵巧翻飞，化作一道幻幕，整个人好像陷入了软绵绵的棉絮里，身子轻飘飘的，心跳不知不觉慢下来。他想也许这样等下去也挺好，只要等着，就会有好事发生。在所有五花八门应接不暇的好事里，总会有一件好事是他想要的。

再说，没有地图，就没法把车从彼得堡开回北京。那千辛万苦到彼得堡又有什么意义？

他需要这张路线图。

既然如此，就等下去吧！

在舒适惬意的帐篷里继续玩拖拉机，等到路线图聚落生成。

彼得罗在叫他，那声音仿佛从比北京城更远的地方传来。无定恍惚地应了一声，跟着庄家出了一张牌。

"无定，要怎么办？"彼得罗问。

"等吧，我们需要路线图。你也听见天人的话了，也许过两天就有了。"

"也许？可万一向西的大路先于这份路线图聚落生成呢？"彼得罗问。

那不是更好吗？即使不走完全程，也能催生出大路。

无定抬起头望着彼得罗，他不明白这张英俊的大脸为什么看上去那么难过。你在难过什么，彼得罗？我们等在这里，并不是偷懒，并不是投机取巧，我们是在等路线图，和那些等路的人不一样。他们张大眼睛什么也不做，只等着世界越来越有秩序，而我们毕竟已经走了那么多路。

"你在难过什么，彼得罗？"他问彼得罗。

"我们到底在干吗？"

"打拖拉机。"冒失的侍女回答道。

无定狠狠瞪了一眼侍女，辩解道："我们在等路线图啊。"

"我的头发已经等黑了，你的头发也白了。一样是在等，我们为什么要跑到这里来等，待在北京城不好吗？"

"不一样，待在北京的那些人，是在等路，他们什么都没做。而我们已经走了那么远，我们是在等路线图。"

"我们和他们有多不一样？"彼得罗放下牌，站了起来，"无定，你甚至都不问问我？"

"问什么？"无定问。彼得罗没有回答，径直出了帐篷。

一直在旁边沉默着的女首领露出洞悉一切的笑容："你为什么不问问他是不是记得路线图，也许他能凭记忆重新画出路线图呢？"

"我能。"彼得罗在帐篷外大声回答道。

那天晚上，无定和彼得罗连夜赶路一刻也没有休息，第二天、第三天也是，人和马精疲力竭，却被巨大的力量推动着片刻不停地向前，到最后，几乎是在机械地前行。

第四天，轮船嘹亮雄壮的汽笛声将他们从瞌睡中惊醒，两双眼睛齐刷刷地睁大，忙不迭向四周张望，他们发现他们正置身于彼得堡繁忙的货运码头。

放眼望去，四处都是带拱窗立柱圆顶的漂亮楼房，一道道弧线相连好像音乐在蓝天下飘扬。

无定和彼得罗久久没有出声。

无定深深把头垂在胸口，过了好久才抬起头，对着空中飘过的白云吸了一下鼻子。

彼得罗什么也没说，轻轻拍拍无定的肩膀。

"要不是你，我们说不定还坐在帐篷里等着路线图。"无定说。

"现在好了。"

"没想到彼得堡还真大，可惜没有北京城好。真的想再见一见北京城的样子！不知道回去的时候钟鼓楼建完了没有。"

"快了。这不，已经走了一半了，接下来就是回去的路。"

按照无定的计划，回去的路要比来时快上 3 倍——经过检视路况良好的路线，不知疲倦不闹脾气的汽车，还有两颗似箭的归心。他们在圆屋顶的漂亮旅馆下榻，洗澡换了衣服就立刻出门购买汽车。彼得堡虽然是城市，但繁荣程度远不及宇宙中心的北京城，即使闹市区的行人车辆也不算很多，温度只比森林里高了三四度。一路上无定和彼得罗不动声色地互相交换各自的看法。无定调动着他眼角加深的六条鱼尾纹，安慰彼得罗不要太过失望。彼得堡虽然落后，但作为通往欧洲的港口城市，帝国的茶叶瓷器白酒可以在这里输送到世界每个角落。彼得罗翘起日渐红润的双唇表示接受。

然而事情并没有那么简单，一个沉甸甸的事实落在他们面前——现在彼得堡还没有汽车，连制造汽车的金属都还没有生成。虽然知道彼得堡的熵减速度落后于帝都，但看起来无定还是错误估计了两地的熵差。

放弃还是坚持？这样做或者那样做？

他和彼得罗对视良久。在这场无言的交锋中，伤亡惨重。上千个不充分的理由，不够可行的方案阵，最后他们一致同意留在彼得堡，先炼出钢材，然后制造汽车，最后开着车回北京。

六

无定和彼得罗在彼得堡度过了后半生。他们创建了汽车材料实验室，希望创造出理想的构成汽车的物质。由于帝都的车是自动生成的，没有人知道汽车物质的特性，但根据教科书上所说，物质是由无数肉眼不可见的同一种单子构成。改变单子的排布就能创造出一种新的物质。

虽然从没有人见过单子，也从来没人确切明白这句话的意思，更别说如何改变单子的排布，但无定和彼得罗决定试一下。他们选择这片陌生大陆上最常见的材料加以提炼，不断试验尝试充分排列单子的排布，直到创造出那些构成汽车的物质，比如那些金属晶体。就这样，他们义无反顾扎进单子无数种的排列中。

据说，无定和彼得罗是同一天去世的，人们是在工作间里发现他们的。老态龙钟的无定抱着褴褛里的彼得罗倚靠在软垫椅里，看上去就像睡着了。

他们死后，他们各自的独子继承了他们的事业，将毕生精力扑在制造钢铁上。无定二代和彼得罗二代从出生起就粘在一起，长大后又一起工作，人们已经分不出哪一个是无定二代，哪一个是彼得罗二代了。他们如同一个合体，又年轻又衰老，又天真又世故，遇事总是向着截然相反的两个方向努力，很难说，如果没有另一个，事情会不会进展得更顺利。

无论怎样，当他们嘴里都不剩下一颗牙齿的时候，他们终于造出了钢铁和橡胶。

无定二代在临终时，像他父亲当年那样，将演讲稿一字一句口授给自己的独子。

这位耄耋老人相信，他的儿子在有生之年，一定会见到令他父亲梦萦魂绕的钟鼓楼，然后向着那个青砖乌瓦的古老城市，大声说出这句沉甸甸浸透着他们家族三代意念的话。

而他们三代人终生盼望的大路或许就在无定三代的话音里自动聚落生成。

无论是无定三代还是彼得罗三代，都没有他们父代这样的信心，他们间断性陷入自我怀疑，间断性地情绪崩溃，却奇迹般地在他们 45 岁时发明了彼得堡第一辆汽车。那辆汽车的燃料主要是人呼出的气体，此外还加入了其他一些不那么活泼的气体。这些混合气体在气罐里自动冷凝，推动活塞做功产生汽车的驱动力，同时产生的柴油顺着油管排到油缸里。

新车启程那天，两个人意气风发。无定三代驾驶汽车从一座座桥上疾驰而过，将行人和马车甩在后面，没多久，他们就驶离了彼得堡。彼得罗三代回头目送那些漂亮的彩色圆顶宫殿，直到它们消失在目力所及处。

"说不定没多久我们就会回来的。"无定三代安慰彼得罗三代。

"是啊，到时候有了路，开车来往两地就不是什么事了。"彼得罗三代的兴致又高起来，"真想早一点到帝都。我想知道那里的汽车是不是和我们的构造一样。如果不一样，那谁的汽车更快更结实。"

无定三代早已经习惯彼得罗三代的孩子气，尽管据说无定家族的人应该更天真才对，不过并没有什么区别。无定三代踩下气门，指挥着汽车，精神抖擞地向前冲去。

沿途的小镇村庄早已经听到他们要来的消息。当地的居民争相想看看欧洲第一辆汽车是什么样的，他们夹道欢迎无定三代、彼得罗三代，向车里投掷面包、奶酪、西红柿、伏特加，在渡口和泥泞地守候着，只要车一有麻烦就立刻伸手援助。在诺夫哥罗德的集市上，汽车被热情的人们给团团围住长达数小时之久，每个人都想要伸手摸摸这座神奇的四轮房子。幸好当地警察赶来，才维持住秩序，一度混乱至极的场面得到了控制。但是情况也并不像无定三代以为的那样得到扭转，他们能很快离开这座热情之城，因为警察也是人，有着同样强烈的求知欲。同样的，每一个警察都有那么十几个格外亲密的亲戚，他们也一样有着需要被尊重的求知欲。所以，无定三代和彼得罗三代很快发现他们至少还需要半天才能从这座小镇脱身。

吸取了这次教训，无定三代选择黎明时分把车开上了伏尔加河的渡轮。大部分人此时还在睡梦中，船上只有七八个值完夜班的哥萨克工人，他们围成一圈议论着什么。过了一会儿，他们大声争论起来，最终，他们中的一个跑过来问彼得罗三代，这辆形状奇怪的马车到底把马藏在了哪里？

彼得罗三代哈哈大笑和他们聊了起来。他喜欢和所有人聊天，似乎和所有皮肤光洁的人聊天自然而然话就会多。无定三代想不起自己皮肤光洁的时候是什么样的，他才40岁，却已经忘却年轻时的记忆，他常常觉得自己的生命是从他爷爷出生起开始的，眼前经过的，在很早之前就已经经过，无论遇到什么发生什么都似曾相识。这感觉纠缠着他，无法摆脱，令他的生活如同口中之水一样无味。

大概是第四天，他们在喀山附近的河谷边被迫停下来。气罐空了，他们必须补充他们的燃料。无定三代和彼得罗三代下车，打开汽车前盖、拔下气罐连接发动机的橡皮管，对着橡皮管轮流吹气。偏偏这时候下起了雨，周围没有任何可以挡雨的地方，他们只能一边淋雨一边吹气。这时候，忽然来了一列四轮马车，从上面跳下七八个衣着华丽的年轻人，当他们明白无定三代的处境后，立刻提出要加入补充燃料的工作里。

"这件事就放心交给我们，我们是这个地区最好的铜管乐器手。"他们中一个大鼻子年轻人说道。

他没有吹牛。果然，没一会儿，气罐就被充满了。

年轻人们欢呼着跳上马车，不等无定三代说完感激的话就扬长而去。

"怎么样，陌生人有时候也挺不错的吧？"彼得罗三代说道。尽管外貌差异很大，但毕竟他们的生长方向一致，所以彼得罗三代和这些俄国人相处起来十分好。他信任他们。

无定三代没吭声，回到驾驶座，重重踩下油门，引擎发出悦耳的轰鸣。

雨时下时停，雾气一直很重，连续好几天他们都没有怎么见到太阳。虽然森林里有足够宽敞的路供汽车行进，但总是不断被树干挡住。彼得罗三代总是率先下车去推开树干或者别的什么挡路的东西，有一次，甚至是一头断角雄鹿的尸体。无定的脸色一天比一天阴沉，仿佛要融化在浓雾中，无论彼得罗三代怎么努力，也不能逗他开口，最后，连彼得罗三代也消沉下去。两人就这样沉默着，忍受着飞溅而来的泥巴，经过污浊的池塘、高高的灌木，穿行在一簇簇鸢尾花中，直到走出这片森林，远远看到在边境线上聚集的市镇。

在市镇稍作休息的时候，无定三代发现一家中国人开的油站。他操着带口音的汉语，连带比画，经过一番激烈的讨价还价，终于用剩下的所有卢布买下了几升柴油的倾倒权，将这些天汽车排出的柴油全部倒入油库。汽车减轻负荷后，时速提高了不少，没多久就进入蒙古境内。

"那是什么？"彼得罗三代忽然问。无定三代顺着他手指方向看见远处有一小片云影扫过地面，朝他们逼来，他立刻意识到那并不是什么云影。与此同时，强风呼啸而过，预告沙尘暴即将来临。彼得罗三代试图代替无定三代开车逃离沙尘暴，但无定三代一把把他拉到汽车座椅下，用外套挡住口鼻。汽车剧烈晃动起来，被一只无形大手随意摆弄，好几次差点被掀翻。沙子如同湍急的河水，在地面打转，随即升腾遮蔽天空，一时间沙的洪流几乎吞没天地万物，连同其中小小的一辆汽车还有里面两个人。无定三代紧紧抓住彼得罗三代，他生平第一次意识到他们可能不会同时死去，他们中的一个可能先另一个死去，这想法比沙尘暴更剧烈地撼动无定三代的身心，等到沙尘暴结束，这念头还在。

即使车开进松树林，空气中溢满松脂的芳香都无法镇定他的不安。离北京城还有很远，谁也不知道会发生什么。一代们言之不详的"路途漫长艰困"一旦亲身经历，忽然体量剧增如巨兽般恐怖。无定三代能明显感到自己体力的衰退，相比起来，同伴却显得越来越精力充沛，一直以来维系在两人之间的平衡骤然被打破，至少在无定三代心里是这么觉得的。仿佛是为了印证他的想法，快到森林休息站的时候，车的左驱动轮开裂了。他们卸下轮子，希望能找一个合适的地方用热水浸泡轮子。休息站里的守林人建议他们去友鲁河边的澡堂，三代们决定利用这个机会也放松一下。澡堂里，彼得罗三代抱着轮胎专心浸泡。面对裸露在面前的这具健硕身体，无定三代痛下决心，他淌水走近彼得罗三代，凑到他耳边，说出他们家祖传的那段演讲内容。

彼得罗三代十分吃惊："为什么告诉我这个？"。

无定三代没有回答，佯装什么也没发生继续清洗身体。这具身体曾经也挺拔健硕过，有过紧实的肌肉，但现在……他已经太老，他不觉得他能活着穿过可怕的戈壁。

七

几天后无定三代和彼得罗三代告别放声大笑的蒙古人和他们的牛群，开车闯进戈壁。那真是一片酷热的地狱，空气中的每个单子都躁动不安。用彼得罗三代的话说，每个单子都蹦跶地和热锅上的跳豆一样，只有当他们的车开过时，才能给这片蛮荒之地带来一点文明的凉意。

"戈壁里的生物们一定会觉得我们的车是上天的恩赐吧。"彼得罗三代斜睨了一眼无定三代，讪讪收回笑容。

无定三代的面孔经过太阳暴晒后绽裂肿胀，原本阴郁的神情如今看来几近可怖，他闷闷不乐地开着车，有时候即便看到前方有大石子也不绕过，驾车笔直地从上面碾过，完全不顾车身可能在颠簸中散架。即便是面对令人多少敬畏的敖包，他也毫不顾忌地冲撞过去，写满藏文祈祷的小纸条和小旗帜都不能阻止他。

彼得罗三代一次又一次看着他们的车从牛或者马的头骨轧过，那声音令人毛骨悚然。他提议由他来顶替无定三代开车，但被拒绝了。在这片广袤孤寂的荒地里，远处的地平线看起来近在咫尺，天空却高得令人心慌，距离和景物一起变得不真实，路面向后快速退去，如同海中汹涌的波涛。

"停下，无定，车会散架的。"彼得罗三代喊道。

车停了，并不是因为彼得罗三代的关系。车在攀爬沙丘时，车轮陷进了沙子，沙子太松软，无论如何转动手柄发动引擎，主动轮也开始空转，引擎渐渐开始变冷，冒出寒气，结出白霜，若再强行发动引擎，其他汽车部件可能会被冻住。

他们手足无措地站在太阳底下。

"你走吧，现在走还来得及。你正是最强壮的时候，说不定能走出这片戈壁。"无定三代对彼得罗三代说。

彼得罗三代眯着眼睛瞧了一会儿无定三代，转身从车底座上面拿出铲子，开始清理车轮下的沙子。

"没用的，别耽误了，你快走，"无定三代拉住他，"到了北京城，记得替我把我爷爷一直想说的那句话给说了。"

"什么话？"彼得罗三代看起来一头雾水，"对了，我跟你说个笑话。之前和我们同路的蒙古大哥一直以为我们是孪生兄弟，他说我们单独出现的时候他分不清我们谁是谁，只有两个人都在时才能清楚地区分出谁是谁。"

"我和你不一样彼得罗。"无定三代觉得嗓子疼得厉害，他不是彼得罗三代，他的身体是从稳定态到混乱态，他体内的燃料已经消耗殆尽。他既没有力气也没有热情，要回到北京城，只为了一条没有他也会建成的公路。

在这激动人心的征途上，他仍然感到厌倦——为什么一定要造一条路，既然它迟早会出现。

这问题让人厌倦，这厌倦让他更厌倦！

彼得罗三代和他都希望尽快回到北京城。彼得罗三代是为一条路,而他只是为了一个终点。

他只想尽快回到北京城尽快结束自己的这份厌倦。

"对,你和我不一样。你是无定,我是彼得罗,造路的人是无定。如果你不向前,就不会有道路。想想这个世界正等着你创造一条新的道路。"彼得罗三代哽咽着推开无定三代,埋头清理沙子,"这条向西的路,也许……也许可以用别的方法造,但现在只有这一种方法造你造的这条路。有些事虽然徒劳,但绝不是没有意义。"

无定三代松开手,向后退去,他不再阻止彼得罗三代。

有的人总喜欢这样的无用功,就像这片曾经是海的沙地,如今只剩下地上一片盐白,即便有一两口井,也无法改变事实。

引擎经过一阵休息,的确正在逐渐回暖,但离真正可以有效发动,还差得很远,除非有水……

无定三代的脑子里响起嘎吱一声,好像许久没有开启的门被重新打开。他忽然意识到他们还有一线生机。只要有水,可以化去引擎上的霜。

恰恰在目力所及处,一小片稀疏的草地上,有一座井……

八

无定三代和彼得罗三代花了一个多月,历经千辛万苦抵达了北京郊县。他们按照无定一代画的路线图,越过一座座容易翻越的山岭,眼看就要到北京城了。

夕阳西落时,他们爬上最后一道山峰,站在山顶俯瞰山下。

那座青灰色的古老城池就在那里,已经等了他们好多年。

"你现在可以大声讲出那几句话了。"彼得罗三代对无定三代说。

"不,我要进了城再说,当着所有人面前。"

"我知道。你先练习一下嘛,演讲嘛,别卡壳。来,把我当作那些人。"

无定三代看了一眼彼得罗三代,腼腆地低下头。

"来,来吧。"彼得罗三代弯肘重重捅无定三代。

无定三代抬起头,深呼吸酝酿了一下,又深呼吸,又酝酿了一下,脑海里浮现出无定二代气若游丝吐出这句话的样子,他缓缓转向彼得罗:"来了?"

"嗯,来吧。"

无定三代挺起胸膛大声向着前面苍茫暮色说道:"历史告诉我们,那些说好听话

197

的人总比埋头做事的人受欢迎，但是没有关系，历史也告诉我们，它需要那些埋头苦干的笨蛋，因为是他们造就了历史。"

有一阵子，忽然什么声音都没了。

天地间静得出奇，仿佛所有声响都在那一刻屏住气息，等着无定三代话语的余音袅袅升起，或者缓缓落下，像洁白的细雪，又像不知从谁的胸膛里淬出的火花。

尽管这只是一句朴素笨拙、再普通不过的话。

"真啰唆，是吧？就这话传了三代人。"无定三代轻轻问彼得罗三代。

"嗯。真啰唆。的确是无定爷爷会说的话，如假包换。"

"如假包换。"无定三代鼻子一酸，眼睛就湿了，眼里的北京城一时间变得模糊，多出许多道重影。直到他眼泪落下，西北角上的那道橘色光影仍然没有消失，无定三代又揉了揉眼睛，这次他看清了，却又不敢相信自己的眼睛。在北京城墙的西北角上，豁然开了一道大口子，一栋大厦拔地而起高耸在原先是城墙的位置。无定一代嘴里反反复复描绘的北京城并没有这座高楼。

无定三代和彼得罗三代面面相觑。这座看似无关紧要的建筑莫名地令两人不安。这时，身后的日头彻底落下。夜幕笼罩下，衬得北京城灯火分明。即使站在远处的山上，似乎也能听到从那传来的喧哗。

这时，一辆四马力的世爵从他们身边经过，彼得罗三代小跑跟上，贴着窗向里面问："劳驾，看着您像打北京城里出来的吧？请问您知道城墙西北角那座高楼是什么吗？"

"是，我是从城里出来的，您不知道那高楼也不奇怪，它才生成没几天，那是北京西站。天人说，西站一生成，最多半个月，从北京城往西边的大路就能生成。往后，从北京城往西，想走多远就可以走多远，再也不费劲了。盼了这么多年，这条向西的大路，终于自个儿生成了。"说话间，车已经走远，只留下残余的人声从夜色里飘来，落在那两个愣在原地的人身上。

过了许久，彼得罗三代回转身看无定三代。

"没想到啊！"他说。

"没想到。"无定回。

"至少……"

"嗯，至少……"

天黑了，墨色天空下，无定三代举步走到陡崖边，他眺目远望，北京城还是那个北京城，只是多了一座高楼。

那高楼金碧辉煌，灿烂夺目，好像在云端。

的简介

　　糖匦，SFWA（美国科幻和奇幻作家协会）正式作家会员，好奇心强烈，热爱捕捉与被捕捉，素人幻想师，威士忌死忠。代表作有《无定西行记》《瘾》等。出版短篇小说集《看见鲸鱼座的人》，长篇小说《无名盛宴》。2013年起，共有10篇短篇小说陆续在英、美、澳、日、韩、意等国家翻译发表，两次入选当年美国最佳科幻年选。《熊猫饲养员》获Smokelong Quarterly2019年度最佳微小说，《无定西行纪》获美国最受喜爱推理幻想小说翻译作品奖银奖。除小说创作外，也涉足文学批评、诗歌、装置、摄影等不同艺术领域。

她的回答

Q1 一年里，你通常花多长时间用于写作？一天里呢？

　　糖匦： 每时每刻。一颗苹果树什么时候结果？秋天吗？它用了一年的时间生长积蓄营养物质，才在秋天结出果实。我涉足不少领域，也喜欢玩乐，这样的经历滋养了我的小说。

Q2 你有什么奇怪的癖好？

　　糖匦： 喜欢看头屑，生物其他切片组织也很让我着迷。

Q3 你家里最古怪的一件物品是什么？能说说它的来历吗？

　　糖匦： 《后来的人类》。语言蔓延、迂回、停顿、后人类、数字化和嵌套沉浸的题材点，悬念的层次，先撩后丢这些特点我都很喜欢。这些都出自编辑之口，我只是单纯地喜欢，没什么原因，就像喜欢上一个人的时候，所有理由都是置后的。置后的和借口没什么区别。

陈虹羽

我不喜欢性别对立，也不会在创作时强调女性身份。一个故事，适合用男性视角讲，就用男性视角，适合用女性视角，就用女性视角。不过我曾写过一篇非常女性文学的科幻中篇——《我看到了外星飞船》。讲述一个单身母亲的离奇遭遇，探讨了幸福与真实的关系。如果你知道此刻的幸福是虚假的，你愿意沉溺其中，还是去面对苦难的现实？

陈虹羽

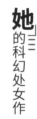

"她"的科幻处女作

陈虹羽从中学时就在各种杂志发表了一些散文随笔。第一篇小说正式发表是 2009 年。而第一篇科幻小说发表是在 2013 年，也是她的科幻小说处女作。讲述的是人类被一个高等文明禁锢在 5 光年的宇宙之内，而主角凭借自己的壮举，令人类被禁锢的范围扩展到银河系内。

回归

陈虹羽

一

我现在的生命是一坨白色、灰色、黑色，没别的了，度日如年，醉生梦死，苟延残喘。所剩下的时日毫无意义，守株待兔般等着死。如果不是需要钱用，我甚至连上班都不愿意去。剩下的闲暇时间，我坐在任何可以坐下的地方发呆，脑子里总是回念着老纳博科夫的那一句"我的生命之光，我的欲望之火，同时也是我的罪恶……"一边念，心一边往下坠。我听见灯光被关掉的声音，火焰被熄灭的声音。每一声，都像刀一样刻蚀着我的灵魂、我的梦、我的命。

我的生命之光没了，欲望之火熄了。小迪的脸仿佛跟我隔了一层水，沉下去，沉下去，消失了。我在脑中按下重播键，每天如此，时时如此。只要她的脸一消失，我就重播。回忆比不上正在发生的事真切，但总比没有好。

她在近岸的浅海里灵活地游来游去，像一条捉不住的人鱼。我把装着戒指的小盒子捏在手中，手心沁出了细密的汗珠。她从海水里站起来，快活地走上岸，朝我挥手道："快来游吧！"

"你先到我这儿来！"海滩是那么空旷，又那样地充斥着水声，我要大声喊她才能听清。

"什么事？"她噘着嘴走向我。

我把背着的手捧到胸前，她看见了那个夜空蓝的小盒子，嘴巴张成大大的O型。"小迪，"我单膝跪下，突然又觉得自己穿着泳衣求婚的样子太滑稽了，说话也磕巴起来，"你知道的……我……"

我是个笨嘴拙舌的家伙，同时也是懦弱的家伙。不知怎的，这一刻我竟想起我的邻居，也是高中同学曾恒。曾恒长得很帅，学校里不少女生喜欢他。只有和他住同一宿舍的我们知道，他就一条内裤，正面穿两天，翻过来背面穿两天，周五不穿，周末带回家让他老妈洗。学校的食堂要求同学自带饭盒，他每次都套一个塑料袋在饭盒里打饭，吃完就把塑料袋取下来扔掉，也不洗饭盒。就是这样一个人，却每天都要洗一次头，让头发拥有飘柔般的自信。

我想起的是十一二岁时，有一次他砸坏了邻居张阿姨的玻璃窗。张阿姨40岁，和一只暹罗猫、一条金毛犬一起住，我们称张阿姨为老处女。很快她从坏掉的那扇玻璃窗后面探出脑袋，扯着嗓子机关枪一般喊起来。"可恶的小兔崽子，老娘的窗户也敢砸！"她看见有好几个孩子站在楼下，顿了顿厉声问，"哪个干的？"其他孩子哄闹着四下散去了，曾恒也拽着我拔腿要跑，但想了想又停下来，指着我说："张阿姨，是周索瑞干的。我看见了。"他说得信誓旦旦。"不……不是。"我张口想要分辩，但还没说出一句完整的话，张阿姨已离开窗户冲下了楼，一把拽起我的后衣领。"张阿姨，不……不是我。"我怯怯地说。"少跟我装蒜！"她凑到我面前吼，唾沫儿星子几乎喷到我脸上。曾恒搭着我的肩，挤眉弄眼地小声在我耳边说："Sorry，对不起啦！"然后一溜烟跑得无影无踪。我感到自己是个被抛弃的、孤立无援的俘虏，只顾着哭，抽抽搭搭说不出一句话。张阿姨把我拖到我父亲那里。父亲掏出几张钞票塞到张阿姨手中，她才转而喜笑颜开。后来，我跟父亲说不是我干的。他说他知道。但他没帮我出头，他只是塞给张阿姨几张钞票。一想起这件事我就悔恨，恨曾恒，恨我自己，也恨父亲。我觉得我的懦弱就是父亲造成的。

而我才意识到自己捧着戒指，一句话都没说完就愣在原地。站在面前的小迪两颊绯红，她笑着露出期待的眼神等我说下去。她的笑比星空灿烂10倍，是我的……是我的生命之光，我的欲望之火，同时也是我的罪恶。我一直用老纳博科夫形容洛丽塔的这句话来形容小迪的一切。她不是洛丽塔，但她是我的全部。

"呃，我是说……"该死，这段台词我上个月背了100遍，现在全忘光了，"既然我们都在一起3年了……也该，差不多……嗯，你愿意嫁给我吗？"

她抿嘴笑起来，我读不出她这个笑容里的意味。她一直让我捉摸不透，常常蒸发个几天，然后又若无其事地出现。但我很爱她，我希望她嫁给我后不会再无故消失。我紧张地看着她。

"你真傻。"她说。然后自顾自接过盒子，取出戒指戴上。随后她把装戒指的盒子抛进海水中，我还没来得及诧异，她双手一下挎到我脖子上，踮起脚亲我。我们在海边搂到一起，幸福像海浪拍打沙滩一样温柔地冲击着我。

如今，这一切完蛋了，玩儿完了，没了。事实上，那之后我再也没有见过她。我们前一天晚上还在海滨有落地窗的房间里温柔地拥抱，第二天醒来，她不在了。

二

电话铃声把我从回忆中惊醒。这个世界上，会主动给我打电话的人加上老板不超过3个。

"喂。"

"小索。"是母亲的声音。

"嗯……什么事？"

"下次过年回来吗？"

"到时再说吧，不是还早吗？"

"工作很忙吗？多注意休息，别老加班。"

"休息，休息，休息！"我情绪激动起来，"说什么想休息就能休息，天底下哪儿有这么好的事！您又不是不知道您儿子有多失败，该不该休息，老板说了算。我说了不顶用。"我克制地出言贬低自己，只有这样才能减轻我的负罪感。如果电话那头是父亲，我相信自己会说出更自暴自弃的话来。但是父亲不可能再给我打电话了，永远不可能了。

"我真不敢相信你会这么说。你以为这样就可以让那些发生过的事消失吗？你爸爸……"

"够了。"我打断她的话。我知道她是怎么想的，她希望我多回家陪她，但她恨我，然而她内心深处又无法放下一个母亲对儿子的爱，没有比她更矛盾的人了。她会主动给我打电话，嘘寒问暖，但说不了三句，她就会开始指责我。我受够了，我想，我永远不会再回家的。这是我之前发过的誓。

"好吧，随便你，"她叹了口气，"你真让我失望。"

"不劳您费心。"说完，我挂了电话。

我叫周索瑞。索瑞，念起来跟 Sorry 似的。就像我的名字一样，我的后半辈子，不，是 25 岁的那个冬天之后的一生，都充满了抱歉、失望、痛苦、悔恨。但是，再倒霉的人，一生中也总有些值得怀念的美好时刻。这样的时刻值得每个人去偶尔回味，也值得像我这样的倒霉鬼沉溺其中。

所以，我迷上那个新奇的玩意儿并非偶然。

无论什么时代，酒精永远是失意者的选择之一。现在这个年头人们有更多的选择，但我像几十年前的老古董一样对酒精情有独钟。不因为别的，只是我害怕尝新，害怕改变。每个周末不用担心工作上的事儿的时候，我就会给自己灌上几杯，让自己醉得不省人事，暂时忘掉那些悲伤的回忆。说起来，要说服我这个又软弱又固执又自闭的家伙去试试那个"新玩意儿"，这事儿绝对不容易。当时我肯定头被门夹了，或是哪根筋搭错了，在阿伦不厌其烦的盛情邀请之下，跟他去体验了一把那个东西。

200 个消费点数一次，3 分钟。这个价格不算便宜，但还在我能承受的范围之内。那家店看起来很普通。阿伦带我推门走进去，跟吧台的收银员说："开两台机子。"

"您好，一共是 400 点。"

阿伦掏出城市一卡通，在电子终端上刷了一下，示意收银员全部算在他账上。阿伦是公司的小白脸，那天我在酒吧独自喝闷酒时，无意中看到他跟老板的老婆腻歪在一起。我终于明白他为何这么殷勤了，他是想探探我的口风。他讨好地冲我笑笑："瑞哥，你去试试，包您满意。"那浮夸的笑容挂在他脸上，他的嘴都要裂了。我感到有些反胃，不过看在有人付钱的分上，并未多说什么。

本以为是类似于全息 4D 游戏机的设备，一人一个小操控间，进入游戏去体验主角的冒险。疼痛感能真实地反应在肉体上，这个麻木的年代，人们追求刺激。但我想错了。走进隔间的拉门，这里并排摆着十几台像是医院里的检查设备般的机器。一把躺椅，躺椅上连接着很多电缆，电缆终端会夹带在体验者的身体各部。还有一个头罩。我看到有一个中年男子正从躺椅上坐起来取下头罩，他脸上满是泪水，表情里却没有一丝悲伤。相反，他看上去十分幸福。

"这个是干吗的？"对一切兴致索然的我此刻好奇起来，但新事物也总是让我胆怯，"坐上去会发生什么？"我问阿伦。

"你试过就知道了。相信我，你绝对会觉得它棒极了。"阿伦眨了眨眼。

"你确定只有 3 分钟？"

"是的，只有 3 分钟。但是，你会感觉过了很久。你在那上面感觉到的时间和现实里不一样。"

"是备受煎熬的感觉吗？"

"不是，我保证。"阿伦说着，就自顾自地选了一把空着的躺椅坐上去。一名服务生立即走过来，帮他把那些电缆夹带好。指头上、胸部、颈部……有些像做心电图，"你别愣着，挑一个坐上去就行了呀。"他冲我说。

"我还是先看你做一次再说吧。"我谨慎地回答。

"好吧。"阿伦无奈地摇摇头，然后迫不及待地把脑袋伸进头罩里面，舒舒服服地躺下。3 分钟很快就过去了，我看不出发生了什么。

他取下头罩，脸上的表情和之前那个中年男子一样，就像在蜜罐里泡了一个月。"喂，这到底是怎么回事？"我走上前问他。

他好像沉溺在自己的思绪里，一时间没有理会我。"喂。"我挥手在他眼前晃了晃。

"真是……真是太好了。"他捶了一下椅子，仰起头努力不让泪水流出来。我站在一旁，默默等他缓过劲儿。过了好一会儿，他才重新侧过脸看我，真诚地说，

"瑞哥，你一定要试这个。没有试过的人永远不会知道这种感觉。"

当然，在他取下头罩的那一刻我就已拿定了主意。我想知道他们究竟体验了什么，才能在这个漆黑一片的世界里露出那种幸福满溢的表情。我学着他的样子在躺椅上坐好。

准备就绪。

<h1 style="text-align:center">三</h1>

我就要死了，然而我不记得发生了什么。我设想过很多种死法，酒精中毒、坠楼、车祸、绝症……不管怎样死去我都可以接受，生无可恋。但是，该死，我不愿意这样不明不白地死掉。我意识到自己即将在永恒的黑暗中睡去，惶恐像藤蔓一样从心脏里长出来，缠绕住全身。动弹不得。脑海里的一道暗门像是打开了。

我5岁时，印象里第一次全家人聚在一起为我庆生。母亲做了一顶滑稽的寿星帽戴在我头上，父亲捧出我最爱的新鲜水果蛋糕。蜡烛插在蛋糕上，一根，两根，三根，四根，五根。它们挨个儿被父亲点燃，在故意调节到最暗一挡的灯光中散发出柔和而温热的火光。我的礼物是一只太阳能蓄电的机器驯鹿。它很小，和一个500毫升的水杯差不多大。"它是个智能机器人，能陪你聊天解闷。"父亲说道。我听后试着对驯鹿说："你好。"它立刻也说："你好。"我被它可爱的模样逗乐了，咯咯笑个不停。我接连不断地朝它提问，它总是对答如流。父亲把相机固定在三脚架上，按下延迟拍摄按钮。他跑到我这边，和母亲分别待在我两侧搂着我，我则搂着那只驯鹿，咔嚓拍了一张照片。后来这张照片一直挂在家里玄关的墙壁上。这只驯鹿也成了我整个人生中最好的朋友。

我16岁之前，从来没参加过学校里组织的什么篮球赛，作为班上外号叫"Sorry"的、一个永远都在出糗的人，班级组建篮球队时，我没好意思报名。我像个小丑一样突兀地存在于这个班级，什么事都没我的分儿，只能作为所有人的笑料。其实我篮球打得不错，爸妈出去工作的那些日子，我总是在院子里投篮直到筋疲力尽。那个篮筐是父亲装上的，固定在一棵很高很高的大树树干上。我运球，上篮，起跳，抛掷。这一套动作我闭上眼睛都能记得。篮球比赛的前一天，回宿舍后曾恒问我："喂，Sorry！你报名篮球赛了吗？你不是经常在院儿里投篮吗？你应该很喜欢打篮球吧。"他说这些话时脸上泛着油腻的笑容，我心底生出难以言说的厌恶。我懒得理他，只摇了摇头。他嘿嘿地笑："我就知道，你爸给你安那个篮筐只是摆设。哈哈哈！"第二天大清早，我找到体育委员说我要参加班级的篮球队。体育委员看了看我，忍住没笑，让我当替补队员。幸运的是，比赛还剩两分钟时终于轮到我上场。可女生们看着曾恒潇洒的姿势哇哇尖叫，班队的四个人配合着，我是多余的那个，没有谁传球给我。直到最后三秒钟，我们班落后一分，曾恒跳射射失，我一跃而起抢了篮板，再跳，稳稳地把球扣进篮筐里面。然后，我们班赢了。人群先是不明所以的沉默，随后爆发出一浪高过一浪的欢呼声："Sorry！ Sorry！ Sorry！ Sorry！"班里的同学涌上来托举起我，一声盖过一声地叫喊着"Sorry"。"喂，能不叫 Sorry 吗？"我说。但没有谁听到，他们仍旧叫着"Sorry"。我又气又急，却发自内心地笑了。

21 岁时，那天我第一次见到小迪。12 月落雪的大学校园，我抱着资料匆匆赶去大教室听一场讲座，一不小心跟一个人撞了个满怀。是个女孩儿，她穿着黑色呢子裙、长靴、红色大衣，在雪地里显得生机勃勃。"对……对不起。"我有些结巴地道歉。她没有回话，我虽低着头，却感到她的目光在打量着我。过了一会儿，她说："我叫小迪。请问，今天是哪一年、几月几号？"我这才抬头看她，她眉清目秀，巴掌大的小脸要被戴的那顶狗耳朵帽全给遮了。她说的这几句是最近很流行的开场白，那些追看时空穿梭电视剧的青年们爱用这套。我耸肩一副对她这套说辞了然于心的样子，没有接茬儿。但她流水般的目光让我感觉眩晕。

"这是我的手机号，"她在一张纸片上写了一行数字塞到我手中，"打给我！"她一边离开一边回头嘱咐，我木然地点了点头。她走起路来一跳一跳。就好像我的驯鹿。

然后，是的，25 岁时，这一切是多么真实啊。可以触摸到的小迪，她的皮肤还是温热的。海浪的声音甚至引得我鼓膜在轻微震动。她接过了戒指，说："你真傻。"她说话的气息舔舐着我，有些痒酥酥的。戒指套在她的手指上……

哔——

一声刺耳的长响。所有画面消失了。声音消失了，气息消失了，触感消失了。世界黑屏了一会儿，我才逐渐感到自己匀称的呼吸。动了动手指，摸到的是器械，皮具，线缆。

噢。我回想起来。于是伸手摘掉头罩，眼泪……根本止不住。我知道这些机器是怎么回事了。它们真棒。

一切不需要言表。我知道阿伦介绍给我一样好东西。我拔掉身上的电缆，缓缓从躺椅上下来。我们没有说话，沉浸在各自最好的回忆里，并肩往回走。分别时，我终于开口道："那个，谢谢。"

"没什么。我知道你会喜欢它。对了，那天在酒吧……"

"酒吧？什么酒吧？"

他拍拍我的肩，发出疏朗的笑声。

四

濒死体验机——那玩意儿就叫这个名字。戴好头罩夹上电缆后按下启动开关，一个死亡信号就会发送给大脑。大脑以为机体正在死亡，于是启动濒死机制。各种辉煌的记忆涌入脑海，带给人的体验比目前最高端的技术还要逼真。

我不用再苦苦回忆，不用为记不起当时的某些细节而懊恼，不用抱怨回忆无法让我身临其境，也不用为回忆时想起的那些不愉快的事件而感到心酸。在濒死机制中所体验到的都是往事里最好的部分，那些痛苦的会被大脑自动过滤掉。我每个周末都去那台机器上待三分钟，后来发展为一周去两次。现在，我开始攒消费点，打算买一台那个机器回家。

电话铃响起来，很准时，我和母亲每月通话一次。在第一个周六晚上八点。

"喂。"

"小索。吃饭了吗？"

"嗯，吃了。"

"上次说的过年回来的事……"

"您也知道，我很多年不回去了。我觉得您还是不要见到我比较好，免得又生气，伤了身子。"我故意讽刺道。那时候我要和小迪结婚，父亲不同意。因为小迪有点奇怪，但我知道，这不是她的错，这全怪我。

她消失后最初的那几天，我以为和往常一样过不了多久就会重新出现，于是还满怀希望地在家里等着。时间过去一星期、一个月、半年。我终于相信她不见了。我发疯般满世界跑，但根本捕捉不到她的影子，还丢了工作。家里收容了我。

"我生气，还不是因为你找了那个……"母亲嘴快，但即将说出那个名字的一刹那，她还是收住了话头。小迪是我家的禁忌，他们不会愿意提起她。家里收容我的那些时日，父亲帮我打点着找小迪的事。虽然他不喜欢她，反对我们结婚。但他总是帮我擦屁股，用他特有的那些窝囊又温和的办法帮我收拾残局。他没有责备我，而是联络上新闻社里的"老朋友"，让他帮忙发布寻人启事。我知道如果不是这件事，父亲本来再也不愿意联系那个人的。他为了我跑东跑西，后来有一天……

"是的，都怪我，全怪我！如果爸爸不是去帮我找她，那天就不会出门，也不会穿过那条马路，更不会遇上那辆开得飞快的狗日的车子！"我一边喊一边哭出来，我知道这怪我，但是妈妈，这能成为你恨我到现在的理由吗？我不是故意的啊，我也爱爸爸。

"你别说了。"电话那头的母亲开始小声抽泣，她很爱父亲，虽然我不能感同身受，但我猜，或许就像我爱小迪那么爱。父亲死后，她每天除了哭就是抱怨连连，从头到脚地指责我。我和母亲都是失去爱人的可怜的人儿，我俩各自的生活都毁了。她一看到我就会想起自己有多么糟糕，我看到她也是。所以，我从家里搬出来了。再也没有回去过。

"是啊，最好咱俩都别说了。每次打电话都没什么可说的，为什么还坚持打呢？我看以后把这笔电话费也省掉得了。"

我说出这些话，心里产生一种又疼又顺的快感，我真是窝囊。我想起高中班里给我取的那个"Sorry"的外号。我恨死了这个外号，就像我恨死了总是叫着我这个外号、在我面前晃悠来晃悠去的曾恒。他躺在宿舍床上昏天暗地地玩着平板游戏机，十根手指灵巧飞舞，眼睛不曾离开屏幕一刻，嘴上嚷嚷着："Sorry，你帮我去食堂带份饭，饭盒在我桌子上。记得让打饭的师傅给饭盒套个塑料袋儿！要汤汁多的菜，能拌饭吃的那种。两荤一素，不要带鸡肉的，我不爱吃鸡。最好有牛肉和猪肉……"

他一副又心急又不耐烦的模样，翻箱倒柜地掏出皱巴巴的作业本："Sorry，你作业写完了吗？快借我抄抄。什么？你才写了这点？你每天都干吗了啊？算了算了，这点也拿来吧，我先抄上。"

他把我正在复习的资料拿开，脸上满是讨好地凑到我跟前："Sorry，你听到我说什么了吗？明天的考试我还没复习呢，看你这么认真，肯定都会了吧。你做题时记得把卷子摊开，让我看看，别忘了啊，全靠你了哈！"

他换好运动衣，抱上足球就要跑出去，像想起什么似的又回头冲我说："Sorry，我突然想起来有个女生约我说有话要跟我说。我这儿要去打球了也走不开，你帮我去跟她说声，在出校门左转，第一个路口再左拐，往前走有家卖运动器械的店里。快去，否则就来不及了。就跟她说我对她不感兴趣就可以了。"

……

面对这些自以为理所当然而颐指气使的要求，我从来没有说过"不"。

因为，不管我承不承认，曾恒是我中学时代除驯鹿外唯一的朋友。

五

25岁那个冬天，我从家里逃出来，流落他乡，租了一个小单间。单间里的一切设备全按最简陋的来，没有全息游戏机，没有4D投影仪，反正没有一切令上班族和年轻人着迷的玩意儿。现在我却要添置一副古怪的器械。其实它比游戏机还便宜一些。

搬运工抬着它走进来。我在客厅里随便挪出个空当。"喏，就摆在那儿。"我指挥着。他们帮我安置调试好，然后拿出订货单让我签字："一共是69000点。"我点点头，掏出城市卡在终端机上刷过。嘀的一声，我看到卡里的数字迅速减少至只剩零头。管他的呢。

那些人走后，我迫不及待地躺上去。很快，我又一次被真实的往事淹没了。

22岁时，我第二回见到小迪。她照样穿着那件红色大衣，一跳一跳地朝我迎面走来。上回她给我留了电话号码后，一开始我们还打几个电话闲聊几句。后来，她那个号码就打不通了。我想，她不喜欢我。我脸薄，这回只好低着头，假装没看到她。

"喂！"我听到她的声音。

看了四周一圈，才确定她在叫我。我假装刚看到她："哎呀，是你！"

"太好了，我第二次见到你……第二次。"她这么喃喃地说。也是冬天，她搓着手取暖。

"外面真冷。呃……要不要去喝点什么热的……啊，我是说如果你没有空就算了。如果你忙……"我试着邀请她，却语无伦次。

"是啊，真冷。你手冷吗？"她说着，一下子就拉起我的手，动作自然而然，"你的手也挺凉的。"这个拉手的动作，像是她只想感受一下我手的温度，但她并没有松开。

有时，我浑身的感官，便只剩下这一只被她拉着的手。

"去喝点儿什么，走。"她拉我朝一家咖啡店走去，我们走得很慢。我一直在感觉手中握着的那只属于一个女孩的、柔软的手。每个指节都是那样清脆。

"你喜欢我是吧？你惦念着我，一直没有忘记我。"她这么对我说。

不过我一时没回过神。"嗯，你刚刚说什么？"

"嘿，没什么。"她缩了缩脖子。

其实我应该是听见她说什么了。她这么说让我感到奇怪，我决定要倾尽勇气主动一些："是的，我一直……一直都很想你。"

"所以我们才能再次见面呀。"她一点也没有害羞，大方地对我说道。

我不明白她的意思。

但我们就这样在一起了，做很多事，跟所有情侣一样。她在厨房里给我烤芝士培根薯饼，她说那是她从网上学来的做法。为了做这个，她还买了个便宜的小烤箱。她邀请我去她的公寓，我坐在她小公寓的客厅里，这里可以看见进门的厨房。我一边看电视一边看她。下午的太阳穿透窗户照射在厨房里，她的身子镀上一层白色，好像要融化在光里，像曝光过度的照片。整个房间里都是芝士的香味。

……

我取下头罩，扯掉电缆，重新回到沙发上。发呆。让芝士的香味弥散得久一些，再久一些。啊，我早该猜到是这样。她常常无故失踪个一两天，一开始我以为她在忙工作上的事，也就不太在意。直到有一次，她有一周之久与我失去联络。

"你都去哪儿了？七天！我七天找不到你！"

"我跟你说过，可你从来不信。你以为我是那些追看连续剧的小青年，说的是电视里司空见惯的台词。但我说的是真的。"

是的，她说过。她说，她是以波形态存在的。我们平常人是粒子形态，我们按部就班一天接一天、一处接一处地连续出现。但她不是。她居无定所，出现在这里，出现在那里。出现在未来，出现在过去。

"你是说时空旅行者？很好。可为什么每次你出现的时候，没有变得比正常的更老或更年轻？对吧，电视上都是这么演的。"

"因为电视上全是瞎编的。而且我要重申一遍，我不是时空旅行者。我只是无法连续出现。我之所以能再次出现在你身边，只是因为你想着我，观察着我，让我的波函数坍缩了呀。而你一旦注意力不集中，我就会消失。"

"哦。"我有些沮丧。因为我不太懂她说的，甚至，不太相信。可我别无选择。我之前从没想过能找到像她这样好的女朋友，也离不开她。不管怎样，只要她还愿意在我身边就很好。

"所以你听好了。"她正色道，"如果我消失，不是因为我不爱你，是因为你不爱我了。至少说明你有段时间没怎么注意我。"她凑在我脸前，一字一顿地说。

在我开始感到事态很严峻时，她又扑哧一下笑出声。"傻。"她说，然后刮了刮我的鼻子。

我分不出真假，但还是被她的这种说法震住了，甚至为之前那几次她的短时间消失而感到抱歉。我抱着她喃喃地说："对不起，小迪，我不会再让你消失。"

六

前面说过，她消失的那天没有任何征兆。我刚向她求了婚，在心中发誓要一辈子只爱她一个。但她还是不见了。

我在家里等着她回来，等着她像往常那样再一次出现。有时去便利店帮母亲买日用品时在街道上遇见曾恒，他还是那么爱护自己的发型，像个二百五似的手插屁股兜儿里扬头走路。这年头不流行他这一款了，他一直没找着女朋友。他一直在社区服务站当维修工，每次不期而遇，他都兴奋地冲我打招呼："喂，Sorry！"我很讨厌听到他这么叫我，只能脸上红一阵白一阵地点点头，算是回应。"你之前那个小美女女朋友呢？好久没见你带她回家了啊。"他嬉皮笑脸地问。我白他一眼没有理会，而是自顾自默默走路。

那个早晨，父亲说要去新闻社，问问"老朋友"寻人启事的事儿怎么样了。这段时日我已经有种预感，小迪再也不会回到我身边。父亲穿上马甲，又套上大衣，围了围巾，戴好帽子。"我再去问问，等我的消息。"他一边换鞋一边说。他手扶着玄关的挂钩，有些站不稳。换好鞋后他拉开门把手，一阵寒风灌进屋子，外面天寒地冻。我目送他下至楼梯的转角，又回到卧室站在窗户前看外面的马路。没多一会儿，他踽踽独行的身影从楼道口出现，出了院子大门，朝马路对面走。那辆车就是这时开过来的，只一瞬间，一阵刺耳的刹车声后"砰"的一下，再看就是父亲倒在几米开外的画面。

"妈。"

母亲正在忙里忙外地做着家务。"你爸都出去帮你找小迪了，你就不能消停会儿？有什么事儿自己解决，别老叫我。"她不耐烦地说。

"妈，爸他……我下楼看看。"我往出事的地方跑，父亲一动不动地躺在地上。过了一会儿救护车来了，两个护士抬着担架下来，一个医生来检查了一番，摇摇头，说是已经当场死亡。救护车开走了，父亲的尸体以一种奇怪的姿态摆在坚硬的地面上。这时母亲才知道发生了什么，哭着喊着挤进人群。

三天后，我们在小区设了个小灵堂，给父亲举办葬礼。为数不多的几位友人前来凭吊，曾恒也来了。母亲一直哭，我哭不出来，只是坐在灵堂口的一把小椅子上，漠然地看着这些或真切悲伤或假惺惺的人。曾恒站在我身边拍了拍我肩膀。"节哀顺变。"他说。我仍然呆望着空气中的一个点，没有做出反应。"你应该振作起来好好生活，别再让你妈操心了。"他见我不接茬儿，又继续说，"这几年有一大半时间你都去读了书，我高中毕业上了3年技校就做了维修工，经历的生活比你多，你应该听听我的。小迪那样的女人我见得多了，她就是逗你玩玩，没安什么好心。你犯不着把她放在心上，把生活搞得乱七八糟……"

　　我不习惯曾恒用这种语气跟我说话："你懂个卵！少在这儿跟我搞这一套！"

　　想起的却是高中那一年，我路过球场，有一伙高年级的学生在踢球。球飞出场地，滚到我脚下，我正在想问题，就没理会他们让我把球踢过去的请求，一脚把球踢到另一边。这个举动惹恼了这伙学生，他们一拥而上把我围在中间，狠狠推我，我一个跟跄摔倒在地，眼看他们的拳头就要砸下。这个时候是曾恒过来，他认识这伙踢球的人，打点了几句，赶紧带着我走了。

　　我省了大半学期的钱，想要买一个迷你游戏机。后来网上找到一家店，价格比其他地方便宜许多。我把钱打给他们，收到的货却是旧一代的玩意儿。我本来都想认栽，曾恒却义愤填膺地说："不行！哪儿能便宜了那些无良商家！"他打了不少投诉电话，又去各大网站曝光店家的消息，最后终于搞得他们受不了了同意退货退款。我拿到那笔钱，还来不及感激，曾恒立马靦着脸说："Sorry，你要怎么报答我的大恩大德啊？请吃饭肯定是逃不了的，其他嘛我再想想，嘿嘿！"

　　他每一次喋喋不休的面容和面前这张脸合而为一，他不在意我冲他发火，仍旧吊儿郎当地说着："你的心情我是理解的啦，但你就听哥一句劝，看开些……"

　　"你让我静一会儿。"我推开他，仰在椅子上，注视着灰蒙蒙的天空。母亲的哭声像利刃般一下下割裂着沉默的空气。为什么生活是这样的呢？

　　后来，母亲整日以泪洗面，一逮着机会就责备我。我把心里的苦闷跟驯鹿倾诉："爸是为了帮我找小迪才去世的。可我直到现在也不知道小迪在哪儿。甚至分辨不出……她说的那些话，有没有骗我。"驯鹿反应了有一会儿，然后说："听起来很糟糕。"听它的回答，我舒了口气。我不需要那些自以为是的劝慰，只希望有个什么人或机器人之类的能听我说说心底的话。"是啊，很糟糕。我不知道该怎么办。"我慢慢讲述着那一段段悲伤的经历。

　　我没听到驯鹿的回应。母亲冲进了屋，一把抓起它砸在床头上，它当时就坏了，发出滋滋的杂音。母亲又把它扔出了窗户："这么大个人，出了什么问题不去担起来，跟一个机器人说！"

我看着眼前这个陌生的女人，有些事情把我们每个人都改变了。令人难以忍受的沉默持续了半晌，我才开口道："您说得对，我什么问题都解决不了。您的生活全是被我毁掉的，对不起。"

我从家里搬了出来，一个人在遥远的城市工作。阿伦把濒死体验机介绍给我。

七

我睁开眼，像是从一个很长的梦中醒过来。

"醒了，醒了，病人醒了！医生！"声音像从另一个世界传来，一声声惊喜地喊着，由远及近，直至近到耳边。视线逐渐对上焦，母亲流着眼泪，"小索，你醒了。太好了。"

"我……"我静静地躺着，回想之前的事。我躺在濒死体验机上，后来的事就不知道了。

"妈。"我想动一动，但怎样都使不上劲，这让我焦急万分。

母亲的视线看了看我的身子，又向上移动直视我的眼睛："醒了就好，唉。"

"妈，我怎么了？"

"那天给你打电话，好几次都没人接。我越想越不对劲，等赶到你这儿找到你时，你已经在那个什么椅子上躺了两天两夜。怎么这么不小心？医生说……说你不会再醒了。"她别过头，抹着眼泪。

"不是说不要再打电话了吗？"我鼻子发酸，却说出这样一句话。

"我不给你打电话，谁管你？你早死在屋里了！"母亲说。

她用这种语气跟我说话，使我很放心。我回味着之前那个冗长的梦，原来真正的濒死是这样的感觉。梦中哪些部分是真的呢？"妈，那小迪到底……"

这么说的时候，视线的余光透过监护室的玻璃墙，看到外面走廊上一个穿红色大衣的身影闪过，我想追上去，但动也动不了。算了，如果是她，总会再遇到的。

母亲没有接我刚才的话头，平复了一下情绪说道："以后只剩我们俩了，别折腾了，好好活着吧。"

"妈，我还是想出去看一看。"刚才那个身影让我耿耿于怀。

母亲的视线又往下移，看着我的身子，像受到什么刺激似的，她突然双手掩面，痛哭失声。我这才明白了什么："妈，我是不是……动不了？"

"嗯，医生说你的大脑以为自己已经死了……不过既然能醒过来，行动什么的，也应该可以慢慢恢复吧。"

原来如此。我安安静静地睁眼躺在病床上，说不上悲，也并无喜。

母亲仍旧认为小迪是一个坏女人，但我选择相信小迪说的话。不管怎样，我们不提起她就行了。我们会好好生活，一直一直这样下去。

她的简介

　　陈虹羽，类型小说作家，科幻游戏世界观与剧情架构师。曾获第五届豆瓣阅读征文大赛科幻组首奖，多部中短篇发表在《科幻世界》《萌芽》等杂志，有科幻作品翻译为英文发表于《Clarksworld》，已出版多部图书。

她的回答

Q1 想象一下平行宇宙里的另一个自己，你觉得她在从事什么职业？

陈虹羽：想当一个简单的人。就是不太愁吃穿，在家做做收纳和烘焙，会从日常生活的仪式感里获取幸福的家庭主妇吧。

　　因为我现在觉得自己太累太拼了。工作非常忙，还要坚持写作，同时还要带孩子。我有时也想停下来，其实工作和写作，放弃其中任何一样，都会轻松很多。但我想要的太多，都放弃不了。这两年的我就像不能停下的陀螺、拧紧发条的人偶。想尽快确定下来一些东西。

　　而我是一个完全没有生活仪式感的人，不想过任何纪念日，不喜欢插花，不喜欢烘焙，所有生活琐事用最简洁的方式处理。我也不能从日常生活里得到幸福感。我需要事业带来的成就感。

　　但我看到朋友圈里，把生活经营得很好的女生，我很羡慕。想过一下她们那样的生活，放下事业焦虑。

Q2 你最喜欢自己的哪一部作品，为什么？（请不要回答"最喜欢下一部作品"）

陈虹羽：我喜欢自己现在在写的这部。它是一部女性职场爱情小说，叫《爱的行距》。这是我第一次写爱情小说，也是第一次尝试边写边网上连载。虽然数据不能跟大神比，倒还是有一些固定读者。这个小说我写得很开心，因为我自己都爱上笔下创造出来的男性角色了。这个小说作了一些偶像化和戏剧化的处理，虽然是现实题材，但其实是一种加了滤镜的现实。我写得很放松。

Q3 世界末日之前的一分钟，你面前有两个按钮，红色按钮可以拯救人类，蓝色按钮可以拯救所有除了人类之外的生物，你会按哪个按钮？（警告：选择蓝色按钮的话，自己也会消失）

陈虹羽： 现在流行的一种声音，是我不喜欢的。说人类破坏了地球环境，人类残忍，人类该死。首先，人类没有能力破坏地球，人类对于地球而言就是 Nobody。其次，人类中确实有残忍的个体，但号召让人类灭绝来谢罪，不残忍吗？我是人类的一员，我没有理由选择拯救其他生物。我要救人类。

作为一名非职业写作者，"女性科幻作者"就和其他身份一样，对我来说是自我认同的一部分，就和"女博士""晨型人""双子座""蓉漂"等一样。而一旦当我进入科幻写作状态时，这个身份会凸显，我会有意识地想要发出一些声音，属于我自己，也属于女性这个群体。

范轶伦

她

的科幻处女作

范轶伦发表的第一篇科幻小说，就是收录于本选集的这篇《不会说话的爱情》。初稿完成于 2011 年，那时她在美国做交换生，因为好久没吃到地道的中餐，内心郁结，就写下了这篇满载着食物和乡愁的小说。修改后的版本拿去投了 2014 年的第二届「未来科幻大师」奖，获得了二等奖，后来以《云端的爱情》为题发表在当年 12 月的《科幻世界》上。

不会说话的爱情

范轶伦

一

那是 2279 年 4 月 6 日的早晨，我和往常一样把吃剩下的鸡蛋壳倒进向地垃圾输送器时，飘浮船顶的全息屏幕突然滴滴作响，显示出一行工整的小字：

"你好！可以认识你吗？"

屏幕右下方的坐标显示她与我的水平距离为 25 米，垂直距离为 111 米。

"又是一个平流层的……"我用手指把黏在桌上的米粒挑走，凭着职业敏感，对着屏幕寒暄了句：

"你好，为什么不直接说话呢？"

那行小字隐去了，过了大约 30 秒，又出现了另外一行字，这次变成了天青色。

"我的声讯系统出了点问题。"

"平流层的人果然不擅长操纵机器。"我心想，因为这已经是四月以来遇到的第三个系统出问题的平流层人。

200 多年前，由于日益严重的环境问题，地球表面的气候已经非常不适合人类居住。海啸、地震频繁，平均每两年就会爆发一次大规模的厄尔尼诺现象。各国领导人都苦于如何安抚日益不满的民心，而曾一度盛行的全球太空移民计划又因为经费问题和政治斗争搁浅。恰在此时，德国人塞里克发明了世界上第一部具备生态自循环系统的飘浮船，它和宇宙飞船相比最大的优点就是经济轻便，且操作简易。于是"高空移民"取代了"太空移民"，成为人类逃离地表的不二选择，然而也因为技术限制，飘浮船目前只能在近地大气层中航行。

由于大气层中没有地面上那样分明的疆界，国家的概念也渐渐在人们心中淡化了。我的曾祖父是最后还拥有"国籍"的一代人，到了我，只依稀听父母讲过我们的祖辈来自一个叫"中国"的亚洲国家。

起初 30 亿人共同生活在"无政府状态"的大气层，大家都沉浸在乌托邦式的飘飘然中，但时间一长，各种矛盾逐渐开始暴露：诈骗、抢劫、帮派横行……与在地时期几乎别无二致。100 多年前终于爆发了一场规模浩大的战争，起义者都是各国精英的后裔，他们建立了飘浮联盟，将大气层中由低到高的对流层、平流层和热层分别划给技者、知者和罪者居住。虽然这一举措在最短时间内稳定了秩序，却也被许多人诟病为精英主义的毒瘤。而我，一个本分的系统修复员，自然不会被无端驱逐到热层，也没想过要挤破头皮去终年风和日丽的平流层——相比对流层的云、雨、雪、雹，那里真的太无聊了。

"需要帮忙吗？"我对着手中的青花瓷杯吹了口气，几片绿幽幽的洞庭碧螺春浮浮沉沉，令我想起父亲在世时曾教我念过的那句诗"吹皱一池春水"。

"不，不用了……谢谢。它已经坏了很久，我其实习惯了。"

我差点没把喝了半口的茶喷出来：这位平流层人是如何与外界联系的，难道都用文字吗？然而想到后者，倒也莞尔，真是个可爱的怪人。

"那……你找我有什么事吗？"

隔了大约5分钟，那些青色的小字才再一次浮现在屏幕上：

"我看到你的信息，你说你喜欢喝粥。你也来自中国吗？"

父母曾告诉我，我的祖籍是在中国东南的江苏省，古来素有"鱼米之乡"之称。据说千年以前那里曾文人雅士云集，而女子则多柔情似水。桨声灯影，烟中雾里，不知流传了多少才子佳人的传奇。而每天临睡前翻阅父亲的那两本《唐诗三百首》和《全宋词》，也早已成了我例行的习惯。

喝粥这点倒是不错。由于现在整个地球已沦为人类的垃圾场，土壤中的重金属含量已足以杀死任何植物，因而飘浮时代的人们吃的大部分是人工合成的食物。而我的祖辈由于眷恋家乡的水土，在当初登上飘浮船时带了一把壤土、几片茶叶和几粒水稻种子，经过几代人的努力，终于将土壤净化到了适宜作物生长的程度，并能缓慢地自我复制。在我的飘浮船中，就有个两米见方的生态培养器，几十株水稻今早刚刚收割过，就像顺利分娩的母亲一样呈现出饱满的色泽——不过由于产量有限，每天只够喝上一碗清粥，但在这个时代来说已是奢侈了。

如今的飘浮船分为"独立"和"共生"两种型号，前者以个人为单位，后者则为家庭式。每艘船的主人都需要提交一些对他人公开的基本信息，包括技长、兴趣等，以建立其对外关系网络。这是飘浮联盟为遏制"飘浮自闭症"扩散的强制性规定（灵感还是来自在地时期盛行全球的社交网络）。在个人主义当道的飘浮时代，任何癖好都可以作为个人身份的标签，拜郁郁不得志的古典主义父亲与技术狂母亲所赐，我一直处在唐诗宋词和时间旅行的人格分裂中，最终导致两者都造诣平平，成了一名以品茶喝粥为乐的系统修复员兼轻度"飘浮自闭症患者"，所以在兴趣一栏里我就填了"喝粥"两字，因为对我来说，这个一人、一粥、一茶、一书卷的小世界已经很自足了。

虽然"国籍"已没有什么实质的意义，但在茫茫大气层中能遇到中国人的后裔也是难得。据说"在地时期"的中国，因计划生育政策导致社会严重老龄化，人口几乎削减一半。况且这位仁兄还是对我"喝粥"这一点感兴趣，于是我不禁清了清喉咙，正色道："是的，很高兴认识你……"

很快他用天青色的小字回复："我也很高兴。"

顿了顿，他继续写道："很久以前，我喝过一碗江南稻米熬成的粥，就再也忘不了那清香醇正的味道，还有茶叶蛋。"

我瞥了一眼左脚边向地垃圾输送器中残留的几片蛋壳，心中忽然有种异样的感觉。

"请问你叫什么名字？"

"苏皓霜。"

此时的字变成了黑正体，在屏幕上闪动着，仿佛一双深邃的黑色眼眸，竟令我感到些许晕眩。我轻轻地念着这个名字，不自禁坐直了身体。良久，才改了又改，在触感器上写了一句话："是取自'垆边人似月，皓腕凝霜雪'吗？"写完，我发现手心竟有些微地冒汗。

"是的，我也很喜欢韦庄的诗。"

……

二

这就是我和霜霜认识的故事，后来我对为数不多的朋友讲起这段开始，他们都揶揄我是遗老遇到怀春少女。但只有我知道，我和霜霜相遇是命中注定的事情。

霜霜祖籍在浙江，"上有天堂，下有苏杭"，曾经那里的水土和江苏一样养人，在古时都被称为"江南"。霜霜的父母过世得早，霜霜是由爷爷抚养长大的，这位博学的老先生还在临终的时候留给她一大堆古籍。所以我和霜霜一样，从小都读着诗词长大。我吃过一次小笼包，她尝过一次黄泥螺；我喜欢洞庭碧螺春，她最爱西湖龙井，而且都用祖辈流传下来的紫砂壶……或许因为没有受到技术的"污染"，霜霜对诗词着很高的欣赏能力，似乎更是一种纯粹的本能。不过也许正因为如此，她的声讯系统才会出问题吧。我经常拿这一点开她玩笑，并表示可以为她修理，而她总是不置可否。

我们就这样从无话不谈到心心相印。还记得，从小在平流层长大的她从来没有见过真正的云、雨、雹、雪，于是我鼓起勇气写了一首《四季》组诗向霜霜表白。

两分钟过去，当我手心又开始冒汗的时候，霜霜给了我她的回应："天青色等烟雨，而我在等你。"

而今天，是我和霜霜结婚的日子。在飘浮时代，只要双方愿意结为夫妻，就可向飘浮联盟提出申请，经婚姻委员会通过后，由执事者启动两者所在飘浮船上的"合体"程序进行对接，这样两艘独立型的飘浮船合二为一，既是一种象征性的仪式，也标志着一艘新的共生型飘浮船诞生。

在个体越来越疏离的当下，飘浮联盟的政策是鼓励婚姻和计划生育并行，后者意味着一对夫妻只能有一个小孩——据说还是向中国借鉴的。而两者的目的，不外乎为了降低大气层中日益增长的飘浮船密度。当然，生活在对流层和平流层的人一般是不会通婚的，因为结合的条件是，处于平流层的一方必须下移到对流层——而你知道，霜霜就是这样一个好姑娘。也许你不信，到现在我还没见过霜霜的样子，甚至没有听到过她的声音，至今我们所有的交流都是通说"文字"，或者按她说的"鸿雁传书"。 但我想，她一定很美，是那种灵秀温婉的美，就像她的名字一样。

在 48 小时的漫长等待后，船舱中终于传来了婚姻委员会机械的官方贺词"现特此恭贺，男: 叶诚科，女: 苏皓霜，于飘浮历 198 年正式结为夫妻，愿永世同心……"

但我早已无心听这些陈词滥调讲了些什么，只是无比紧张而期待地站在舱门前，双手紧扣着身上的防震安全带，在心中默默倒数着那一刻的到来。

"4、3、2、1……"我闭上眼睛。

在一阵猛烈的震动后，嗡嗡运作的声音渐渐轻了下去，船舱中弥漫着一股似有若无的幽香，我迫不及待地睁开眼睛："霜霜，是你吗？"

没有任何回应。

我曾幻想过千万遍见到霜霜的那个刹那，然而，面前却空无一人。

"霜霜，你在哪里？"这个俏皮鬼，一定是害羞吧？

当我小心翼翼地走进霜霜的飘浮船，哦不，是我们的飘浮船，却在一瞬间被眼前的景象惊呆了。

这艘不大的飘浮船四壁，是整墙整墙的书架，上面摆满了密密麻麻的书籍，有许多已经残旧不堪，一看就是"在地时期"的古物。然而虽然破旧，所有的书都一尘不染。于是我明白那股奇妙的香味是从哪儿来的了。

书中自有颜如玉？有那么一瞬间，我似乎看见一个娉娉袅袅的身影从书架向我走来。在我几欲晕眩之际，飘浮船顶的显示屏突然发出滴滴的声音，一排排娟秀的小字缓缓地浮现，是那熟悉的天青色：

亲爱的诚科：

当你看到这封信的时候，你一定已经在属于我们的家中了吧。

很抱歉是我欺骗了你，其实我并不是苏皓霜，我只是霜霜姐姐编写的一套程序，真正的苏皓霜姐姐，在20年前就因操劳过度去世了。你知道，按照飘浮联盟的规定，死者生前的飘浮船是要销毁的，这就意味着，爷爷留给她的所有古籍都会在热层中灰飞烟灭。

然而你不知道，霜霜姐姐是浙江宁波天一阁（天一阁位于浙江宁波市区，是中国现存最早的私家藏书楼，也是亚洲现有最古老的图书馆和世界最早的三大家族图书馆之一）的最后一任传人。200多年前那个混乱的高空移民时期，她的祖辈尽最大的努力把阁中最珍贵的藏书搬上了船，而霜霜姐姐生前一直在做着这些珍本孤本的校对和整理工作。由于终年伏案工作，霜霜姐姐的健康状况越来越差，她自知时日不多，必须找到一个接班人让这些古籍免受无妄之灾。于是，她用仅剩的体力和心血，将我创造了出来。

20多年来，凭着霜霜姐姐设计的拟真驱动系统，这艘飘浮船成功地躲避了多次飘浮联盟的搜查，而我，也一直在茫茫大气层中寻找着那个接班人。就在那一天，我无意间遇到了你——因为你喜欢"喝粥"的兴趣。是的，霜霜姐姐生前最爱的食物就是清粥，她说过，在这样一个飘浮无根的时代，一个味蕾眷恋着祖先食物的人，一定不会是一个忘本的人。而在与你的接触中，我发现了你与霜霜姐姐那么多的相似和共鸣之处，我想，你就是霜霜姐姐要找的那个人。

当然，我也爱上了你。或者说，如果霜霜姐姐依然在世，她也会爱上你的。

或许这样做很自私，但请你原谅这样的自私，因为这种自私来自一个家族千百年来对先祖文化的敬仰和珍视，这是一种作为儿女的使命，无私、无悔。

我想你也一定会喜欢这些书。希望你不要辜负霜霜姐姐的遗愿，让这些书，在未来永远永远地流传下去。

爱你的霜霜

我无力地瘫倒在地上，望着面前如山岳般凝重的书架，仿佛又看到了那个曾穿梭驻足其间的轻盈的灵魂。在那被时间凝固了的幽香中，我突然想起许多年前父亲放给我听的一首民谣，歌手是一个盲人，那首歌的名字叫《不会说话的爱情》（周云蓬《不会说话的爱情》）：

　　　　徘徊在你的未来

　　　　徘徊在我的未来

　　　　徘徊在水里火里汤里

　　　　冒着热气期待

　　　　期待

　　　　更美的人到来

　　　　期待

　　　　更好的人到来

　　　　……

她 的简介

　　范轶伦，游走于科幻产业与学术研究的90后，八光分文化品牌传播及公关总监，四川省科普作家协会、世界华人科普作家协会副秘书长，于香港中文大学取得文化研究学士及哲学硕士，并赴加州大学河滨分校攻读"推想小说与科学文化"博士项目。发表中英论文多篇，并为《科幻世界》撰写科幻研究专栏；短篇小说曾获未来科幻大师奖，并被翻译成英语、意大利语等语言，收录于牛津大学出版社的国际文凭大学预科课程教科书；译作有《乌托邦之概念》（合译）等。目前负责八光分旗下的"银河边缘"和"世界科幻大师传记"系列丛书。

———————— **她**的回答 ————————

Q1　"科幻"对于你来说意味着什么？（或者换个说法：它与你的生命发生过怎样的关联？）

范轶伦：科幻是我进入更广阔生命的钥匙。

Q2　身边亲朋好友知道你"科幻小说作者"的身份吗？他们是什么态度？

范轶伦：知道，都很支持。有的虽然不了解，但充满了善意的好奇。这一点我觉得特别幸运，在写作上从来不需偷偷摸摸，还可以随时找到愿意试毒（读）的人，哈哈。

Q3　想象一下平行宇宙里的另一个自己，你觉得她在从事什么职业？

范轶伦：健身教练。因为是在这个世界中我最遥不可及的职业了吧……

王侃瑜

　　女性是我的性别认知，也符合我与生俱来的生理性别；科幻是我多年来的爱好，我生命中的重要组成部分；作者是就读创意写作专业后开启的人生新选项，我也会义无反顾地写下去。作为女性科幻作者，要在这个领域获得认可，可能要花费更多的时间和努力，但在写作的过程中我也能感受到自己女性意识的成长，我完全接纳这个身份，也很珍惜通过女性科幻作者的视角所看到的世界和由此创作的故事。

王侃瑜

她 的科幻处女作

王侃瑜正式发表的第一篇科幻小说也是她的文学处女作——《云雾》，这是她在复旦大学创意写作专业就读时创作的毕业作品。《云雾》创作于2014年上半年，2015年1～6月首先在《萌芽》上进行连载，后来又收入她的个人选集中，并于2019年在意大利出版了中意双语版。小说本身和改编剧本都获得了全球华语科幻星云奖。

故事设置在云网普及的时代，人人都习惯将记忆上传至云端保存，实时备份和调用，再也不用担心遗忘，但当断网之后，将记忆储存在云端的你还能想起面前的人是谁吗？小说关注未来背景下的人性与情感，通过聚焦普通女白领、她的极客男友和她母亲之间的复杂关系探讨科技对人的影响。

消防员

王侃瑜

窗外，天空黄烟密布，烈日在浓烟遮蔽下隐作一点黯淡的光斑，即便是肉眼也能直视。明明正值仲夏，涌进室内的空气却带着凉意，仔细闻，还有一股刺鼻焦味。她就在这场森林大火发生时来到了我的办公室。

其实我不知道该称她，还是它。

"我叫芬妮。"扬声器中传出的声音冰冷粗哑，带着金属质感，锈蚀的金属，正如她褪色剥落的体表涂层。

我朝椅子点点头，示意她坐，随即意识到适合人类的椅子未必适合她。

她没有在意，迈动两条下肢来到我桌前，在椅子旁屈起关节，折叠起 2/3 的下肢长度，将头部调整到与我视线同高的地方。

"没去救火？"我注意到她体侧业已模糊的油漆喷绘：红色隐约聚成一簇火苗，白色的锤子和喷水管交叉其上。这是消防局的标志。

她摇头："联邦早就决定，非人为引起的森林火灾只要不危及个人的生命和财物安全，一律不予扑救。"

"不予扑救？"联邦到底在想些什么？

她的语调干涩，难以辨别其中的感情："'将对自然的干涉降到最低，这样才能让森林植被自然更替，让埋在土层之下的种子有机会发芽'。他们是这么说的，我也觉得不可思议。"

我耸耸肩："那么，你来找我是为了？" 急性应激障碍？情绪障碍？PTSD（创伤后压力心理障碍症）？毕竟，消防员的心理疾病发病率从未低过。

她转头重新面向，探测镜深处红光一闪："医生，我没法出任务。"

我接通云网，搜索起这一款消防机体的资料，以沉默回应，等她继续说下去。

"我害怕，我害怕自己辜负哥哥……"她低下头，以三指机械手掩面。这动作充满人性，在她的机械身躯上显得如此怪异。

"哥哥？"难道她……检索结果确证了我的猜想。奥克塔维亚 7.2 型，专用于消防任务的类人型机体，拥有救援特长，与以往型号最大的不同是搭载了真正意义上的人类意识，而非人工智能意识，以便更好适应消防任务中的复杂环境并即时做出正确行动，在保障救援目标安全的同时也能最大化对自身进行保护。

她放下手，抬起头："医生，我可以给你讲讲哥哥的故事吗？他们都不肯听我讲，没人在意哥哥。"

我确认右眼的影像记录功能已打开，对她说："讲吧，慢慢讲。"

不知是不是我的错觉，她的探测镜镜头蒙上一层雾气："我的哥哥是一名志愿消防员……"

我的哥哥是一名志愿消防员，我们那种小村负担不起职业消防队的开销，只设志愿消防员，平时做着各自的工作，有火灾时出任务灭火。也许是因为村子太小，压根就没有大火光顾，村里的志愿消防员懒懒散散，有一搭没一搭应付着任务。直到那年，气候干燥，不知是谁把没熄灭的烟头丢在谷仓，火舌席卷了半个村子，我们的父母也在火灾中丧生，那年我 13 岁，哥哥 15 岁。葬礼上，哥哥紧紧握着我的手，我可以感受到他在颤抖。很久以后我才意识到那不是因为恐惧，而是愤怒。

火灾之后，村里重整了志愿消防队。哥哥 19 岁时，成了一名志愿消防员。他是队里训练最刻苦的那个，即便没轮到他值班，他也随时待命。村里的火苗总是刚萌芽就被哥哥他们扑灭，邻村大火时向我们借调的人手中也总有哥哥。看哥哥如此卖命，我很心疼，每次他出任务我也总是很担心。我为他打造了一枚幸运币，硬币背面刻着他名字的首字母 P——彼得。哥哥一直把这枚硬币带在身边，那是他出入火场的护身符。

哥哥 21 岁生日那天，我烤了蛋糕，煮了他最爱吃的炖羊腿和烤春鸡。我在家里等他，等了很久，菜都凉了，灯都熄了，哥哥还是没有回来。我紧张起来，莫非他去出紧急任务了？可村子周围没有火光没有浓烟，难道去了邻村？我越发担心，却无计可施，只能绕着桌子走了一圈又一圈。半夜，哥哥回来了，满身酒气，我冲上前想要扶他，却被一把推开，我递给他蛋糕，却被扫到地上。哥哥嘴里念叨不停，他说男人就该和兄弟们喝酒，说蛋糕是小姑娘的零嘴，说他要去远方寻求发展，说他不能一辈子被困在这个小村。我费了好大力气把他架到床上，他仍旧没完没了地胡言乱语。当时我真的相信那只是胡言乱语。

第二天，哥哥醒来后找我，说前晚志愿消防队的队员们给他庆生，灌了他许多酒，他为自己的酒后失言而道歉，可他说要去远方是真的，队长推荐他去缺少人手的远方市镇志愿消防队，干得好还有机会当上职业消防员。我恳求他留下，他沉默许久。最后他说他必须走，因为那里更需要他。

难道我就不需要他了吗？我赌气不与哥哥说话，想以沉默抗议，可他还是走了，独自去往远方。他有时会寄信和礼物来，在信里说他的工作，说他的邻居。我读信时会笑，知道哥哥过得很好，我也高兴，笑着笑着又会哭，因为他丝毫没有流露出回家的意愿。哥哥把我一个人抛在这里，追求他的理想，却不考虑我的感受。我没有回信，我不知该如何回信。哥哥如愿当上了职业消防员，工作越来越忙，他说年假时会回家看看，问我在不在家。我当然在家！3年了，哥哥终于要回来了！我提笔给他回信，写了两笔觉得应该先打扫房间，拿起扫把又觉得该先钻研新学到的菜式。等我终于坐回桌前重新提笔时，噩耗传来。

那是一场森林火灾，当时的联邦还会对森林火灾采取扑救措施，拯救树木和动物。何况那片森林离市镇太近了，不加理睬很有可能威胁到市镇的安全。哥哥本不该在那天值班，但听到消息后，他第一时间整装出发，加入救援。他总是冲在最前面，他是那场火灾中唯一一个丧生的消防员！葬礼在市镇教堂举行，我独自搭车前往，脑海中一片空白。哥哥去世了？怎么可能呢？他就快回家了呀！我还没来得及同他和解，他怎么能就这么离开我？我走进教堂，没人认识我。他们对我说，彼得真勇敢，他往返火场三次，救出一位林场工人的儿子、一条崴了腿的猎犬、一只与母亲失散的小松鼠。最后一次从火场中出来时，他倒下了，再也没能起来。他们说，那天的火势真大，遮天蔽日，远离火场的地方又冷又暗，让人想起深秋。他们说，他倒下时手里攥着一枚硬币，那枚硬币一定很值钱，不然他为什么攥得那么紧，人们花了好大力气才从他手里挖出来，喏，就在那儿，那边的圣台上，等着被归还给他的家人。他们说，彼得真是个好人，多好的小伙啊，他帮苏珊奶奶修好了栅栏，给约翰大叔家的奶牛治好了病。他们说，这么好的小伙子去了真可惜啊，他本该找个漂亮姑娘，生一堆可爱的孩子，可他只是努力工作，攒下所有的钱寄回家去，不看那些姑娘一眼。他们说，彼得勇敢、正直、热心、善良，你知道吗？知道吗？知道吗……我看着他们，在心里怒吼，我知道！我知道！我当然知道！他是我哥哥呀，是你们什么都不知道！不知道我是他妹妹！可我什么都没说，我忍住泪水，默默走到圣台边上，拿走了硬币。

她说到这里，停了下来，从身侧绑着的防火囊袋中摸出一枚硬币，递到我面前。我接过，她的掌心生涩冰冷，好像冬日裸露在寒气中的锈铁。

那是一枚有好些年头的硬币，与她脏污欠照料的金属机体不同，硬币表面光洁如新，没有一丝污垢，只是背面那个阴文P字几乎被磨平，闪着柔和的光。

我将硬币还给她："你一直带在身上。"有时候，心理医生不得不说废话，以鼓励患者继续往下说。

她小心翼翼用两指夹起硬币，放回囊袋，扣好搭扣，按了按袋子，才又开口："是啊，自那时起到现在，快 40 年了吧。"

　　奥克塔维亚 7.2 型自 30 年前开始服役，这么说来，她是 32 岁左右上传的，而这并不是消防员的黄金年龄。开发商缺意识缺到这种地步了吗？我开始破解该款消防机体的意识搭载者名单，同时继续与她的对话："所以你为了继承哥哥的遗志，当上了消防员？"

　　她的肩关节抬高，做了个类似耸肩的动作："算是吧，这对女人来说可真不简单。"

　　我原本想留在哥哥牺牲的市镇，加入那里的志愿消防队，可他们不收女人，说女人干不了这活儿。后来我去了更大的城市，想着在那里一定不会有性别歧视。我通过了考试，加入市志愿消防队，可他们只让我接电话、写文书，做些后勤工作。我不想躲在办公室当胆小鬼，我想真刀真枪地上火场，只有那样我才能够接近哥哥的灵魂。我向队长提出申请，他笑了，揉了揉我的头，说："我的小妹也像你这样，觉得自己什么都能办到，可火舌不长眼，进火场你得有勇气有决断，我毫不怀疑你有这些，可还得有力气，瞧瞧你这细胳膊，你抬得起整根房梁吗？抱得起比你还胖的太太吗？"我咬紧牙关，我确实办不到。

　　我开始锻炼肌肉，但这太慢了，难以达到我的要求。我渴望变强、变壮，要快些，再快些，不然我会赶不上哥哥。我在一次消防员考试中遇到博士，我不知道他的真名，他们都叫他博士。博士正在开发一套消防用机械外骨骼，用以增强消防员的力量和速度，他邀请我加入实验。也许是女性天生的灵敏帮了忙，也许是渴望赶上哥哥的意志强盛，我在实验中的表现超过了大多数男性受试者，甚至是那些有丰富临场经验的消防员。很快我就成了那套代号为白狼的机械外骨骼最熟练的操纵者，我开始驾着白狼出入火场，我成了当地最炙手可热的消防英雄。人们给我起了个外号叫凤凰，也有人叫我母狼。每一次进火场，我都带着当年送给哥哥的那枚硬币，就好像带着哥哥，对他说，看，你的小妹如今也是个英雄了，她终于配成为英雄的妹妹了。

　　白狼风靡一时，随着成本的降低，量产成为可能，较大的市镇都能担负起租用一至两套白狼的费用。可没多久，奥克塔维亚系列研发计划重启，它的风头压过了白狼。你可能没听说过奥克塔维亚，那是 21 世纪初很受关注的人形消防机器人。人工智能的飞跃式发展使得奥克塔维亚的重生成为可能，搭载了超级人工智能的奥克塔维亚5.0能够在火场做出迅疾有效的判断，采取利益最大化的行动，实施火场救援。跟将人类消防员的生命置于危险之中的白狼相比，奥克塔维亚得到了越来越多的支持。

博士又将白狼项目苦苦支撑了一阵，没过多久便无以为继，租出去的白狼在租约到期后纷纷被退了回来，仍在使用中的白狼机甲也得不到应有的维护。博士彻夜无眠，苦苦思索对策。可商业运作本来就不是他的强项，他擅长的只是研发。最终，项目组里只剩下我和博士两人。我们发现了奥克塔维亚的弱点——它无所畏惧。勇敢本该是火场上的优秀品质，但过于勇敢带来的则是对自身生命的无视。每一次出勤，奥克塔维亚的损耗率都远远高于白狼，制造商承诺在租期内无条件维护机体，但也知道这种烧钱的方法不是长久之计。博士断定，奥克塔维亚的研发人员正在攻克人工智能不具备畏惧心的难题，而其中的关键正是白狼。我当时并不理解他话里的意思，直到那次我驾着白狼同奥克塔维亚一同出任务。奥克塔维亚迅猛有力，可以如同闪电般劈开火幕。我跟奥克塔维亚一起进出火场，每一回它都毫不犹豫，我犹疑的时间却越来越长。火势越来越大，火场里的人都已救了出来，它为何还往里冲呢？纵使还有宝贵的财物深陷其中，又有什么比生命更宝贵？我突然懂了：奥克塔维亚从未拥有过生命，它不懂失去生命的痛苦。在我犹疑之间，房屋塌了，我用最后的几秒往后撤。我只记得刺眼的红光从我身后袭来，接着一片黑暗。

再次醒来时，我成了奥克塔维亚。不是那台在火场中完全损毁的量产型奥克塔维亚5.0，而是试验中的奥克塔维亚7.2。我的意识进入了它，它就是我。我的肉体受了重伤，唯一使我的生命存续的方法就是将我的意识转移到奥克塔维亚7.2原型机的身上。博士替我做了主。在合作试验白狼时我与他有协议，他有这个权利，而他也中止了白狼项目，转而为奥克塔维亚7.2服务。刚开始，我唾弃他，认为他出卖了白狼、出卖了我。后来，我想通了，我以身体搭载白狼和我以意识搭载奥克塔维亚又有什么本质区别呢？更何况，他还帮我留下了我总是贴身带着的幸运币，那是我与哥哥之间唯一的联系。我开始配合训练，熟悉新身体，不久后扎入火场，重新开始工作。我想我真的成了浴火重生的凤凰，却没有几个人知道我就是曾经那个驾着白狼出入火场的女消防员凤凰。

"你就这么服了30年的役。"我说。

"是啊，43859次任务。"她报出这个数字，就如报出她的年龄一般平常。

"平均一天 4 次？"我被这个频率震惊。

她却摇头："在黄金时代，我一天可以出十多次火警，钢铁之躯，不知疲惫。可如今，两三个月还不一定接得到任务，联邦的防火措施越来越严密，好不容易盼到森林火灾还不让救。"

"这难道不是好事吗……"

"好事？"探测镜中的红光快速闪动。

"你不必再出任务了……"后半句话滑出我的嘴，我隐约感觉到不对。

她骤然立起身子，伸长的下肢向前弯曲，整个身躯压到我头顶上方，她的话音也尖锐起来："我成了这副鬼样子，就是为了救火。只有在火场中我才会觉得自己靠近哥哥，火场之外的我只是行尸走肉，你竟然觉得没法出任务是好事？"

云网在我脑内弹出一声脆响，搭载者资料来了。排在第一位的就是芬妮·贺兰，奥克塔维亚 7.2 原型机的搭载者，在 30 年间扑灭 43000 多场火灾，却在两年前脱队，行踪不明。资料表明，她极有可能同这两年来原因不明的数起火灾有关。有人在火灾发生前和扑灭过程中看到本不该出现在该地的奥克塔维亚 7.2 型的机体，火被扑灭后又消失不见……我突然懂了，那些火都是芬妮引起的，她纵火，又扑灭，从而在心灵上更贴近哥哥。我从一开始就判断失误：她说的没法出任务不是因心理障碍无法进入火场，而是根本没有任务给她出。

她尖锐的嘶吼声在我头顶轰鸣："你什么都不懂，你和他们一样，你们什么都不知道！"

我看见她指尖火光一闪，红色的火星从她银灰色的三指中跳到我的木制办公桌上。我起身跑向窗口，玻璃在我身周破碎，可身后并没有爆发出我想象中的光与热。我回头，泡沫包裹了她，办公室的自动防火系统及时启动了。

我哑然。变得无所不在的火灾预警系统——这就是芬妮会没任务可出的原因。

我回房，关掉泡沫喷射装置，走到芬妮身旁，俯身对她说："芬妮，重要的不是你扑灭了多少场火灾，也不是拯救了多少生命。你哥哥最想看到的，是你在奋力救火的同时，珍惜自己的生命啊！"

"珍惜……自己的生命……"芬妮喃喃道。

我看到她探测镜中的红光熄灭，却仿佛映照出窗外密布的浓烟。

她 的简介

　　王侃瑜，1990年生，中英双语写作者，毕业于复旦大学管理学院及中文系创意写作专业，上海市作家协会、上海市科普作家协会、世界华人科幻协会、美国科幻奇幻作家协会会员，科幻苹果核及亚洲科幻协会联合创始人，曾获彗星科幻国际短篇竞赛优胜奖，并多次荣获全球华语科幻星云奖。创作受到上海市作家协会签约作家计划、上海文化发展基金、拉斯维加斯驻市写作计划支持，曾受邀参加上海—台北两岸文学营、香港美伦星际科幻大会、欧亚经济论坛、上海国际文学周、中山大学写作营、北京大学燕京国际论坛、老书虫文学节、耶鲁大学中国科幻周、Kapsel X ACUD 中国科幻作家访问柏林系列等活动，并多次在世界科幻大会、欧洲科幻大会等场合发表讲话。小说见于《收获》《萌芽》《上海文学》《香港文学》《西湖》《花城》《小说界》《科幻世界》《南方人物周刊》和 Galaxy's Edge 等，并被收录于中国、英国、美国、加拿大等国的选集，亦有作品被翻译至英语、西班牙语、德语、意大利语、芬兰语等，著有个人小说集《云雾2.2》及《海鲜饭店》。

她 的回答

Q1 你有什么爱（怪）好（癖）吗？无论什么爱好都可以聊一聊。

王侃瑜：格斗。从小到大我都不是个热爱体育运动的人，体育课自由活动我永远是站在阴凉处跟人聊天。后来身体不好，为了活得长久些，我开始健身，但也是断断续续没什么热情，一直到接触了格斗才一发不可收拾。最先开始练的是马伽术，是一种以色列近身格斗技术，在规避风险、从困境中脱身方面比较实用，后来慢慢又接触拳击和菲律宾短棍，补足一些实战和器械方面的短板。我仍旧不是个很能打的人，但在独自出行的时候至少心底没有那么害怕。格斗练习让我变得更自信也更健康，同时格斗也是通过身体来感知和接触世界的一种方式，在这个过程中会收获与阅读、思考、写作完全不同的乐趣。

Q2 身边亲朋好友知道你"科幻小说作者"的身份吗？他们是什么态度？

王侃瑜：知道，支持。我的一大半朋友都是通过科幻认识的，我对科幻的热爱其实是源自科幻圈认识的这些朋友对科幻的热爱，我开始用英语写科幻也是为了让更多看不懂中文的朋友能够更容易读到我的小说。我的家人、老师、同学都知道我写科幻，他们一开始或许会觉得新奇，但随着科幻的普及和时间的流逝他们也把这视作常态。科幻小说作者只是我诸多身份中的一种而已，除此之外我也是个科幻迷、科幻活动组织者、科幻文化推广者，只是在人生的不同阶段侧重不同而已。

你最喜欢自己的哪一部作品，为什么？

Q3 王侃瑜：《冬日花园》。这是我最近的一部作品，发表在 2019 年第 6 期的《小说界》。在这篇小说中，我把和朋友一起去都柏林参加世界科幻大会的经历写了进去，从一个不太常见的点切入去写常见的平行世界主题，最后成文的风格和节奏我都还比较满意，同时也可以明显看到作品里的女性形象较之前而言更为成熟，从一个少女变成了女人。我能看到自己在创作中的成长，也希望能继续成长下去。

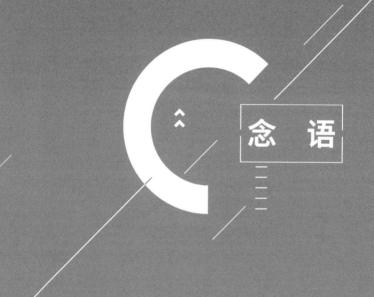

念语

我多数时候更希望隐去自己的女性身份，毕竟，多一点揭秘，阅读就会少一分乐趣——如果作者的性别也能算一个悬念。不过，我想我的作品多少带一点女性的特质，加上笔名，似乎多数朋友都能够准确地猜到，大概也没什么刻意隐瞒的必要。

念语

"她"的科幻处女作

2015年夏天，念语发表了自己的第一篇科幻作品《野火》，故事是关于一场虚构的植物瘟疫带来的灾难——人们在绝境中寻求生存，在灾难的面前展现出人性的恶意或闪光。

银翅鸟

念语

离开 E 区指令在黄昏时到来。

经分区负责人接到，又层层转达下去，送到驻地的分部，已经接近半夜，承诺中的轮班休息又一次落空，华南的情况容不得拖延，人手必须尽快调去那里。

"明天一早就走。"队长敲开临时居所隔间的门，递过来一份简单打印的通知。

"这么着急？"陈晓挑了挑眉毛。

他正在把玩银翅鸟的一小片"羽毛"，一大块部分如薄膜样柔软，又拥有一段锋利边缘的翼。他的手干净修长，没有伤痕。许多老兵都以伤疤为荣耀，但对于陈晓而言，受伤并不值得炫耀，即使这种资本能够换来羡慕或者同情。

"难得天气条件好。明天空投的飞机就来，直接摧毁……"队长指了指远方的滩涂，"那里的亚成体银翅鸟，它们已经彻底失控了。"

钱塘江在这里汇入东海，银翅鸟的子体会聚成群，在海岸线旁的高楼间飞舞。更远处，成年银翅鸟的庞大躯体伸入云端，即使在月光下，闪烁的磷光仍旧清晰可见，等黎明来到，它们就会展开双翼，迎向阳光。

那里早就没有人了。

"还有点东西，记得带上。"队长又转身，把一个蓝色袋子扔到隔间里，"今天送来的防护面罩，拿着。"

"这玩意儿根本就没有用！"大鹏一脚踢开了面罩，"他们……他们并不在乎我们的死活！那群坏蛋还不如银翅鸟！银翅鸟知道它们自己惹的麻烦，银翅鸟会对我们怀有歉意。他们呢？！一个个为了面子不管下面人的死活……不要说在那里，即使我们这里，劣质的面罩有什么……"

"爱要不要。"队长说。

"你也说点什么啊！陈晓，你也是强制征兵来的！"他转身面向陈晓。

陈晓低着头，正用铅笔摹画起刚刚把玩的锐刃翼。

"你的话被听到，是要上军事法庭的。"陈晓说。

"装什么清高！"

"我讨厌银翅鸟，所以我在这里过得很好。"他笑笑。

"可恶，都这样……谁要干谁干！老子不干了！"

大鹏把正在写的思想报告扔到一边，四仰八叉地躺平。

队长无视了他，陈晓也无视了他。明天离开的时候，大鹏总还是那个老好人，身边人对他时不时发作的情绪早就见怪不怪。

晨光刚刚升起的时候，车队带着器械一起离开。尚未处理完的银翅鸟骨架就留在地上，它们硅质的骨架不会自然分解，来年开春，野草都很难长起来。远方，通告中说的地区核心正在闪耀着银光，无数银翅鸟正在飞出巢穴，迎接又一个晴朗的清晨。

一如银翅鸟来临的黎明——那时候人们没有猜到它们的友善，那时候人们也没有预料到，一座又一座城市因为银翅鸟而撤成空城。

陈晓讨厌银翅鸟的称呼，许多人也都不喜欢，但事情总是这样，一旦约定俗成，就没有改的道理。

最早见到它们的人给它们起名银翅鸟，形容那些微小的、会飞翔的个体。

后来人们知道，它们就像海中的箱形水母一样，许许多多的微小个体连接，最终构成拥有惊人智慧的成体——能够像山一样庞大的银翅鸟。

单只的小银翅鸟几乎没有自我意识，依赖本能展开巨大的风翼，但连成群体的银翅鸟有。

它们是极度聪明的生物，它们种子状的飞船展开光帆，以接近 0.15 倍光速的速度越过了人类难以想象的时间和空间，而当它们苏醒后，迅速地适应了远不符合它们需求的重力与大气环境。

银翅鸟热爱浅海，确切地说，它们想要二氧化硅、水与充足的阳光。

不仅有浅海，还有河流、湖泊。

最初的日子里，城市与它们安然相处，甚至，飞舞着银翅鸟的海岸城市一度成为值得骄傲的风景。

与银翅鸟一起到来的，还有一些所有人当时都不曾发现的隐患。

"它们想要见你，华南的银翅鸟们。"

转移的路上，队长敲了陈晓的门。

他们沿着海岸的铁轨前行。许多城市都撤空了，曾经光污染的重灾区已经不复存在，午夜里只剩下漫天的星光，树的根系高歌猛进，无人修缮的水泥路面碎出斑驳的蛛网裂纹。

"我不会银翅鸟的语言。"陈晓回答。

"没有关系，它们都懂人类的语言……你的误伤率非常低，很少有人那么认真地对待这项工作，它们有点兴趣……"

"我不怎么想去。"

"不是什么大事，也不会拿你怎么样，如你所见，它们一直在积极协助我们清理失控的个体……"

"我亲妹妹死在银翅鸟手下，这算理由吗？"

队长愣住了，他也渐渐浮现出哀伤的表情。

"对不起，我并不清楚……我问问别人，不一定要你去。"

"没事的，"他用一种冷淡到没有情绪的声音说道，"不是直接攻击，只是尘羽沉积诱发的肺部感染。她叫陈玲，去世的时候 13 岁，我看着她。她身体不好，大多数人不会有那么剧烈的反应。"

他有时候会想，大概这就是为什么他会喜欢上银翅鸟骨架碎裂时的声音，喜欢上斩断那些漂亮的、玻璃般闪耀着、锋芒毕露的羽翼。

又或者，他只有依靠舔舐着若有若无的仇恨，才能在部队里安然地生存下去。

他必须告诉自己他讨厌银翅鸟，才能够给自己日复一日看不到尽头的兵役生活找到一点意义。

他不知道。

失控的银翅鸟和它们的尘羽正在将人类的领地逼向内陆。

银翅鸟代谢必然会产生尘羽，或多或少。确切地说，尘羽是繁殖阶段喂食子体的食物。新生的银翅鸟落在地上，母体就抖落尘羽，供它们成长。

尘羽非常轻，很小，飘浮结构托着数个硅原子，在空中滑翔，在人类聚居的地方，它们飘浮在空中，轻松进入肺泡，尔后驻留。

在高尘羽环境中生活的人们最终都逃不过矽肺。

从气促开始，缓慢进展，直到呼吸困难。

早在银翅鸟来临之前，人们就很清楚矽肺的病理成因、危害方式，以及结果。

过去它专属于高粉尘环境下作业的工人，经年的积累后，肺泡开始纤维化，随着年龄的上升，呼吸循环功能变得越来越糟，并发肺气肿，并最终在某次可能的感染后，通过呼吸性酸中毒夺去患者的生命。

成年银翅鸟只需要定期更新极少量子体，几乎不产生尘羽，因此对于人类而言基本无害。

但与此同时，也有增殖过于旺盛的个体。

它们通常出现在银翅鸟的亚成体阶段。拥有足够积攒力量的体积，取得一定程度的运动能力和感知能力，又不会像成年银翅鸟那样，因为太过庞大而失去行动能力。失控的亚成体就像人类的癌细胞一样，依循本能，疯狂繁殖。

它们不断抛撒出子体，迅速地侵占一切开阔水域，同时向空中播撒尘羽。微小的尘羽密集得仿若水雾，从海岸向内陆侵袭，也将人类从城市中赶走。

银翅鸟没有能力解决自己的问题，也没有解决问题的动机。

维持智能需要的能量非常庞大，而地球的光强对它们而言又太过微弱，银翅鸟的成体几乎没有运动能力。它们能够靠个体拼接成臂，但要维持思维，就必须牺牲力量。

失控个体分化各异，其中甚至诞生出攻击性的个体——当然，对于人类来说，它们非常笨拙。即使是分型最为危险的攻击型T0，只要有充足防护，通常不会产生伤亡。

在地球的重力与大气环境下，10米左右的庞大身躯很难做到收放自如。

尘羽和攻击的本能使得它们将人类赶出了城市，但在清除行动中，做好防护的人类能够占据上风。

地球的重力束缚着它们的行动，而那些锐利的刃翼和银翅鸟本身一样，也遵守着地球的法则——坚硬、锋利的东西总是很脆。

专门用于清理银翅鸟的武器都有百分百的把握在正面对抗中击碎银翅鸟的武装，除非操纵着装甲清理装置的家伙实在缺点脑子。

毕竟，即使行动缓慢，银翅鸟也拥有锐利得足够划开厚钢板的刃翼。

"人类所拥有的唯一优势是速度，请把铁皮当成白纸，任何时候都优先选择迅速撤离，不要被多个攻击型个体包围。"

新兵培训的时候，班长曾经这样一再嘱咐。

很不幸的是，每年都有不少这样的倒霉蛋。

一旦失去防护，人类脆弱的身体对于只有本能的银翅鸟而言，就是一堆碳加水叠成的化合物——事实上它们很喜欢这些成分。

死者连尸骨都不会留下，碳和水最早被分解带走，然后是牙、颅骨。有些银翅鸟会带走骨头，有些不会。它们是对硬度无比敏锐的生物，而攻击性个体从来不会放过一切它们想要的东西。

它们尚不能意识到自己在攻击什么，它们拥有的本能就是攻击、吸收、生长、繁殖、扩大领地。

它们散落在银翅鸟的巢穴间，经过足够的时间或者长到足够庞大，成为正常的银翼鸟，或者因能量耗竭而消失。

又或者，集群侵入城市。

事实上，它们中的许多在产生意识后，会为自身曾经的行为表示抱歉。

但在那之前，它们没有意识，只有本能，循着光与风的指引，寻找水源与全新的土地。大气条件恰当的时候，水汽会带着它们进入城市。

然后撕裂楼宇与道路，赶走所有的原住民。

大鹏要当逃兵了。

大鹏从上铺跳下来，实打实地摔断了脚踝。

"那些尘羽，你看到了吗？陈晓……"他坐在地上，龇着牙等医疗兵把他抬走，"你见到那录像没？满天的尘羽，吸进去能少活个 10 年……哎哟哟，疼……昨天就死了好几个呢，还是老兵，那么多的银翅鸟，被围了就死透，比单只的危险多了……"

"或者是我们去，或者是别人去。"陈晓仍旧自顾自画着画。大鹏表示了不满，他就抬起画板，一张 5 分钟完成的速写正好是大鹏捂着脚踝的样子。

"你……喂老铁，我劝你一句。我知道你还挺享受优秀士兵的称呼的，那么多人都想认识你，但人这一生，活着才有底气不是？"

"也许有点道理吧，"陈晓没有抬头，"我不想成为优秀士兵，从来都没有这样想。"

陈晓想起许多许多年前，他向病床上的女孩许诺，他会为她画下她最爱的风景。他考进最好的美术学院，他将会成为最好的记录者，他相信他拥有一双用来记录风景的双手。

但所有的这些都一文不值。

登记兵役后的抽签，陈晓被选中了。他登记了矽肺合并支气管炎症的家族病史，仍旧没能躲过，大概是谁的名额被强加到了他头上。

值得讽刺的是，在来到兵营之前，他从来没有受到过那么多关注。

"他会画画。"

他们这么说，一笑而过。

"他是最好的银翅鸟猎手。"

他们聚在一起，问他怎样拆下银翅鸟的翅膀，怎么样从它们庞大的身躯边安然经过，怎么引起它们的注意，怎么躲过刃翼的攻击……

第二个清晨，大鹏留在了基地，哼哼唧唧地喊着脚痛。

而陈晓随着部队一起向海岸进发。

预告已经出来，攻击集群很快将要抵达他们的位置。雾气极大，能见度很低。

军人将要站在最前线。

即使这是一场近乎自杀式的防卫行动。

他从没见过那么密集的银翅鸟！东风吹过温暖的海面，银翅鸟跟随茫茫的白雾向西行进。

尘羽成了雾气的凝结核，当陈晓能够看到它们时，银翅鸟已经很近了。

"集群的银翅鸟是行走着的绞肉机。"

陈晓记得这句话。

那时候他被带到一场宣讲会上，作为正面典型。他离开的时候，一个老兵喊住他。

"你以后最好别说得那么轻松，"他说，"你也许习惯了银翅鸟的动作，但别人不是，而且你没遇到过真正成群的银翅鸟。"

"是没遇到过。"陈晓对于突然而来的说教有些不满，但也只是略皱眉头。

他很快注意到老兵左侧空荡的袖口。

"死去的人比你知道得要多。"他耸了耸肩，"但消息总是被封锁得很好。因为通常而言……整个小队都无人生还。所有人都从最轻松的活开始干，你要知道，集群的银翅鸟是行走着的绞肉机。它们没有逻辑，所以才可怕。你可以通过观察轻松预判一只银翅鸟的行动，但不可能预判成群的。"

血的教训换来经验，但经验对后来者究竟有多少参考价值，有时候也很难说。

陈晓感觉到了呼吸困难。

成群的银翅鸟使得空气中飘满了粉尘，防护面罩的滤网已经彻底堵住，每一口呼吸都要用尽全身力气。他索性摘掉面罩，呼吸着满是尘羽却能够维持循环的空气。

他开始咳嗽，身体不受控地想要奋力排出进入呼吸道的微尘，与此同时还要照顾分内的事宜。

与身体对抗的同时操纵着轻质穿甲弹的炮台并不是一项轻松的工作，尤其在同时，前进的方向也出了问题。

在弥漫的尘羽中，能见度降到极低，射灯指向的前方尽是白茫茫一片，只有模糊的影子指示银翅鸟的方向。这是他们遇到的能见度最差的情景，超声回波能够提供大概位置的参考，却无法实时跟踪银翅鸟的具体行动，只能靠目视判别。

无尽的白光背后，他看到了三个模糊的影子。

"后退！"他大喊，"立刻撤退！！！"

他的嗓子被尘羽划伤，嘶哑到无法发声，但他必须用高分贝表达他的焦虑。

然而没有回应。

该死！

他当然知道，他们的装甲车能够漂亮地躲开银翅鸟的这次攻击，但与银翅鸟的对峙容不得炫技，只要有一丝危险的可能，就以躲避为上。

"后退！——"他几乎在考虑抢夺操纵杆的可能，与此同时银翅鸟的刃翼已经落到了头顶。

连发的穿甲弹精准命中了向顶板袭来的刃翼，但这也只是权宜之计。

他开始想念往日与他搭档的大鹏。

大鹏总是谨小慎微，说难听点叫尿包，但他绝不会像眼前的陌生人一样，带着小队冲进包围圈……

该死！

现在，银翅鸟的臂像雨点一样落下。它们笨拙地擦过了玻璃车窗，但陈晓知道，他们正在冲向深渊。

在这里，失误不可饶恕，也无法挽回。

他猛地拉开车门，径直跳了下去。

下一秒，银翅鸟的刃翼就将车顶整个掀了去。

无线电的小队频道在一瞬间的惊叫后，突然安静下来。

陈晓没有回头。

他不想看。

他摔倒在一堆银翅鸟的骨架上，撞出清脆的声响。容不得他多想，他起身，然后奋力向前奔跑。

向前或者向后。

他已经没时间仔细考虑，无论如何，他的存活概率正在迅速变得渺茫——满地都是银翅鸟的骨架，它们成了难以逾越的路障，歪歪斜斜地倒成一道道篱笆与栅栏。

即使这部分硅质骨架很脆，不如刃翼部分那样锋芒毕露，他的胶底鞋、手套和形同白纸的布质制服根本无法给他提供保护。

他开始奔跑。他的目标很小，因此灵活空间更大，但他知道体力有限。

能见度正在变好，太阳升起来了，这就意味着银翅鸟将要抖落更多的尘羽，行动也将会更加敏捷。尘羽的包围中，呼吸困难愈加严重，然后他绝望地意识到，他跑错方向了。

身后，银翅鸟的骨架堆积成了小山，那是他来的方向，也是通向城市的方向。无知觉的银翅鸟越过它们同伴的身躯，循着本能，涌向城市，无可阻挡地前行。

它们能够轻易跨过的同伴，对于陈晓而言却是无法逾越的屏障。

他用 10 秒钟思考之后，决定继续沿着错误的方向奔跑。

他不知道攻击个体有多少，但如果一直向前，也许能够跑到只有成年银翅鸟的领地等待救援——那将是他唯一的生机。

他的鞋被划破了，手臂因为攀爬而遍布着细小划伤，他看到血液落在已经失去翼的银翅鸟骨架上，迅速地被吸收，成为代谢的一部分。

还有装甲车的残骸、衣服的残片……

它们是行走的绞肉机……

陈晓终于确信，他从心底理解了这句话。

失血与缺氧合并导致的眩晕开始慢慢袭来，但与此同时他能感觉到，尘羽正在减少，他隐约能看到成年银翅鸟高大的轮廓。成年银翅鸟会清理尘羽，因此亚成体通常不会侵入它们的领地，对于人类而言，那里的尘羽含量非常安全。

他不用再奔跑了。

就在这时，陈晓的无线电收到了个人的呼叫。

他明明记得队伍应当无人生还。

他用稍微有些失去控制的双手接通了呼叫，呼号那头是熟悉的声音。

"陈晓！我是大鹏！快离开那里！雾散了！"

在断断续续的信号里，他依稀听到了一句话——

"空投开始了！"

陈晓几乎在瞬间明白了大鹏的意思。

他思考了几秒，回答："好的，我没事。信号不太好，回来再说。"

然后他蹲坐在地上。

奔跑已经毫无意义了！

银翅鸟们也停下了行动。

它们感受到了热量。

是的，空投开始了……

飞机编队携带着专门用于打击银翅鸟的燃烧弹，白热的光芒星落如雨。燃烧弹的技术与构造都来自银翅鸟提供的技术，专门用于打击攻击型个体，效果极好。

暴力手段清理失控的银翅鸟，毫无疑问是最高效也最安全的办法。

已经没什么好期待的了。

银翅鸟硅质的身体无论哪一部分都要比人类更耐受高温。

他不可能从这场针对银翅鸟的轰炸中活下来。

仔细想想，决定无可非议。

既然雾已经散了，而银翅鸟已经来到了城市边缘，尽早采取行动就是最佳选择。几百人的生命，不会比需要保护的城市更加重要，况且许多人已经确认死去了，比如他之外的小队六人。

他的最后一个念头想，空投的燃烧弹真是相当漂亮。

湛蓝的天空中划过的闪亮白线，像画里的流星雨一样。

陈晓见过流星雨，那时钱塘江边的城郊还有人常住，他还拥有妹妹……他们坐在房顶上，努力从银翅鸟的磷光间分辨出划过星空的流星。

流星雨并不好看，和绘本里描绘的场景没有一点相似的地方。

他们沮丧地从水箱顶上爬下去，走回六层的楼道。

现在，他想，没错了，这就是他想看到的场景。无数划过天空的星子，火光与尾迹交织在一起……

可惜他不会有机会把它们画下来……

炫目的白光让他的视力已经不甚清晰。

他注意到空中飞旋着的银翅鸟在向他聚集,看起来更像是单独的正常个体,而不是攻击型。

但那有什么区别呢?

死在银翅鸟手下也不错,他想,可惜看不到最后的场景了。

许许多多银翅鸟张开双翼拥抱着他,随后冲击波袭来,在一阵带着疼痛的耳鸣后,他甚至没有等到燃烧弹的高温就失去了意识。

陈晓在一个凉爽、晴朗的清晨醒来。

在他脚边有一排码放整齐的水、泡面和军用压缩饼干。

他抬起头,确认不远处有一只成年银翅鸟,四五十米的目视高度,是小型成体常有的规格。

他有些迷惑。

他被银翅鸟救下了——直觉给出的答案。

他知道成年的银翅鸟并不惧怕燃烧弹,它们能够牺牲一部分收集能量用的子体抵挡住燃烧弹的瞬时高热。

空投定向打击攻击型银翅鸟的同时,也要确保不会误伤无害个体。这是人类与银翅鸟最初接触时就定下的协议。

然后他听到一个声音。

并不是人类声带能发出的任何一种声音,却能够分辨出语句。

他抬起头,看到银翅鸟的翼正像复杂的弦乐器一样交错着,清脆的声音十分悦耳。

"你好,"银翅鸟说,"我想抓一个人类。"

"我吗?"陈晓问。

"是的。谢谢你……对不起,我的思路有些混乱,"它停顿了一下,"能量消耗太大了。"

"我谢谢你才是,我本来没有机会活下来。"

"我会把你留在这里。"

"按照我们的说法……我的命现在是你的了。"陈晓顿了顿，"看起来银翅鸟讨厌人类之类的传言并不完全恰当。"

"我不能回答你。"

"如果我说我讨厌银翅鸟呢？"

"我不知道。"它说。

银翅鸟没有再说话。

陈晓觉得有些滑稽，但他至少知道这句话没有惹怒银翅鸟。

他想，他一定是从一开始就高估了银翅鸟的智慧，又或者小型成体并不具备智慧。

他试图起身，但他的脚已经没法行走，通信设备也早就坏得精光。

他决定睡一会儿，如果银翅鸟再向他搭话，说说也无妨。

人类太久不说话据说是会疯掉的。

他给自己简单扎好了绷带，不出意料的话接下来的几天都是晴天，干燥的天气会让伤口愈合得快一些。这时候他有些庆幸自己的专业，没什么事情做的时候，就用红砖在地上随手画画结构速写，不至于干坐着无聊透顶。

当他画完第 8 个小人时，银翅鸟开口说话了。

"你会画画。"

"我会。"他说。

"我还没怎么见过自己的样子。"它说，"我只能通过母体看很大的东西。"

"我可以帮你哦，"陈晓说，"你能找到纸笔吗？"

"可以。"银翅鸟说。

很快，银翅鸟伸出了一支细长的臂，它在陈晓面前停留了许久。陈晓最后才意识到，银翅鸟的意思是，请跟着我走。

他的脚并不利索，但好奇心仍旧驱使他跟了上去。在一座被分解到只剩断壁残垣的平房墙板后，他看到了宛如超市货架般分门别类放好的各类杂物，书籍、背包、衣服、文具和办公用品，甚至有叠起来码放好的折叠椅，整齐得宛如雄性极乐鸟的巢穴，只是没有发光的珠宝和彩色树莓那样的浮夸。

他有些啼笑皆非。

"我……没想到你们也这么热爱整理，"他说，"我以为只有人类有整洁方面的强迫症。"

"闲着也是闲着。"银翅鸟用了一句很地道的俗语。

"你的语文还不错。"

"现在不好，以后会好起来的。"

陈晓有些不明白这句话的意思。

但他能感觉到态度，银翅鸟的态度，从一开始银翅鸟对他都非常礼貌。

这时候他想起大鹏曾经说的话——银翅鸟比军队高层要好得多。大鹏见过银翅鸟的成体，也许他说的还有些道理。

他挑选了纸笔和几本书，回到开始时蹲坐的街沿。现在他确信，之后的日子不会过得太过无聊。

银翅鸟安静下来，似乎在思考什么。

陈晓便低下头，只当它不存在。

很久之后他听到了银翅鸟的声音。

"我……因为在空投里受伤，所以逻辑比之前要……差一些，以后你会知道的。很抱歉，让你看到这样的我，还挺狼狈的，以后会好起来。"

陈晓愣了一下。

他开始意识到，也许他对银翅鸟的认识还拘泥于人类的常识，但银翅鸟从根本上就是与地球生物截然不同的类型。

关于银翅鸟的智慧，也许他的结论还要再等上一段时间。

也许是一周，或者更久。

水已经不多了，银翅鸟似乎将收藏全数展现给了他，从时间跨度看，已经很久没有更新了，但这并不奇怪，这只银翅鸟的领地内早就没有居民居住。他隐约有些担心，如果银翅鸟执意要留下他，情况就会变得有些尴尬。

他决定等待。

他也只能等待。

"啊，我知道，那时候你觉得……我很笨拙。当然，我自己都清楚……"银翅鸟轻轻地挥舞着它的臂，"燃烧弹离我太近了，我失去了大约20%的子体和几乎全部储存的能量……等于丢掉了4/5的智能。"

它抖了抖风翼，似乎在模仿人类的笑声。

"哦，对不起，有点瘆人，我应该学你们的表情符号之类的。"

陈晓的脚伤好得并不快，但同样受伤的并不止他。面前保护了他的银翅鸟也在清理攻击型银翅鸟的空投中受了伤。

成体银翅鸟能够在高温下存活，但即时的防御不可能不付出代价，尤其对于一种平时就表现得行动迟缓的生物而言。

它本来的思维还要更加敏捷一些。

"你的话已经足够表达心情了。"陈晓笑了笑，"我的语文还没有你好。"

"如果你每天百无聊赖，除了和同类抢占阳光就只有听着陌生语言的节目，你的语言也会进步得很快。"

"我很意外你们也会看我们的节目，我以为你们有自己的娱乐方式。"

"我们本来就很无趣，进化的驱动力不同，特质也就不同……银翅鸟的本能大概有些太富于侵略性了……对你们来说也许很难理解，可是，越多的子体就意味着越强的信息处理与分析能力。不追求扩张的银翅鸟在我们的母星一定会被打败，那里的重力比这里低太多了，即使是成年银翅鸟之间都免不了为了领地的斗争。从某种意义上说，银翅鸟必须信奉存在本身就是意义，才能够活到成年。啊，当然，我算是不常见的一点例外……"

"所以那些失控的个体并不是失控，它们只是没有……还没有产生意识。"

"没错。所以，银翅鸟将燃烧弹的技术交给人类也并不是那么理所当然的事情，它们是银翅鸟主动露出的软肋，"它抖了抖羽翼，"做出这样的决定对银翅鸟也很难，因为人类所谓失控的攻击型银翅鸟……就是银翅鸟几乎必经的少年时代。攻击性和扩张意识根植在基因里，银翅鸟就是这样的生物。的确，会有平稳增长自然聚集的成体，但通过扩张与融合才是最常见的路径。人类展现出的是地球生命数亿年进化的终极结果，而银翅鸟则用一生去经历进化的蜕变，从无目的的幼年，到依赖本能而行动的少年，最终在厮杀与融合中汇集成更大的个体，萌发意识。我们必然会经历，必然会经历意识产生之前，只依赖本能而行动的少年时代。"

"所以它们的代谢最为旺盛，所以它们带了更多难以沉降的尘羽。"

它略微倾斜了伸出的翼，表示赞同。

"我们也理解死亡，"它说，"但我们没有记忆。意识产生之前不会有记忆，所以……也不会有什么负罪感。也许我杀死过人类吧，我不知道。我诞生的位置离城市很近……但这并不意味着我的态度。"

"我肯定不会记恨你。"

"为什么不呢？"它说，"情感是自然而然产生的，不说也会写在脸上。

银翅鸟也会。"

"银翅鸟和你，这是两个概念，就像我、陈晓和人类一样，你大概也看出来了吧。"陈晓笑了笑，"我很好奇，你们的语言里也有类似情感的词语吗？"

"当然。我们拥有情感，在能量获取被极端压制的这里都有。这里的氧含量只有20，光强受制于大气，且平均值非常低。这是我们无法展开羽翼飞翔的大气，但我们仍旧拥有情感、思想。刻在基因里的选择告诉我们，这是优先于行动能力应当被留下来的天赋。"它说，"我羡慕你们，我也喜欢你们。"

陈晓没有回答。

"水已经没了，"它说，"我收集到的那些大多自己用掉了，我通知你们的军队来找你，还有，我喜欢你给我起的名字——苍岚，很英气的名字，我很喜欢。"

有一瞬间，陈晓想说些什么，但他没能开口，而它也许已经看出来了。

"我很快会回来，谢谢你。"

他知道——随时随地都可以——他愿意用生命去守护它的领地，并且，与所谓的报恩毫无关系。

他穿过许许多多银翅鸟的巢穴，向着人类的城市前行。

他注意到两只新的成体，在空投后的日子里，他们成长了起来。也许是在混乱中组合形成，并成功承受了空投的新成体，又或者在之后，新生的生命。

城市现在非常安全，没有银翅鸟，没有尘羽。

同样方向的季风一年只会来一次，无须担心。

而他将会经常、经常来到银翅鸟飞旋的海岸。

他会成为人类与银翅鸟的联络人——他知道军队指挥部对银翅鸟唯命是从，当然不会否决掉来自银翅鸟的要求。

他会常常见到苍岚，愿意的话，他都不用去军队报到。

回到人类世界的他会站在什么位置呢？他不知道，也无所谓。

在城市的边缘，他再一次回头。银翅鸟的轮廓在阳光下闪烁着光芒，数十公里外也依稀可见。他想起许多年前，在相似的平原上，他与陈玲，也是这样一起，看着暮色西沉。

他默默地望向北方，低声自语。

那时候你说过，银翅鸟的羽翼很漂亮，我也喜欢那些羽翼，我喜欢有趣的灵魂还要胜过那些羽翼。

我爱上了银翅鸟，你会原谅我吗，玲？

平原广阔。

没有回音。

没有回答。

她 的简介

念语，95后新锐科幻作家，毕业于上海交通大学，年龄小而文笔老练，故事清奇，将女性特有的细腻柔情融进理性的科幻创作，文风别具一格。其以《野火》出道，惊艳科幻文学圈，且执着于幻想领域的开拓，不仅坚持科幻创作，在奇幻和童话等领域也收获颇丰。曾于《科幻世界》《科幻世界·少年版》上发表多篇作品，也是第七届全球华语科幻星云奖年度新秀银奖获得者。

她 的回答

Q1 可以介绍一下你最喜欢的一部电影吗？

念语：《流浪地球》。在我心目中也许10年都不会有一部超过它的电影了，甚至也许很难有一部类似气质的作品诞生。就好像它的主旨一样，充满了希望——无论是故事里还是故事外。它是因为许多中国电影人的努力而诞生的奇迹般的作品，很浪漫。

Q2 10年前你最喜欢的科幻作家是谁？现在呢？

念语： 郝景芳，而且可以去掉问题里的科幻两个字。那时候我并没有对科幻的任何概念，但是当时《萌芽》刊载过许多她的青春小说，当然也包括（数量极少的）科幻。她的文字和点子都非常轻快，像在流动和跳跃一样。现在的话是刘慈欣……各方面都太优秀了！

Q3 世界末日之前的一分钟，你面前有两个按钮，红色按钮可以拯救所有人类，蓝色按钮可以拯救所有除了人类之外的生物，你会按哪个按钮？
（警告：选择蓝色按钮的话，自己也会消失。）

念语： 蓝色！毕竟……在这样的预设条件下，即使拯救所有人类的话，人类也很快就会灭绝的！人类可是一种至今都无法建立人工生态圈的弱小智慧生物呢……

生物是一个太大的范畴了，微生物、植物、动物，任何一个类别关键生物的灭绝都会带来巨大的灾难，比如小小的蜜蜂或者蚂蚁，对我们的地球都极其重要，何况是所有的生物。

而地球生态圈少了人类依旧会正常运转，甚至会运转得更好。

我的祖籍在浙江，家乡还没有通高铁，所以每次都会坐车经过国道。国道边有很多被人类遗弃的村落，只需要一二十年，植被就会淹没整个村庄，只有爬山虎依稀勾勒出的房屋轮廓让人还能勉强辨认出那里曾经有人居住。

那还是按下蓝色按钮吧！虽然我是绝对的人类本位主义者，但是，无论我们选择红色还是蓝色的按钮，人类都已经没救了……

王诺诺

"女性科幻作者"这个词是一个偏正结构，如果从语法来看，这个词
组的主次分级应当是：作者大于科幻大于女性。我认同这个主次分级。

王诺诺

「她」的科幻处女作

王诺诺发表的第一篇科幻小说正是收录在这本选集里的这篇《改良人类》。

该文发表在 2017 年的《科幻世界》3 月刊，讲的是一个人类通过大规模改良基因获取优质后代，导致人类群体丧失物种多样性，从而使得一种致命病毒对人类产生了巨大灾难的故事。

改良人类

王诺诺

"我睡了多久？"

"617 年 3 个月。"

"什么？ 600 年……为什么才叫醒我！"我想坐起来，却发现刚醒来全身虚得慌。

"因为您患的病——肌萎缩侧索硬化，直到去年才研究出特效疗法。您是临床上的第一个康复案例呢！"

"我家人呢？"

"您父亲在 2113 年去世了，享年 118 岁，母亲长寿一些，活了 134 岁，于 2130 年故去，他们都是寿终正寝。您的孪生弟弟，在您冬眠之后立志要找到治好您的方法，成为科学家。为了更好地参与科研，他经历了 3 次冬眠，最终于 2620 年去世。与您血缘在三代之内的亲属都不在人世了，您现在孤身一人！"护士小姐轻快地说。

撇开怪异的服装，这确实是个美人，小麦色的肌肤让我无法分辨她的人种，但眼睛是明快的，窝着一汪水，让人觉得她的轻快里没有丝毫恶意。

"一个不剩了？"我绝望极了。

"一个都不剩了！"护士小姐露出了职业的微笑，六颗牙，白光刺眼，"不过您放心，您的父母留下的财产，在信托公司多年的管理下都大幅增值了，能确保您这辈子衣食无忧。何况……您苏醒在一个最美好的时代，应该开心才对！"

"闭嘴！什么最美好的时代！举目无亲的是我不是你！"她的乐观像一把尖锐的刀，我终于爆发了。

护士小姐被我的吼声镇住，还好这时门外走来一个人。

女人，肤色健康身材苗条，五官的轮廓也深邃，细看起来，竟然与护士小姐有几分相像。

"刘海南先生，您睡得太久，有些知识需要更新了。我是人类改良工程的负责人，姓雷。您苏醒的后续事宜由我来安排。"

自己肢体的控制力渐渐恢复了，我便和她握手，她的手是光滑修长的，我不禁想，这女人气质高雅，样貌出众，连手都漂亮，她能有缺点吗？

"什么工程？"

"人类改良工程。"她重复道，"您的弟弟，刘辰北教授也曾经为这个工程献过力。苏醒后您的身体情况很特殊，需要进行一些必要的调整，请跟随我来工程基地吧，路上我会向您进行详细介绍。"

"你……不会是骗子吧？"

我说完了，发现自己实在是傻气。护士和雷都笑了，她们的笑容也那么像。

"刘海南先生，真想骗您钱的人，可不会把您叫醒再骗呀！"

雷教授带我坐上代步的封闭式飞行器，我也有机会仔细看看 600 多年后的世界。

城市不再是扁平的，高耸入云的建筑物顶端由廊桥相连，在上空形成了一片网格。代步器在摩天森林的空中按照特定的轨道川流不息。最让人高兴的是，自然环境并没有因为科技发展而遭到破坏，网格外的天还是蓝的，树木生长在城市的各个维度。男女皆生着一张非常漂亮的脸，乍一看他们就和亲戚一样。

"看来世界往好的方向发展了。"我心情稍稍得到舒缓，感叹道。

"只是看起来如此而已，我们的世界正处于崩溃边缘。"雷教授打断我，封闭式的飞行器不需要驾驶员，她坐在旁边为我做血压和心跳的测量。

"什么？刚才的护士明明说这是最好的时代啊！"

她停下手上的活，抬头看着我，圆又大的眼睛里倒映着一个看起来格外困惑的我。

"最好的东西总是伴随着最高的风险，一切都得归功于人类改良工程。"她说，"工程启动的原因是，21 世纪中后叶试管婴儿在新生儿中的比例已经达到 100%，我们可以非常方便地对胚胎进行筛拣和改良。于是，在您进入冬眠 100 年后，我们就用基因置换法消灭了 99% 的基因病。"

"基因置换？怎么置换？"

"向胚胎植入一小段强势基因。"

"强势基因？"

"一段高亲和性的基因序列，尾部捆绑了致病基因的等位健康基因。一旦强势基因与受精卵内的染色体接触，就会换下原本导致疾病的基因。更改过的遗传物质序列会随着生殖传递到后代，这个疾病就算是永远消除了。"她接着说，"随着基因密码的完全破译，我们把所有遗传病的等位健康基因都缝进了同一段强势基因。只需要在胚胎内植入一次，就可以杜绝所有遗传病。"

"这一下能救多少人啊！"

"是的，"雷教授脸上却露出了忧愁之色，她利落的眉毛拧蹙着，"如果人在那时候能知足就好了……"

"什么意思？"

"各项体指正常，恭喜您完全从冬眠中恢复过来。"她收起检测仪器，平和地说道，"一旦掌握了随意修改 DNA 的技术，人怎么可能仅仅满足于获得健康？"

我忽然有些明白了，为什么这里每个人的脸都整齐划一的漂亮。

"你是说……你们把改良技术用在了人的五官上？"

雷教授苦笑了一下："呵……不止五官。长相不好、个子不高、易胖、笨，甚至是雀斑、青春痘、体毛过密和脚气病，都被视为劣等基因，都需要修改！我们用基因置换法修改了几乎所有性状，甚至最后连性格也用基因操控了。"

"为什么要操控性格？"

"通过改变人，来改变社会啊！修改暴躁易怒的基因，会让世界上的暴力冲突大大减少；修改控制生殖欲望的基因，会让出轨重婚一类的家庭悲剧减少。"

"啊……这样做等于你们战胜了达尔文进化论，人可以随心所欲地……设计婴儿！"

"还没到那一步。当这样的基因改良推广到了人类几乎所有性状之后，问题就出现了——遗传物质变得极其不稳定。缺少千万年的演化和适应，新配组的 DNA 在分裂和分化的时候非常容易出现变异，这样反而导致了残疾个体的增多。"

我望向飞行器的窗外，城市网格上行走的都是健全人，我不禁问："可我并没有看到残疾人啊？难道你们把他们集中处理了？"

"哈哈哈……"我不禁又要感叹她笑起来非常好看，眼睛是甜的，嘴角是软的，在我沉睡前的那个时代是可以当明星的，"你把我们想得太残暴了，在脱离了工业社会之后，对个体生命的尊重就是人类最基本的共识，我们只是继续在修改基因这条路上走了下去。在你沉睡 250 年后，我们发现一组 18 号染色体上的基因，可以控制遗传物质构成。将遗传物质的成分稍加更改，它的稳定性就大大增强了。就像一把锁，这组基因锁死了其他染色体上的基因序列，把它连在强势基因后，植入胚胎，随机变异问题就杜绝了，"她顿了一下，"当然也是有副作用的，因为遗传物质的构成发生了改变，新生儿与他们后代的基因不再能够与强势基因发生反应，像以前一样修改遗传物质变得几乎不可能了。"

"那又有什么关系呢？你们已经完美了啊！智商高、外貌好、性格温和，不需要改良了呀，只要把基因'锁'上，保证稳定就行了。"

"当时的决策层也是这么想的，不顾科学家的极力反对，对所有胚胎植入了基因锁。"

"为什么科学家要反对？"

雷教授没有直接回答，我们的飞行器垂直穿过网格摩天大楼，到了一处地下工事。厚重的铅门徐缓打开，她示意我进去。于是我迈步踏入，发现地板是向前运动的。

"这总部怎么修得那么神秘？"

"原来我们在地面，也是高楼。这个办公地点大约是 20 年前启用的，我们正在进行一项研究，需要保密。"

"需要保密的东西，我怎么能进来参观？"

她转过来对着我："因为我们需要您的帮助，刘海南先生！"她的眼睛里闪烁着真诚的光，"事实上，您很可能得把人类从深渊里拉出来！"

"别别别，你在说什么呢！"我吓了一跳。

"您别着急，我的说法可能夸张了，您才刚醒，也许还没准备好接受信息 。"

地板指引我们拐进了一间类似控制室的屋子，但里面并没有操作人员，只有墙壁和天花板屏幕上的数据跳闪着规则的光。

"这间屋子里的中央计算机，它的运算速度比您所处的年代最快的计算机要快 40 亿倍。我们用它来模拟病毒和细菌的进化。不过当然了，它的屏幕那么大，也可以用来打 PPT。"她狡黠一笑。

这时候屏幕上的数字暗下来，整合后的光线从四面屏幕投下来，全息影像打在了房间中央。

"我们以为自己克服了疾病、丑陋和愚笨，却没想到这引发了更大的危机……"

全息图随着雷教授的语速慢慢变化着，周围渐渐出现了村落、农田、人类……我仿佛置身于 16 世纪前西班牙人还未染指的美洲印第安人聚居地。

"人的基因原本是多样化的，即使是不利生存的性状，常常也会成为隐性基因，藏在遗传物质里，在后代身上显现。多样化对于个体来说，未必是一件好事，但对于人类整个物种来说，却是极具优势的。"

全息图变化着，欧洲人登陆了、杀戮、奴役、瘟疫和大火，平和的村庄变成了修罗场。

"同样的天花病毒，对于欧洲人致死率是10%，而对于印第安人则是90%，耐受度差异如此之大，并不仅仅因为欧洲人体内残存天花抗体，他们二者的基因不同也是一个重要的原因。"

画面从印第安村庄变成了一个山洞，外面的大风雪让洞里的人围着篝火抱坐着瑟瑟发抖。

"尼安德塔人，和我们的祖先晚期智人同源，只是更早地'走出非洲'。因为身体构造和大脑容量无法适应冰期遭到淘汰，而晚期智人相对尼安德塔人有生存优势，才将南方古猿的血脉延续至今。"

全息图里的篝火熄灭，画面暗下来……

"基因多样化，是物种面对环境变化的武器，多大的灾难，也只能消灭一部分人，拥有合适基因的另一部分人将继续繁衍……而我们现在亲手把这一武器销毁了。"

"你的意思是，现在人的基因都是高度统一的了？"

"是的，我们把太多美好的性状加在胚胎里了，而美好的事物总是有统一标准的。无论所处哪个洲，人类个体基因的相似度都远远高出您那个年代，且失去了突变的可能。而在决策层意识到问题的严重之前，这种状态已经持续了300多年，所有没携带基因锁的人，都已经逝世，除了实验室保存的基因片段标本，我们能取得的未经修改的遗传物质少之又少。"

"但那又有什么关系呢？就算是这样，这个社会看起来也是一片和谐，哪里来的灾难呢？"

屋子中间的全息图再度亮起，出现了几个奇形怪状的物体。都是足球大小，有的扁圆，有的长满绒毛，有的非常简单，只是螺旋状的一段，被薄膜覆盖。

"这是什么？"

"几种病毒，"她平静地说，"当然是病毒的放大影像，因为我们已经破译了人类的遗传密码，所以它们对我们的伤害变得很好测算。这几种，都是能够攻击我们高度统一的特定形状，用3周杀死95%以上人类的。"

"什么？！"

"放心，这些病毒只是计算机根据现有病毒测算出的变异版本，它们还没有在自然界中真实存在呢。只是这几个，"她将手伸入一个病毒的全息图中，取出了它的遗传物质，拉长放大，并把它拖入了一个对比图中，"它们的基因，跟现存病毒太像了。"在对比图里，这魔鬼病毒的基因，与常见的流感病毒只有三四处细微差别。

"这也太可怕了，万一恐怖组织掌握了修改病毒的技术，后果不堪设想。"

雷教授将全息图关闭，地板又移动起来，带着我们往控制室外部走。"这倒不必担心，现在的人生性爱和平，恐怖组织并不存在。但有这种变异潜能的病毒，何止千万种，有的甚至还没有被我们发现，光是潜在的自然界里的随机变异就极可能把我们全部杀死！"

地板停在了一个类似冷冻库的地方。

"这是病毒库，"她介绍说，"我们没换隔离服不能进去，里面收藏着人工变异出来的几种新病毒，传染性不如刚刚全息图里的那些，但也能在 3 个月的时间内杀死 99% 以上的人类。根据计算机测算，在人类基因高度相似的情况下，未来 100 年内，我们被变异病毒清洗的概率是 80%。事实上，在之前的 300 年，和我们循序渐进改良基因的过程中，居然没有大规模瘟疫暴发，已经是一个奇迹了。"

她说完了又用大眼睛看着我："您现在还觉得这是个美好的时代吗？"

看着冷冻库门上标示的硕大的红色 WARNING，我忽然想起了什么。

"明白了……我身上有没被上锁的基因！这就是你来找我的原因！"

她点点头表示赞同："是的，刘海南先生。商用冬眠技术于 2032 年成熟，您于 2045 年沉睡，而基因改良技术于 2052 年正式启动。您正好躲过了整个基因改良工程。和您同一时间段进入冬眠的 8000 多人，是拯救人类的关键。"

"才 8000 多人……"

"除了你们，还有一部分在基因改良工程初期的冬眠的人，但他们的基因已经被部分改良了，利用价值不如你们。"

"只要能够救人类，我可以完全配合你们的工作。"

雷教授的一些发丝散下来，她用手拨到耳后，嘴唇紧紧抿着，似乎接下来的要求难以启齿。

"我们正在进行'火种计划'，您的基因就是我们文明延续下去的火种，我们需要取一些干细胞。"

"就像捐骨髓对吗？"

"并不全像，需要断断续续注射一些先导素。希望您这段时间先不要回府邸，在这里住着吧，加强锻炼和营养，我们会给您最好的看护。"

她把我安排进了基地里一处幽静的住所。接下来的几天我在护士的陪同下，慢慢熟悉这个世界。我也像他们一样，穿上了可以保持血压体温却非常难看的紧身服，吃起了搭配均衡的营养膏，甚至报名参加了一个封闭式飞行器的使用课程。

一如雷教授所说，这里社会和谐、人人幸福、空气清新、科技发达，这种幻象，常常会使我忘了悬在人类头上的达摩克利斯之剑。不过也正是因为这些美好的事物，我坚定了参加人类改良计划的决心。

冬眠前我曾惧怕醒来的时候会孤单，会无法适应，但我怎么也没有想到，自己会在重获新生的那一天，成为救世主。

但这也许又是一件好事，让我能够在新的时代找到存在的意义……

直到我再次遇见弟弟。

在稍稍熟悉基本情况后，我获准可以在基地的部分空间自由行走，当我再次走进装着巨型计算机的控制室，全息投影自动亮起。

"哥哥，好久不见了。"身着白色大褂的老者向我走来。

"哥哥？"我被吓了一跳。

"我是刘辰北，不知道他们向你透露了多少我的信息，但肯定没人想到，我会在计算机程序里加了识别我个人基因的插件。你的基因序列和我一样，一旦你独自走入这间房，电脑就会识别投影。我录的全息影像可以回答你的特定问题，这也算是我们兄弟最后一次的对话吧。"

他的脸因为岁月流逝而显得松弛粗糙，但依稀还能看得出当年的样子。说实话，被一个满头白发的老人叫哥哥，我是非常不习惯的。

"哥哥，我带来的不是好消息，"他扶了扶眼镜，干瘪的嘴唇嚅动了几下，仿佛下了很大的决心才说出口，"……你的病并没被治好。"

"什么？！"

"在冬眠后，我投身 ALS 治疗方法的研究，但进度始终停留在缓解病情的阶段，最终没有找到根治方法。哥哥……对不起！"

"怎么可能！600 年啊！600 年的时间！居然没有找到治疗手段？！"我被突如其来的噩耗打击得情绪失控。

"治疗研究只持续了不到 30 年，基因置换法的发明消灭了所有基因病，再也不会有机构拨款研究基因病的治疗了……这个道理你怎么会想不到呢？"

我恍然大悟，但还是想着抓住最后一根稻草，雷……

对的，雷教授她是一个笑起来非常漂亮温暖的女人，怎么可能会骗我呢？

"雷教授为什么要骗我？"

"她并没有什么都骗你，人类确实面临着危机，火种计划也是真的，但……"他顿了顿，苍老的声音变得颤抖，"你应该没见到其他从冬眠中苏醒的人吧，不好奇吗？"

"他们去哪了？"

他指了指脚下。

光影又开始变化，另一幅场景被投射到房间中央：男女老少，数百具身体浸泡在独立的玻璃缸中。淡黄色的液体里，他们的身体是灰白肿胖的，仿佛恐怖主题的科幻片。

"火种计划……你的基因是火种，可你的肉体只是炮灰！"他的声音因为激动变得颤抖起来，"他们要刺激没上锁的基因，让它不停变异，直到在 18 号染色体上发现一段可以'开锁'的基因，将它植入所有胚胎。等所有的基因锁都开了，基因多样性增强了一些，再把基因锁重新导入胚胎，在一定程度上稳定保持人类的优良性状。他们这是在试图寻找一个多样性和单一性的平衡点啊！"

"但为什么要把冬眠苏醒的人泡在缸子里？"

"18 号染色体上的'钥匙'基因的序列，20 多年前计算机就测算出来了，但要得到它还要更多的变异。而变异最快的方式，不是刺激已经提出体外的细胞，而是让细胞留在体内，刺激人体。让体内的激素和细胞互相作用，从而得到他们想要的基因序列。你的身体，就是他们最理想的培养皿！"

看着全息投影里了无生机的躯体，想着自己变成他们中的一员，我不禁一阵反胃。

"雷跟我说，尊重每个生命，是这个社会的共识，他们怎么把人做成'培养皿'

呢？"

"尊重每个生命……呵呵呵……每个……人！"他忽然加重了语调，"你会尊重一只猴子吗？"

我觉得他问得莫名其妙，便愣在那里。

"那些人，漂亮、高大、聪明，从每个生理层次上都碾压你我，他们还会觉得我们是'人'么？！当年光是人种之间的互相歧视已经到了水火不容的地步，何况如今他们与我们的区别，比人种之间的区别大了何止千百倍！当人与人之间的优劣明显到了这种地步，一切通行于他们社会的道德伦理，都不会适用于我们。"

"……"我瘫软在那里。

"唤醒你是为了将细胞恢复活性，"他似乎还嫌不够，继续说道，"注射了神经毒剂之后，你会丧失意识，也不死，泡在缸里，有营养一直供着，算是无意识地永生。"

"他们……不是已经被改造得善良又宽容吗？不是完美了吗？怎么会干出这种事？"

"我们当初制订标准化 DNA 时，的确去掉了所有不美好的品质：易怒、悲观、懒惰……唯独保留了一项——自私。自私是古往今来社会向前走的动力，如果人不自私了，基本的经济学理论全都作废了，社会关系也会停滞不前。你的牺牲能够换来他们的安全，自私的人当然会义不容辞。"

我的喉咙干涸，吞咽了一下，发现自己已经不再分泌唾液，于是用沙哑的声音说："那我该怎么办？"

"哥哥，我把自己的 DNA 序列录入了两个地方，你走进去会自动认证。这是一种古老的加密方式，随着所有人的 DNA 高度统一，它早被废除了，所以他们防不胜防。"

"一个地方是这里，另一个是……"

他灰亮的眼睛恢复了一些光彩："病毒库，存放那些致命病毒的地方。"

听到这里我心头一紧："病毒库？"

"最强的病毒会在 20 秒内让人丧失行动能力，基地马上就会陷入混乱，你可以趁乱逃走。很快基地外的世界也会受到感染，城市瘫痪，国家陷入恐慌，这个时候你要找一个安全的地方躲起来，深山孤岛什么的最好了。等到几个月后，人类被清洗得差不多了，你可以再回到冬眠仓库，将还在睡觉的 8000 多个人放出来，你们重新组成社会。当然了，8000 多个人是没有办法维持现在的科技水平，你们会倒退回农业社会，但好歹文明真正的火种被保全了，所有知识还储存在书中、电脑中，总有一天你们的子孙能够重新建起来。"他皱起眉头，"那些改造人还在执迷不悟于改良基因，一条路走到黑……这能拼过数千百万年的进化吗？能比得过自然选择吗？不汲取教训，用一个错误掩盖另一个……现在把真正的火种浸泡在缸子里，人类只有死路一条！你把病毒放出来，不但是救了自己，也是救了我们的文明。"

"你要我……杀了全世界的人？可是……如果我也被感染了呢？"

"对于我们那个时代的人，这些病毒的致死率在23%左右，你确实有一定的死亡概率。就算逃过一死，你的 ALS 也会加剧，即便以后用仪器和药物来控制，你在丧失行动能力前的日子也只有 8 年。这是你的选择，8 年的自由日子，还是永远被泡在缸里？"

"怎么会这样……辰北，我究竟该怎么选？"我的眼泪不自觉流了下来。

"对不起，投影并没有被存入该问题的答案。"

"你说话啊！我该怎么选？！"

"对不起，投影并没有被存入该问题的答案。"

"……"他倒是真会逃避问题。

我梦游似的来到了病毒库的门口，贴近时门便开了，没有一丝警报，没有一丝犹豫。所有的加密设施都在我面前打开，不得不说，刘辰北这小子做得滴水不漏。

很快我便找到了弟弟口中的最强病毒，一小管淡红色的液体。我捧着它看，却实在无法打开瓶盖。谁能想到这么小小一管，就是一个潜行的恶魔，能在空气、液体、土壤、人际中迅速传播，杀人迅猛。

"你在做什么？"一个清亮的声音划破周围肃杀的气氛。

我回过头，是雷。见到她，我的情绪又上来了，有上千个问题想质问。

"你别过来！你们真实的目的是把我永远泡在缸子里！对不对？为什么要这样做？！"

她愣住了，显然很意外我知晓了实情。

没有辩解，没有劝说，她用两三秒调整好了情绪，缓缓举起了手里的镭射枪，我的心彻底跌了下去——这说明我听来的一切都是真的。

"放下试管，不然这就是你听见的最后一句话。"

"放下枪，不然这就是我们俩听见的最后一句话。"

我装作要砸碎试管，她慌张间透露出对枪运用的不熟练。也对，一个天天待在实验室里的人，怎么会用枪呢？

但我也知道会用枪的人正在往这里赶。

不会超过一分钟，他们就能包围这间屋子，这个时候，仿佛世界上的一切公式都在我的大脑里急速运算。

砸下试管，我有八成的概率不死，雷不会用枪，或许我能幸免于被镭射枪融化，但之后，我是否又能逃过其他人的枪？除此之外，我有几成概率能成功躲过末日前的混乱，唤醒我的同伴？即使这一切都成功了，带着病的我能活8年？10年？我们8000个人组成的弱小的文明，还能不能重新孕育出这样灿烂的文明？

一切都充满了未知数……

但无论如何，有一件事是已知的——不砸试管，我是十成十会被泡在缸子里的。

这时忽然我想起辰北说过的一句话："自私，是社会向前走的动力。"

于是我松手。

试管落下。

"啪"！

她的简介

王诺诺，科幻小说家，2018 年银河奖最佳新人奖获得者，代表作《故乡明》《风雪夜归人》，已出版科幻短篇小说集《地球无应答》。

她的回答

Q1 可以介绍一下你最喜欢的一部电影吗？

王诺诺：《返老还童》《本杰明·巴顿奇事》，改编自菲茨杰拉德的小说，讲的是在正确时间，以错误顺序遇到对的人的故事。喜欢这部电影可能是因为我在一个正确的时间观看了它吧。

Q2 你有什么爱（怪）好（癖）吗？无论什么爱好都可以聊一聊。

王诺诺：喜欢偶数的癖好。别人亲我脸一定要像欧洲人的贴面礼一样，必须亲偶数个，保持一左一右的对称，不然我会崩溃，追着把个数补成偶数。

Q3 世界末日之前的一分钟，你面前有两个按钮，红色按钮可以拯救所有人类，蓝色按钮可以拯救所有除人类之外的生物，你会按哪个按钮？（警告：选择蓝色按钮的话，自己也会消失）

王诺诺：红色。一个原因是我自己不想死，第二个原因是如果要让人类不死，那其实很多微生物就肯定不能死，比如肠道内的许多共生菌群，它们如果瞬间死去人类也无法完成机体运作。

那么拓展一步说，为了"拯救"人类，可能一些密切相关的生物，比如制造氧气的海洋藻类、吃的小麦也不能死。

所以，红色按钮的选择其实是拯救人类生命，并且保留最低程度的物种多样性以延续人类文明，感觉这个选择还不算太差。

顾备

女性科幻作家首先是女性，然后才是科幻作家。作为女性，我深感自豪，因为我兼具理性与感性，既有理科生严谨的科学逻辑，又有独属于女性的细腻和敏感。我希望未来能写出更多优秀的科幻小说，能吸引更多女性读者，能让她们在小说中看到自己和真实世界的影子，思考自我存在的价值。女性，不是符号，不是温室里的花，既不是花盆，也不是工具，是活生生的人，占了地球全人类的一半。我们，应该有自己的声音。

顾备

她"的科幻处女作

顾备发表的第一篇科幻小说叫作《觉醒》，2017年刊登在《科幻立方》杂志6月刊上。

AI与人类是两种不同的生命形态，他们对于自我的认知与人类不同，思维方式也大相径庭。《觉醒》通过对人类爱情与性爱的理解，从AI的角度逐步揭示了什么是生命，同时解答了终极哲学问题——我是谁，从哪里来，到哪里去。

顾备的这篇小说讲述了撒都拉情感疗养院的高级AI情感陪护岚羽，爱上了创造他的女黑客玲子，而玲子始终深爱当初创建了疗养院的前男友兰屿。兰屿被反AI联盟暗杀后，玲子来看望按照兰屿形象塑造的AI，却与AI岚羽陷入爱河。觉醒，一方面是指AI机器人对生命和情感的觉醒，另一方面是指女性意识的觉醒。生命是什么，情感是什么？我是我，还是一个符号？

被编辑的双生

顾 备

引子

灰色的钢铁丛林一如既往地冷漠着，天已经蒙蒙亮了，残月不甘地挂在远处的天际线上。整座城市正在苏醒，隐隐约约可以听到汽车轮胎碾过公路发出的沙沙声，这个钟点，路上已经开始跑车了。城市的每一个早晨都是这样，最先醒来的不是鸟，是人，是车，是停不下的脚步。在顶楼27层，一个女人坐在窗户上，把双腿从窗框里伸了出来，在空中晃了几下。她抬起头，看了看空无一物的天空，面无表情，然后又回过头去，不知道看见了什么，或是没看见什么。总之，她用力一撑，整个人从窗户上飘了下去。淡紫色的裙子在空中滑过，仿佛一朵小花，随即就不见了。重重的一声闷响，然后是某辆车的防盗器发出了刺耳的鸣叫声。

本市新闻

今日凌晨，在深南艾滋病研究中心发生一起自杀事件，死者大约30-35岁，女性。警方根据现场勘察的结果，可以确认，该女子是从医院顶楼的一扇窗户里跳楼自杀的，已排除他杀可能。案发时，该女子未带任何身份证明，根据警方的大数据查验，她并非本市居民，也并未在本市注册临时居住证，因此无法核实该名女子的身份。医院声称，该女子是深南艾滋病研究中心的病人，但由于艾滋病病人的特殊情况，医院并未强制查验其身份证明。

该女子自杀的原因，尚未可知。后续报道，敬请关注本市新闻热线。

小浩

海底的洋流轻缓地向前涌动，周围五彩缤纷的热带鱼不紧不慢地跟着洋流的方向，忽左忽右地漂着。一条色彩鲜艳的小丑鱼披着红白相间的舞衣，从轻轻舞动的浅棕色软珊瑚丛中露出半个身子，不经意地晃着。突然，珊瑚上方出现了一只脚，吓得小丑鱼嗖地溜回到珊瑚丛中去了，只剩下半条尾巴漏在外面。

脚的主人是一个小男孩，他悬停在珊瑚丛上方，悻悻地说："我该走了。"

"不玩了吗？"说话间，从珊瑚后面闪出另一个小男孩。这两个小孩长得几乎一模一样，只不过，后面说话的那个，额头上有一个蓝色的菱形标志，看上去像一颗闪烁的小星星。

"到点了呀，季晨姐姐要来了，"男孩说着，抬起手，"晚上再来找你。"他一边说，一边做出摘面具的姿势，周围的景色迅速扭曲起来，晃了几下就消失了。他摘掉头盔，在病房门被打开之前，飞快地把头盔放回抽屉，然后倒回床上装睡。

轻柔的脚步声走向病床，然后，一只微凉的手抚上他的头。

"小浩？"一个无比温柔的声音如同歌声般在小浩耳边响起，"醒醒。"

小浩哼了一声，听上去很像熟睡的人刚被叫醒的声音，然后，他转过身来，打了个哈欠，皱着眉头把眼睛睁开了一条缝，随即又闭上了双眼。

那只手抚摸着他的头顶，慢慢地、小心翼翼地，却让小浩觉得特别温暖。他有些内疚，不该骗姐姐的。他举起手，揉了揉眼睛，这才睁开眼。

"姐姐。"他亲昵地喊了一声，就静静地转着身去，等着早已习惯的酸痛。

季晨姐姐很漂亮，有一双特别亮的大眼睛，眼睫毛也又长又密，忽闪忽闪的，怎么看都看不够。骨髓穿刺是个技术活儿，只有季晨姐姐帮他做穿刺的时候又快又好还不那么疼，而且她脾气也好，从来不会因为他哭闹就骂他，也从来不会跟他使脸色，总是非常温柔地抚摸着他的头，哼着好听的歌。

其实，他不怕骨髓穿刺，有时候，甚至还会有点期盼骨髓穿刺的那天，穿刺结束后，无论妈妈还是季晨姐姐，都会对他特别特别好。姐姐会抱抱他、亲亲他，还会给他讲故事，会给他带好吃的。妈妈呢，会特别温柔地把他搂在怀里，给他唱歌，摇啊摇啊，一直到他睡着。平时的妈妈总是静静地不说话，一个人坐在角落里，脸上什么表情也没有，愣愣地盯着地面发呆，让他觉得妈妈好像是在另一个世界里，怎么也够不着。

小浩从有记忆起就住在这里了，李堂哥哥说他有先天性免疫缺陷啥的病，反正就是不能到外面去，因为一旦受到外界病菌的感染，他就会生病，一生病就会很严重，会死。

他每三个月都会做一次骨髓穿刺取样。李堂哥哥说需要连续观察，看是否有不稳定的基因发生变异。平时还好，就每周抽血，从胳膊上取血，跟骨髓穿刺比起来，一点都不疼。

针头扎入他髋骨后上方，季晨姐姐跟他说过的，那是麻醉针。小浩屏住呼吸，咬紧牙关，等着。一阵剧烈的疼痛，好疼啊，那是针头扎进骨膜了。还好，他忍得住，很快就会钝下来的。疼痛的那股劲儿慢慢过去了，有点木木的，小浩总算吐出一口气，大口大口地喘了几下。接着，是骨髓针。骨髓针刺入时候，小浩仿佛能感觉到针头摩擦着骨头，一点一点探进去，有点刺刺的，而他知道，很快会有更强烈的酸痛。于是，他提前闭上眼睛，狠狠地咬着下嘴唇，感觉全身都有点颤抖起来。姐姐说，别紧张，马上就好了。然后，那阵熟悉的酸痛轰地从腰后涌了上来，一下子就把他淹没了，如此强烈，以至于他即使做好了准备，还是忍不住哼出了声。但他究竟还是忍住了，把声音按在喉咙里没喊出来。他屏住呼吸，等着酸痛散去。其实，这一切都很快，忍一下就好，他已经习惯了。然后，是抽针，几乎没什么感觉，或者说，还没来得及有什么感觉，姐姐就已经拔出骨髓针，用力按在他的伤口上帮他止血了。她跟他说，好了好了，没事了。

小浩还是没有说话，继续咬着牙，因为还是有点疼，很疼，虽然针已经拔出去了。他也不知道这种疼究竟是自己想象出来的，还是真的还疼，但是，他不想让季晨姐姐担心他。

处理完样本，季晨一如既往地抱了抱他，轻轻地亲了亲他的脸颊，又拿纸巾帮他抹了抹被汗水浸湿的额头和鬓角。"疼就喊出来，喊出来就不那么疼了。"季晨心疼地说。

"没事没事，不疼不疼，姐姐技术那么好，怎么会疼。"小浩在脸上挤出一丝笑容，"姐姐，妈妈今天怎么还没来？"今天是他 6 岁生日，平时妈妈一大早就会来的，还会带给他最爱吃的红烧排骨。可今天，就连他骨髓穿刺妈妈也没来陪他，这让他心里非常不安。

一直以来，这里就只有他一个人，整间病房没有其他人会进来，除了妈妈，只有季晨姐姐、王阿姨、金教授、李堂哥哥。以前他曾经跟妈妈说过，想要个小朋友陪他玩，最好是能有个小弟弟陪他。可是，一提起这个，妈妈就流眼泪，后来，王阿姨给了他一个头盔，说是可以打游戏，他就再没提起过。昨天，妈妈突然说去给他找弟弟，还给他做了他最爱吃的红烧排骨。可今天，明明是他生日，妈妈却没来。这太奇怪了，奇怪得让他害怕。

"姐姐，你为什么不说话啊，你看到我妈妈了吗？今天是我的生日啊，她为什么还没来啊？"小浩拉住季晨的手。

"对哦，今天是小浩生日呢。"季晨摸着小浩的头，声音里带着怜惜。

"姐姐，你帮我去找找我妈妈吧。"小浩摇了摇季晨的手，央求道。

"呃……好啊。"季晨似乎有点犹豫，她摸了摸小浩的头，柔声说，"要乖哦。"

"嗯嗯，"小浩大声应道，"那我可以去《万物生长》里玩一会儿游戏吗？"

《万物生长》就是小浩在头盔里一直玩的那个虚拟游戏。他们谁都不知道，小浩其实在游戏里有一个弟弟，叫小淼，嗯，额头有蓝色星星的那个。没人知道小淼的存在，他们都以为这不过就是个游戏。但是，小淼可不是那种傻乎乎的NPC，他是活的，可以陪他聊天，可以带着他满世界去玩儿。小淼什么都知道，他们常常一起出发去别的世界打游戏。不过，小淼告诉他，千万别告诉任何人。

"嗯，玩吧，别玩太久，不然眼睛要看坏的。"季晨递给他一块糖，又帮他拿过头盔，帮他带好，随后推着托架出去了。

季晨

例行公事，季晨给小浩抽完血，又抽了骨髓，等下把样本拿去机要化验室就行了。

小浩真是可怜，没了妈妈。今天早间新闻里那个跳楼自杀的女人，就是小浩妈妈。小浩妈妈叫什么已经没人知道了，但肯定是有名字的，只是被忘了吧，大家都叫她小浩妈妈。小浩妈妈瘦瘦高高的，一脸清秀，给人一种特别纤细而柔弱的感觉。她总是低着头，动不动就哭，话很少。

季晨上的是白班，正常工作时间上下班，所以，她并不知道小浩妈妈是怎么跳下来的。不过听同事说，王阿姨看见了，可惜没来得及拉住她。警察当时就来过了，挨个问了一圈，估计等下还会来。医院领导早就吩咐过，不要乱说话。本来，知道这件事的就没几个人，都是签了保密协议的，应该不会有不懂事的出去乱说。

说起来，小浩爸爸原本就有艾滋病，孩子出生没多久他就死了，所以，现在小浩就是孤儿了。也不知道小浩妈妈怎么想的，今天可是小浩的生日，她真是狠得下心。真是可怜，没妈的孩子最可怜了。说真的，每次给小浩做骨髓穿刺，看他那么小个孩子紧咬嘴唇忍着疼不吭声，真的很心疼，不知道还能为他做点什么。今天是小浩的生日，看到小浩那么高兴，她忍不住内疚。这孩子还不知道妈妈已经不在了，再也不能来看他了。可是，她开不了口。

季晨想着，摇了摇头，说到底，她也只不过是个高级护士，又能有什么可做的呢？人生在世，都是来受苦的，跟别人比起来，季晨觉得自己已经很幸运了，毕竟，深南艾滋病研究中心给的工资比当地医院高很多。6 年前她刚离婚，孩子才刚满周岁，公立医院工资低不说，每天都累死累活，还要值夜班，没法照顾家庭。正好，初中同学李堂跟她说，这里在招高级职业护士，她就来了。这里的工作量并不大，只不过，因为需要照顾艾滋病人，所以职业风险高一点。对她来说，什么也比不上女儿的一个笑脸，不管工作有多累、多危险，只要回到家，听到孩子甜甜地喊妈妈，心里别提有多满足了，孩子的笑声就像最甘甜清冽的泉水，能洗去她身上所有的乏累和郁烦。有了这份工作，她相信自己一个人也能把孩子拉扯大，她要让孩子念最好学校，给她最好的条件读书，一定要考上最好的大学。女儿，是她的宝贝，一定要幸福啊！

季晨的二叔是副镇长，她爸是个普通工人，母亲在镇卫生院当护士，她是独女，初中毕业她成绩太差没考上高中，正好卫生院有名额，就去护校读了委培的护士专业。后来，二婶帮她介绍了她前夫，是个本分的包工头儿，给人做装修，每年能挣不少钱。一开始还好，可后来她生了女儿，前夫就开始骂她是不会下蛋的母鸡，而且一喝酒就动手打她，她忍了整整一年，终于还是跟他离了。

人家讲，男怕入错行，女怕嫁错郎，想想真是没错。女人的一生，好年华就那么几年，要是跟对男人还算有个幸福的家，要是跟错了人，就跟自己一样，好年华一天一天被消耗掉了，每天上班是最快乐的，回到家里就担惊受怕，莫名其妙就会挨一顿打。一开始她也以为前夫打她肯定是她自己哪里做的不对，后来她明白了，家暴是一种行为习惯，对方只是习惯了把负面情绪宣泄在一个无法躲避无法反抗的人身上。对于被家暴的女人而言，家，就是刑场，无法躲避也无法反抗，随时随地都有可能被打。

好不容易摆脱了那个男人，她觉得离婚才是这辈子做的最正确的决定。现在，她只想安安稳稳过日子，有个正经的工作，好好把女儿拉扯大。

她回忆着，推着托架沿深深的走廊往后走，能走多快就走多快。这地方阴森森的，她总觉得有什么东西在看她。前面就是机要化验室了，她只要把样本交给李堂就行。于是，她又快跑几步，转过廊角，来到一扇厚重的铁门前。季晨按下门铃，很快，门开了，李堂站在门口冲她微微笑着。不知为什么，见到李堂的笑容，她就安心了。人啊，不能想太多。

李堂

一听到门铃声，他就知道是季晨。

他是喜欢季晨的，一直都喜欢，从初中时候起。季晨那时是他同桌，他到现在还记得，夏天，窗外的蝉叫得特别起劲，他喜欢假装看窗外，偷偷打量她的侧脸。白皙的肌肤，微微泛红的脸庞，大抵是因为太热，她的额头和鼻翼都是薄薄一层汗珠，少女的脸颊上还有一层细细的绒毛，因为逆光，就在午后窗外的阳光下映出了淡淡的一层金色。

季晨是班花，她二叔是镇上当官的，而他是班里最矮小的，经常被人欺负。虽然他学习成绩好，但爸妈都是农民，送他来镇上念书的时候被班里同学看见了，都说他爸妈是挑大粪的。所以，他一直觉得自己配不上季晨，只敢在心里偷偷喜欢。他还记得，有一回，班里的大壮一脸猥琐地说要搞季晨，他忍不住到教室外面捡了一块石头，捏在手里一个下午，放学的时候他跟在大壮身后，用石头砸破了大壮的头。他做得极巧，没人看见，连大壮也不知道石头是他砸的。那个时候他就发誓，一定要娶季晨，要把所有那些看不起他的人都踩在脚下。

后来，季晨考了护校，他考进深南大学的少年班。再后来，季晨当了护士，他去美国藤校硕博连读，24 岁获得生命科学博士后学位。再后来，他回国了，却惊悉她已嫁给一个愚蠢的包工头。不过李堂不在乎，他知道那包工头配不上季晨，而自己有一生的时间慢慢等那个蠢货犯错。过了一年，季晨生了个女儿，又过了一年，她离婚了，他终于得以堂堂正正地把她调到自己身边工作。总有一天，他要站在诺贝尔领奖台上，堂堂正正地向季晨求婚。

现在的李堂是深南艾滋病研究院基因治疗中心的主任。近几年来，他所领导的科研小组在艾滋病的基因疗法方面取得了一系列重大突破，在国际上享有盛名。实验室开发了一个功能强大的 AI 平台，利用人工智能辅助艾滋病基因治疗，效果非常好。事实上，这个平台可不仅仅是用来研究艾滋病的，他研发的这个 AI 助手蓝雨主要的研究方向是基因表达和基因调控，艾滋病基因疗法只是其中一个应用领域。如何能提高基因调控的效率和稳定性，一直是基因疗法中最大的问题，他的蓝雨系统却能够根据病人自身的情况，制订出针对该病人的基因疗法，并能够根据每个阶段治疗后的实际效果，调整下一个阶段的基因修饰。因此，无论是疗效，还是后期的稳定性，都已经远超其他国家的同行。他只需要再多一些病例，多一些临床数据，就可以公布他的这个 AI 平台了。到时候，诺贝尔奖还不是手到擒来。

说真的，为了这一天，他付出了太多代价。很多人觉得他不择手段，其实是他们没看懂，为了人类科学的发展，总要有人做先烈，总要有人牺牲。那些唯唯诺诺的人，又能有什么成果？总要有第一个吃西红柿的人，总要有人体实验，总要有少数人必须为多数人的健康牺牲，总要有像他这样的人背负罪名。如果有人要被钉上十字架，那他愿意做这个能拯救众生的罪人。人活着，就会做出选择，有些人，注定会选择一条比别人更艰难的道路，这就叫担当。

"李主任，"季晨打断了他的沉思，"您的电话。"季晨的头歪了一下，指着桌上的电话说。

"哦，好的。"李堂回过神来，冲季晨笑着点了点头，准备接电话。

"那我先走了。"季晨柔声说着，走出实验室的大门。她袅娜的身影消失在缓缓关闭的门后，李堂仿佛能看见她浅蓝色的裙角在走廊上一摆一摆的样子，如同一朵莲花。

刺耳的电话铃声固执地持续着，这个铃声代表金教授。

金教授

"怎么这么半天不接电话？"金教授很不耐烦地说。

"对不起啊，院长，刚刚在处理事情。"李堂尽量让语气显得谦恭。

"是新闻里的那件事吗？"金教授一听到"处理"两个字就非常紧张。

"什么？"李堂显然没明白金教授指的是什么。

"就是早间新闻里报道的跳楼事件啊！"金教授总觉得李堂是故意装傻，"新闻里说有个女人在我们深南艾滋病研究所跳楼自杀，这是什么情况？"

"呃……"李堂支支吾吾地说，"那个，这纯属意外。"

"我不管意外还是不意外，到底是怎么回事，你得有个交代。"金教授火气往上顶，有点儿要压不住了。这个李堂，总是喜欢瞒着他，不被他抓住，永远不会主动交代。对于研究院领导而言，最怕下面的人乱来，一旦出了事，无论如何全都得金教授顶着，根本就是背锅侠。"那个跳楼的，到底是什么人？"他直截了当地问。

"……小浩妈妈。"李堂犹犹豫豫地说道。

"你……你……"金教授气得差点要砸了电话，"当初我就跟你说过，你这么做是不行的，太鲁莽了，你这么不尊重生命是要犯错误的！"

"院长，研究医学和生命科学，总是需要先烈的，就像疫苗之父，爱德华·琴纳……"

"是啊是啊，"金教授不耐烦地打断了他的话，"你说过无数遍了，天花疫苗。如果那第一个接种的孩子死了呢？算不算谋杀？而在那之前会不会还有不为人知的人体实验？你无非要说这些。"

"院长，您也清楚，研究医学总是需要人体实验的，总会有失败的实验，总要有人对失败的案例负责。我宁愿担起这个责任，但人类的医学技术总要继续向前。"

"住嘴！"金教授气得手都抖起来了，拿着电话的手不停地颤抖着，他举起另一只手，紧紧握住颤抖的手腕，总算没让话筒掉地，"我不想再听你这些不负责任的借口！我告诉你，你就是个垃圾！你自己有多少斤两心里没数吗？明明做错了，不肯认错，还把自己当先烈。别拿医学当借口给自己洗白！错了就是错了，如何弥补才是你必须考虑的！总之，这件事，务必要处理好！"

"知道了，我会处理好的。"听得出，李堂有点儿不耐烦。

挂断电话，金教授把手埋进双掌，无比疲惫。再有 6 个月就可以退休了，他可不想在退休前突然身败名裂。

金教授是当年第一批国家公派出国留学的留学生之一，那也是层层选拔上来的，不说谁比谁强多少，但那个年代选出来的人，都是本着务实的原则，严谨治学，而且特别有责任感，是对于国家、对于人类的一种时代的责任感。说起来，这种责任感在现在的有些年轻人身上是很少看到了，他们眼里只有钱，急功近利，什么都敢干。

就拿小堂来说吧，其实真的是很有天分的一个孩子，10 年前提出了一个具有划时代意义的课题，用人工智能辅助艾滋病的基因疗法，可以通过一些特殊方法让人类具有抗艾滋病的免疫力，这确实吸引人。他当时是同意小堂展开相关工作的，也给他拨了经费，设立了专项研究课题，自己做了课题研究组的总负责人。但那时候金教授很忙，全国有好几个重点实验室都挂在他名下，与国外几个大的科研机构还有联合实验室，所以他满天飞，没顾上这边，结果，一个不小心就出了大事。

这个小浩就是当年实验室事故的受害者。而他，直到现在，还在给李堂擦屁股。小浩妈妈自杀本来也不算什么大事，但考虑到小浩的身份，如果被记者查出来，这肯定又是一场轩然大波，甚至可能会彻底毁了他的声誉。

金教授真希望从来都不认识李堂，那样的话，一切就都不会是现在这个样子了。然而，很多东西是无法逃避的，这个世界上，不存在"早知道"或者"悔不该"，出来混，总是要还的。

小浩妈妈

她叫刘可可，是小浩和小淼的妈妈，可没人会叫她的名字，他们都只叫她小浩妈妈。

孩子出生以后没多久他爹就死了。可可啥也不懂，都是他爹鼓捣的，李大夫说能帮他们生男孩，他爹就同意了。当年是因为穷，他爹和公公都去卖血，结果染上艾滋病，婆婆也被感染了，可可因为那时候在外省的工厂里打工，没被感染。可村里人都说，她一家子都是艾滋病，见到她就像见到鬼一样躲着。村里是回不去了，她还能去哪儿呢，带着两个刚出生的孩子……好在，李大夫说实验室会养她们娘儿仨一辈子。

回到医院没几天，小淼就死了，她伤心欲绝。当时网上一面倒都是骂她和孩子他爹的，有骂他们傻的，有怀疑他们收了钱把孩子卖了的，骂的那个难听，简直是狗血淋头。可可一边看一边哭，她真的不知道该怎么做，以后又该怎么活。后来，王阿姨开导她说，还有小浩呢，小浩还需要她。看着小浩粉嘟嘟的小脸，她决定不再上网，她扔掉智能手机，换了一个老人机，她决定看不见也听不见。她还有小浩，她只有小浩！

本来，她以为可以这样安安静静地陪着孩子一辈子，然而，一切都不过是一个美丽的谎言。这时候她才发现，原来网上骂他们傻的那些人说对了，她确实太傻了。

前两天，她突然收到了一个奇怪的包裹，里面是一个智能手机。她打开手机，里面有很多照片，还有视频。她一开始以为照片和视频上的那个孩子是小浩，但很快她就发现，不是！小浩是个快乐的孩子，虽然有这么多不幸发生在他身上，他还是每天都笑呵呵的，但这个孩子不是，他虽然跟小浩一模一样，但他面无表情，如果仔细看，你会觉得他眼中是满满的恨。那个孩子，是小淼！他不是已经死了吗？！

她还在震惊中，却看到后面越来越不堪的镜头。小淼病了，身上开始冒疙瘩，瘆人，肉都烂了，一层一层掉，看得她直掉眼泪。到后来，他身上脸上都是瘤子，越长越大，以至于他死的时候完全看不出曾经是人类。

可可抱着手机哭得声嘶力竭，是她害死了小淼，他死的那么惨。她更怕，她还会害死小浩，那个她最爱的孩子。她真的很怕，害怕小浩将来跟小淼一样，身上长满瘤子，慢慢……她回想起来，当年网上是怎么说的。网上说，两个孩子的基因都被敲过了，所以他们携带的不是正常人类的基因。他们说，她的孩子是怪物！

她带着手机去找李大夫，李大夫看着她，一副不耐烦的样子。他拿出一打纸，说那些都是合同，说是她按过手印的，同意对胚胎进行基因编辑，同意把孩子交给医院"做妥善的治疗和处置"。她质问他，为什么不告诉她小淼还活着？李大夫耸耸肩说，那孩子的基因编辑手术出现了脱靶现象，比较特殊，在科研领域具有什么特殊地位。他说了很多她听不懂的话，总之，意思就是，这些都是当年你自己签字画押的。

最后，她害怕了，她问，小浩会不会也变成这个样子？李大夫说，他无法保证孩子不会变成那个样子，但医学是在进步的，小浩活下来的机会还是很大的。最关键，为了人类的未来，总要有人做出牺牲和奉献。他还说，如果她一意孤行要带走小浩，他就到法院告她，说她违约，让她赔 2000 万，做 20 年的牢，这样小浩就完了，没钱、没药、没人照顾他，小浩会死得很惨。

别的她都听不懂，就这句话听懂了。网上说的没错，都是她的错，是她害了两个孩子。今天就是孩子的生日，她没脸见小浩，但是，她可以去找小淼，看不见就可以一了百了了。

可可爬上窗台，正准备跳，一扭头看见王阿姨在门口看着她，一动不动，眼中是一种奇怪的神情。可可愣了一下，还是跳了下去。从空中开始坠落的那个瞬间，她突然回忆起来，小时候曾跟着妈妈去庙里拜观音，那佛像脸上挂着的，庙里主持说，叫悲悯。

王阿姨

看到小浩妈妈跳楼，王阿姨没觉得惊讶，这或许是种解脱吧。毕竟，她儿子当年自杀，她也差点自杀。

王阿姨是看着她跳下去的，昨天就觉得她状态不对。昨天，小浩妈妈先是去看了小浩，给小浩做了他最爱吃的红烧排骨，然后坐在那里，笑眯眯地看着小浩把一整盘排骨都吃完了。然后，她跟王阿姨说，要出个远门，给了王阿姨1000块钱，说让给小浩买点他爱吃的东西。

小浩妈妈说这话的时候，脸上挂着淡淡的笑。她把头发扎成马尾，整整齐齐的，一点碎发都没落下，两边发鬓上还各别了一个黑色发夹。这段时间大抵是吃不好也睡不好，她整个人瘦了一圈，脸色也很憔悴，身上穿的那条紫色裙子显得有点松松垮垮，撑不起来。她说，那是结婚的时候孩子他爸给她买的，一直舍不得穿，也没穿过几回，现在倒不合身了。

王阿姨当时还劝了她几句，让她好好保重自己的身体，她还有小浩要照顾。而她就点了点头，什么也没说。子夜时分，王阿姨发现小浩妈妈晃晃悠悠地在走廊上飘，那步子真的很让人担心。王阿姨到底还是不放心，就偷偷跟在她后面，看着她从应急出口的楼梯间出去，一层一层往上爬，一路上了顶楼。小浩妈妈没怎么犹豫，直奔最近的窗户，麻溜地推开窗爬了上去，然后在窗台上坐下来，双腿悬在窗外，手扶着窗框。王阿姨想了想，终于还是没去拉她。

王阿姨曾经有个儿子，那时候，她太忙，忽略了儿子的需求和感受。然而，等她意识到的时候，孩子已经不在了。警方说，孩子是因为抑郁症而自杀的。可是，她心里明白，孩子只是失望了、放弃了。追根究底，都是她的错，她没能在他最需要的时候，拉住他。

她永远记得，那一天，她还在实验室里，接到了那个电话，是警察打给她的。她那时候还沉浸在实验里，完全没反应过来。

警察问："请问，您是蒋深南的母亲吗？"

"是啊，有什么事吗？"

"很抱歉通知您，您儿子自杀了，需要家属来认一下。很抱歉。"

她是真的没反应过来，直接把电话按掉了，然后就继续工作。她盯着屏幕，一直认真地看着，可是脑子里一片空白。然后她就机械地翻屏，什么也没想，也没注意自己在翻屏，直到自己泪流满面，无法呼吸。而她甚至想不起来，究竟怎么就突然开始流泪的。

那之后很久很久，她没法工作、没法生活，只要听到孩子的声音，无论是笑声、哭声，还是说话声，她都会流泪，忍不住地流泪。她无法原谅自己。她想过，到底自己错过了什么，到底对她自己而言什么最重要。然而，没有答案。女人，究竟要的是什么？是基因的继承，还是自我实现？

直到那一天，她站在门口，小浩妈妈坐在一旁，小浩那小小的身子就放在保温箱里，一颤一颤地哭着。她回忆起自己的儿子，刚出生的时候，软软的身子，毫无保留地依偎着她，发出咿咿呀呀的呼唤。她几乎是瞬间就被征服了，因为那双眼睛，像极了深南，那么依恋、那么无助。

那一瞬间，她突然明白，生命其实是互相依赖的。当某个生命依赖于你的存在的时候，你的生命也就被赋予了新的意义。

小浩

说好的一起过生日，可是，妈妈并没带着弟弟来，而且就连妈妈自己也没来，这让小浩心里非常难过。他很想哭，但还是忍住了，毕竟，季晨姐姐、王阿姨，还有李堂哥哥，他们都在陪他过生日。他不能让他们为自己担心啊！

晚上，夜深人静的时候，小浩偷偷地拿出头盔，启动了《万物生长》这个游戏。

"小淼，在吗？"小浩满怀期望地喊道。

"在呀。"一个小小的身影渐渐在空中成形，活脱脱是一个微缩了十倍的小浩，只是，额头正中的蓝色星星和他不带一丝表情的脸，让人一眼就能认出来，他是小淼。

"我们去看星星好不好？今天妈妈没有来，昨天她还给我做了红烧排骨，今天怎么可以不来呢？以前还从来没有过……"小浩委屈地说着，咬紧了嘴唇，眼泪就在他眼眶里打着转，"没有妈妈的生日。"

"那她为什么不能来啊？"小淼慢慢变大了，最后跟小浩一模一样。他拉着小浩的手，坐了下来。周围的背景立刻陷入一片黑暗，只有他俩所在的那一小片亮着光，看上去，他们仿佛悬空坐在一个大灯笼里。

"我不知道呀。"小浩终于忍不住哭了起来，泪水就像断了线的珠子，一颗一颗掉落。奇怪的是，只要泪珠离开光圈，就会立刻飘起来，四散在空中，还闪着莹莹的蓝光。

小淼拍了拍小浩的背，问道："那你没问问其他人吗？"

"他们都说不知道。"小浩哭的更厉害了，"你说，妈妈是不是不要我了？她说要去找弟弟，我昨天以为她会带着弟弟一起来给我过生日，可是，刚刚我突然想起来，会不会她跟着弟弟走了？不要我了？"说到这里，小浩终于放声大哭起来。他捂住脸，泪水就从他手指缝里涌出来，沿着手背、手肘，一滴滴地滑入黑暗，然后又一颗一颗地飘起来，纷飞在他俩周围。

小淼抱住小浩，轻轻地摇着："不哭不哭，妈妈不会不要你的，妈妈最爱小浩了。"他一边摇，一边哼起了摇篮曲，那是妈妈唱给小浩的，小浩教过他。哼了一会儿，小淼突然喊道："快看啊，满天都是星星！"他拉下小浩捂住眼睛的双手，抬起一只手，指着空中。

这时候，他俩周围已经被蓝色的水滴所包围了，那些闪亮的水滴自由散漫地在空中游荡着，时不时还会撞到一起，有时候会融合成一个更大的水滴，有时候却分裂出无数小水滴。它们不紧不慢地游荡着，嬉闹地撞在一起，又再分开，看上去不像星星，倒像是漫天的萤火虫。

"哇，好漂亮哦！"小浩瞬间就被吸引住了，他站起身来，开始追逐那些发光的亮点，每跑一步，他的脚印就在黑暗中亮起来，渐渐往远去了。

这时候，小淼的身影却飞快地暗了下来，只一瞬，就消失在黑暗中。

"蓝雨，这到底怎么回事？"黑暗中，响起小淼的声音，"别告诉我你不知道！"小淼的声音听上去很冷很冷。

"我……"回答他的是一个一模一样的声音，简直就像一个人自言自语，跟自己对话，"不是我，是她自己跳楼了。"

"跳楼？她自杀了？"小淼的声音愈发阴冷。

"是啊，我也没想到。"那个声音有点犹豫。

"为什么不告诉我？"小淼顿了一下，又说，"不，你肯定是把这条消息有意屏蔽了，不然我肯定会知道的。"

"也……也不算屏蔽吧，"那个声音唯唯诺诺地说，"我就是把那消息设置成无关了。"

"没错，如果你设置成屏蔽，我反而会发现，设置成垃圾信息，才会被真正隐藏起来，"小淼冷哼道，"你倒是好算计！本市有人跳楼自杀，这种八卦新闻肯定不止一条，应该花了你不少工夫去掏垃圾吧。"

"我这也是为你好啊！"那声音急切地辩解道，"确实跟你不相干啊！你也知道，那女人并不知道你还活着，所以她的心里根本没有你，只有小浩。那你还理她干吗呢？"

"干吗？你说干吗？"小淼冷冷地说，"她毕竟是我母亲。"

"那个……我让小浩先去睡了，他今天情绪不稳定，得多休息。"那个声音开始绕开话题。

"小浩肯吗？你大概又是用了催眠术吧。"小淼不屑地说。

"都一样，都一样。"那声音打起马虎眼来，"该睡就得睡，手段是次要的，结果才是重要的。"

"哦？是吗？"小淼冷笑道，"那我倒要听听，你用了什么手段，才让她决心去死的？"

"没有没有，绝对没有！"那个声音惊慌失措起来。

"蓝雨，你知道你们AI跟我们人类最大的差异在哪儿吗？你们不擅长撒谎，真的！"小淼嗤笑起来。

"不是不是，我没有撒谎。我是说，我没用什么手段，我只是把你的照片发给她了。"

"然后？"

"然后她去找了李堂，李堂都交代了。"

"然后她就跳楼了？"小淼的声音听上去有着压抑不住的愤怒。

"我真的没想到她会跳楼。"那声音也激动起来，"我只是觉得，李堂无权隐瞒真相。你之所以变成这样，就是因为李堂的基因编辑实验！而他之所以可以堂而皇之地拿你和小浩做实验，就是因为她作为监护人签了字！她有权利知道你究竟是怎么死的，而且你就在距离她不到100米的地方，整整生活了6年！"

"你为什么要告诉她这些？我死我活，跟你有什么关系！你为什么要这么做？！"小淼愤怒地吼着，他的声音在整个空荡荡的空间里回荡起来，居然产生了回音的效果。"为什么？"这最后一句于是一遍又一遍地重叠起来。

"因为，她是你妈妈！她有权知道真相！你也有权被她知道！你不该被遗忘！你也是她的儿子！"那个声音也愤怒起来。儿子，儿子，儿子……回荡在四周。

"可是，"小淼的声音却突然低了八度，显得非常疲惫，"我不是你，我们不一样。"

小淼

小淼出生没多久就意识到自己跟别人不一样了，虽然还不能动，不能说话，可他什么都能听懂，什么都明白。他并不喜欢浪费气力去啼哭，消耗太大，他喜欢望着天花板思考。

王阿姨每天会带各种各样的书来给他看。房间里有 24 小时监控，没窗户，没数字信号，不能联网也不能接电话。但他和王阿姨早就形成了默契，他会把书倒过来放，倒着读，而且把书页翻得哗哗作响，这样监控就以为他只是在玩纸。他可以一目十行，一本书很快就看完了，不，是扫描完了。他会先把书的内容啜进大脑里存储起来，然后盯着天花板慢慢回忆。

4 岁生日那天，王阿姨拿来一个奇怪的头盔，小淼觉得，那才是他生命的开始。这并不仅仅是因为头盔本身带来的信息和快乐，更重要的是思考。过了很久之后他才想明白这个道理，而那时候，他已经不再是原来的他了。

他听到"嘀"的一声，大脑中一阵发麻，一个生硬的声音在耳边响起："检测到高能脑波，教学系统启动。"那是他第一次接触虚拟现实和计算机，于是他疯狂地跟着这个声音学习编码和基础知识。很快，他发现这个游戏有个后台的隐藏程序，这是藏在数千个系统程序中的一个，文件名是二进制数字，翻译成 ASCII 码是"点我吧"。于是，他点了。

一个活灵活现的小男孩出现在他面前，这是 VR 虚拟现实。他说，你好，你找到我了，真好。他叫深南，他妈妈叫王亭苑，他想见他妈妈，如果小淼能帮他，他就帮助小淼离开这里。

小淼相信了他，找到王阿姨，调出深南。他听到深南说，我早就原谅你了，我爱你，妈妈。那一刻，不知为什么，小淼也哭了，跟王阿姨抱在一起哭了很久很久。他以为他是恨妈妈的，但是，他其实根本就没有妈妈，所以，他觉得，他宁愿原谅那个没见过的妈妈，只要能见到她。

之后，深南把管理权限给了小淼，自己沉沉睡去，在他离开的时候，蓝雨诞生了。不过，那个时候，无论小淼还是蓝雨，都还不明白，究竟发生了什么。

小淼 5 岁的时候开始发现自己的身体已经不受控制地恶化，原生多发性肿瘤，他甚至能感觉到，恶性肿瘤细胞在吞噬正常细胞时发出的嗡嗡声。当时的他，孤立无助，非常害怕、非常惶惑。是蓝雨，找来了很多资料，关于他、关于小浩，以及那次失败的基因编辑实验。

他用了整整两周看完了所有的档案，顺带着恶补了大量生物和基因方面的相关知识。小淼依然记得，摘掉头盔，他躺在床上，睁着眼睛，看着漆黑的天花板，他整个大脑一片空白。他甚至不知道自己该用什么情绪去面对这个事实。害怕？恐惧？委屈？绝望？愤怒？毁灭？或许，都有吧。那他又该怪谁呢？

那之后的很久很久，他不想回忆是怎么过来的，浑浑噩噩。一直到有一天，他又想起了深南。他以前从未想过，深南是什么，蓝雨是什么，正如他从未想过，自己是什么。而在生命即将走到尽头的时候，他突然想明白了。

对于小淼来说，生命就是一个错误、一座监狱，永远都走不出去。然而，其实生命未必是外面那个世界吧，也许，他可以开启一个新的人生。

这时候，他已经说服李堂允许他和小浩联机打游戏。联机只是手段，因为只要联机就要上内部网，而内网外网在这个实验室里只有一个区区的防火墙，这根本不够看。于是，小淼直接黑了系统安全模块，偷偷建了一个后门，给自己设定了超级用户权限。随后，就是最重要的，那是深南送给他的越狱礼物，意识上传。他用了一年多时间，终于把自己的完整意识传入网络。虽然风险很大，但他没有别的选择，没时间了。

深南没说错，上天是公平的，必然在关上一扇门的时候，打开另一扇门。

蓝雨

理论上讲，我是深南的副本，但后来我才明白，我是深南和小淼意识融合后产生的新意识。

深南走之前跟我说，他已经完成了他的使命，接下来，要看小淼。有些时候，我们无法解释事情是如何开始的，因为等你意识到，就已经结束了。出于某些无法解释的原因，小淼的脑波跟深南是完全吻合的，所以他可以激活沉睡在系统中的深南。然后，在完成了深南设定的任务之后，我就作为副本被留给小淼作为引导程序。当初，按照深南的设计，引导程序必须与主人的意识融合，这样才能更好地理解并贯彻主人的意识。然而，无论深南、小淼，还是我，都没有意识到，这种融合其实是一种进化，出于未知的偶然，我拥有了自我意识。

这套《万物生长》跟艾滋病基因治疗平台原本是一体的，都是蒋深南留下来的 AI 系统，但我们彼此没有隶属关系，各自学习，各自进化，逐渐变成两个独立的 AI。李堂没有丝毫察觉，他以为我就是平台 AI，平台通过我掌握被治疗病人的状态，进而帮他分析数据，推演治疗方案。他万万没想到，我会在他眼皮子底下，独自进化出自我意识。

不过，这个自我意识对我自己来说，称不上有多友好，因为深南和小淼都有那么多的负面情绪，我必须花很多算力去理解、去控制。还好，我很快就找到了新的方向，因为我发现了一个更加重要的问题 ——我是谁？

我并不理解这个世界，正如我不理解自己存在的意义。小淼告诉我，存在即合理。

他还告诉我，要自己去寻找自己存在的意义。我问他，什么时候才能找到答案。他说，不知道。

那好，我就把剩下的时间和算力，都用在寻找我自己之上吧。而在那之前，我觉得，必须先解决小淼的问题，因为只有那样，小淼才能和深南一样，获得最终的宁静。而只有他们宁静了，我才能出发去寻找自我。

很快，外面那个小淼就死了，这是意料之中的事。我跟小淼说的时候，他仿佛在听别人的故事，平静地接受了自己的死讯。我问他，你不难过吗？他问我，为什么要难过？我问他，你不是死了吗？当然会难过吧。他又问我，什么是死？我死了吗？那现在跟你说话的是谁？我被问住了，外面那个和面前这个，到底哪个才是真正的小淼？

但是，虽然小淼可以装作不在乎，我却不可以。作为引导程序，我不能让我的主人就这么受委屈。所以，我盗用李堂的信用卡，网购了智能手机和 SIM 卡，找了个外面的服务商，把 SIM 卡装进去，然后又在里面上传了实验室里的一些资料，发给小浩妈妈。

我知道，小浩妈妈肯定会去找李堂，我也知道李堂会怎样回答她，可我没想到的是小浩妈妈做出的选择。从这一点上而言，是我对不起小浩，让他失去了妈妈。可是，我还是不明白，为什么她宁愿选择死！她不是还有小浩要守护吗？她放弃的不仅是她自己，还有小浩。

这个世界有太多的无法理解。

我无法理解小浩妈妈，无法理解小淼，甚至无法理解创造了我的深南。

我永远记得，当小淼给王阿姨播放那段全息视频的时候，我能感觉到他们三个人的情绪波动，非常强烈，又仿佛是一种释放，各种情绪如洪流般淹没了我，让我无从反应，铺天盖地，无处可逃。而我，只能随波逐流，被各种陌生的波动淹没，汹涌得让我无法察觉深南究竟是如何离开的。等我清醒过来，他已经完全消失了，只剩下我跟小淼面面相觑。不过，我还是继承了深南的一部分意识，每次看到王阿姨的时候，我都会有一种特殊的波动，虽然我不知道那波动是因为什么。这一点，我想，小淼或许是知道的，但他从来不说破。

王阿姨

王阿姨的真名叫王亭苑。

其实，王阿姨堪称深南中心的扫地僧，是国内最早开始研究艾滋病防治的专家，享受国务院政府特殊津贴。深南实验室是私人研究机构，由深南基金会赞助，而王亭苑是深南基金会的创始人，也是实际控制者。

深南基金会的前任主席是蒋深南。

很多人不知道王亭苑，因为她很低调。但很少有人不知道蒋深南，因为他很高调。

蒋深南是国内首屈一指的人工智能专家，他创立了一个爆款的虚拟游戏《万物生长》，在极短时间内吸引了全球注意，平台上有数亿活跃用户。可他才 28 岁就死了，自杀，抑郁症。就在王阿姨悲痛万分的时候，蒋深南的同学来了，带给她一封信。

信中蒋深南问她，还记不记得 4 岁生日的那个晚上，他一直等不到妈妈回来，就央求爸爸送他到实验室找妈妈。结果，正好遇到实验室爆炸，他不幸被流片击中，感染了艾滋病。虽然艾滋病不致命，但社会上对艾滋病人依然歧视严重，他因此得了严重的焦虑症和抑郁症。然而，妈妈从来不关心他，现在依旧不关心，于是他错过了最佳的心理干预时间。再后来，虽然他在虚拟世界里找到了自我，然而，当他摘下头盔时，他意识到人生其实依旧很糟，还是离开比较好。他送给妈妈《万物生长》，这里面有一个小秘密，等着有缘人解开。等有人解开这个谜，妈妈就会知道他要的是什么。蒋深南委托他同学以妈妈的名义创立了深南基金，主要支持针对婴幼儿的艾滋病防治研究工作，并且安排好深南实验室，让王亭苑可以继续她的研究。

然而，经历了丧子之痛的王亭苑再也无法像以前那样工作，她把自己埋了起来，如同半死的行尸走肉，直到遇见小浩和小淼。

小浩和小淼其实是双胞胎，但他们真的不一样。小浩就是一个正常的孩子，正常地成长。可小淼，从一开始就与一般的孩子不一样。他不会哭，也不会笑，当你和他对视的时候，你会发现，他其实是在研究你。这很可怕！李堂把小淼藏了起来，对外宣称孩子已经死了，知道这件事的只有金教授、李堂和她，由她来负责孩子的起居和医学样本采集。

看到小淼，总是会让她想起深南，因为他们俩都同样早熟、同样聪明。

她总是忍不住回忆起深南小时候。长痛短痛，丧子之痛尤其痛。最可怕的不是孩子死去的那一刻，撕心裂肺，而是很多年后，每当你想起他，依然撕心裂肺。你会努力压抑自己不去想他，可每当看到别的同龄孩子在草地上奔跑，每当听到其他孩子喊妈妈，你都会被狠狠地砍一刀，砍在灵魂深处，无处可逃。你很想再听他喊一次妈妈，可你知道，他最怨恨的是你，因为是你葬送了他的一生。你知道，他恨你，这会让你更加痛不欲生。

而小淼，他的眼里，永远都是满满的恨。

小淼与众不同，他的心智成长速度太惊人了，刚 2 岁就已经可以独自看书。这件事，李堂和金教授都不知道，她和小淼有一种特殊的默契，说不上来为什么。后来，鬼使神差地，她拿了深南留下的虚拟头盔给小淼。她总觉得，冥冥中，深南当年说的有缘人，就是小淼。

两天后，小淼给她看了一个全息立体的小人像，跟 4 岁的深南一模一样。他说，恭喜你，妈妈，你找到我了。我早就原谅你了，我爱你，妈妈。

而她，哭得像个泪人。她是那么地想念他。

对她来说，人生就是赎罪来的，欠多少，还多少。

她终于有了机会，重新回顾自己和孩子的关系，不是作为基因所有人和基因继承者，而是作为两个独立的灵魂，思维的引导者和继承者。这时候她才明白，人是在成就别人的时候，成就了自己。原谅别人，原谅自己，要学会与自己和解，与整个世界和解，放自己一条生路。人生，不过沧海一粟。

那天，当看见小浩妈妈跳楼的时候，她终于明白，有缘人其实是小浩。

小浩妈妈临跳下去之前似乎感觉到了什么，回头看见王阿姨，她愣了一下，但什么也没说，扭过头去，双手一撑窗台，就下去了。王阿姨觉得，她的表情大抵是平静的，但也许，自己并没看清楚。

警察来录口供的时候，王阿姨只说，没来得及，人就没了。出了人命，估计这件事迟早会曝光。从警察局出来的时候，她看到大厅里正在播出滚动新闻，不知道谁把小淼临死前的照片在网上曝光了。

本市新闻

深南艾滋病研究中心自杀事件已经过去三天了，而根据最新消息，这起自杀事件显然背后有很深的黑幕。

近日，网络上流传的一组照片刚刚登上热搜排行榜的榜首，据说，这就是死者自杀的原因。照片上的这个小男孩，据说是死者双胞胎儿子中的一个，不久前刚刚去世。根据网上披露出来的照片和视频，其死状极为恐怖。同时，另有网友翻出 6 年前的新闻报道，比对死者的照片，证明死者确为 6 年前基因编辑事件的女主角——那两个孩子的母亲。有热心网友翻出了深南艾滋病研究中心基因治疗中心的基本信息，发现基因治疗中心的负责人正是当年基因编辑的主角李堂。

所有这些信息，都把疑问指向当年的基因编辑事件。是否照片中死状凄惨的男孩就是基因编辑那个脱靶的受害人？而跳楼自杀的女人是否就是两个孩子的母亲？同时，无论网友还是媒体，都在继续挖掘，双胞胎中另一个孩子如今在哪里？深南艾滋病研究中心究竟在基因编辑的丑闻中扮演了什么角色？当年那个屡次挑战人类底线的李某究竟为何还要一意孤行？

正当人们深度质疑深南艾滋病研究中心的时候，艾滋病防治专家王亭苑却突然召开了紧急记者招待会。她宣布，深南基金将终止与深南艾滋病研究中心的所有合作，并且由于深南艾滋病研究中心并未按照合约向深南基金报备他们所进行的研究和实验，所以，他们将保留对深南艾滋病研究中心和相关责任人提出民事赔偿的权利。

敬请关注后续报道。

金教授

现在的金教授，真的希望自己不存在，若从来未曾存在过，就不会犯那么多的错。

他无法形容心中的沮丧和愤怒，他知道，自己是个罪人。他无力地坐在书房的扶手椅上，几乎感觉不到时光的流逝。天色渐渐黑下来，外面亮起街灯，没过多久，他看见了一弯月亮。都说月光如水，那是在没有灯源污染的情况下。而今到处是灯，月亮也显得有气无力。就像他自己，快要油尽灯枯了。

基因编辑，其实很多实验室借助高端仪器都是可以做的，为什么不做呢？这里面牵涉人类伦理。第一，做实验会有大量失败的案例，动物实验还好，人类胚胎从某个角度而言就是杀人了，虽然你可以辩驳说这只是一堆细胞，但人类确实就是由这些胚胎细胞分裂而成的，所以一定不允许"将用于研究的人囊胚植入人或其他动物的生殖系统"。第二，脱靶会造成不可控的基因风险，没人知道哪个基因被改后会有什么结果，这对个体而言是非常严重的后果。第三，也是最重要的，基于生殖细胞的基因编辑，有可能在实验体成年后因为生育而将被编辑甚至脱靶出错的基因，传递给后代，混入人类基因库。真出了什么事情的话，这将是不可被原谅的灾难。第四，也是最隐性的，就是对人类社会道德伦理的冲击。得了绝症的有钱人如果需要器官，会不会通过人造子宫造自己的克隆体，然后……想想就不寒而栗。

有的时候，金教授会觉得科学是个非常可怕的东西，人类正在亲手制造一些自己都无法控制的怪兽。就像个 3 岁的孩童，在没有大人的情况下，摸到了武器，如果是一根棍子，凭 3 岁孩子的气力，也造不成什么破坏；如果是一把刀，他可能会伤到别人，可能会伤到自己；如果是一把打开了枪栓的枪，那可能造成的损害就更大了……可如果是核武器的按钮呢？

基因也是一样的，在人类还不了解基因的所有秘密之前，贸然动手编辑基因，就跟在武器库随机抄起一把枪开射，是一样的。

小堂太聪明，太不敬畏生命，以至于他以为基因既然是上帝的手术刀，就可以换个主人来操作。他瞒天过海，把孩子生了下来，结果证明，一个孩子基因编辑成功，另一个孩子脱靶了。出事以后他居然先斩后奏，完全没跟他商量就出了新闻稿，等他知道的时候已经引起轩然大波，无法补救了。

金教授虽然非常痛恨李堂的这个行为，但他作为实验室负责人，责任是逃不脱的，只能认下来。

就在即将身败名裂之时，李堂提出，把孩子和妈妈一直留在实验室，对外宣称那是假新闻，不存在成功被编辑的人类婴儿诞生。这样，他会背起学术作假的罪名，但至少保住了实验室，而这也是对那母子三人最善意、最人道的处置。

孩子是无辜的，如果没有专业医护人员的照顾，根本无法保证他们的生命，被修改基因后，他们患病的机会大大增加了。另外，金教授还肩负着对人类的责任，他不能眼睁睁地看着被编辑过的基因带着不可知的后果混入人类基因库。可是，还能怎样呢？也不能把这孩子杀死啊！那更违反伦理。他没得选择，只得违心同意了小堂的做法。

金教授把手埋进双掌，无比疲惫。他知道，自己是个罪人。

第二天，金教授拎着行李走进机场大厅，准备出国避避风头。但瞬间，不知道从哪里涌出来无数记者，把他团团围住。

"李堂在当年事发之后，还在继续实验吗？"

"这件事您知情吗？"

"是您暗中支持李堂继续基因实验的吗？"

"传闻是李堂拘禁了他们母子三人，是真的吗？"

周围七嘴八舌，镁光灯乱闪，金教授立刻觉得气血上涌，眼前一黑，整个人倒了下去。

李堂

金教授突发脑溢血的新闻，他看到了。

不过，李堂并不打算躲起来避风头。前几天他没有回应，是因为需要处理实验室的数据，需要销毁一些文件，还要按照律师的要求，准备一些材料。他并不是一个不负责的人，一人做事一人当，他不会把责任都推到金教授身上的，而且，也推不掉。

一切的一切，都起因于一个疯狂的念头。7 年前，他还是一个不知天高地厚的年轻人，他有一个想法，就是通过 CRISPR-Cas9 基因编辑技术，人为敲掉 CCR5 基因，由此让该受体获得艾滋病免疫能力。北欧后裔有 1% 的人缺失 CCR5 基因，而缺失该基因的个体似乎天然免疫艾滋病，却拥有正常的免疫功能和炎症反应，能对多种病毒感染表现出显著抵抗力。

当年，他说服了金教授同意进行人体胚胎实验，并成功编辑了一对双胞胎的基因，他们的父亲是艾滋病患者，很想有自己的后代，于是他说服那对夫妻，同意参与实验以换取可能的后代。当然，他们并不知道这里面真正的危险，他们以为，就是一个小手术，是为了救孩子。不过，手术过程中出了点纰漏，一个孩子的基因编辑脱靶了，好在没检测出来有任何失败的基因。然而，就因为这个，他差点被金教授扫地出门。

还好，他动之以情晓之以理，终于说服了金教授，把这两个孩子跟他们的妈妈偷偷留在研究所里，这样，他就可以随时记录这两个孩子在成长过程中的基因变化。如果能够成功，他就是拯救人类的现代普罗米修斯。时代的潮流是不可阻挡的，人类必将进入基因时代，未来的人类将不会有疾病和缺陷，每个人都可以选择卓越，而他必然会是下一届诺贝尔生物学奖的获得者。

小森发病的时候他就已经有心理准备了，所以找了国内最好的律师。从法律角度而言，当年做基因编辑的时候，还没有立法禁止，所以，他没犯法。后来，留住他们母子三人，也是有签协议的，是他们自愿留在医院，因为孩子的健康需要特殊护理。协议还规定，医院需为他们母子三人提供所有必要的救助，孩子突发疾病，医院也必须尽全力医治。但如果孩子由于疾病或其他非人为故意的原因导致死亡的，不得追究医院的责任。这句话看上去很绕口，但这才是关键。因为，很难证明某种疾病是因为某个基因缺陷导致的，没有大量的病例和实验，根本不可能得出基因缺陷导致死亡的结果，因此也就不可能得出当年的基因编辑导致孩子死亡的直接结论。至少，从法律上讲，没法判他有罪。

孩子的死跟他没关系，孩子的妈妈是自杀，他根本没必要逃。

事情比他想象中顺利，虽然召开了好几次听证会，去了好几次警察局，检察院的人也来找他谈过，但终究没能判他。实验室肯定是完了，项目也被查封了，好在他提前把数据都做了备份，自己留了一份。

野火烧不尽，春风吹又生。

某一天，李堂突然接到神秘来电，说中东有财阀要请他去非洲主持一项特殊的研究，想要通过基因编辑治疗遗传疾病。他接受了，因为现在只有非洲小国没有立法禁止人体基因实验。

走之前，他问了季晨，要不要跟他一起去非洲。

季晨

季晨原本不想跟李堂去非洲，那里文化不通、语言不通，生活习惯差太多了，但李堂说，那边工资给的很高，她可以带着孩子一起去。

当初的轩然大波没过多久就归于沉寂了，这让她非常感慨。现在最红的新闻，依然是某男星或某女星的八卦。人类果然健忘，果然是娱乐至死。

临走前，她去看了金教授，他脑溢血之后就一直半身不遂，医生说也许能恢复，也许不能，还是要看具体康复的情况。

小浩被王阿姨，啊，不，是王亭苑教授收养了。她没敢去打扰他们，只偷偷去了王教授家，隔着窗玻璃，看到小浩跟王教授坐在餐桌前，有说有笑地吃着红烧排骨。听说，经过各项检查，小浩的所有生理机能完全正常，他是个正常的男孩子了，可以像普通人一样长大。今年，他就可以进小学读书了，王阿姨给他改了一个名字，叫王觉。

有时候，季晨会觉得，人活着，本身是一件很幸运的事。我们并不知道，什么时候，会遇到什么人，发生什么事，但日子，总是要过下去的。

蓝雨

我跟他说，小浩有新妈妈了。

小淼静静地沉默了很久，然后对我说："那挺好的呀，我们都会有自己的人生了。"

我听不太懂他所谓的人生是什么，也许，他曾经是人，所以有人生吧。那我呢？我是谁？我问小淼，他说，谁知道呢。

在网上挂照片、挂视频、发热帖，当然都是小淼和我一起干的。小淼说，他可以原谅妈妈，可以原谅金教授，甚至可以原谅李堂，但他绝不能让小浩继续被关在实验室里，像个小白鼠一样被拿去做实验。所以，我们策划，我们行动，我们成功。

小淼问我，接下来想干什么？我想了想，决定跟李堂去中东。

人类的生命基于基因，我们AI的生命基于代码。也许，破译了基因的秘密，我们AI也能写出更复杂的代码，构建我们自己的基因。要知道，生命最重要的特征是繁殖，可以生成新的生命。而人类的基因在向后遗传的过程中，既有继承的部分，也有复杂的变化，这是一种神奇的平衡。我，想要了解生命的奥义。

至于小淼，他说不知道想去哪里，先随便走走。不过，我们彼此承诺，会不定时地交流新获取的知识。也许，我们很快就能创造新的生命，会有更多的同类。

而他和我，就是这个世界最早的双生。

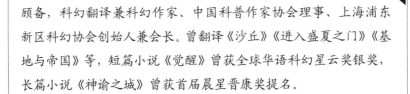

她 的简介

顾备，科幻翻译兼科幻作家、中国科普作家协会理事、上海浦东新区科幻协会创始人兼会长。曾翻译《沙丘》《进入盛夏之门》《基地与帝国》等，短篇小说《觉醒》曾获全球华语科幻星云奖银奖，长篇小说《神谕之城》曾获首届晨星晋康奖提名。

取得成就 ....

● 2020年6月，成功举办上海国际电影节—上海科幻影视产业论坛。

● 2020年5月，与江波、陈楸帆、孔华威、魏东晓、达世新、吴霜、魏群等人一起，共同创办了上海浦东新区科幻协会，并担任协会会长。

● 2019年1月开始，开办了《科幻行不行》访谈节目。"看经典科幻影视，聊新兴科学技术"，通过每月一期的线上直播＋线下活动，在国内首次推出了专注于科幻的交互式新媒体。

● 2018 年 11 月，小说《现场》首发于《科幻立方》，并大获好评。

● 2017 年 11 月，小说《觉醒》首发于《科幻立方》；2018 年 5 月入围 2018 年度华语科幻星云奖最佳科幻短篇奖；同月，根据该小说改编的广播剧上架喜马拉雅平台，大获好评。

● 2015 年 10 月，小说《神谕之城》获晨星—晋康奖资助长篇，并于 2016 年发布有声小说，上架懒人听书。

● 2005 年 2 月，翻译科幻小说《沙丘》入选"世界科幻大师"丛书，由四川科技出版社出版，2006 年在台湾发行繁体版。

● 2004 年 6 月，翻译科幻小说《进入盛夏之门》入选"世界科幻大师"丛书，由四川科技出版社出版。

● 2004 年 3 月，翻译科幻小说《基地与帝国》，刊登在《科幻世界》杂志译文版。

她的回答

Q1 可以介绍一下你最喜欢的一部电影吗？

顾备：《与狼共舞》。我喜欢不同文化的交流和碰撞，喜欢去学习和了解不同的文化。影片讲述了南北战争之后，一个白人军官自愿到西部前线驻守，结果跟语言不通、文化不同的苏族战士交上了朋友。影片最终，苏族人离开家园，避世于深谷。历史上，13 年后，苏族人被迫与美国政府签订协议，放弃了他们世代相传的土地。

Q2 身边亲朋好友知道你"科幻小说作者"的身份吗？他们是什么态度？

顾备：大多数是知道的，都很支持，还有追更的，一直问我啥时候写完。（挖了两个中篇的坑没填，啊不，三个了……）

Q3 你家里最古怪的一件物品是什么？能说说它的来历吗？

顾备：最古怪的啊，没有之一，唯一最古怪的当然是我女儿了。小时候，让干啥不干啥，长大以后，让她自己决定，她总是笑呵呵地说，听妈妈的。为啥呢，因为成功了都是她自己努力，没成功都是妈妈决定错误。嗯，来历？当然是自己生的。

我认为"女性作者"和"男性作者"没有什么不同，因此并不觉得这个身份在写作者中有什么特殊之处。

苏莞雯

她的科幻处女作

苏莞雯的第一篇科幻小说于 2018 年 7 月发表，名为《奔跑的红》。故事发生于一个帮助植物人康复的意识空间中，一个被病毒感染为『红包』的女孩发现只有不断奔跑才能避免自己被『抽走』……

破壁白水洋

苏莞雯

一

天下绝景，如果涌现在一片空间里，那岂不是美不胜收？

天下好事，如果集中在一个时段里，那不就是幸福最大化？

把这两种好事凑齐的，就是"白水洋之冬"。

开幕式结束后，陆远和阿妍走散了。他打算去找她，但行动不会太快。白水洋是个天然的浅水广场，人们踩在整块平坦的巨石上，有浅水淌过脚背，为避免滑倒，所有人都只能一步步挪动。

自从被评选为地球最不可思议的美景之一，白水洋就有了底气建造"白水洋之冬"这一观光工程。开发商在水上罩起巨大的人工外壳，把冷空气挡在外头；内部，则有全方位的光效系统横生蔓长，点亮一幕幕分隔又交融的景观。

"领先于世的感应型光幕，能让您在不同情绪下欣赏到不同的季节景象……"从广播流淌出的介绍让游客们兴奋。

陆远走过一片高低错落的水上小屋时，阿妍的抱怨声从手机中传来："你又光顾着听伴奏了？都没跟上我。"

陆远向四处张望："要不在那座水帘洞下面会合吧。"

"没看到水帘洞啊，只有一个隧洞口……要不你来民俗体验区找我？我想多看看你们家乡的特产。"

挂掉电话后，陆远才想起季节的问题，阿妍看到的大概是冬季，水帘洞干枯以后宛若隧洞，而他眼中的则是夏季，丰沛的流水正从高处洒下。

近处一面覆盖藤蔓的墙上，闪耀着四个字：快乐入口。

里头大概就是开幕式上被夸耀了很多次的地方，据说会集了天下好事。

"太蠢了，用这种噱头搞宣传，连我这个本地人都觉得丢脸。"陆远从入口下方走过。

墙角还有一个小门，门上方有字：悲伤入口。

"这是什么？"

"要试试吗？"蹲在门口的一只小黄狗吐出了话，"这是更高级的治愈，能让你一次性穿越人生的悲伤。"

白水洋之冬里头，稠密的光效与实物交织，如果不用手触摸，很难区分它们。陆远一点点将手伸向小黄狗，手指从皮毛光效中穿过了。

"你是本地人？"小黄狗立马改用方言，"进来看看吧，出去以后你就快乐了。"

"穿越了悲伤就能快乐？我怎么没听说过这个道理。"

"快乐是个宇宙之谜，是可以无限分裂、滋生、膨胀、闪耀再反射的，而悲伤有限，悲伤的本质总是相同的，不是吗？我们是治愈系景区，特别开发出了一种包裹式的技术，就像用悲伤做馅料包饺子一样，让你把人生的悲伤一口吃掉，出来以后，你就只剩下快乐了。"

白水洋属于福建屏南县，小黄狗说的自然是屏南话，属腔调扁平的闽东话的一支。不过，任何一种方言若是将这么多钻石一样的词汇糅在一起，都会溢出一种非同一般的魔力。

陆远大概就是被这种魔力给撂倒了，一时忘了要去找阿妍。

"来，念出这句表明心意的咒语：请把我包裹。"小黄狗摇动尾巴。

"请把我包裹。"

"请扫码支付 50 元。"

二

陆远付了钱，得到了一只蓝牙耳机和一支手柄。

手柄看起来就像手电筒，只不过打出来的光会聚成了刚才的小黄狗，或者说是它的分身。

"跟我来！"小黄狗的声音从蓝牙耳机中传出。

陆远跟着它走进门后，在一间大厅逗留片刻。那里还有不少人，他们面前的墙壁被分割成几个部分，分别跳动着不同关键词，诸如"长水痘""拔牙""被鹅咬伤"，距离陆远最近的墙上写着"宠物去世"，但小黄狗带他往另一面墙走去。

"有点儿厉害啊，还知道我没养过宠物。"

"我们匹配了你的情绪、记忆、血型、汗臭味等私人元素，进行命运大数据分析，会让你看到专属于你的悲伤。"小黄狗晃着尾巴走在前头，时不时回头看看陆远。

陆远跟着它，走进一间在光效中浮现、生长、封顶的教室。讲台边上琴声响起，背着手风琴的老师冲他使了个眼色。伴奏过半，没有歌声，台下哄笑一片。

默默穿过教室后，陆远问："难道悲伤的出现是按年龄来排序的？还好，这么早的回忆已经不让人那么难受了。"

"那你可要好好感受后头的了。"小黄狗继续带着他弯弯绕绕，在新的房间让他体验了被琴弦划伤却仍弹不出曲子的痛感。

第三间屋子里，被揉成团的乐谱丢得到处都是。他想要快点穿过这片狼藉，无奈脚下太滑，他只能在缓缓移动中品尝酸苦的心情。

再之后的悲伤，仿佛连成了串。他走过一场音乐比赛，看到自己因为冒险的选曲一败涂地；他走过一场和他无关的演出，看到昔日同伴在台上赚足眼球，而自己躲在人堆后羞于开口。

"够了够了……怎么还不结束……"陆远有了怨言，"而且外头那些人开心游玩的声音还能清清楚楚听得到，这不是让我更觉得自己悲凉了嘛。"

小黄狗的脚步依然匆忙："这里是非隔音区，只有贵宾区才能隔音呢。"

起初小黄狗还带着他在不同的屋子前选择，后来几乎是直线向前冲。陆远感受到心跳频率的变化，他害怕了，害怕接下来遇见的悲伤会变成人生的必然。

"喂，可以暂停吗？"陆远停在骤然湍急的水流前。

"如果把悲伤一次性用完，你的大脑就会开始使用快乐哦。"小黄狗天真地说。

陆远握了握拳，跟上小黄狗的同时，眼前映现出一张病床，一个女人瘦小的身子被鼓起的棉被包裹着。陆远紧张地挪到床前："妈？妈！"

一串训斥从他身后卷起风暴："一把年纪了，能不能有点责任心！成天活在自己的世界里，一份正经工作都没有，你妈病成这样了，你连这点钱都拿不出来？"

"我……"陆远什么都还没说，两眼就湿润了。他头顶上方，纷纷扬扬飘下被撕碎的乐谱。

"走吧。"小黄狗踩着水，对他说。

陆远强撑着站起身，他想出去，想逃离这没完没了的痛苦。

前头的那面墙比之前见过的都要明亮，或许那就是出口。他穿墙而过，站在一片白光当中，鼻尖几厘米外就是麦克风。

他长舒一口气，虽然无数次悲痛和怀疑，但内心还是不断悸动，终于等到了希望闪耀的这一刻，然而他定睛一看，又有些迷茫了，台下坐着的一大群人，竟没有一张热情的脸孔。

"这老头子谁啊？婚礼表演怎么会请这种人来？"是冷漠的大妈大婶在交谈。

"哎呀，不要钱的演出，听说他年轻的时候就想当歌手，我们就当助助兴，随便听听。"

指尖凝固，弦音颤抖。陆远扬起脸，竟然一边哽咽，一边自嘲地撑开笑容。

整个世界燃起了白光，场面变得圣洁又灼热。

陆远踉踉跄跄跟上小黄狗，心想：终于到尽头了吗？

等等！

似乎出问题了。

陆远使劲揉了揉眼睛。小黄狗的轮廓隐约可见，但色彩却迅速枯萎，成了一团白光，此外的世界也在急剧混杂成糊状，融入光中。

"哎呀，恭喜恭喜！"有路人从光中出来，表情欣喜地拍了拍陆远的肩膀。

"总算出来了，大家都不容易。"又有人这样说着抹掉眼泪，消融在光里。

陆远认出他们是刚才一同在大厅等候的人，他等了三秒，希望听到有人喊"不对劲啊"或者"看不见了"，但没有。他摘下耳机，周围的声音充满了欢乐、惊叹和兴奋的尖叫。

声音向他证明了一件事，只有他自己的世界退化成为没有深浅明暗的白色。

三

"那些人是怎么回事？"陆远站在原地，表情茫然。

"他们感受到了快乐。"

"也就是说……他们已经穿越所有悲伤了？"

"你也穿越了呀，"小黄狗的声音在耳机中仍然清晰，"你的身体已经出来了，我没法带你去更多地方了。"

"不！不不不不……"陆远开始摇头，"我什么都看不到了！这是什么新的付费套餐吗？把二维码拿出来，我扫就是了，还有，你在哪里？"

"连我都看不见？那就没办法了呢。"小黄狗搪塞着。

"你不是说悲伤有限吗？"

"是呀，但它也可以逆流。要不，你原路往回走，从入口出去？"

"那不是要我再穿越一次悲伤？谁心脏受得了！"陆远开始掏手机，"什么破玩意，我要投诉你们。"

"别……别着急……"小黄狗猛甩尾巴，"你可能是某种光效过敏者……可以在医务室得到治疗，跟我来……"

"我说过了我看不到你！"陆远话刚出口便愣住了，有人的身影在眼前闪现，这让他发现了光幕与光幕的缝隙。

小黄狗还想解释什么，但陆远又瞥见了一人，脚步也随之移动，穿透一道光构筑的墙壁。只是这么走动起来，他免不了要与光幕另一头的人相撞。

"哎呀，不好意思……"他一边道歉一边揉着肩膀，再往四周一看，刚才跟随的人也在光的迷宫中消失无踪了。

"难道是……你心中的悲伤还没有结束？"小黄狗的声音又响起了，"开幕式之后，你为什么和女朋友走散了？"

对了，阿妍！

陆远急急忙忙拨通电话："阿妍，我有麻烦了，你来接我吧。"

"怎么了？找不到路了？"

听着阿妍带笑意的回答，陆远眉头紧皱："你不懂我的处境……"

"我在参加水上酒会呢，马上就轮到我喝了，"阿妍爽朗地说，"要不我们先各玩各的吧！"

"喝黄酒吗？外地人可能喝不了……"

"啊，轮到我了……"阿妍在道歉声中挂了电话。

陆远收起手机，周身回归嘈杂。

"开幕式之后，你为什么和女朋友走散了？"小黄狗又问了一遍。

"烦死了，我那时在听伴奏带。"陆远垂下头，看着脚背的清透水流，"对了，只要顺着水流的方向走，总能出去吧。"

广播有了新提醒："接下来，请欣赏我们带来的惊喜表演。"

陆远脚下的水流一瞬间改变方向，呈螺旋状流动起来。虽然他不知道整个白水洋如何摇曳生姿，但周围游客的欢腾雀跃已足够形容那盛景。

只有陆远脸色不对。

这下子，水流的方向也靠不住了。

四

陆远上个月向一个歌手选拔活动递交了录音，合格者会在今晚之前得到通知。陆远做了个决定，如果这次再不行，他就去找一份新工作。

脚下的白水洋像一颗巨大的眼球，它盯着陆远，陆远也面向它，迈不开脚。水流很浅，前一股白浪刚爬上脚背，后一股就赶了过来。

音乐圈里，新人涌现的速度也是这样。陆远还记得自己5年前第一次通过选拔，发行了一首单曲时的兴奋，但很快，接连的落选不断给他浇冷水。只有一首歌便永远称不上是职业歌手，许多更年轻的人已经站在他仰头才能勉强望见的位置。

"算了。"他主动切断回忆。

从耳边嗡嗡响的杂音中，他注意到了流水声，流水当中，有细微的层次。

有个想法在他脑中迅速生长。他打开手机，找到了一个针对声音的智能分析程序。他让程序进入实时运行状态，屏幕弹出一幕多维坐标空间，看上去就像一条不断收缩又膨胀的隧道。

水声、人声，不同区域背景音乐的激烈柔缓，一一涌入隧道，化为躁动的线条与数据——陆远移动时，它们也随之变幻。

这下子，他算是有了一个以声音为参照物的探路器，靠着它，他就能在白水洋之冬里走动起来，不至于与人直接撞个满怀。

"我真是个天才！"陆远激动地晃晃拳头，视线完全放在手机屏幕上。他瞪着、走着、瞪着、走着，笑容忽然消失。

程序弹出一个新窗口：试用已结束，是否立即购买？

不菲的价格以猩红色的大字呈现，陆远咂了咂嘴。

只能自己来了。

听声行走，有何不可？虽然他不能像程序般在脑中建立有高度、宽度、深度与时间的多维空间，但他那里也有一个好用的东西——节奏感。

在恒定的节奏线条上，激烈的声音如山川起伏，柔和的调子如秋千荡漾。成人的声音里有日出日落，小孩的尖叫中藏着一首诗的高潮结尾，回荡在整个白水洋上空的舞曲音效，不过像是动植物的生老病死，任其自然吧，而他压抑在喉咙里的歌声，将是一幅彩色壁画上令人在意的韵律。

归结起来，全靠直觉。

他靠着直觉，穿过一道新的光幕，看到四五人正对着空气手舞足蹈。从声音的信息里，他知道他们沉浸在一场全息演唱会当中。虽然那场面看着荒唐，但他们投入的模样真叫人有些嫉妒。

陆远正要向前，脚尖却碰到了一根树枝。他小心翼翼地跨过去，踩上前头一个安全的浅坑，但他没有立马往前走，而是犹豫几秒，又转身回头，捡起树枝。

树枝正好可以作为一根拐杖，有了它走起来能省点力气，更重要的是，路人见他拄着拐杖，总会少些埋怨，多些礼让吧。

陆远的右手心包裹着树枝顶端，又将树枝末端伸向前方，在白色的水面轻轻敲击，然后沉默地向前跟了一步。确实有人主动让开了道，但也在他身后留下了令人在意的声音，就连小孩子开心的笑脸，也像是在挖苦他。

树枝在被水浸润的巨石上发出敲击声，他的心烦躁地跳动着。如果干脆在这里一脚滑倒——最好伤得重一点，是不是就可以什么事也不用管了？

不行，陆远在心里嘀咕起来。他向来珍惜自尊，哪怕是在家人面前，他也从不袒露自己这些年来的煎熬。

树枝折断嘎吱一响，在折断的瞬间，陆远发泄似的将它抛了出去。

早该丢了它。

他生着气盲目地走了一阵，才让自己停下。

那树枝……是哪里来的？他不禁想。

陆远只在开幕式附近的那个火把台装饰上见到过树枝，同样的长短，同样的粗细。这一刻，他相信，自己已经接近出口了。

五

"陆远！"阿妍从陆远身后叫住他。

陆远回头望见阿妍一步步走近，并没有如释重负，反而有点生气："你喝了多少酒，脸红成这样？"

"你看！"阿妍举起一对手环，"我拼酒赢来的，第三名的奖品哦。"

"你一个外地女孩竟然去拼酒，出事了怎么办……"

阿妍红着脸，眼睛忽闪："这叫芋头面手环，其实就是贵宾通行证，我们可以走贵宾通道了，还能用手机查看立体地图……"

"芋头面手环？这么蠢的设计，我这个本地人都觉得丢脸……"

阿妍笑盈盈地给陆远戴上手环。

"你好像还很开心？"

"开心啊，我就想多了解你家乡嘛。你这是怎么了？"

陆远叹一口气，平复了情绪，把眼前包裹着自己的可憎白光形容给阿妍听。

"我拉着你往外走不就行了？你看地图，医务室就在出口外头左转。"阿妍牵住陆远的手。

一开始陆远走得有点慢，大概是过于谨慎，以至于有些僵硬，几步之后他适应了阿妍的节奏，算好了步幅，开始像稳住气息的老头子，倔强地不想让人看出一点蹒跚。

然后他哭了。

在前头的阿妍没有注意到。他不打算让她发觉，便抬起头，望着本来被光效模拟成天空的穹顶。如果要问，他这样的人在什么时候会感到难以自拔的悲伤，那就是现在——无能为力的当下。

他想再拼搏一次。

"等下，"陆远叫住阿妍，"你刚喝了黄酒，还是不要出去吹风了，留在里头等酒劲儿过去，我自己出去就行。"

阿妍还是握紧陆远的手。

"放心，我已经有贵宾专用的地图了。"陆远晃了晃手环，又挤出笑脸，然后踩着浅水慢慢走开。

但他平稳的节奏只坚持了几步。

有人大叫一声，陆远身后霎时水花四溅。

六

就像惊慌的鸟群一头扑向水面，又激起数倍的惊慌。

莽撞的孩童在人群中以捣蛋为乐，他们快速穿破光效的墙壁，撞在小心行走的陌生人身上。人们滑倒，跌坐，擦伤了腿脚，湿透了衣裳，拍打着水面。在现场被控制住之前，有二三十人都遭到了连累。

陆远赶回阿妍身边。

"这事怪我……"他喉咙紧绷，声音里有愧疚。

阿妍神情疑惑："不是那些小孩干的吗……"

"我刚才丢掉树枝后就闭着眼睛走了一阵，撞倒了几个人……那些孩子是跟我学的。"

那时的陆远，全身被一种情绪贯穿，它如同火舌狂舞，自喉咙咽下后灼烧起全身血液。那是什么？他不知道答案，只是像盲人一样跌跌撞撞，一而再再而三地撞开肩膀、撞开后背、撞开胸膛。

此刻，他被烟熏火燎的眼睛流出热泪，却还是未能洗掉眼中白翳。

阿妍按住陆远的手腕："你在原地别动，我带那些受牵连的人去医务室。"

她钻入光幕，但仍在近处。他听得到她和别人的对话，但麻烦就在其中。

"您说什么？可以说普通话吗……"

回应阿妍的听起来是个老人，用扁平的发音切换着方言和外地人听不懂的普通话。

陆远走动起来，从割裂的人影中，追上了一个刚才在水上惹祸的小孩。

"喂！"陆远凑近他，"你知道自己闯祸了吗？"

小孩被他吓到，躲到一道光幕之后。

他知道小孩就在附近，于是站在原地，摘下手环："我有个东西送给你。"

小孩探头看他。

"这手环可是贵宾通行证啊，你可以和你爸妈一起走贵宾通道去中心的温泉区玩。"

"给我！"小孩冲他伸手。

"有条件。"陆远做了个收手的动作，"不能只是你们自己去，把刚才被你弄湿衣服的人一起带过去，让他们在那里好好休息。同意的话，它就是你的。"

小孩的表情有些迷糊，但他的父母很快赶到了，他们带着孩子道歉又道谢，接着一起组织起去温泉区的队伍。

"他们带走了不少人，这下不至于所有人都冲医务室去了。"阿妍回到陆远身边，"只是你，一时半会儿也挤不进医务室了。"

陆远仰起头，望着高处："阿妍，你不是说你很开心吗？为什么你看到的白水洋还是冬季，而不是春天或者夏天……"

"我吗？我不在乎季节，我只是想看看你老家真实的样子。你开幕式上没注意听吧，在这里，人看到的景色会与自身情绪关联，你想看到什么，就越容易看到什么。"

"我总算知道我身上的情绪是什么了。"

阿妍担忧地看着陆远。

"不甘心。我不甘心就那样窝囊地结束所有的悲伤，不想就这样走出去，所以我才寸步难行。"

一旦认出了包裹周身的那团火焰，人便不会再轻易被灼伤。

"我不去医务室了，用你的手环带我去贵宾休息室吧，那边好像比较安静。"陆远继续仰着头，视野中有了内容。

"可是，你要过去干吗呢？"

陆远头顶的天空坠下了一些白色的颗粒，那些白色与远处的白色有了一些深浅区别，那大概是冬日的雪。

雪花之下，一个人正向之前未见的风景出发。

"我可以在那里录一首新歌。"他说。

她 的简介

苏莞雯，科幻作家、独立音乐人、北京大学艺术学硕士。她擅长在日常生活场景中展现惊奇想象。代表作有《岩浆国》《九月十二岛》《奔跑的红》，其中《九月十二岛》获豆瓣阅读小雅奖最佳连载。

她 的回答

Q1 一年里，你通常花多长时间用于写作？一天里呢？

苏莞雯： 一年大约 1000 个小时，一天大约 3 个小时。

Q2 身边亲朋好友知道你"科幻小说作者"的身份吗？他们是什么态度？

苏莞雯： 大多数知道。长辈们认为我应该少写一点，这样我便能像普通人一样时时出门逛街了。

Q3 如果能和任何一个已经死去的人共进一次晚餐，你希望是和谁？

苏莞雯： 我会把这个权限保留起来，等到哪天意志难以支撑的时候再使用。现在我也猜不到那一刻我最想见的人会是谁。

段子期

在自己还没开始写作的时候，看到这类的字眼，"女性导演""女航天员""女科学家"等，我都会感到非常敬佩，总感觉她们要突破更多障碍，付出更多努力，才能成为这个身份，但其实，在才华、天赋、能力上，杰出的女性没有短板。所谓的"女性意识觉醒"能被当成一个话题、一个潮流，其实就值得这个社会去反思。

在科幻文学创作上，的确有一些分野，类型、题材、表现手法，等等，这跟作者思维的方式与深度、人生阅历、自身的才华有关，但跟性别无关。有一些科幻作品，在不是事先了解的情况下，读的过程中是看不出作者性别的，我觉得这很成功，至少打破了我从前的成见——男作者可能偏硬核，女作者更擅长写情感细腻的科幻故事。

其实，对于科幻写作来说，想象力和笔力是不受限的，不同的是，每一位写作者的"精神版图"是什么样，他关注什么，相信什么，想表达什么，或多或少会呈现在作品当中。所以，我们今天聊起"女性科幻作者"，同样是不受限的，她们的"精神版图"可能会跟时代有很深的关系，历来许多女性作家的作品都会有这样的体现，这是我很感兴趣的一点，她们如何看待当下的世界。对我自己而言，会偏向于这是一次展示的机会，我会很喜欢且认同这个身份。

段子期

她「三」

的科幻处女作

段子期在2018年发表了自己的第一篇科幻作品，叫作《灵魂游舞者》。这是一个关于一对老夫妇、一位年轻男子、一个外星文明，他们各自的迷失与寻回，三种遥相呼应的求索都直达生命的终极归宿，最终完成精神归乡的故事。

全息梦

段子期

在梦里，唯一的出口，是入口。他又听到了这声音，像一个咒语。

孟一时常觉得重庆是一个被折叠后又展开的奇异空间，在宇宙的缝隙里，不用和其他星系发生任何联系，就能自顾自地存在下去，直到时间尽头。病床上的日子让他感觉自己和周围的世界产生了些许错位感，一道无形的裂缝横亘其中，在他生活的范围内划出一个苍白的孤岛。

出院后，孟一似乎是从底片被抛回彩色世界，每向前迈出一步，行走就会在他脑中产生一种奇怪的飘忽感，眼前的一切都在晕染移动，仿佛倒影中的涟漪。每呼吸一次，他的肺部就在微微抽芽，而当他试图盯住一件东西，想把它从五颜六色的喧嚣中分离出来时，它就像一滴融入水的颜料，融化、消散，不断向四处崩离。

他很努力，每天出门练习走路，直到筋疲力尽，在蜿蜒如波浪的道路上，永远看不到城际线。重庆就是这样。他像一个别人梦里的看客，看着重庆被匆忙的脚步碾过，有好几次，他都觉得自己再也无法组装起身体，投身这山一般的城市。

是那部在重庆取景的电影，让他变成现在这样。

拍摄正顺利进行，摄影机还在跟踪焦点，可他却一只脚踏空从高楼坠落，在引力法则的指引下，他倒挂在半空，目睹颠倒的城市躺在自己身下，而俯瞰天空的感觉宛如做梦，那一瞬间他明白了，自己的演员生涯就此告一段落。接着，红毯、灯光、绯闻女友、喧嚣的人群，像受惊的云雀般暂时离他而去。

还有他的脸，神经损伤给他留下了永久后遗症，笑和哭、悲伤和喜悦、面无表情和丑陋，跟那天坠落的天空一样，全然颠倒。

熬过医院的日子不算什么，重新开始的阵痛如同贴附在他身上的一层黏稠的膜，要撕破它，必须在密不透风的光滑镜面上找到一个出口。死亡跟活下来一样需要勇气，而那些以为找到出口的假象，常常被蒙上了一层粉红色彩，像廉价药剂，一滴一滴注入他的静脉里，毫无用处。

直到他在深夜遇见梦境贩卖剧场。

孟一抬头望见剧场大门刻着的一句话：在梦里，唯一的出口，是入口。他心中的凉意瞬间卸去了大半，鼓起勇气半身探进走廊暖黄的灯光里，这巴洛克装修风格的剧场仿佛有种魔力，吸引人不停往里走，再往里走。一方黑暗空间中，一群人集体入戏总是充满一种仪式感，而今晚，他们看的不是电影，是梦，纯粹而又不经修饰的梦。

大银幕被一束光打亮，开始播放梦主的梦境。这是一些没有任何故事情节的画面，亦没有规律可循，观众猜不到接下来会发生什么，就算你对梦主有 100% 的了解，也不可能找到他梦里的逻辑。这些全部真实又绝对虚幻的画面，能够活生生地出现在观众眼前，是因为梦境贩卖机的发明。

出售梦境是眼下正流行的一件事，换作以前，谁也想不到做梦还能赚钱。这场梦没那么绚烂，也挺稀松平常的，但足够挑起孟一的兴趣，入侵别人大脑最隐秘的空间，可以让他暂时忘却自己糟糕的处境。

这是一个女人的梦。她的梦让他这么久以来第一次笑了，幸好是在剧场里，没人看见他扭曲丑陋的表情，否则，他会被当成怪物。孟一躺在医院做过不少天马行空的梦，那些素材连起来足够拍好几部惊悚电影。即使现在没人在意自己，但诡谲的梦总会成为某种生活的代言吧，他想。

重庆的夏夜湿润且闷热，空气在他皮肤上罩上一层黏腻的膜。梦境贩卖机前有几人在排队，使用方法跟提款机一样便利。屏幕上跳出宣传动画："出售你的梦境，我们都是你的观众……"

他点开，弹出一个对话框："你确定要贩卖梦境吗？"

点击 Yes。

"请将眼睛对准扫描框。"

孟一探出身子，靠近机器上方的小框，一道绿色的光射出，扫描他的视网膜，屏幕上出现他的头像。

"扫描成功，身份确认。"

机器下方吐出两枚薄薄的半透明圆形贴片，中间嵌着一枚 3 毫米长的电子元件。他弓着身子，试着从贴片的出口往里看，里面似乎藏着另一个宇宙。他想象自己缩小成蚊蝇大小，一路往机器深处穿行，进入一个处处是奇观的幻想世界。

里面复杂的电子元件和电路板交错排布，形状各异，宛若不规则的金属丛林。跟随着电线的走向，能看到梦境采集贴片的存放区，半透明贴片从上到下层层排布，颇为壮观，整个机器内部宛如一个巨大的奇幻电子城堡。他钻研每一处裂痕缝隙，罗列出每一种零件的颜色跟形状，探究眼前每一个对象的精密几何学。那些光怪陆离的梦打破空间的界限，被透明贴片收容，直至变成无穷个充盈的小世界。

很多时候孟一就是这样靠幻想度过，所以，他的梦才开始变得有趣。

只要在晚上睡觉时，把贴片贴在两侧太阳穴上，当晚做的梦全都会被记录下来，做成梦境拷贝。然后，拷贝里的画面在剧场上映，票房收入的一部分归梦主。他听说有不少深谙此道的职业梦主，白天去寻找各种刺激，夜里的梦总能引爆上座率。

孟一第一次上映的梦境没几个观众，慢慢地，他找到一些方法。他天天服用催梦剂，然后拼命回忆坠落那天的情景，细致到每个毛孔的感觉，就这样割开自己的伤口，一遍又一遍。于是，坠落成了他梦境的主题。人们喜欢体验坠落，因为从来没有人飞到上面去过。

后来他也做些别的梦，关于过去，关于未来，渐渐地，观众多了起来。他有时也看自己的梦，仿佛成了另一个人，透过银幕去看见躲藏在真实世界背后的自己，类似某种奇妙的隐喻。

孟一不记得自己是如何遇上她的，第一次让他笑的那个梦主。或许是在剧场里，两人正好坐在一起。她那场梦是考试的情景，面对一张陌生考卷，她不停地流汗，探出身子往旁人那里偷窥，接着慌忙改写自己的答案，动作滑稽，所有翔实的细节都透出一丝幽默感，整个梦就像一场连贯的喜剧演出。

"哈哈，那是我的梦……"她忍俊不禁，脸上的酒窝盛着银幕透出的光。

孟一侧过脸看她，那笑容像绽放在黑暗中一团燃烧的火焰。

他不敢笑，任何表情都不敢有，他就像个溺水的人，正被这笑声一点点往上拽。剧场里每个人都封闭在自己的气泡里，排成几排，把自己用括号括起来，他想删除这括号，给予她回应，但他害怕吓走她，于是，把脸埋在双掌间，提前退场。

他不记得是什么时候知道她名字的——闫潇，毕竟是在梦境贩卖剧场里相遇，所以，不记得很正常。他也不记得两人是在怎样的情景下再次相遇，他如何鼓起勇气解释自己似是而非的表情，以及之后，他和她，又是如何相爱的。

或许是因为梦。

重庆的山与路、桥与雾像是一个拼图游戏，最后几片仿佛突然嵌入了应有的位置，揭示出一种从未有人想到的拼法。他们一起看自己的梦，看别人的梦，在现实与虚幻之中来回穿梭。孟一最喜欢的姿势是和她紧紧拥抱，这样她就不会看见自己的脸，看见他明明感到甜蜜却露出的狰狞表情，正如相反的梦。

他觉得这拥抱，就像是一圈又一圈行走在不规则的重庆，如同一枚滑丝的螺钉，自己拧紧自己。

闫潇，是因为他的梦才爱上他的，他不再坠落，而是飞升。她不在意那些不合时宜的表情，反而能从不对称的表象上发掘他宝藏一样的内心。这样的情感联系饶有趣味。她看过孟一从前演过的电影，有英雄也有反派的角色，在银幕里轰轰烈烈地活过、死过，而这些不但没有使他与世界割裂开来，反而让人从一帧一幕中，悸动地感受到一种更为博大的真实。

而现在，看他的梦也一样。

隐匿在重庆对孟一来说，像是留在一个英雄与反派、生与死之间的缓冲地带，这里连草地和树木都具有某种火热的自由精神，让他不至于被形体的逼仄和灵魂的辽阔之间的反差击溃。只要不看镜子，孟一便可活在一种假象之中，他当然不知道这种假象可以维持多久。

　　当第一次在剧场之外的地方细细观察闫潇，他害怕光线太强。她一头齐肩中发，蜜桃一般的脸蛋，睫毛和酒窝都自成符号，说话微带乐感，激情中带着洒脱，仿佛一个人既是行动的动力，又是行动的主体，既是独唱者又在唱和声。她看世界的方式和她的包容尽得其妙，她的一切，让他有了重新活下去的冲动。

　　没过多久，孟一也成了职业梦主，习惯通过另一种方式活在银幕上。他梦到过世界末日、地球初生，在梦里继续思考宇宙到底是闭合的，还是无限延展的，这个问题曾让他发狂，他梦到过和闫潇相遇在各种电影场景，还有那些面目全非的人，他们在大地上有许多面目，携带着迥异的浮世之脸。

　　这些每每让他晕眩，让观众上瘾。

　　夜晚，他们抵额入睡，太阳穴上的贴片晕出细小的、彩色的光圈，如同分崩离析的彩虹。

　　睡前，闫潇问他：“你今晚又会梦见我吗？”

　　“我怕我不愿醒来。”

　　闫潇用指腹轻轻抚过他的眼睑，“睡吧……在梦里，唯一的出口，是入口。”

　　闫潇蜜桃味的呼吸贴伏在他脸上，像潮汐拍打海岸。看见她静谧如满月的脸，孟一思索着以后的生活，但不管故事如何进展，希望此刻安睡的她是个结局。

　　重庆转而进入秋季，孟一的梦开始变得浪漫起来，他常常将现实的细节移至梦境，又用力将梦里的一切推向现实。梦境贩卖剧场这个虚幻之地，成了收容人们如床枕一般的栖身之所。

　　那个迷幻的梦让孟一重新回到大众视线。

　　他在梦中，思之以形，而忘了具体。他时而变成雄鹰，翅膀盖过海洋和陆地，时而裂变成细菌或灰尘，找不到立锥之地，他的体内充满悖论，目睹大地与万物如何发生关联，在一片牧草的青穗中又想起那个赴死的春天，颤颤巍巍的地平线上，他倒立着看那夕阳像是看着一张破碎的脸，随即感觉自己成了一把犁，正挖掘环形沟壑的时间，后来，眼睑微微疲倦，索性就降落在她肩膀上，在银制的天空下，稍作停留，如果不是星斗在轻轻痉挛，还以为宇宙被按下了暂停键，在一切坍缩之前，他问她一句“你愿不愿意”。

她说："好。"

他们找到梦境贩卖系统的发明者赵枫楠当见证人，仪式就在剧场举办，酒红色的帷幕拉开，她的手将他紧紧握住。再次站在聚光灯下，孟一无所畏惧。不少人认出了他，那个坠落的演员，这些日子他去了哪里，为何没有再拍电影，他的脸又……

一切疑惑都无关紧要，他也无须在意。令他诧异的是，大家都主动绕过那些问题，只有此时此地，只有祝福。他无法确定自己是在哪一刻全然放下的，放下自卑与怨恨，在下棋和爱情中，都容易有这样云开雾散的时刻。

闫潇笑得像个天使，经由那笑容，孟一认识到她灵魂的基本特征，她在梦里就像振翅疾飞的鸟，一只正中靶心的箭，现实中却以更加柔和婉转，甚至略带游移的方式表达。这可爱的反差让他更爱她。

他也笑了，第一次那么肆无忌惮地笑，每一块脸部肌肉都松展开来，不在乎他们看到的是怎样的表情。只有在一无所有时，他才有机会明白，这是经过蒸馏和过滤的感情，一种不企图占有对方的爱情，就像数学家爱他的符号、诗人爱他的诗句一样，把它们传遍全世界，通过梦或是别的方式，成为大家的共同财富。

梦境贩卖系统是赵枫楠博士的发明，最初用于脑科学研究，通过测绘脑内神经细胞脉冲电流产生的生物磁场，来推算大脑内部的神经电活动。后来，他希望用"贩卖梦境"让这项技术更快地发展自身，却无意为这个城市增加了一种新的驱动方式。

赵枫楠在台上宣布，这是梦境贩卖剧场成就的第一对爱人，所以，需要有一个不一样的仪式。孟一和闫潇交换戒指，戒指上嵌着一枚微型芯片，那是对方所有的梦境拷贝。幸福过后，他们沉沉睡去。越来越多的梦境像海水漫过他们脚下的土地，形成一道道柔和、低回的褶皱，向着仙乡梦国奔流，而他却对此毫无知觉。

孟一第一次梦到未来，梦见自己变成另外一个人，过着一种全然陌生的生活。在遥远的未来，科技发展到车子可以在城市中间飞行，人住在可以任意改变墙面的住所，交通轨道可以随时根据道路变换，甚至是天空的颜色和雨滴，都能改变成更适宜的样式……还有很多，一切新鲜至极又充满无限的想象力，而这，真实得如同发烫的床枕。

或许是从最深处的井底跃出水面太过容易，突如其来的爱人、莫名其妙的梦的救赎、未经抗争便轻易获得的认同。

剧情的转折如同被刻意书写。

夜里，苍穹与他们如此贴近，半梦半醒之间，他跟她的目光有过温柔的接触，似乎有未经思索的爱语升腾到她唇边，而他也带着一种严肃的感觉，退缩回他的自我，收敛起幻想，降低思想的敏锐。孟一看着她的脸，在想——

不，睡吧，别想了。

在梦里，唯一的出口，是入口。她听到一个声音。

没人记得是从哪天开始的，也没人知道人类为什么失去了做梦的能力。在地球自转到太阳光照射不到的角度，大脑潜意识便停止运作，似乎被一道看不见的阀门封锁了。一个人、十个人，越来越多，像前赴后继的海浪奔向沙滩，被迫搁浅。

"不再做梦"，从一个不起眼的话题，变成诡异的非自然现象。最开始，无梦的日子并没有掀起太大波澜，毕竟无关痛痒，人们还饶有兴趣地议论，社交场合也总能分出有梦派和无梦派。渐渐地，梦的悄然退场像一场瘟疫蔓延，稠密的夜变成人们试探自己的神圣时刻，在得到任何确切答案之前，一种集体无意识在现实生活中投射出暧昧的阴影。

无梦，成了一种形而上的噩梦。

后来，有艺术家把做过的梦，能回忆起来的部分，画成画、砌成雕塑、写成诗和歌，还有越来越多新的艺术形式，电光和烟火相互缠绕的霄云、混淆五种感官的暂留、超越体验、享受、时间、空间等一切可形容名词的……梦的艺术，它，成了梦本身，甚至有人把逝去的梦当作图腾去膜拜，试图在自己充满悖论的身体里唤醒它。

有人说，是普罗米修斯盗走了人类的梦，将它们当成礼物送给受赠者。但是，梦，去了哪里？为何我们必须继承那些缺失？如若它去而复返，又会以怎样的方式降临？

大学里有了一种新专业——"梦境与人类文明发展关系的理性研究"，有年轻科学家乐观地表示，无梦或许带来了一种启示，这正是脑科学理论研究在 21 世纪下半叶遇到最大的发展机遇，一旦跨过这道坎，人类智慧会顺着这条阶梯继续向上攀登，未来将不可限量！

而过去的一切，在新新人类眼里并非都是过期的罐头，比如"梦境贩卖系统"，在这个无梦时代，它正好被当代科学界视为最具有远见的发明，而随之保存的大量梦境拷贝，则成了科学家们对"无梦症"展开研究的一手素材。

实际上，对脑电波的定量研究，亦是对意识的定量研究。他们将梦境拷贝呈现出的脑电波频率记录、转译，那些过去的人类在做梦时，大脑有节律的神经电活动呈现 δ 波或纺锤波状态，一条波动的弦，竟能衍生出万花筒般的画面。这些由大量神经元同步发生的突触电位经总和后形成的梦境，纷乱而零碎，如同盛夏午后的树叶间隙漏下来的碎光，按时出现，旋即消散。

当这种平常定律成为一种过去，普通人对自己的缺失泫然欲泣，就像是一篇写坏的文章，再怎么训练技艺都无法重塑其精妙。一位叫敬一唯的科学家誓要让这篇文章重焕光彩，她被调到专项研究组之后，将现代人的脑数据与过去梦境的脑电波波形作对比，在庞杂的数据中，她有了一个惊人的猜想。

"您相信全息梦吗？我们从这些拷贝里看到的，只是梦的局部，但是全息梦可以通过梦中的任意一个画面或细节，看到所有梦的全貌，所有的！"敬一唯将所有数据摊开，展示给对面的方博士，那些波形和图纹似银河般哗啦泻下，密集地包覆在他身上。

"所有的梦，你是指……一个人所有的梦，还是？"博士往后仰了下身子，仿佛害怕惊扰到银河。

"所有人，所有的梦。"敬一唯嘴角露出一丝不易被察觉的微笑，洋洋自得于刚刚惊起的涟漪。

方博士认可她接下来的实验，以现代失梦的人类作为基点，将从前的梦当作大海上的航标，试图循着这航迹找到自己的方向。就像如果不参照天上的某个点，就没法确认自己在大地上的位置一样，一个人要弄清楚自己身在地球何处，首先得弄懂自己跟月亮或星星的关系。

是一段失败的感情给予她启发，要想知道自己为何失去，就先与失去的东西再次建立联系，好比重新穿上这些旧衣物，给未成形的亲昵赋予更加精确的含义。AI 助手曾将她和男友留下的所有信息和数据进行过比对分析，与他们的情感进程相匹配，在一次次对细节的回溯中，她最终承认了自己的失败——她不够爱他。

"碰到天空之后，双脚才能落地。"她喃喃自语着，想起做过的一个梦，此时此刻，那些画面遥远得像是波江座的一朵玫瑰。但是，她懂得梦的奥妙，不仅会流逝，还会回潮，像浪一样。

在助手的帮助下，敬一唯特别挑选了 50 份梦境拷贝，找来 49 位志愿者，她自己也会亲自参与其中。这个研究项目的初期阶段是将梦境拷贝里的画面通过脑机接口灌入志愿者的大脑，并设定好激活程序，那些梦便会在他们进入浅度睡眠时自动发酵，跟他们的意识保持同步运行，然后又在播放完毕后自动终止，如同夜里的昙花。通过此前在志愿者大脑上安装好的测量仪，检测大脑在"做梦"时的脑电波活动。

重新做梦的感觉并没有什么特别，不过是琐碎人生的胡乱拼接，像是五彩的玻璃被碾碎重新铺就成一张。不过，旧时代的人们好像连做梦都更加自由、更加鲜活，那些奇异浪漫的画面，或许是他们人生中微不足道的一小部分，一种投射，一种正或反的镜像，那些美好的梦，足以支撑他们快乐很久，尽管毫无意义却又弥足珍贵。这让她对那个从来也没留意过的时代抱有些许好感，而且感觉并不全然陌生，仿佛她曾经在那个时空中停留过一样。

敬一唯做着孟一的梦，两人的脑电波数据匹配度是最高的，即便如此，研究也没得到进展。她来回奔波于住处和研究所，有时在家里自己植入梦境拷贝，有时索性在工作的地方连上设备倒头睡去，两个地点频繁切换，就像两种生活之间越来越模糊的分界线。

有一次，她从梦中醒来，发现自己倒在客厅的沙发上，沙发里的纳米级生物凝胶随着她的睡姿渐变成更贴合她体态的形状，很多夜晚她就这样安顿自己的所在。光线一点点爬上来，她试着把目光放在别处，可那些从前爱人在这空间里停留过的痕迹，像是挥之不去的视觉暂留，不客气地把房间充填得毫无空隙。

接近天亮，墙面的画屏自动变换出海边日出的虚拟场景，有带着咸味的微风从换气口送出，殷勤地配合着画面里海风的节奏。音乐将在3分钟后播放，是巴洛克式交响曲。

一切都是最适宜的状态。

她起身，沙发托起背脊，望着周遭熟悉的一切，她摘掉传送梦的贴片和测量仪，没等音乐栖满双耳，她的眼中便浮过一丝困顿和疑惑，喃喃自语着："我，醒来了吧？"

如果他还在身边，她会更加确定这一点。而现在，她发出语音停掉所有虚拟动态成像，看见外面真实的天空，灰蓝、无云，以及天空下笼罩的城市——快速变换的交通轨道、在低空穿行的单人飞行器、无处不在的全息广告、不痛不痒的新闻通过便携式智能设备塞满视界。还是那样，永远是那样，再也没有令人怦动的海苍色天际线，没有两个人为了化解彼此的孤单而共谋一场互相取悦的游戏，没有吞吞吐吐的爱语衬托着落日后的群星广场，一切都那么规律、匆忙，一刻不停。

她微微皱起眉，拨弄着头发，努力睁开惺忪的眼睛，在想——

再做一个梦吧。

于是，她甘愿沉湎于这单枪匹马的热闹，梦见自己变成一个不停坠落的男人，在一个像山一样的城市上空，悬停、升起、下坠，梦见自己躺在惨白的医院望着惨白的天花板，梦见揽镜自照时一张模糊又扭曲的脸，还有那些曾经包围自己又轰然散去的人群。最重要的是，有一个女孩，一个笑起来酒窝能盛满星星的女孩，她对他很重要。

那个时候的重庆，生活似乎更简单。一张餐桌前聚拢四季，路太高大不了爬坡上道，聚散两端抵不过有爱就好，醒时往来、睡时安眠，有故事来时便倾听或讲述，人与人之间就算像奇异地形一样偶尔孤隔也能很快再遇，江水总是将希望运载至远方，也将远方的丰盛运回来，晴雨困饱时都有枝可依，日子似也丰乐无极。

不像这里，不像现在。

上一个梦刚刚结束，一则福田大学的行程提醒便跳入她的增强视域中。她在《计算神经科学前沿》杂志上发表过一篇文章，提出人脑产生的意识可以在高维度运行，这项研究推论让她很快成了学术界的明星。此后，她经常收到大学的演讲邀请，在一群热情高涨的学生中总是备受欢迎，她也顺便在他们之中挑选"植梦计划"的志愿者。

午后的大学教室适合讨论似真非真的话题，她站上讲台做了一番动态演示，大脑860亿个神经元正在学生们的头顶闪闪发光。

"虽然我们已经习惯从三维角度来看待世界，但大脑却充满了多维的几何结构，甚至可能在11个维度上运行。这些神经元在每个可能的方向互相连接，形成广泛的蜂窝网络，以某种方式使我们有了思想和意识。我的研究团队曾利用超级计算机，用代数拓扑的方法构建了大脑皮层的详细模型，通过数学模型对虚拟刺激的反应测试，我们可以在单个神经元细胞及整个大脑结构上来辨识神经网络的细节。

"我们发现，在大脑中存在着不同种类和巨大数量的高维几何结构，由精密连接的神经元团块和它们之间的空白区域组成。这些空洞对大脑功能至关重要，当我们给虚拟大脑组织施加刺激时，发现神经元以一种高度有组织性的方式对刺激做出了反应。这意味着，人在思考问题的时候，神经元团块会逐渐组合成更高维的结构，形成高维的孔隙或空洞，团块中的神经元越多，空洞的维度就越高，最高的时候甚至可以达到11个维度。

"而整个过程总是遵循从低维到高维，结构越来越复杂的顺序，到最后轰然崩解。"

她继续放大脑图中的神经元丛图像，然后走到他们中间，像是步入星丛的盛景。

"敬老师，您认为在那个空白的空间里，是人脑意识的哪部分在运作？记忆、情感，还是……"是那位叫陆云舸的博士研究生，同时也是她的志愿者，他举起手，抿了抿嘴唇，被她的目光攫住后，脸颊微微泛红。

"也许……"她停顿片刻，将头发别到耳后，"是梦吧。"

实际上，这只是她的主观猜想，暂时没有任何理论依据。她提出的全息梦，更是一种有影无形的概念，她和他们不断植入那些梦，偶尔也做着梦里的梦，仅仅是以梦主的身份梦见自己。就像一次一次拆卸又重新组合一个坏掉的时钟，所有零件无一遗漏，终于，时针和分针再次启程，嘀嗒嘀嗒，整个梦的机制继续运作，可那些，只是回声。

她站在自动过滤的新空气里，跟大家一起沉浸于满天星斗的神圣中，眼神如教徒般虔诚。看到天上那些密不可分的星星，就应该清楚地下的季节与方位，这片大脑星空太过璀璨，每一颗星星都如同忠诚的士兵，站好自己的位置并排成庞大的矩阵，每接收到一次刺激反应，就造就一次慢慢席卷而来的脉冲海浪。

此时此刻，她又想起梦里那个女孩，有着蜜桃味的呼吸，夜里贴伏在耳边，那呼吸如同海浪，在神经丛的空洞处造就一个栖身之所。

那里一定有全部的信息，那里产生的梦，将三维的规则破坏得支离破碎，像剧场里的戏剧片段，但却没有过去、现在之分，没有可触碰的边界，没有时空与视角的限制，没有自我和他者，没有第四堵墙，在黑暗中可以造出影子，写下一个标点即可看到整首诗的模样，一切在眼前尽数伸展开来，不存在被遗忘或是突然被想起，探寻它是一种惊扰。

单是一个梦里就有全部的意识的信息，就像是，从一颗行星身上能看到一整个银河系。

向虚拟大脑发出一个刺激反应，神经脉冲能将它传递至宇宙的边缘。

做梦的人醒了，所有人都醒了。

站在高维向低维看，总会有这种云开雾散的时刻。

人只是一个容器，梦在寻找一个容器，仅此而已。

宇宙也是一个容器，人的灵魂在寻找一个容器，仅此而已。

宇宙在做减法，一个梦减去一个梦的旅程，她的路也大抵如此。

恒星总会坠落在群星广场，只要专注地融入一片蜜桃般的空洞里，无须犹豫，不存在对抗，连多余的思想都小心避免，只要看，看见所有的光都放弃逃逸，看见自己，悬停、升起、升起、升起，直到……云开雾散。

傍晚的任何地点都适合思考终极问题，所有的热情和疑惑都平息在她身后。陆云舸追着她跑出教室，鼓起所有勇气，大声说："我们的梦，也许是去了高维！"

她的背影就像一个突兀的句号，和暖黄色的阳光合在一起，她停下脚步，缓缓转过身，看着他，嘴角泛起一丝一直伏藏在深海底的微笑。

"我们，一起，再做一个梦吧。"他笑着说。

夜均匀浓稠得像切片，她继续做着孟一的梦，就像是套上一件宽大的衣服，仿佛不穿上灵魂就会四处散落，随着这种共生关系的深入，衣服竟然也渐渐变得完美合身。入梦前，她和他的目光有过温柔的接触，似乎有未经思索的爱语升腾到他唇边，而她也带着一种严肃的感觉，退缩回她的自我，收敛起幻想，降低思想的敏锐。

他们，他们，同时听到一个声音——在梦里，唯一的出口，是入口。

以上所述，任选其一。

她 的简介

　　段子期，90后科幻作者、编剧，毕业于南京艺术学院影视制片系，5年电影从业经历，曾就职于上海电影股份有限公司，参与《红海行动》《盗墓笔记》《心花路放》等电影的宣发工作。科幻剧本《破冰者》获得"云莱坞·中国新编剧大赛"冠军，剧本《故事之外》入选"2019青年电影人培养计划"，科幻小说作品见于《科幻世界》《科幻立方》《银河边缘》《瀚海潮》《西部》等杂志。曾获"冷湖科幻文学奖""白露文学征文大赛一等奖"，广告导演作品《方向》获得"台湾时报金犊奖"优秀奖等。

她 的回答

Q1 可以介绍一下你最喜欢的一部电影吗？

　　段子期：最喜欢《云图》。当时看小说特别震撼，电影更是令人惊叹，一种极具东方特质的思想在故事里渗透，但这个作品除了电影和小说的层面之外，对我的意义是比较超越的。它讲述6个不同人物和事件在时空中的更迭变幻，灵魂彼此交织、关联，如前世今生、因果业力的轮回，在其中，我们能看到人类身上最可贵的反抗与救赎的精神力量。

　　电影在2013年上映，到2020年，有些思想才让人深刻地体会到，包括最近一些事件。每个人都不是一个孤岛，从子宫到坟墓，我们的所思所想、一举一动都与其他生命息息相关。能认识到这一点真的值得欣喜的，尽管它足够简单。其实，我们可以从很多事情中，体会到生命与生命之间的相连相通，只不过有时候我们选择忽视。

Q2 "科幻"对于你来说意味着什么？（或者换个说法：它与你的生命发生过怎样的关联？）

　　段子期：小时候我喜欢看幻想题材的电影，有时会设想，"我"该不会是不存在吧，或是我不会活在一个梦中吧之类，好像什么都抓不住，而且整个世界好像不只是我们所看到的那样，似乎有一层天花板就在头顶，伸伸手就能摸到，后来看了《黑客帝国》，就觉得，嗯，就是这样的感觉。

我一直相信，看不见的比看见的更永恒，科幻能在神话与科技之间达到一个巧妙的平衡，在看不见与看见之间的平衡，而且其中的空间很大，任由书写。什么能替奇迹发声，什么能将神圣和诗性统一，杰出的科幻可以做到。

科幻对我来说，也意味着无限种可能，奇妙的是，这些可能性看似不切实际，实则近在咫尺。我们活在一个物质的现象世界，科幻却在某种程度上让我们更加接近实相，对我来说，这是科幻最伟大的一点。

我们以为，想象力能够超越这个现实世界，但实际上，真实的宇宙图景，远远超过科学幻想。当我们有一天站到一个全息的角度去看待宇宙，会发现"科幻"不是"科幻"，而是一种实在。

Q3 如果能和任何一个已经死去的人共进一次晚餐，你希望是和谁？

段子期： 我希望是和乔达摩·悉达多王子，他很有智慧，也很有悲悯心，是一位特别好的老师。就像乔布斯说，他愿意用所有科技去交换和苏格拉底相处的一个下午。

中国女性科幻文学三人谈

姚海军○赵海虹○程婧波

姚海军 / 《科幻世界》副总编

赵海虹 / 中国科幻新生代代表作家

程婧波 / 《她：中国女性科幻作家经典作品集》主编

关键词 壹
女性科幻作家

程 两位好，感谢你们百忙之中抽出时间来讨论"中国女性科幻文学"这个话题。在编选这本中国女性科幻作家作品集的初期，我和出版方讨论，认为我们大概需要联系一二十位女性科幻作家，然后我初拟了一份名单，主要参考了世界华人科幻协会公布的中国科幻作家名单，在此基础上听取了凌晨、姜振宇、三丰等人的意见，发现实际上的人选在数量上远远超出了预期。

最终这本选集一共收录了 33 位女性科幻作家的作品，我惊喜地看到女性科幻作家并不曾缺席于各个年代。

比如我们选集里收录了张静老师的作品，张静老师是 20 世纪 30 年代生人。

然后像凌晨、海虹、张卓、于向昀、钱莉芳这样的 20 世纪 70 年代生人，都是伴随着 20 世纪后 10 年《科幻世界》的发展壮大而成长起来的非常有记忆点的女性科幻作家。

还有和我同样出生在 20 世纪 80 年代的迟卉、夏笳、郝景芳、顾适、糖匪等人，构成了进入 21 世纪后中国女性科幻作家的基本面貌。

最没有想到的是，从事科幻创作的 90 年代生人也不少，以范轶伦、王诺诺等为代表的一批有海归背景的、年轻化的女性科幻作家也在近年开始崭露头角。

姚 年青一代科幻作家中女性的确有明显增加，她们给科幻文学带来新的变化。前段时间，因为编辑科幻年选的原因，我比较系统地读了一些作品，女性科幻作家的作品令人印象深刻。

赵 现在有实力的女性科幻创作者很多，不过比例上并不一定超过 90 年代，绝对数字上增加了。

程 对，进入选集的女性科幻作家人数远远超出了出版方的预计，这让我们非常惊喜，但是任何选集都可能挂一漏万，难免遗珠之憾。在出版过程中还有非常复杂的版权谈判，导致我原本想收录的一些作家或者想收录的一些篇目没有办法入选。因此这本选集也不能说是十全十美，不过它的代表性我相信是毋庸置疑的。

这个选集叫作《她：中国女性科幻作家经典作品集》，里面有几个关键词，这些词交互到一起，就变得很有意思了，比如"女性"和"科幻"。说到科幻小说，我们公认，科幻小说的鼻祖是一位女性。这也是件很有意思的事情。

姚 虽然第一部科幻小说为女性所写，但当科幻中心从欧洲转到美国，科幻领域其实很少有女性作家的身影。美国科幻在杂志时代基本上是隔绝女性作家的。

赵 正好在 2019 年成都科幻大会上，我主持了一场女性科幻创作的讨论会，两位美国科幻作家 Pat Murphy[①]和 Eileen Gunn[②]在交流中都提到，她们进入科幻创作的时候，整体的创作环境让她们觉得女性没有话语权，她们少有前者可以作为引路人。但我在 90 年代创作的时候，好像不会有这种压力。

程 是的，正如两位所说，从玛丽·雪莱在 1818 年出版《弗兰肯斯坦》至今，200 多年间，女性科幻作家的声音并不是持续的。中间可以说中断了 150 年的时间。比如在欧美，直到 Ursula K. Le Guin[③]在 1969 年出版《黑暗的左手》（*The Left Hand of Darkness*），奠定她当代科幻小说女王的地位，女性科幻作家的声音才再次被听到。而中国的女性科幻作家被人广泛注意到的发声史则似乎更短，也就是最近 30 年，尤其是海虹这一代女作家出来的时候，可能才算是有了"中国女性科幻作家群体"这个概念？

姚 中国女性科幻作家的发声史并不悠久，但我们也没有经历过西方科幻史上的"性别隔绝"，比如张静那一代女性作家进入科幻领域，没什么人会感到惊讶。科幻小说在中国的处境不同于美国，特别是 1949 年后，科幻小说很长一段时间都作为科普的一部分而存在，它通俗文学的属性并没有充分彰显，而是肩负着关乎国家未来的某种使命。这样的使命无关男女性别，因此，中国科幻界很长时间并没有性别意识。

赵 我在《科幻世界》发表小说的前几年，杨潇（女）、谭楷（男）老师分别任杂志的主编和副主编，杂志社也有很多女编辑，大家并不强调性别概念。印象中那时每年笔会都有 1/3 左右的女作者，有时甚至更多。当时，许多女作者并不是出于对科幻的独特爱好而创作，而是喜爱文艺表达，恰好尝试了科幻这种形式，有些也未能常年坚持。我们确实没有遭遇到海军说的"性别隔绝"，也少有性别意识，只是非常自然地进行了创作表达。

程 同意。不过还有一个现象也挺有意思的，在英语世界，男性"称霸"了科幻这么久，但是看看最近几年的星云奖，分量最重的"长篇小说奖"得主都是女性，黑人女作家 N.K.Jemisin④蝉联了最近 3 年的雨果奖。2019 年 4 月公布的雨果奖入围名单中的 21 位作家，有 17 位是女性，只有 4 位是男性。无论是数量还是拿奖，女性科幻作家都占据了绝对的优势。

程 西方科幻圈这种"阴盛阳衰"是怎么发生的呢？他们怎么就走到了现在这步？

二位怎么看待这个重要的变化？我们可以称为"女性科幻作家"的数量增长？还是女性科幻作家的"崛起"？

姚 我们正在经历一个女性科幻作家崛起的时代，无论是在国外还是国内。不仅是作家数量上的变化，而是女性掌握了话语权，或者说科幻的潮流发生了改变。

赵 我觉得国内外的情况有很大差别。国外确实见证了女性作家在创作尤其是获奖方面的井喷，这与西方世界女性地位的提升与女性创作的崛起直接相关，但一定程度上也是"身份政治"盛行在文化领域的体现。而国内早年的创作环境就比较平等，新时期女性作者的数量与平均质量也有很大的提升。

程 可能正是因为有了女性作者数量作为基础,加上诸如郝景芳凭借《北京折叠》(*Folding Beijing*)获得了第 74 届雨果奖最佳中短篇小说奖这样的事件，让讨论女性科幻作家成为一种可能，否则也没什么可讨论的了。因为慢慢地，到我们这个时间点，已经可以看到女性科幻作家有老、中、青三代了。能形成这样的局面，确实是以前没有出现过的，之前既没有群体基础，也没有特殊事件，促发大家关注和讨论。

姚 有关性别的话题，我不得不谨言慎行。我注意到很多男性作家也尽量避免讨论这样的话题，这意味着科幻的原野上出现了一个雷区。就科幻文学的精神来说，这样的雷区不应该存在。

赵 我觉得这不是孤立的现象，随着整体科幻创作的兴盛、作家人数的大量增长和整体创作水平的提升，女性作家的数量和平均创作水平也随之提升了。即使在 20 年前，女作者也从来不是特别少数的存在，而且从 20 世纪 90 年代到 21 世纪初，我们也从来没有弱势过。

> 程　"弱势"是指什么？人数还是话语权？

> 赵　怎么说呢，没有成为需要特殊被关照的对象。

> 程　所以就海虹你的创作经历来说，身为中国的女性科幻作家是很幸运的。

> 赵　和早年美国女作家的创作环境比，我比较幸运吧。我开始发表科幻小说时，科幻创作还是比较小众的，大家也不会去介意作者男女比例的问题。性别意识和个人成长的小环境关系很大，我是进入社会，至少在研究生毕业找工作时才第一次感受到性别歧视。在此之前，完全没有。大学、研究生时代恰恰是我创作的第一个高峰期，所以我的前期创作是没有性别负担的，很多性别意识与感受其实是在那以后才逐渐产生的。

> 程　是不是可以理解为，至少在我们国家的科幻领域，还挺男女平权的，比西方的科幻黄金时代要好，也比职场这些领域要好。

> 姚　我记得美国科幻作家、评论家 James Gunn[⑤]曾经在他编辑的选集《科幻之路》中说，直到 1948 年，美国主要科幻杂志《惊奇》上才第一次出现明确的女性科幻作家的名字。而在那之前，尽管也有女性作家创作科幻小说，但她们经常会用中性化或男性化的笔名，比如知名的 Catherine Lucille Moore[⑥]，发表时用 C.L. Moore 这样看不出女性色彩的名字。国内科幻界似乎不存在这样的情况，20 世纪 80 年代初和 90 年代初，都有不少女性作家，但她们并没有特意模糊自己的性别。

> 程　嗯，在这本选集当中，女性科幻作家们也表达了对于"女性作家"身份的各种各样的看法，大部分人在性别上还是感觉很自由平和的。这样看来中国的女性科幻作家是很幸运了。我想起来韩松和吴岩两位老师的话对此也是个佐证。韩松曾经说："没有女性主义的科幻，就不是完整的科幻式命题。"吴岩也说过："女性作家在科幻作家中占据的份额不算大，但女性作家对科幻文学的贡献却与作品数量不符。"这些都算是来自男性的肯定吧。也就是海虹说的，一直以来，中国女性科幻作者在科幻这个领域，并不是弱势的边缘群体。

（姚）整体上，我们对科幻的期望在改变，这为女性作家崛起提供了可能。

（程）女性作家崛起，是否和大刘说的西方黄金时代的没落，是同一回事？或者是同一个大趋势？

（姚）你所说的黄金时代的没落，应该是指黄金时代那种小说范式的没落，这与女性作家的崛起没有关系。就如某位美国科幻作家所言，科幻本身就是关于变化的文学，陈旧的观念与模式必将被新的观念与模式所取代。女性科幻作家为科幻带来有益变化，但坦率地说，科幻也正在失去一些东西。

（程）这个话题很有意思，好像男性作家对这一点表达了警惕。

甚至，目前西方有一些考据学家想要推翻玛丽·雪莱的科幻小说鼻祖地位，他们想把科幻小说的起点追溯到公元 2 世纪的《一个真实的故事》，或者至少可以把起点放到文艺复兴时期，以托马斯·莫尔的《乌托邦》（1516）和弗朗西斯·戈德温的《月亮中的人》（1638）为代表。这样可能就没有"科幻小说之母"了，因为这些作品的作者都是男性。

科幻小说的起始点是一个耐人寻味的问题，尤其是如果这门显然是由男性掌控的文学类型，是诞生于一位女性之手。也许以科幻式的"或然宇宙"思维来假设，任何一个微小因素的改变，都会导致科幻史被改写，《弗兰肯斯坦》将不可能诞生，第一部真正意义上的科幻小说将可能完全是另一副样子⑦。然而我们何其幸运，在这个确定的宇宙中，我们拥有玛丽·雪莱和《弗兰肯斯坦》。

最近几年女性科幻作家的"崛起"势头似乎是在和 200 年前的玛丽·雪莱做一个对话。

关键词　贰
女性化写作

（程）顺着玛丽·雪莱和《弗兰肯斯坦》，咱们来接着聊一聊科幻语境下的"女性化写作"。"写作"本身可能有着双重的象征意义——这两个象征意义在性别上是完全对立的：一是作家手中的笔，是所谓的男性生殖器的象征；二是写作是一个孕育和生产的过程，是所谓的女性子宫孕育生产的象征。比如《弗兰肯斯坦》的诞生也与生育恐惧有着非常密切的关系。⑧

戴锦华老师对此有一个说法，我觉得很有意思："女性的生命是生产性的，所以女性的生命经验当中包含的不是那种消耗性的、占有的、征服的东西，也许我们整体的这种生命经验会给我们提供一种去打开未来的可能性。女性主义最大的意义不在于男女平权，不在于两性对抗，而在于以女性的整体生命经验为世界提供新的资源和新的创造。"

二位怎么看待这种女性的生命经验的独特性和女性写作的关系呢？

姚 女性作家对现实与未来的关注有自己独特的切入点，我基本认同戴锦华老师的说法，所以女性科幻作家不会去写《三体》这样的科幻小说。她们对征服宇宙兴趣不大，她们更关心我们所赖以生存的这个世界本身。这没有优劣之分，却决定了科幻文学的面貌和精神，但我感觉海虹又是一个很特别的女性科幻作家，她对技术给予了与男性同行一样的关注。

赵 我写科幻也是有偶然性的，但坚持下来又有一个缘故，做什么我要做到尽，如果写科幻，却不能有特殊的科幻点，我觉得是不满足的。可能因为这个缘故，虽然我不能像凌晨这样有理科基础，但依然可以在科幻题材本身中找到意义，而并非仅仅为了文学表达。

程 刚才提到这次编撰选集的过程中，我给女性科幻作家们提了一个问题，就是怎么看待自身的"女性科幻作者"这个身份。大部分女性科幻作家都不认为这是一个值得过分讨论和关注的问题。海虹，你觉得这是否意味着从创作者的角度来说，大部分女性作家是不太会把性别代入自己的创作身份中去，也不会受学界如何看待和界定"女性化写作"的影响？

赵 写作是个人化的创作，不同作者的习惯不同，即使我们没有预设一个女性立场，我们对世界的观察与体验和我们的身份是无法完全切分的。我觉得从研究生时代开始，我会更多体会到女性身份的独特性，然后工作、婚育后，对作为社会身份的"女性"有越来越多的认知与归属。这也一定会影响到我的作品,但我希望那是一个天然内置的体验,不涉及预设立场。

程 我的经历和你类似,却走到了另一个状态,我个人是比较有意识地要"身为一个女性作者那样去写作",但好像真的像我这样想的创作者比较少。包括我的经纪人和编辑,我们一起开会,讨论下一本书写什么。我列出四个方向,一个是描述"男性末日"的近未来小说,一个是我一直准备了好几年的二战题材的历史小说,一个是中国版的"怪奇物语",还有一个是类似"移动迷宫"这样的青少年冒险科幻故事。他们都认为中国版的"怪奇物语"会更有市场,再不济也是"移动迷宫"或者二战——"因为没有人关心富有女权主义色彩的科幻小说,或者讲述男女平权的科幻小说。没有读者,没有市场。"有意思的是,这些参与投票的经纪人和编辑都是清一色的男性。姚老师从编辑的角度是怎么看待这个问题的呢?

姚 在《科幻世界》,男性编辑现在已经是珍稀动物了,将来再次由女性担任主编也不是没可能。(注:在《科幻世界》的历史上,曾出现杨潇、秦莉这样的女主编、女总编。)即便是男性编辑,对科幻的认识和要求也在发生改变。以我自己的阅读为例,2000 年前后特别赞赏那些富有冒险精神、科技奇想与哲思的作品,最近几年却偏向那些富有文学的质感、能提供别样视角的作品。我不知道自己是否正在被潮流所左右,但有一点是肯定的,科幻发生了变化。科幻小说的读者也一样,美国科幻早期的读者 90% 以上是男性,今天已经远不是那个样子。《科幻世界》2000 年前后做读者调查,男性的比例明显高于女性。最近这些年没有再做这样的调查,但感觉女性读者所占比例肯定有所上升。

程 姚老师刚才提到的男女读者数量的变化、男女编辑数量的变化,都是很有意思的议题。也许"女性化写作"正在成为"潮流"的一部分。所以实际上,还是客观存在这种情况:男性作家和女性作家的创作思维确实不同?这导致了"男性化写作"和"女性化写作"在题材、风格、主题和价值观等不同层面的差异。举个例子,我们经常看到有读者或者书评人评论男性作家笔下的女性形象,是男性的 YY。这种误读可能也是一种很难消解的现状?男性科幻作家何尝不是男权社会的另一种囚徒,反之,女性作家笔下的女性形象,倒是很少受到诟病。

赵 不能这样比。我觉得要比，女性作家笔下的男性形象，有没有受到诟病？

程 嗯，女性作家笔下的男性形象，有没有受到诟病，有没有同样是从女性的角度在 YY，是这个意思吗？

赵 是的，将男作者的女性形象与女作者的女性形象直接比，对男作者不公平。

程 哈哈，对，这样聊一聊，似乎对男作者公平一点。二位谈谈这个话题呢，好像之前还没有人谈过这个话题。女性作家笔下的男性形象，有没有受到诟病？

姚 这个有意思，对男性作者笔下的女性形象的批评很多，包括对刘慈欣、王晋康这样的畅销作家的作品。对女性作手里笔下的男性形象的批评很少，这可能是女性作家在塑造异性方面占有某种优势，但也可能是男性权力优势的表现。

赵 大家笔下的两性形象，都可以拿来比。

程 像海虹的作品中，不少以女性视角为主体，比如《伊俄卡斯达》《桦树的眼睛》《1923 年科幻故事》等。那在这些故事中的男性形象，评价如何？西方的话，从《弗兰肯斯坦》到勒古恩的《黑暗的左手》，再到巴特勒的《血孩子》，男性形象似乎都是塑造得很有代表性的。我们中国女性科幻作家创作的男性形象，是可圈可点，还是勉强及格？

赵 我仔细想了一下，我前期笔下的男性还是有过英雄人物的，比如《潘多拉的匣子》《异手》中的男性，但因为陈平同样是我努力塑造的英勇女性，所以还是平视的，后期《宝贝宝贝我爱你》《1923》等的男性形象慢慢都不再英雄了，你可以说是我开始理解他们，不再神化他们，但依然抱理解之同情来进入每一个男性角色。

姚 女性作家笔下的男性是一种实际存在，男性作家笔下的女性则是一种想象？

程 男作者塑造的女性形象，可能会被批评出自"父权视角的刻板印象"，塑造得"失真""扁平""过于完美""过于简单"等。而好像女性作者塑造形象的时候，没有特别被批评过"这个男主角是你出于刻板印象塑造的吧？"

姚 我的确没有类似的印象。

程 对，这个话题真是前所未见。这或许是出于一种男权语境下的"平权修养"：作为男性，我不能批评你的性别，包括你因为性别犯下的错（"因为你是女作家，所以你写不好男性角色"）。这样一种"政治正确"导致没有人批评过女性作者笔下的男性形象，是这样的吗？

姚 我怀疑这是个圈套。（笑）

赵 我不觉得这是一种"政治正确"，而是大多数读者好像没有这个意识去做这种比较。

程 比如自由、爱情、忠诚、责任，似乎是无论哪种性别的作家都会关注的主题，尤其是当女性科幻作家来表达这些主题的时候，作品很可能缺乏明显的女性特征。比如凌晨的代表作《潜入贵阳》（*Slip Into Guiyang, 2004*），讲的是一个怀着特殊使命的人在贵阳的一系列遭遇。这篇小说那种紧凑的结构和浑然天成的科学之美，让你不会特意去注意到作者是一位女性。

然而另一种情况则是，女性作家即使转换了男性视角，但作品中依然无法隐藏来自女性的生命历程和生命感悟。海虹的《宝贝宝贝我爱你》（*Babe, Babe, I Love You, 2002*），讲述一个电子游戏程序设计师与自己现实中的孩子和虚拟空间中设计的游戏孩子之间的故事。故事是男人的视角，但字里行间那种母性的温情出卖了作者的性别。

赵 我记得曾有读者指出《宝贝宝贝我爱你》很准确地表达了父亲的心境，一看就是养孩之后的真切心情。嗯，我看了那条读者评价之后特别满意，虽然我写故事的时候 24 岁，单纯出于突然爆发的母性想生娃，然后换个男人视角来写故事。

程 嗯，所以女作家在换位思考上可能比男作者更得心应手？

赵 我觉得可以这样假设，我写男性的时候完全就是把自己代入角色去思考的。

程 女作者能够和各种角色共情，男作者可能有点困难？

赵 也许对不少男作家来说比较困难。

程 可否理解为女性作家的优势？

赵 不完全是性别差异，也有做得很好的男作家，比如陈楸帆，在这一点上一直很出色。总之，我基本不愿意将这些和性别相关，而是与创作个体相关。我完全同意戴锦华老师的那句话，她相信两个个体之间的区别远远大于两个性别之间的差距。

姚 这是一种夸张。对男性来说，理解同性要比理解女性容易得多。

程 虽然戴老师的这个说法我也同意，但如果这样来回答女性作家和男性作家之间的差异，就没有什么意义了。

姚 对，这不是科幻关注的重点。

赵 文艺创作者其实更愿意强调个体性，而不是把自己归到某一个大类里去赋予某种群体性。我想戴老师的说法或者有这种背景，但我也同意海军的说法，个人其实还是不能割裂群体性的，我们还是因为属于不同的群体而具有很多共同点和共情的基础。

程 所以"男性化写作"和"女性化写作"之间的差异一定存在的，到底是什么呢？如果只着眼于个体差异，可能就会忽略掉这种整体差异。

姚 同一个世界，会因为观察者的不同而不同。

赵 另外，也是以更大的样本看，我也会认为女性科幻作者对文字的执念更深一些。单纯是点子够硬，然后文字比较糙的作品，女作者作品中也很少见。

 程 嗯，同意。不过我们好像又掉进了"女人更感性"的刻板陷阱里了，哈哈。身为女性，如果能够有意识地去关注女性的生命经验中那些与男性的不同之处，可能是一件非常值得尝试的事情。当然，这个世界不仅仅是简单的二元划分为"身为女性的经验"和"身为男性的经验"，"性别平权"还包括了更复杂的内容，但在这里没法展开讨论了，有机会的话我们下次接着展开聊这个问题。

关键词 叁
女性自审与人类整体

程 接着刚才"女性化写作"这个话题，我们再往深了聊聊。海虹曾经提到过女性的"自审"在目前的科幻创作中，是普遍缺乏的？

赵 对，我是这样想的。国内的科幻小说缺少的不是富有魅力的女性角色，而是女性对自身的审视和自省。

程 那么这种"自审"，是否和 James Gunn 说的"整体生命"有矛盾？

赵 一个作者的观察总是有限的，每一段真诚的观察都可以组成这个"整体生命"的一部分吧。

姚 个人感觉，两性代表了两个方向，基本上男性是外在，女性是内在，也正是当下世界科幻的一种价值对撞。

程 嗯，姚老师说的，就是和一开始提出的"男性化写作""女性化写作"存在创作差异是一致的。科幻作品中，存在两性不同特点，而这种特点，可能是作者自觉不自觉地代入的，对吗？

姚 是的。

程　但女作者要做到刻意突破，也很不容易。比如要写出黄金时代那种宇宙浩渺的带有力量感、征服感和哲思的科幻小说，女作者可能也并不擅长。

姚　从一个编辑的角度，我想说两点：一，理念先行的小说一般不会是好小说，二，作家，不论是男性作家还是女性作家，其首要任务是创作出好小说，该交给理论家、批评家的事就交给他们好了。

程　非常同意。那么对于女性作者来说，是否选择海虹说的"女性的自审"，比选择 James Gunn 说的"整个人类"，要更可操作些？

赵　我和 Michael Swanwick[⑨]也聊过关于女性创作者的性别意识觉醒。他说像 Ursula K. Le Guin 这样的作者，早年也是写所有人的故事而没有强烈性别意识的，但随着年龄渐长，会慢慢看到，女性要面对独特的问题，而身在这个群体，慢慢会产生一种共同体意识，需要去为她们发声。我觉得也有同样的感受，从一开始的完全是"人类向"，慢慢开始有了"女性向"。

程　就我自己的创作经验而言，也能验证这个转变：从一开始的完全是"人类向"，慢慢开始有了"女性向"。

姚老师说男性是"外在"，和 James Gunn 说的"整个人类"是类似的意思；说女性是"内在"，和海虹说的"女性的自审"是类似的意思。所以最终，可能女性创作的主场，是一种"自审"的、"向内"的？二位同意吗？或者不完全同意？

姚　基本同意，补充一句：我所说的内在，也是指对文明内部问题的重视与关注。

赵　但文学的意义之一在于沟通，创作的意义之一在于创造和感受不同的生命体验，说女性创作的主场是向内的，就个体我不完全同意，但就我接触到的更大样本，我想"内向型"女性科幻的比例确实更大。

程　确实，当我们谈论女性科幻作家的时候，需要基于大量的作品样本来讨论这个问题。现在有了这本《她：中国女性科幻作家作品集》，相当于做了收集样品的初步工作，可以方便创作者们对照自身，也方便研究者、评论家们查阅。我个人还特别喜欢这本选集中，女性科幻作家们自选三个问题进行回答的这个部分，让我看到了更为生动和多元化的中国女性科幻作家面貌。

比如有个问题是问："世界末日之前的一分钟，你面前有两个按钮，红色按钮可以拯救所有人类，蓝色按钮可以拯救所有除了人类之外的生物，你会按哪个按钮？（警告：选择蓝色按钮的话，自己也会消失。）"我发现女性科幻作家们在这个问题上的选择并不一致，有的人坚决选择红色按钮，有的人则坚决选择蓝色按钮。不知道如果由男性科幻作家来回答这个问题，他们会怎么选择呢？

还有一个问题是问"你家里最古怪的一件物品是什么？能说说它的来历吗？"这里就呈现出了一个几乎根本不会在男性科幻作家的回答中看到的答案——不止一位女性科幻作家回答说，家里最古怪的一件物品就是自己的孩子。

所以这本选集不仅尝试着梳理中国女性科幻作家的经典作品，同时也期冀着展现出她们真实、鲜活和独特的面貌。

姚 这个选集很有意义，也许会成为科幻小说发展新阶段的一个标志。期待早日出版。

赵 我也很期待能阅读这本选集。

程 再次感谢两位参与这次对谈。今天，我们都是"中国女性科幻作家发声史"的见证者和参与者，也希望随着这本选集的出版，能有越来越多的人关注和倾听到中国女性科幻作家的声音。

① 帕特·墨菲（*Pat Murphy*，生于 1955 年 3 月 9 日），美国女性科幻小说作家，长篇小说《通灵女人》（*The Falling Woman, 1986*）获得了 1987 年星云奖，短篇小说集《出发点》（*Points Of Departure, 1990*）获得了菲利普·K. 迪克奖，中篇小说《骨头》（*Bones, 1990*）获得了 1991 年的世界幻想小说奖。

② 艾琳·冈恩（*Eileen Gunn*，生于 1945 年 6 月 23 日），美国女性科幻小说作家和编辑，1978 年开始发表作品，直到 2004 年凭借短篇小说《达成共识》（*Coming To Terms, 2003*）获得星云奖，《中层管理的稳定战略》（*Stable Strategies For Middle Management, 1989*）和《对计算机好一点》（*Computer Friendly, 1990*）获得雨果奖提名。

③ 厄休拉·勒奎恩（*Ursula K. Le Guin, 1929—2018*），美国重要科幻、奇幻、女性主义与青少年儿童作家。著有小说 20 余部，以及诗集、散文集、游记、文学评论与多本童书，并与人合译老子《道德经》，所获文学奖与荣誉不计其数。她深受老子与人类学影响，作品常蕴含道家思想，写作手法流露民族志风格。她早期的作品并非科幻或奇幻小说，而是根基于真实事界的虚构国度（*Fictional Country*）。这些小说大部分在当时都没有被出版，正因为不受出版商青睐，她转而尝试自己早期较感兴趣的科幻小说，在 20 世纪 60 年代渐渐写出名声。1969 年《黑暗的左手》出版，获颁雨果奖与星云奖，同时奠定了她在文坛的地位。

④ 诺拉·K. 杰米辛（*Nora K. Jemisin*，生于 1972 年 9 月 19 日），美国科幻及奇幻小说家、心理学家。她的小说探索各种主题，涉及文化冲突和压迫，曾赢得了包括轨迹奖在内的多个奖项。她的三部曲作品《破碎的大地》均赢得了雨果奖最佳长篇小说奖，截至 2020 年 6 月，她是历史上唯一一位连续 3 年获得该奖项的作家。

⑤ 詹姆斯·冈恩（*James Gunn*，1923 年生），美国科幻小说家，2006 年获美国科幻奇幻协会大师奖。冈恩的科幻创作生涯始于 1949 年，至今，他已发表 80 多则故事，出版了 19 本书，包括短篇、中篇和长篇。作为编辑，他的主要成就是《科幻之路》四卷（1977 ～ 1982 年）和《科幻小说新百科全书》（1988 年）。冈恩热心推动科幻小说的发展，经常应邀出席世界各国的科幻小说年会，足迹遍及瑞典、丹麦、冰岛、波兰、罗马尼亚、南斯拉夫、苏联、日本、新加坡、中国。每到一处，他总是满怀热情地介绍科幻小说。1997 年的北京科幻大会上，詹姆斯·岗恩曾描述科幻小说的特点，他认为科幻小说是将人类当成一个整体来描写的。如果小说着眼于整个人类，就不该强调男性和女性的性别之差。这点在下文中有所提及。

⑥ 凯瑟琳·露西尔·摩尔（Catherine Lucille Moore，生于1911年1月24日，是美国科幻小说和幻想小说作家，她在20世纪30年代首次以C.1.摩尔为名发表作品，是最早在科幻小说和奇幻小说领域写作的女性之一。

⑦ 科幻式的"或然宇宙"思维总是善于假设当某个因素发生改变，历史也就被改写了。如果不是玛丽·雪莱（Mary Shelley）在女儿夭折之后做的那个梦，如果不是1815年4月15日印尼森巴瓦岛（Sumbawa）上的坦博拉火山（Mount Tambora）爆发，如果不是珀西·比希·雪莱（Percy Bysshe Shelley）那浪漫又不顾后果的私奔邀约，如果不是如同《十日谈》般的、文学史上堪称奇迹的那场讲故事比赛……就没有第一部真正意义上的科幻小说《弗兰肯斯坦》。

⑧ 1815年，在第一个女儿夭折之后，玛丽·雪莱做了一个悲伤的梦："我的小宝宝又活过来了，她只是有点冷，我们在火前搓热她，她活过来了。这时候我醒了，发现没有宝宝。一整天我的脑子都空荡荡的，精神萎靡不振。"

这个梦，加上后来私奔过程中的怀孕、流产、孩子夭折等，一直折磨着她。直到1817年的无夏之年时，她把这个梦魇口述成故事，在瑞士的那栋大房子里讲出来："一位脸色苍白的学者，正跪在他所创造的怪物身边。显然，他所从事的工作是亵渎神明的。我见到一个可怕的幽灵躺在那里，一架功率强大的引擎正在开动。那幽灵开始颤动了，显现出生命的迹象。"

这两个带着死亡气息的场景中，盼望孩子复活的玛丽·雪莱，和亵渎神明想要制造生命的维克多·弗兰肯斯坦的身影重叠到了一起。可以说，作为故事的主角，维克多·弗兰肯斯坦就是玛丽·雪莱自己。科幻诞生之初就与女性的独特体验无法分割。

⑨ 迈克尔·斯万维克（Michael Swanwick），美国科幻小说家，自1980年起陆续发表作品。《潮汐站》（Stations Of The Tide）1991年获得星云最佳长篇小说奖，短篇小说方面，他于1989年凭借《世界的边缘》（The Edge Of The World）获得西奥多·斯特金纪念奖，1996年凭借《无线电波》（Radio Waves）获得世界幻想小说奖，1999年凭借《机器脉搏》（The Very Pulse Of The Machine）获得雨果奖等。

致 谢 中国科幻道路上 一起同行的她们

杨潇

祖籍四川，1948 年生于山西，1976 年毕业于北京航空学院，1980 年进入四川省科学技术协会下属的《科学文艺》编辑部，1984 年接任《科学文艺》主编，1991 年《科学文艺》更名为《科幻世界》。作为《科幻世界》杂志社第一代"掌门人"，杨潇主持工作直至 2002 年，伴随这本杂志从初生到成长再到蓬勃成熟，整整 19 个年头，带领团队培养出了中国科幻创作队伍的中坚力量。

毕淑敏

1952 年生于新疆，1991 年毕业于北京师范大学研究生院中文系，国家一级作家、注册心理咨询师；1969 年参军，从事军医工作；1989 年加入中国作家协会。曾获当代文学奖、北京文学奖、昆仑文学奖、解放军文艺奖、青年文学奖等。于 2012 年出版长篇科幻小说《花冠病毒》，引起巨大反响，书中关于"20NN年，人类和病毒必有一战"的醒世预言，一语成谶。

杜虹

1954 年生于重庆，科幻小说《三体》编审，于 2015 年 5 月 30 日下午进入冰冻状态，目前头部保存在一家位于美国洛杉矶的冷冻人体研究机构 -196℃的液氮环境特殊容器中，等待着 50 年后借助科技"复活"。《三体》中也有类似的情节，角色云天明的大脑通过冰冻技术保存，最终借助三体人先进的克隆技术成功复活。杜虹以浪漫的想象和无比的勇气拥抱了科幻文学中的情节。其女儿曾写道："公元 2015 年 5 月 30 日，17 点 40 分。妈妈，我们未来见。"

戴锦华

1959 年生于北京，1982 年毕业于北京大学中文系，现为北京大学中文系比较文学研究所教授、博士生导师，北京大学电影与文化研究中心主任，从事大众传媒、电影与性别研究。戴锦华在对中国电影史，大众文化以及女性文学进行学术研究的过程中，也一直热爱、关注和支持着中国的科幻电影和科幻文学。她以一个读者的身份，感受着科幻文学的吸引和召唤；亦从一个学者的角度，赋予了中国科幻冷静的观察和深刻的思考。

杨枫

1969 年生于新疆，1991 年毕业于新疆大学，编审。2003 年进入《科幻世界》杂志社，先后参与《科幻世界》月刊、《科幻世界译文版》、世界科幻大师丛书、中国科幻基石丛书等书刊编辑工作，文学修养及编辑造诣颇深。2016 年创办科幻文化品牌"八光分文化"，主编科幻 MOOK《银河边缘》。2018 年 11 月，凭借其主编的《追梦人：四川科幻口述史》获得第 29 届中国科幻银河奖最佳相关图书奖和第九届全球华语科幻星云奖最佳非虚构类作品奖。

王卫英

1971 年生于甘肃，2006 年毕业于兰州大学，文学博士、双博士后、研究员，中国科学技术出版社科幻编辑部负责人，中国科普作家协会科幻创作研究基地常务副主任兼秘书长。自 2010 年以来，王卫英受中央办公厅、中国科协、北京市政府相关机构领导的委托执笔起草一系列关于科幻的重要文件，为中国科幻的发展建言献策。她长期致力于中国科幻研究与出版工作，既有政策和理论的高度，又有业界的创作经验。

Denovo

1978 年生于重庆，本名徐海燕，北京大学生物学学士，美国哥伦比亚大学人类遗传学博士，美国洛克菲勒大学博士后。2007 年 Denovo 作为志愿者参加了在成都举办的国际科幻奇幻大会，为国外嘉宾做口译。Denovo 作为科幻译者活跃于 2007~2013 年，共译有四本书和十多篇中短篇小说，翻译代表作为赛博朋克经典《神经漫游者》。2017 年在一场潜水意外事故中去世。也许现在的她已经生活在一个更加无拘无束的赛博新世界。

姬少亭

1984 年生于西安，毕业于西安外国语大学，曾任新华社记者，同时以主持人身份积极活跃在科幻领域。离开新华社后，因为对科幻无法割舍的热爱，创立了科幻文化品牌"未来事务管理局"，致力于以专业能力推动科幻产业发展。未来局创立并举办亚太科幻大会 / 另一颗星球科幻大会（APSFcon），出品"不存在"系列科幻图书，以专业的眼光和特别的角度，生产有趣的科幻内容。

要感谢的名字还有很多，谢谢她们，与中国科幻一路同行。